JN271943

なつ

樋口一葉　奇跡の日々

Ryōke Takako
領家髙子

平凡社

なつ

樋口一葉　奇跡の日々

うき世にはかなきものは恋也
さりとてこれのすてがたく花紅葉のをかしきもこれよりと思ふにいよ〳〵世ははかなき物也
等思三人等思五人百も千も人も草木もいづれか恋しからざらむ
深夜人なし　硯をならしてわがミをかへりミてほゝゑむ事多し
にくからぬ人のミ多し　我れハさハたれと定めてこひわたるべき
一人の為に死なば恋しにしといふ名もたつべし　万人の為に死ぬれバいかならん
しる人なしに怪しうこと物にやいひ下されん　いでそれもよしや
よの人ハよもしらじかしよの人の
しらぬ道をもたどる身なれば

——「水の上日記」明治二十八年四月二十二日分後記述

誰故に死ぬ命とも知らぬかな恋やわが身をささそひゆくらむ

——恋のいのち「詠草13」明治二十八年十月

目次

本文中の引用や紙誌名は原則として新字体を採用したが、かなづかいはそのままとした。また「にごりえ」「たけくらべ」など一葉作品の引用は基本的に筑摩書房版全集を底本とし、岩波文庫などを参照にして適宜ルビを増減した。

序

一葉女史、樋口夏子君は東京の人なり。明治五年三月廿五日を以て生る。歌を善くし、文を善くし、兼て書を善くす。其《その》初めて筆を小説に下したるは、明治廿五年二月なり。こゝに小品とゝもに、集むるもの廿四篇、別に通俗書簡文の著あり。明治廿九年十一月廿三日、病を得て没す、歳二十五。

斎藤緑雨（明治三十年『校訂一葉全集』前書き）

一葉女史名は夏子樋口氏則義《のりよし》の第二女なり　母は古屋氏瀧子　則義は甲斐国東山梨郡大藤村の人　壮歳志を立てゝ江戸に出で仕へて幕吏《ばくり》となり次いで職を東京府庁に奉ず　女史明治五年三月二十五日麹町山下町官舎に生る　幼にして聡慧《そうけい》深く父の愛する所となる　年十五中嶋歌子に就て和歌を学ぶ　学芸日月に進み歌子又其大成を期す　二十年夏嫡兄病みて死す　父女史を器とするを以て女史をして家を承《う》けしむ　二十二年七月父歿す　女史の世路の険艱《けんかん》に当りて孤高の性の却て多く苦めるもこれより始まり人生の磨礱《まろう》に遭ひて俊逸の才の漸く鋭きを加へしもこれより始まりぬ　窮窘《きゆうきん》数年女史終に文を以て世に問ふ初は甚だ顧みられず　然れども力《つと》めて息まず　錐《きり》遂に嚢《ふくろ》を出で米《こめ》遂に粟《あわ》を脱し

ぬ　濁江《にごりえ》たけくらべ諸篇出づるに及びて挙世愕然嘖称《きよせいがくぜんさくしよう》して奇才と為し佳作の続出せんことを翹望《ぎようぼう》す　悲しいかな天の才を与へて壽を与へざるや　二十九年十一月二十三日病を以て本郷丸山に終る　享年二十五　築地本願寺先塋《せんえい》に葬る　女史逝《ゆ》いて後三十年にならなんとす　今猶其文を読み其人を思ふ者多し　今茲《ここに》大藤村の人廣瀬彌七等女史の父母皆こゝに出づるを以て碑を建てゝ女史を不朽にせんとす　嗚呼女史　其文や鋒発韵流《ほうはついんりゆう》其人や内剛外柔　命薄けれども徳薄からず　才名千載留まらむ

幸田露伴（大正十一年「一葉女史碑」碑文）

われは作者が捕へ来りたる原材とその現じ出したる詩趣とを較べ見て、此人の筆の下には、灰を撒きて花を開かする手段あるを知り得たり。われは縦令《たとえ》世の人に一葉崇拝の嘲を受けんまでも、此人にまことの詩人といふ称《しよう》をおくることを惜まざるなり。且個人的特色ある人物を写すは、或る類型の人物を写すより難く、或る境遇の Milieu に於ける個人を写すは、ひとり立ちて特色ある個人を写すより更に難し。たけ競出でゝ復《ま》た大音寺前なしともいふべきまで、彼地の「ロカアル、コロリツト」を描写して何の窘迫《きんぱく》せる筆痕をも止めざるこの作者は、まことに獲《え》易からざる才女なるかな。

森鷗外（明治二十九年『めさまし草』三人冗語「たけくらべ」評より）

明治の名だたる文豪たちに称賛され、その早世を惜しまれた樋口一葉の人と作品を語るとき、日記の存在はこよなく大きな手掛かりとなる。

夏子がその生涯に残した手製の日記帳は明治二十年（十五歳）から断片も含めて四十八冊、さらに雑記や感想・聞書の帳面が三十三冊現存する。別に歌人として明治十七年（十二歳）手ほどきの頃のものから自選歌集も含めた詠草帖を四十七冊、その他に歌会資料も多く残している。日記および雑記帳のほとんどに夏子は題名をつけ、心境や生活環境の変わる節目でそれを変えた。

この作品では主として、終の栖《すみか》となる本郷丸山福山町の「水の上の家」へ移り住む前後からの日記に注目、樋口一葉として奇跡の日々を迎える夏子の心模様を見つめていきたい。

参考までに、日記として分類された帳面の表書《おもてがき》をひろって年代順に列記、あらかじめ紹介しておく。

明治二十年一月、父も長兄もまだ健在の頃、歌塾入門の当時から、現存する最初の日記は書き起こされる。下谷《したや》区西黒門町二十番地に居住。
「身のふる衣　まきのいち」（表書詳細不明。明治二十年一月十五日～八月二十五日）
明治二十二年七月十二日、父の死去から書き起こされる日記は二つの断片からなる。長兄は二十年十二月二十七日すでに死亡。夏子と母と妹の女三人家族は、神田区淡路町二丁目四番地の住居から、二十二年九月四日、次兄の住む芝区西應寺町六十に転居する。

（鳥の部）Ⅰ（明治二十二年七月十二日〜九月四日）

（鳥の部）Ⅱ（明治二十三年一月十六日〜三月十四日）

明治二十三年五月より夏子ひとりが歌塾「萩の舎」へ内弟子として住み込み、九月からは母と妹を本郷菊坂町へ住まわせ、二十四年四月頃からはそこで女家族三人の同居が始まる。

「廿四年四月／若葉かけ／なつ子」

「わか艸」

「廿四年菊月／蓬生日記一／なつ子」

「廿四年霜月より／よもきふ日記二／樋口」

（日記断片その一）

「一月一日より／につ記一／なつ子」

「廿五年二月より／につ記二／なつ子」

「三月／日記／樋口なつ子」

「廿五年四月／につ記／なつ子」

「廿五年六月／日記しのふくさ／樋口なつ子」

「六月　樋口なつ子／しのふくさ」

「廿五年八月／しのふくさ／なつ子」

「廿五年九月／につ記／樋口夏子」

「廿五年十一月／道しはのつゆ／樋口なつ子」

「十二月／よもきふにつ記／なつ子」

「二月／よもきふ日記／樋口夏子」

「廿六年三月／よもきふにつ記／樋口夏子」

「四月／蓬生日記／夏子」

「廿六年四月／しのふくさ／夏子」

（日記断片その二）

「五月三日より／蓬生日記／夏子」

「廿六年五月／につ記／なつ子」

「六月／日記／なつ子」

「明治廿六年七月／につ記／なつ子」

下谷区龍泉寺町小商い店時代、明治二十六年七月十五日の家探しから始まる日記帳は九冊。

「廿六年七月／蘆之中／なつ子」

「葉月／蘆中日記／樋口夏」

「廿六年十月／蘆中日記　今是集（甲種）／なつ」

「廿六年十月／蘆中日記　今是集（乙種）／樋口夏」

「十一月／蘆中日記／夏子」（明治二十六年十一月十五日～二十六日）

「十一月／蘆中日記／夏子」（明治二十六年十一月二十七日～翌二十七年二月二十三日）

「廿七年二月／日記ちりの中／夏子」

「二十七年三月／蘆之中日記／樋口夏子」

「廿七年三月／蘆中につ記／夏子」

本郷丸山福山町で書かれたものは、明治二十九年七月二十二日の擱筆まで計十二冊。

「二十七年六月／水の上日記／樋口夏子」

「水の上／なつ」

「四月／水の上日記／一葉」

「五月はしめ／水の上につ記／一葉」

「ミつのうへ／樋口夏」

「五月／水の上／なつ」

「十月／水のうへ日記」

「二十九年の一月より／水のうへ」

「廿九年二月／ミつの上／なつ」

「廿九年／ミつの上日記／なつ」（明治二十九年五月二日～六月十一日）

「二十九年／ミつの上日記／なつ」（明治二十九年六月十七日～七月十五日）

「二十九年／ミつの上日記／なつ」（明治二十九年七月十五日～七月二十二日）

こうして一列に並べてみると、まるで大長編の目次のようだ。一葉日記の出版を、妹邦子が困難の中で諦めなかった思いさえ偲ばれてくる。

第一章　水の上の家へ——詩のかミの子宣言

明治二十七年（1894）十月

帝国主義に傾きつつある日本が日清戦争に突入、大正から昭和へとつづく戦《いくさ》の時代にのめり込もうとするちょうどその頃……樋口家の次女夏子、樋口一葉は、昭和の文学者がその仕事振りに瞠目して呼ぶ「奇跡の十四ヶ月」の助走に入った。

明治二十七年。老母と年頃の妹を抱えた樋口家の戸主夏子は、吉原近く下谷《したや》龍泉寺町に営んでいた小商《こあきな》いの店を十ヶ月ほどでたたみ、本郷台地の崖下にある新開地へ移り住む。

小説家としては同人誌『文学界』への寄稿にしぼって活動、歌人としては中嶋歌子歌塾「萩《はぎ》の舎《や》」へ復帰し代稽古をつとめ、その一方では歌子からの忠告をいれて別離した小説指南上の初めての師、半井桃水《なからいとうすい》との交流も再開する。

金策のため、運命鑑定家久佐賀義孝《くさかよしたか》と交渉を始めるのが龍泉寺町時代後半の二月、向島《むこうじま》に住む小説家村上浪六《なみろく》を訪れるのは丸山福山町時代の秋口九月からである。

明治二十七年（1894）十月

夏子は読み耽っていた日記を閉じる。四つ折り半紙を綴じた手製の帳面。その表紙には「水の上」と書かれている。

　　水鳥を水のうへとやよそに見むわれも浮きたる世を過ぐしつつ

『紫式部日記』寛弘五年（1008）十月の歌。

ざっと九百年以上も昔の女流の思いを、今や他ならぬ樋口一葉となった身が偲ぶとき、夏子の日記の題名は、紫式部が宮仕えの日々に詠んだ独詠歌を思わせるものとなった。「水の上」期の日記には、やがて斎藤緑雨《りょくう》、幸田露伴、森鷗外ら当時有数の文学者の名前も、縁《えにし》深く、記されることになる。

小商いに明け暮れた下谷龍泉寺町からの慌しい転居は二十七年五月一日。最初の「水の上日記」は六月四日から始まる。本郷丸山福山町に借りた家は、駒込西片《にしかた》町の高台を背にした崖下にあり、本郷台地から滲み出す清水が溝伝いにそこここへ池を作って、辺りを見回せば、まさに水の上なのだった。

転居から半年はあっというまで、日本はこの間に日清戦争に突入している。朝鮮に起こった東学党の乱の鎮圧を理由に、清国と日本がともに朝鮮へ出兵、覇権を争って七月実質的な戦争状態に入り、八月一日宣戦布告、十月頃までに日本の優勢が決していた。――年が明けて翌二十八年三月十八日には、清国側がアメリカ公使を通じて講和を申し入れてくる。

世界情勢の激しい変化とはほとんど無縁のように暮らしながら、夏子周辺も相変わらず多事多難、行き掛かり上と自ら引き受けたこともあれば、自ら飛び込んでいくこともあった。仕事は『文学界』一本にしぼって書き続け、連載中の「暗夜《やみよ》」が完成に近づいていた。

十月二十一日締切と念を押されていたが、脱稿はとうとう成らず、もうすぐに十一月。薄めに開けた窓から、ひんやりとした水の匂いが入ってくる。

夏子は目を閉じて小さく吐息をもらす。忙しさにしばらく書かずにいた日記を読み直すと、よくぞここまで運ばれてきたと、我がことながら思うのだ。来るべくしてここへ来た。そんな気さえする。本郷台地の崖下に追いつめられたように立つ家は、それなりに日当たりもよくて、住み心地は悪くない。

（まるで御殿の池殿か……空想の浮島……）

周りにはあやしげな娼家があって、夜ともなれば首を白く塗った水鳥たちが羽繕《づくろ》いして客を引く。人懐《なつ》こい水鳥たちは、風変わりな新参者の女家族にも物怖《お》じせず、嫖客《ひょうかく》への手紙の代筆など頼みにやってきた。夏子はそんな女たちの一人から袂《たもと》に縋《すが》られて匿《かくま》い、あれこれ手を尽くして逃がしてやることさえした。

夏子は目を開け、南に面した窓辺に立っていく。

池水を眺めながらひっそりと微笑んだ。

（浮き世に浮かぶ、あれも水鳥なら、これも水鳥……）

娼妓《しょうぎ》たちを卑しむ気分は夏子に全くない。虚《うそ》が実《まこと》の熱い涙さえ、女たちの渡世に見ているのだ。物書く女の世渡りも、紫式部の時代から、同じような儚《はかな》さであったはずなのだから。

水面下で水鳥がせわしく足をかくように、生活と創作にあがきもがく日々の只中、訪れてくる霊感がある。

それが夏子を樋口一葉にする。

はるかな時を超えて、紫式部に近づかせる。

じっと池水を眺めていると、流れに浮かぶ泡沫《うたかた》も一輪の花も、棚無し小舟《おぶね》の寄る辺《べ》なさも、だるま大師の葦舟も思われた。外国語は少しも解らず、『文学界』の青年文士たちから得た知識だったけれど、その名を水の上に書かれた者と墓碑銘に刻まれた英国詩人キーツのことも、その詠う「中の島（Ah! could I tell the wonders of an isle / That in that fairest lake had placed been)」も、シェイクスピア悲劇『ハムレット』のオフェーリアの、川面《かわも》を流され行く哀れに美しい像さえ思い描かれた。そしてまた『源氏物語』の長大な絵巻の最後に登場し、宇治川のほとりに住いする浮舟という女、身代わりとして愛される生きた人形《ひとがた》、形代《かたしろ》として水に流される贄《にえ》としての古代的な宿命性を濃くその名に帯びたヒロインについても。

（みづのと……水門……）

泉も小川も湖も大河も海も、ひとつ池の水面に眺めながら思う。

（わたしはよほど水に縁があるらしい）

樋口とは樋の口。源流より人々に水を分けるための水門。水を導き水を渡す、樋の口である。

小萩ちる小の丶細川あきふけて水のと寒く成れる頃かな

今から四年前、明治二十三年の秋に詠んだ歌。

二十年十二月に長兄泉太郎《せんたろう》を、二十二年七月に父を失い、母妹をようやく菊坂の借家に住まわせ、自らは萩の舎に内弟子として住み込んでいた頃……半井桃水に出会う半年ばかり前の作歌だ。

長兄の吐血は九月のことでそれから死去までのあっけなさを「朝かほの露風の前のともし火そ

れよりも猶あやふき人の命いつをという限はあらねど老たるはさても有なむ　年若き身こそいと安からね」「七日十日の程は悲しきとだに思い出ず夢の様にて過ぬ」と記した夏子だった（雑記3・無題その三）。

思いもかけない人の死に巡り合わせる運命は、長兄の死以来ずっと続き、今年に入ってからは立て続けに続く。

明治二十七年というこの年は、六月に強い地震が東京を見舞ったこともあって、明日をも知れぬ人の運命を、夏子に痛感させた。得体もしれぬ無残さが、つい隣に接しているような……この年、夏子は心の危険地帯をすれすれ踏み惑うのである。

まだ龍泉寺町にいた三月十一日には、親戚付き合いをしていた山下直一が死去。

山下家とは父則義《のりよし》が旧武士階級に成り上がるときに縁ができた、言ってしまえば武士の株を買ってできた親戚なのだが、幕府崩壊から明治へというめまぐるしい動乱をかいくぐった者同士、紛れもない身内だ。夏子が生まれたときなど、山下家の七人を含めた十一人が大家族のようにして同じ長屋内に住んでいた。東京府の官員に何とかすべりこんだ則義が、官舎としてあてがわれた長屋である。

（頼られる長男坊。みんなが当たり前のように父さんを頼りにしていた。生まれついての長男坊だったのね。そんな父さんだから、そうして母さんも、泉太郎兄さんに過大な望をかけたんだ）

嫡男を絶対的に重く見るのは、江戸の昔の、ことに武家階級で顕著だった。農民上がりだからこそ、父母は身分にいつまでも拘《こだわ》り、家にしがみついていたのかもしれない。武家身分という支柱を外されたら脆《もろ》くも崩れてしまう、幻の樋口家である。

父母の思いを肩に背負い、若くして死んでいった病弱の兄……。

夏子には、この世に有りとある淋しさ心細さが、何もかも、泉太郎が喀血を見たあの秋の日から始まった気がする。

(父さんも兄さんもいなくなって火の消えたような家の中に、たとえ血が繋がらなくてもいい、時折だっていいの、山下兄弟の訪ねてくれるのは本当に心強かった。樋口家の昔を、父さん兄さんのいた頃を知っていてくれる人は、わたしたち女家族の心の拠り所。とても大切な人だった)

我が家のように遊びに来ては話し込んでいく直一は、かつても大病を患い、みんなして心配したものである。『早稲田文学』を夏子に貸してくれたりする良き話し相手で、こちらも新聞を貸したり、来れば汁粉や昼飯をつくって歓待し、人力に相乗りして心疚《やま》しくない間柄だった。

(去年は弟の次郎君が、華族銀行の試験に難関突破で受かったのを喜び合ったばかりだのに……。人の命の儚さには、ただもう、呆れるばかりだ)

母多喜《たき》の見るから心落ちした表情も痛々しかった。

(あのとき母さんは泉太郎兄を思い出していた……間違いなく、きっと)

次男虎之助と折り合いの悪かった多喜は、直一をどこかで心頼みにしていたのだろう。

(だからわたしに言ったのね、母さん。泉太郎のところへ行けと。桃水を訪ねよと)

半井桃水は本名を冽《きよし》、『東京朝日新聞』専属記者になるまでは泉太郎といった。対馬《つしま》藩典医半井家のやはり長男として生まれ、厳しい風土の中、生命線となる水を象徴する名前を名乗っている。半井家の姓そのものにある「井」も水と薬を意味し、典医としての功により藩主より賜った名という。

大家族主義は半井家も同じであって、その嫡男たるべく生まれた桃水の面倒見の良さは、彼の性格のひとつともなって生涯変わらなかった。血縁でない妙齢の子女も同居させ、それが故に無責任な噂も夏子の耳に入ったが、二人の別離はむしろもっと別のところ、作家としての資質の辺りで兆《きざ》していたのかもしれない。

桃水の許《もと》を去ったのち、古巣の歌塾「萩の舎」から出た先輩作家三宅《みやけ》（旧姓田辺）花圃《かほ》の紹介もあって、夏子は雑誌『文学界』へ寄稿するようになる。同人や寄稿者のほとんどが学生や学士や教師たちであり、中嶋歌子が講師をする「明治女学校」や校長巌本善治《いわもとよしはる》主宰『女学雑誌』との繋《つな》がりも深くて、夏子の素養になかった欧米文学やクリスチャンの匂いをさせていた。

その『文学界』の主流派は、創刊以前から、尾崎紅葉《おざきこうよう》ら硯友社《けんゆうしゃ》系作家の文学には批判的だった。主要な執筆者の一人だった故北村透谷《きたむらとうこく》は、『女学雑誌』（明治二十二年一月）上で「歓楽者の文学」と痛論している。

（尾崎紅葉に紹介しようと言う桃水。家族を養うため新聞小説を書くのだと言って憚《はばか》らない桃水。男女の風紀が乱れているから基督《キリスト》教会には行くなと言う桃水。どうしたって『文学界』同人たちとは違っている）

文学史上宿命的な岐路に立たされ、離れるべくして半井桃水から離れた樋口一葉と、兄に重なる泉太郎の面影を綿々として恋い慕う樋口夏子と……。

おのれが二つに分裂するのを見て見ない振り、或いは逆にじっと見つめながら、「書く」と「生きる」に足掻《あが》く日々は続いた。

血を吐くような我慢。涙の匂いのする無理。間尺に合わぬ子供っぽい依頼心。独りよがりの意気軒昂と理不尽なほどの激しい怒り。人目にそれと見せず泣き濡れた頬に浮かべる冷笑。畳み込まれた記憶の底へ折々に噴き出す、我にあらぬ我から、狂女のように闇雲《やみくも》な独り歩きをした時代である。

最後の転居を決心するひと月ほど前、苦し紛れに心の闇路を踏み惑い、踏み外す間際まで自分を追いつめた頃、「蘆中日記」二月二十三日の記録は、夏子が秋月という偽名を使って、天啓顕《てんけいけん》真術会《しんじゅつかい》の久佐賀《くさか》義孝を真砂《まさご》町にまさに訪れようとするところで筆をとめ、その帳を終える。

日記末尾に記された三首の歌。

よしいまはまつともいはじ吹風の
　とはれぬをしも我がとがにして

かまくらやまだミぬ友のあたりまで
　おもかげうかぶ冬のよの月

紅葉がりいざといふべき友もなし

きのふもけふも時雨のミして

日記としての筆は久佐賀義孝を訪ねる直前の場面でいったん擱《お》かれ、「とて也」と右肩に三文字だけを記してその見開きは空白。次の見開きは知人の住所覚書が一件のみ右頁に、左頁は空白。三首の和歌はその次の見開きから記されている。

帳面右側いっぱいを使って一首ずつ書かれ、左側は空白。

余した帳面の空頁を埋めるとでもいうような鷹揚な書き方である。

これら三首は、夏子周辺の人間模様を読み解くための、有力な鍵なのではあるまいか。

三首目の歌。

紅葉がりいざといふべき友もなし
　きのふもけふも時雨のミして

「紅葉がり」に風雅な「紅葉狩り」を響かせ、萩の舎社中の友を偲ばせるようでいて、実は桃水を思ったものと、やや俗調に捉え直してみても興味深い歌である。

その名が「水」にまつわる縁の深さのゆえでもあるまいが、桃水と一葉が会うときには雨がついてまわった。その思い出を懐かしみながら「時雨のみ」と、冷たい雨がほんの短く降るさまを嘆じる夏子。涙を落として泣くさまを「時雨」ということも忘れずにいたい。

そのとき「紅葉がり」とは「尾崎紅葉の許《もと》へ」の意味となる。かつて桃水を介して尾崎紅葉に会う機会を、自ら辞退して失った一葉だった。目に見えないその背景には『女学雑誌』と「硯友社」などの対立構造があり、跡継ぎ話を仄《ほの》めかす「中嶋歌子歌塾・萩之舎《はぎのや》」が立ちはだかって、一葉と桃水を隔てたのである。

しかし小説の筆を以て食べていく実際の困難に対処しきれなくなったとき、夏子の心は縋《すが》りつくように桃水泉太郎に回帰する。桃水が葉茶屋の店を出したのに倣《なら》うように小商いの店を始め、それが経営難に陥ってようやく、かつての桃水の配慮を有難くもしみじみ思い返したのではなかろうか。

そうしてまるで紅葉の代わりにとでもいうように……久佐賀義孝という摩訶不思議な人物を、今度はたったひとりで訪ねようとするのだ。

天啓顕真術会久佐賀義孝は当時三十歳。

漢学、易経、禅を学んだ後、人生や事業における四季活用の季節学を学びに朝鮮へ渡ったのち、支那、印度、米国と外遊して帰国、本郷区真砂町三十二に天啓顕真術会の本部をひらいていた。鑑定料十銭をとって相場判定や人生相談にのるもので、新聞にも大広告を出して、関東ばかりか東北、東海、関西、北陸へ向け宣伝していた。会員数は全国三万にあまり大臣後藤象二郎や夫人の帰依も得ていると自称する。

夏子は久佐賀を訪ねる最初、秋月という偽名を用いる。

紹介者もなく予約も入れず、闇雲に飛び込んでいって、相場をやりたい、けれど元手もない、先生どうにかしてくださいと言い放つ、飛んでもなさだ。普通であれば正気の沙汰とも思われないが、捨て身の若い女秋月は、閃《ひらめ》く才知という天稟《てんりん》が、自分の魅力であることをよく知っている。歌塾をひらくべく後援者をさがしている歌人、としてやがて久佐賀と向かい合うようになる女の姿は、小説家樋口一葉にとっての「偽装した姿」と見ていいだろう。

「塵中日記」二月二十三日は「うきよに捨もの丶一身を何処の流にか投げこむべき　学あり力あり金力ある人によりておもしろくをかしくさわやかにいさましく世のあら波をこぎ渡らんとてもとより見も知らざる人のちかづきにとて引合せする人もなければ我れよりこれを訪ハんとて也」と書いて、この日の久佐賀訪問の動機をあっけらかんと説明し、日記の筆を擱く（帳面のまだ残された頁に書きつけられたのが、前出の歌三首）。

純粋文学が指弾するような俗物性を自らへまるまる認めるに等しい日記内容なのだが、夏子はまるで物に憑《つ》かれたように動き回り、現世肯定の科白《せりふ》を呪文にして、跳躍台に上ってしまう。踏み切って、虚空《こくう》へ跳躍して、降下して……おのれの底深く潜《もぐ》るためにだったか。無自覚の動機までは測り難い。

けれどいったん擱いた筆をとって浮上し、新しく「日記ちりの中」に向かうとき、そこに紛れもなく小説家樋口一葉の姿があって、二月二十三日の久佐賀訪問の一段を克明に描写してみせるのだ。

まるで長編小説の章を変えるような、その息継ぎの見事さ。

「物包みの君」という綽名《あだな》を歌塾の友人から奉られた、地味で内気で本心をひた隠す樋口夏子が、ひとたび小説家樋口一葉となってさらに秋月へと偽装したとき……自分の殻を打ち破り、物腰ばかりか人格さえ変容するような、荒々しいまで新しい、内的経験は可能となる。

桃水との初対面では、すすめられた座布団を敷きもせず、畳の上に指をついて遊ばせ尽くし、顔もよく上げられなかったという夏子だったが、久佐賀の前では別人になれたのだろう。高尚な娘義太夫《むすめぎだゆう》、とでもいう印象だったのではあるまいか。熱く涙ぐましく語られるものは、回りくどくもあからさまな金銭援助の申し込みだ。

しかし度胸や抱負や口八丁で、金は生易《なまやす》く転がり込んでは来ない。人生の逢魔《おうま》が刻《とき》のこの出会い……金が目的か、駆引《かけひ》きそのものが目的か、分らぬような経過をやがてたどるのは幸か不幸か。その間、夏子の作家本能は、相手にも自分にもその場の状況にも心の目を向け、無意識に克明な取材をしている。

久佐賀義孝との駆引きは水の上の家へ移ってからも続く。小説家村上浪六との駆引きさえそこへ加わって続く。毒をあおるための盃は、毒を求めてしまった以上、一つであっても二つであっても大差ないのだ。

偽装することで鮮明になってくる本音。

仮面を被ることで際立ってくる喜怒哀楽の表情。

夏子は自分の心へ鍬を振り上げ振り下ろし、それを小説家のものとして豊かに鋤《す》き返す。心が、物包みから偽装へと進む、前段階を示すものが前出の和歌三首だと思われる。

水の上の家に移ってからも続けられる久佐賀との交渉に、夏子のしたたかな悪女ぶりばかり見るのは早急に過ぎる。二重人格などではさらになかろう。

もっと素朴な動機……素直な不安感が、吉凶の鑑定術をあやつる久佐賀の接近を容易にしたと見たいところだ。

樋口家が相次ぐ「あさましき死」に遭遇した明治二十七年はまた天変地異の年でもあった。六月二十日には東京が激震に襲われる。

十四時四分、東京湾北部から東京都東部のかなり深い所を震源とし、マグニチュード7弱と推定されるこの「明治東京地震」は、死者三十一負傷者百五十七、東京の下町部と神奈川の横浜と川崎に大きな被害を及ぼした。広い範囲で液状化現象が見られたが、煉瓦の構造物や煙突の損傷が目立ったという記録が開化期明治の都市造りをよくしのばせる。

本郷台地の崖下にある水の上の家はさほど揺れず、号外で大地震と知ったほどだった。姉ふじの家からはすぐに甥秀太郎が、虎之助も芝から見舞いにやってくる。夏子は小石川へ中嶋歌子を訪ね、さまざま噂を聞いて日記に書き留めている。通信や交通の手段が未発達だった時代の、互いを思いやる人々の動き方は実にまめやかだ。夜に強い余震が来るとの噂が広がり、さすがに虎之助が一泊。夜十時過ぎに微弱な余震があったときには、胆《きも》の潰れる思いだったろう。多喜の記憶には、安政時代に打ち続いた東海、南海、江戸の大地震がしかと刻み込まれているし、女家族の心細さはいやますばかりだった。

水の上の家に移ってから、夏子は久佐賀に来訪を求め、久佐賀も喜んで足を向けるようになる。江戸の名残を残す明治の女たちの、塩断ちをしたり、お百度を踏んだり、お札やお守りを求め歩いたりという素朴の心根を無視して、夏子と久佐賀との交渉を語るのは片手落ちというものかもしれない。妹邦子は歯痛治療の願掛けに寺へ通っていたし、或る時期までは夏子さえ、そうそう今日は甲子《きのえね》だったわねと、大黒天参りへ律義に出向いていた。生活感溢れる色とりどりの、細々としてあどけないような、迷信と言ってはすげなさ過ぎるかもしれぬ民俗風習の世界観……現世利益を願う心や、宿命への畏《おそ》れの延長線上に久佐賀との関わりも続くのだろうが、やがて夏子はそこから離脱していくらしい。

『文学界』同人の青年たちとの交流によって理知的で開明的な指向が強まってもいたし、何よりも「あさましき（思いがけない）死」の、身近で実際に続いたことが大きい。

山下直一の死に続いて、身内が二人、若くして没している。

七月一日、故郷から病気療養に出てきていた樋口幸作が入院中に急逝。

夏子たちの父則義には甥にあたる。

入院までの経緯にさんざん心を砕いた女家族は非常な驚きと悲しみに打ちのめされた。「浅ましき終をちかき人にミる我身の宿世もそゞろにかなし」。翌二日には早朝から日暮里《にっぽり》の火葬場へ骨を拾いに出掛け「山川程を隔てたる叔甥のおなじ所に烟とのぼるハこものがれぬ宿縁なるべきにや　おハしまさばと今日ハなき人に成し父上嬉しとおもふ」と日記に残す夏子である。宿世、宿縁と、宿命についての詞《ことば》が列《つら》ねられる。

七月二十四日にはまた一人、稲葉《いなば》鉱《こう》の夫寛が、生活力のない妻と幼い一人息子を残して亡くなっている。鉱はかつての大身《たいしん》稲葉家当主の養女で夏子たちには乳きょうだいにあたる。維新後、寛は殿様から車夫、日雇い人足にまで身を落とし、ようやく監獄の獄吏として働き始めたばかりだった。稲葉家奥勤めの経験を誇りにしてきた多喜の嘆きは極まったことだろう。

樋口家ばかりではない、桃水の半井家へも「あさましき死」はその手を伸ばしていた。

八月二十六日、桃水の弟茂太が病没。

十一月十三日、桃水の妹幸子《こうこ》の夫、戸田成年が病没。

医師である成年は、九州福岡の病院で義弟茂太を看取った身である。

夏子はその両度とも、半井家へ悔やみに出向いている。人の生き死にの、何と呆れるばかりの儚《はなか》さであることか。明治二十七年というこの年を契機に、無常という世界の力学に夏子の心の目が据わる。

長兄泉太郎の死以来、無常ということは夏子についてまわる感慨だったけれど、物の哀れというような、肌に馴染んだ叙情性をかなぐりすてた剝《む》き出しの虚無が、いつしか日常のさ中に顔を覗かせ始めるのも感じていた。

世界にはただとめどない生成と減衰と消滅がくりかえされるのみ。池の水面に月影を映すように、夏子はその虚無感の上にさざ波を浮かべながら眺め入る。一所へじっと座って、血を吐くように独りでいた。時折の奇矯な振る舞いはその反動だったかもしれない。

独りぼっちでまだ見ぬ友を待つ心が、またしても思いがけない悲報を受け止めるのは丸山福山町へ移ってまもなくのことだった。

夏子の日記は、五月三日から六月三日まで、一ヶ月間の記録を欠く。

その間に、一人の詩人が死んでいる。北村透谷《きたむらとうこく》である。

「塵中日記」末尾に記された一首目の歌。

よしいまはまつともいはじ吹風の

とはれぬをしも我がとがにして

下谷龍泉寺町で生涯一度だけ迎えた年の瀬から年明けにかけての冬の日々、三ヶ月間の記録は、前年の二十六年十一月二十七日から書き起こされる。

「晴れ　天知子より状来る　一両日中に来訪あるべきよしなり」

鎌倉笹目ヶ谷に結んだ庵風の別荘から、『文学界』主筆の星野天知《てんち》は葉書を寄越した。実家のある日本橋の教会でクリスチャンとなった天知だが、当時すでに鎌倉建長寺の管長の下で禅を始めている。葉書の用件は、一葉の「琴の音」が締め切りに間に合わず次号掲載になったこと、近日中に初対面の表敬訪問をするつもりでいること等々。

「天知子よりの文は詞のたくミあり　ものなれ顔にさらさらとしたるものからいひもてゆけば事好ミたらむ様にもミゆめる」

夏子は日記にそう漏らし、年明けの一月十三日の天知初来訪をこう書く。

「かねておもひしにハかはりていとものなれがほに馴れ安げの人なり」

向かい側に同業店ができたり、かつての許婚《いいなずけ》だった坂本三郎が地方裁判所判事になったと知らせを寄越したり、『文学界』からは重なる寄稿の催促……。

「終日くにと我れと立ちつくすが如し」「あきなひひま也」「終日一寸の暇なし」

波立つ小商いの日々を記しつけながら、二十日までで止めた一月の日記の最後に、夏子はこんな男性観を書き記す。

「男はすべて重りかに口かず多からざるぞよき（中略）万《よろず》こゝろえがほになれ〳〵敷《しき》は才たかく学ひろしとても何となくあなどらるゝぞかし」

星野天知に、夏子は初対面から何となくしっくりしないものを感じたのではあるまいか。

両者の間にそののち生じる軋《きし》みの原因を探ることはひとまず擱《お》いて、「明治女学校」という鍵穴から覗くとき、女学生として通う夢、教壇に立つ可能性など、夏子のさまざまな心の襞《ひだ》が見えてくる。中嶋歌子が請われて教え、三宅花圃も代講に立った、夏子にとっての聖域、それも生活のかかった聖域である。

『文学界』メンバーの星野天知と島崎藤村と北村透谷は、教師として明治女学校に奉職した経験をもつ。明治女学校校長、巌本善治の発行する『女学雑誌』から分かれて『文学界』は生まれたのだった。

『女学雑誌』は、三宅花圃なども執筆する日本初の総合女性誌で、男性読者も多かった。巌本の妻若松賤子《わかまつしずこ》の翻訳『小公子』など名作を世に送り出し、北村透谷の評論「厭世詩家と女性」が載るや、明治の若者に「大砲をぶちこまれた様な（木下尚江）」「電気にでも触れるような深い幽《かす》かな身震い（島崎藤村）」と特筆される衝撃と影響を与える。

啓蒙的性格の強い『女学雑誌』から離脱して、星野天知らが浪漫主義の『文学界』を創刊するのは明治二十六年一月。二十七年二月にはすでに三輪町八十九番地へ社屋を移していた。島崎藤村が身を寄せる兄の家は三輪町八十七番地。浅草龍泉寺町の夏子の店からも近い。

「そなたより訪ハずはこれよりもとあるに」

「蘆中日記」末尾の和歌第一首目にはこんな詞書《ことばがき》が添えられ、『文学界』同人平田禿木《ひらたとくぼく》の明治二十六年十一月二十九日付の手紙文からとった体裁になっている。一高通学の便のため日暮里の寺に下宿していた禿木が「御暇あらば折々はこの精舎をおとなひ給へ」と一葉を誘い「そなたより訪はれずば此方よりも訪ハれぬわけに御座候」と書いて寄越したものだ。禿木は菊坂時代の夏子にも、日本橋の商家である自分や天知の許へ「是非とはせ給へ」と繰り返し言っていた。

平田禿木は『文学界』同人最初の訪問者で、父のいない境遇を同じくする夏子のため、さまざまに仲立ち役を試みた。『文学界』第一号へ「吉田兼好」を発表し、歌塾へ通った経歴もあり、露伴を愛読すること夏子と意気投合していた禿木は、欧化に傾く女流文芸にはむしろ批判的だった。

「さしも二人三人女文学者と呼ぶ人あれど大方ハ西洋の口真似なるぞ口をしき」

二十七年の年賀状には原稿依頼をかね、

「古藤庵島崎事唯今《ことただいま》三ノ輪なる家に在之近ければ御伺ひ申上度様申《もうしあげたきようもうし》おり候よろしく願上候」

と書いてくる。仲間内で俊敏といわれバランス感覚もよかった禿木が、同じく父に早世された者同士として、藤村と一葉を引き合わせようとしたものだろう。

しかし「古藤庵無声」こと後の島崎藤村が、龍泉寺町を訪れることはなかった。個人的事情が気分的にそれを許さなかったのかもしれない。

昨二十六年一月、藤村は教え子佐藤輔子《すけこ》への恋愛感情に悩んで奉職していた明治女学校を辞め、関西漂泊の旅に出ている。ついで岩手へ赴いたのちその年の十月帰京、十二月には上京した長兄秀雄の一家と同居、下谷区三輪町に住んでいた。――この二十七年の四月には明治女学校へも復職するが、五月末に長兄は水道鉄管に関する不正疑惑に連座して刑務所に入り、差し押さえの紙が貼ってないのは飯茶碗と汁椀と箸だけという有様になり、馬籠《まごめ》本陣の家屋敷も売却される。

かたや夏子は、藤村訪問を心待ちにしていたのではなかろうか。

藤村の「無聲」の号が『孫子《そんし》』戦術原論の「神なるかな神なるかな無声に至る」に依ったものとすれば……前年の八月一日、吉原中之町玉菊追善行事の人形灯籠見物へ母を送り出した夏子が、『孫子』を含む七書を熱心に読んで留守居していたこととの間に、密やかで優しい符牒の交されるのさえ感じとれる。

一葉となる前から、夏子は一連の文学論争に無関心ではいられなかった。中嶋歌子から仄めかされた女学校入学や女学校教師としての奉職に、一縷《いちる》の望みをかけていたからだ。新聞雑誌に掲載される論文へ目を通し、自分なりに考え抜こうともしていた。『文学界』同人の青年たちは、そんな夏子が文壇の新しい潮流を知るための窓になった。

さてここで、明治女学校から出た『女学雑誌』や、そこから分かれて生まれた『文学界』が巻き込まれていた深刻な文壇状況について、時を溯って言及しておく。そこから眺めてみれば、一葉・桃水の別離の真相も、よりはっきりと見えてくるようなのだ。

北村透谷の放った硯友社批判は、純文学と大衆文学という対立構造に近いものをつくって、両者の間にかなり根の深い反目を生んだ。実のところそれは、女子教育界が醜聞風に取沙汰された明治二十二年頃から、明治女学校校長巌本善治《いわもとよしはる》が躍起となって反撃にこれつとめた、文学と倫理についての論争の上に芽吹いたものらしく思われる。

明治十九年、新学校令発布で小学教育の義務化が強められると、「女学振興」が盛んになり、クリスチャン女性五十六人によるキリスト教矯風会も発足、禁酒・禁煙・廃娼論に力を注ぐ。徳富蘇峰・徳冨蘆花兄弟を甥にもつ矢島楫子《かじこ》が会長だった。

明治十六年十二月、下谷区御徒町《おかちまち》居住の頃、私立青海《せいかい》学校小学高等科第四級を首席卒業後、多喜の強い意見で進学できずにいた夏子を、父則義があれこれ奔走して中嶋歌子歌塾に入れたのも明治十九年の八月である。夏子はすでに十四歳になっていた。

明治二十年代には、そうした「女学振興」気運の反動のようにして、学校ことに女学校の風紀問題が大きく取沙汰された。学校教師や女学生を登場させた問題小説が社会現象のように大量に出回り、それに伴って、やがて極端な小説有害論まで出てくる。

ここでさらに時間を溯り、明治政府の文化政策の最初を振り返ってみる。

樋口家の父則義が、明治政府の官員として絶頂期にいて、その大衆教化政策に関わったことを指摘しておきたいのだ——野口碩論文（山梨県立文学館『資料と研究』第十三号）参照。

明治政府は発足より神仏分離を進め、神道と儒教を中心に国をまとめようと神祇省《じんぎしょう》を設けたのだが、うまくいかず、仏教、特に浄土真宗の働きかけで神道、儒教、仏教が合同布教することとなる。

明治五年三月、神祇省を吸収合併した「教部省」を設立。四月には「三条の教憲」発布、「神・仏・儒」に基づいて尊王愛国思想を広めんと「半官半民の教導職」をつのって日本各地で教化活動を始める。組織化のためには「大教院」を設けて、翌六年二月には芝増上寺を本拠とし、府県単位には中教院、全国的に小教院を置いた。これを大教宣布運動という。半官半民の十四階級からなる教導職には、人材の欠乏が憂慮されながら、宗教家ばかりでなく落語家や歌人俳人などの文化人も任命される。

しかし、学校制度が整っていくにつれて国民教化は学校教育で肩代わりできるようになり、また外交の関係上、キリスト教布教の広がっていくのは阻止できず、もともとあった神道と仏教の対立も目立ってきて……と、大教院や教導職の存在理由はだんだん希薄になっていく。国際政治の主流は「政教分離」と「信教の自由」なのだった。

明治八年。五月には大教院解散。

明治十年。一月には教部省も廃止。

そしてちょうどこの過渡期、樋口則義は明治政府の官員として生涯でもっとも充実した時期にいて、国民教化運動にも深く関わったのである。明治の文化政策と樋口家の暮らし振りの連動する有様を眺めてみよう。

明治五年。夏子の生まれた頃の樋口家は、六月に内幸町《うちさいわいちょう》となる東京府構内長屋に住んでいたが、八月の学制公布と連動してここが教員養成のための教則講習所に使われることになり立ち退き、下谷練塀《ねりべい》町に移り住む。

明治六年。昇進を重ねた則義は、一月に十一等出仕、十月に権《ごん》中属となり、十二月に教部省権大講義兼務を拝命。

明治七年七月には十等出仕、九月には東京府中属となる。俸給四十円。

その明治七年、樋口家は二月に練塀町の家を売って麻布三河台町に移り住む。九千三百六十一坪も地所がある武家屋敷だったものを、政府が安価で払い下げたのだ。近所には他にも旧武家屋敷が買手もつかぬまま荒れ果てるに任せてあり、夏子が作品「暗夜《やみよ》」を書くときは、麻布時代の家族の思い出を筆に呼び起こしたと思われる。もっとも当時夏子はまだ二、三歳だったから、多喜から話を聞いたり、邸内に使用人を置いて独り棲みをしている中嶋塾の友人の暮らし振りや、『源氏物語』に描かれる荒廃した河原院の様子や、『白氏文集《はくしもんじゅう》』の「凶宅」の詩句と重ね合わせながら、想像をふくらませたのだろう。妹邦子はここで生まれ、兄たちはここから近所の小学校に通い、姉のふじもここから嫁ぐのだが翌八年には離婚して戻ってくる。

明治八年。それまで教部省が主導してきた「神・仏・儒」の国民教化運動がいよいよ頓挫《とんざ》。浄土真宗の離脱を経て五月の大教院解散のち、則義は九月に教部省兼務を解任された。

明治九年。樋口家は四月に本郷六丁目に家を買い、現東京大学赤門の前辺りへ越してくる。夏子が後々まで「桜木《さくらぎ》の宿《やど》」「さかりの頃のすみか」と呼んで恋しがるその家は、隣にある浄土宗法真寺のかつては伝法院で、蔵もついていて、桜の咲く庭には池もあった。国民教化運動があのまま続いていれば、講習所ともなっていただろう建物だ。則義はこの年の十二月二十八日付で東京府庁を退官する。

悲喜こもごもの変化と異動……。

この先へと更に続いていく樋口家の転変を思えば、何やら溜息がもれてくる。

安政の江戸出府以来、時代に振り回され続けた樋口家の則義が、小官吏としての生活を捨てた気持ちも、頼りは金、と金融に手を染めた思いも理解できなくはない。

起業を企てようとしたのも、ひとつには、子供たちの先行きを案じてのことだったろう。肩を寄せ合い協力し合って仕事をすれば、強い世渡りができる。人助けも兼ねられる。そんな日の来るのを心に念じ、則義なりの夢を見ていたのではないだろうか。

出世志向が空回りしつづけた父の不幸。

父の期待に添えなかった兄の哀れ。

時代の怒濤に呑まれていく男たちの薄命を哀しみながらも、明治の子としての運命に身を投じようとする樋口家の次女がいた。

かくて九つ斗《ばかり》の時よりハ我身の一生の世の常にて終らむことなげかはしくあはれくれ竹の一ふしぬけ出てしがなとぞあけくれに願ひける

——「塵之中」二十六年八月十日

国民教化の動きは、夏子の生まれた年に発布された「三条の教憲」発布の頃から次第に活発になり、宗教や芸能や文芸に広く力を及ぼす。

開化明治の文化には、愛国や実学志向と同時に、外国人の目を意識した倫理性や真面目さが強く求められた。——歌舞伎は、悪所と呼ばれていたそれまでの芝居小屋や芝居茶屋が解体されて帝国の演劇場へと様変わりし、九代目市川団十郎は娼婦役となるお軽を演じるのを「拙者の身を汚す」と自ら拒んで真面目なリアリズム芝居「活歴」を演じるようになり、戯作《げさく》者だった仮名垣《かながき》魯文《ろぶん》や条野採菊《じょうのさいぎく》は、教部省に命じられ「今後真面目に書く」という「著作道書キ上ゲ」を提出したりした。

こうした上からの抑圧への反動だったか、明治二十二年頃に文壇ジャーナリズムを席捲したのは女子教育界をめぐるスキャンダラスな取沙汰だった。

屋木瑞穂《やぎみずほ》の論文を参考に見ていくと、嵯峨《さが》の家《や》おむろ著「くされたまご」(『都の花』二十二年二月)辺りをきっかけにし、中流社会、特に宗教家・教育家の欺瞞と性的モラルの退廃を描いた小説が現れ、次々と波紋が広がり、収拾のつかない状況になっている。

半井桃水が夏子にキリスト教会の表裏についてその汚濁を語り、牧師を色情の教師、信者はその生徒と呼んで痛論したのもこうした文壇状況のあったためで、二十五年三月になってもまだスキャンダル報道は人々の心に影を落としていたのだった。

しかしながらバランス感覚に富んだ桃水はこう付け加えるのも忘れなかった。

さりながらこハおのれが耶《や》そをいたく排斥する心よりかゝる感も随《したが》ひて生ずるにや大かたの教会かゝるにもあらざるべけれど十中の七八ハ其類ならんと思ふを真に宗教に熱心におはせバ甲斐なし　さらずハ先敬して遠ざけ給ふかたよかるべし

――「日記」二十五年三月二十一日

学校風紀問題が爆発的に世を覆った事態には、長年抑圧されてきた庶民大衆レベルの猥雑さが、捌《は》け口《ぐち》を求めて脇へ噴出した観もある。そのとき牲《にえ》に供されたのが、女子教育界だったという点、キリスト教が深く関わっていたことも、大衆レベルの欲求不満と好奇心の在処《ありか》を、正直に物語っている。

「信教の自由」「政教分離」をとりこんだ明治という時代が、尻切れトンボに終わった十年代の大教宣布運動との深刻な矛盾に引き裂かれ、自家中毒でも起こしているような印象もある。あの、たくさんいた教導職・先生たちは、いったい何処へ消えてしまったか。否、消えてしまえるはずもなく、宗教関係者は大教院解散を皮切りにそれぞれ熱心な布教活動に乗り出していき、海外布教にまで進出する者もいた。しかし多くの教導職やその感化の下にあった者たちは、消化不良な気分を一回り大きな大衆的欲求不満の中へ紛れこませていったのではないだろうか。

耶蘇教の匂いをさせ外国語をあやつる、一握りの知的選良階級や新しい女たちに、庶民は飢えるような興味を抱いて、無意識の復讐心からこれを引きずり下ろさずにはいられない、情動のようなものに駆られたのかもしれないのだ。

二十二年に話を戻せば、この年はまず何よりも大日本帝国憲法発布の年。また東海道本線が全線開通し、歌舞伎座も開場しと、東京の町は活気に溢れて見えた。青年壮士たちが闊歩し、自由童子こと川上音二郎《かわかみおとじろう》も上京して書生節を歌う。

「権利幸福きらいな人に自由湯をば飲ましたい、オッペケペ、オッペケペ、オッペケペッポーペッポッポー」

けれど明るい話題ばかりでは決してない。

東京の賑わいをよそに農村は凶作に見舞われ疲弊していた。

二月の憲法発布当日、教育制度の改革を進めようとした森有礼《もりありのり》文相は欧化主義者と見なされ国粋主義者に刺殺される。

十月には外務大臣大隈重信《おおくましげのぶ》の乗る馬車に爆弾が投げつけられ、大隈は右足切断の重傷。

文芸における二十二年を性モラル問題からさらに眺めていくと、山田美妙《やまだびみょう》著「胡蝶」(『国民之友』二十二年一月)の挿絵裸体画が話題に上っている。――山田美妙はのちにその女弟子田澤稲舟《たざわいなぶね》と短期間ながら結婚、稲舟は一葉なる女義太夫を登場させた小説を書いたりしている。美妙と稲舟については、一葉と川上眉山《びざん》の噂にからめて後述する。

これに先立つ明治二十一年五月からは硯友社の尾崎紅葉が『風流京人形』(『我楽多文庫《がらくたぶんこ》』~『文庫』二十二年三月まで)で教師と女生徒の恋愛事件を扱って、石橋忍月《にんげつ》や内田魯庵《ろあん》から痛烈に批判されている。

須藤南翠《すどうなんすい》著「濁世《じょくせ》」(『改進新聞』二十二年四月五月)に至っては、東京高等女学校校長矢田部良吉という実在の教育者をモデルとしたかの、東京貴婦人学校校長刑部襄一を登場させ、内幕暴露風に描かれた問題小説だった。

「濁世」発表をきっかけに、大衆の下世話な興味を煽るような穿《うが》った論評、実際の女学生醜聞報道、女学生を登場させた大量の小説群が、しばらく社会現象のように世を覆う。『読売新聞』紙上で中西梅花《なかにしばいか》が「趣向は学校、主人公は束髪《そくはつ》の令嬢、文法は無法にあらざれば小説視せられざる今の世」とまでいうほど、先進的な男女の集まる教育界がすっかりと世俗の好餌《こうじ》にされてしまったのだ。

しかし当時の基督教女子教育に関わった者には、巌本善治を含めてロマンティックで自由な恋愛を実行した者が多いのは事実だった。

星野天知しかり、北村透谷しかり、島崎藤村しかり。

開化明治、先取的人生を歩もうとした選良たちが打ち当った壁は、世俗世間の色眼鏡という分厚いレンズだったのかもしれない。

明治女学校校長かつ『女学雑誌』主宰者の巌本善治は、文壇の風潮と世間の色眼鏡から女子教育を守るため、躍起となったのだろう、情操教育としての小説に着目し、文学に理想を求め、「意匠清潔、道念純高なるの小説」が最良と唱える。——まるで明治政府が進めてきた国民教化の姿勢、体制側の倫理規範が、姿を変えて表明されてでもいるようだ。キリスト者である巌本は、むしろ積極的にそこへ同化して、女子教育界を守ろうとしたのかもしれない。とすれば彼がのちに時流迎合の戦争肯定に走るのも、同じ心理の流れに思えてくる。

しかしながら文学を狭い基準にはめて選別するような巌本の言説は、文学自律論の立場をとる石橋忍月や森鷗外や内田不知庵《ふちあん》（魯庵）のもっともな批判を招いた。やがては巌本の『女学雑誌』を離れて星野天知らによる『文学界』が誕生することにもつながるのだった。

ここで思い起こしたいのは有名な「舞姫論争」。

森鷗外著『舞姫』（『国民之友』明治二十三年一月）をめぐって「功名と愛の葛藤」を石橋忍月と森鷗外がえんえん論じ合う背景にも、廃娼問題や女学校問題など、男女の恋愛モラルに衆目の注がれている状況があった。

石橋忍月は、愛人である異国の舞姫を捨て去って帰国するエリート主人公の、階級が形成する独特の精神性を指摘したのだったが、巌本はこの『舞姫』にも酷評を与えている。

「『舞姫』に対しては吾れ一読の復《の》ち躍り立つ迄に憤《いきど》ふり、亦《また》嘔吐するほどに胸わろくなれり」論評というよりは、感情移入した一読者が怒りをぶつけた観がある。

ちなみに……廃娼論議とは少しばかり遠く……「娼婦に誠あり　貴公子にしてこれをたばからむハ罪ならずや」が一葉の持論だった。文学的な完成度として『舞姫』を論ずることとは別かもしれないが。

……………………

『武蔵野』は朝日新聞小説記者である半井桃水が後進の育成のために起ち上げた雑誌で、夏子はここから小説家一葉女史として誕生する。

明治二十五年三月二十三日発行の第壱編『武蔵野』へ「闇桜《やみざくら》」を、同年四月十七日発行第二編『武さし野』へ「たま襷《だすき》」を、同年七月二十三日発行第三編『武さし野』へ「五月雨《さみだれ》」を発表。この間《かん》、六月には噂話に悩んで桃水との師弟関係を解消している。『武蔵野』刊行も売れ行き不振から三編までで終わった。

すぐる明治二十五年、明治女学校の某教師が『女学雑誌』への一葉寄稿を『武蔵野』まで依頼しに来た際、桃水はいったん断っている。某教師が誰かは不明。

夏子は桃水にその名前を聞きただすこともなく、くりかえし独りで考えつづけている。

(『女学雑誌』の人で、『武蔵野』時代のわたしに注目してくれたのは……誰)

あちらからわざわざ声を掛けてくれた、樋口一葉をその一番初期に認知してくれた人、ともいえる。

(『文学界』の平田禿木は、『都の花』へわたしが書いた「埋もれ木」を読んで、星野天知へ推薦してくれたわけだし)

桃水を訪問したのが明治女学校の教師というからには一高学生の禿木ではない。

明治女学校講師でもある中嶋歌子から知らされて『武蔵野』を読み、巌本校長自らが出向くとも思えなかった。

(教師というなら天知さんがそうだけれど……)

もし天知であれば、どうして夏子にその話をしないのだろう。

「もしかしたら……」

声に出して言いかけて、指先で唇を押さえる。ここまで考えると、胸は我知らずいつも騒いだ。二十五年というのであれば、無声庵島崎（藤村）の可能性もある。島崎辞職後を引き継いだ北村透谷が明治女学校に在職するのは二十六年からだけれども……。

いずれにしても、この件に関して天知が口を噤《つぐ》んでいるのは如何にも不自然だった。『女学雑誌』から生まれる『文学界』主筆の天知であれば、知らぬはずがない。

我が家を訪れてきた天知の態度や言葉、藤村のそれを思い浮かべ、重苦しく溜息をつく。（桃水訪問のとき、何か感情的な行き違いがあったのかもしれない。断られたということだけで、某教師なる人にとっては不愉快だったろうし）

天知、藤村、透谷ともにクリスチャンであり、桃水はといえば若き日に出家得度を思い立って比叡山で修行するようなところがあり、キリスト教会について夏子に痛論するほどの耶蘇《やそ》嫌いだった。スキャンダラスな女学校風紀問題についても頭に焼き付けていたようだ。

桃水がのちに一葉へ語るところによれば、「女学雑誌に執筆あり度《た》しといひたれどさしつかへおはします頃にてしばし筆とり給ふことあたふまじと断りたるは我が僭越《せんえつ》の所為《せい》成けん　もしこれに出したしなどのぞミ給ハゞいつにもあれ申し給へ　我れ其人に紹介し参らせんにすこしも君が名のけがれには成るべくも非《あ》らず」。

この記録は一葉日記のひとつ「道しばのつゆ」二十五年十一月十一日。そうして北村透谷が紅葉『伽羅枕《きゃらまくら》』、露伴『新葉末集《はずえ》』を『女学雑誌』上で批判的に評論したのが同年三月……。

少し長くなるが引用する。

若《も》し夫れ明治の想実両大家が遊廓内の理想上の豪傑を画くに汲々し、我が文学をして再び元禄の昔に返らしむる事あらば、吾人の遺憾いかばかりぞや。（略）そも元禄文学の軽佻なるは其章句の不羈《ふき》放逸なるが故のみならずして、その想髄の軽佻なるが故なり。（略）思へ、好色と恋愛と文学上に幾許《いくばく》の懸隔《けんかく》あるを、好色は人類の最下等の獣性を縦《ほしいまゝ》にしたるもの、恋愛は、人類の霊生の美妙《びみよう》を発暢《はつちやう》すべき者なるを、好色を写す、即ち人類を自堕落の獣界に追ふ者にして、真の恋愛を写す、即ち人間をして美を備へ、霊を具する者となす事を、好色の教導者となり通弁官となりつる文士は、即ち人類を駆つて下等動物とならしめ、且つ文学上に至妙至美なる恋愛を残害する者なる事を。（略）明治文学をして再び元禄文学の如くに、遊廓内の理想に屈従せしむるの恥辱を受けしめんとするを悲しまざるを得ず。黄表紙も可なり、道行も可なり、其形式を保存するは尚《な》ほ忍ぶ可し、想髄を学び、理想を習ふに至つては、余輩明治文学を思ふ者をして、転《うた》ゝ慨歎に堪《た》へざらしむ。そも粋と呼ばるゝ者、いかなる性質より成れるか、そも売色女の境遇より、如何なる自然の心を読み得るか。われ多言するに勝《た》へざるなり。（略）唯だ余は明治の大家なる紅葉が不自然なる女豪を写し出《いだ》して、恋愛道以外に好色道を教へたるを憾《うら》む事限りなし。（略）われは理想詩人なる露伴が写実作者の領海に闖入《ちんにふ》して、却《かへ》つて烏の真似をすると言はれんより、其奇想を養ひ、其哲理を練り、あはれ大光明を発《はな》ちて、凡悩の衆生を済度せられん事を願ふて止まざるなり。

――「『伽羅枕』及び『新葉末集』」（『女学雑誌』明治二十五年三月）

さて、紅葉や露伴の側では、当時この論評をどう受け止めたことか。桃水の親心はそこまで目配りをして、文海へ漕ぎ出そうとする一葉舟に、いざこざの渦を避けさせたと見ることもできる。

かつて一葉が紅葉との面談約束を途中から辞退したとき、桃水は自分に宛てて手紙を書くよう一葉に指示した。面談中止の理由を、悪く誤解されないための或種アリバイ工作だったが、それもやはり、一葉舟もろとも後難を避けるためであり、自分独りの保身からとは一概にいえない。硯友社側へ肩入れする気分は強くとも、紅葉の顔色ばかり窺っていたわけではあるまい。

歌垣の風俗を色濃く残した対馬に生まれ育ち、朝鮮と日本の花柳界に深く馴染んだ桃水にとって、キリスト教の影響を強く受けた北村透谷の恋愛論は、豊潤さを欠く熟しきらぬものにも思えたことだろう。

しかし開化明治の若者たちにとっては、それが思想として新しく、熱く、衝撃的なものですらあったというのが同時代人の証言にある。若い一葉夏子がそうした潮流に引き寄せられ、自分とは世界を異にする匂いに、あくまで密やかに、憧れを以て魅せられる時期があっても無理はない。明治女学校という、夏子にとっての夢の在処《ありか》の匂いがすれば、尚更のことだった。

（広い世界に、わたしを見つけてくれた友がいた）

われを知るもの……まだ見ぬ友が、自分にはいる。

その思いは当時夏子の孤独な心をいっぱいの憧れで充たしたはずである。まだ見ぬ友へ、遠くひそやかに、呼びかけたかったはずだ。

それにしても、『武蔵野』の片隅に芽生いた一葉を見つけて、寄稿依頼に来てくれた明治女学校教師とはいったい誰なのだろう。

(誰も彼も、恨みはしないけれど……辛《つら》い)

あちらにも良かれ、こちらにも良かれと、心は引き裂かれて血を流す。

(どうしてこんな風になるの、わたしは。どうしたらいいの、わたしは)


現存する最初の「水の上日記」が始まる直前は、前述したように五月三日から六月三日まで、一ヶ月間の記録を欠き、その間に、北村透谷が自裁している。

月の美しい静かな夜、芝公園の自宅の庭で縊《くび》れて死んだ。あくる朝、急報に駆けつけた島崎藤村は、透谷の妻の「それは奇麗な最期でしたよ」と言うのを聞く。

島崎藤村の自伝的長編小説『春』(明治四十年)は、恋愛の苦しみに鎌倉の寺へ籠った藤村を心配して、透谷が自作の詩の載る雑誌を送って寄越したり、不意に訪ねてくるさまをこんな風に描き出す。

「岸本(藤村)さん、御客様。」

斯《こ》う言つて寺男が驚かしたのは、面白く空の晴れた晩であつた。人恋しくて居るところへ、しかも日が暮れてから訪ねて来た客が有ると聞いて、不思議に思ひ乍《なが》ら岸本は出て見た。青木（透谷）だ。部屋へ迎へ入れると、急に逢ひたくなつて訪ねて来たといふ。夜気に打たれた羽織の裾をすこし捲つて、行儀悪く坐つたところは、服装《なりふり》なぞに関《かま》はないといふ風で、酷く飄然とした様子に見える。

（中略）

急に青木は耳を澄ました。

「あ、誰か僕を呼ぶやうな声がする。」

と言ひ乍ら、彼は両手を耳のところへ宛行《あてが》つて、すこし首を傾げて居たが、軈《やが》て高い声で斯様《かよう》な歌を歌ひ出した。

「ひとつの枝に双つの蝶、
羽を収めてやすらへり。
露の重荷に下垂るゝ、
草は思ひに沈むめり。
秋の無情に身を責むる、
花は愁ひに色褪《さ》めぬ。」

荒れ悄《しお》れたやうな青木の眼は悽愴とした光を帯びて来た。寂《しん》とした本堂の方へ彼の声は響き渡つた。

——島崎藤村『春』（透谷詩「双蝶のわかれ」二十六年十月）

……………………

再び「蘆中日記」末尾に記された二首目の歌。

かまくらやまだミぬ友のあたりまで
　おもかげうかぶ冬のよの月

この歌は、『文学界』の主宰者で鎌倉に山荘をもつ星野天知にことよせながら、藤村や透谷の上までをも思ったもの、とは思えないだろうか。

噂に聞く詩人二人へ向け、青春の憧れを込めて詠んだ初々しいかつての歌を、日記末尾に夏子が置いたのでは……。

天知、藤村、透谷は明治女学校に奉職したことのある仲間同士だ。

小田原出身で海と星空を愛する北村透谷は、島崎藤村筆「北村透谷の短き一生」によれば二十六年夏頃にいっとき鎌倉へ引き籠っていたこともあり、「宇宙を宿とする古藤庵」藤村自身も、二十五年八月に友人の戸川秋骨《とがわしゅうこつ》らと鎌倉に部屋を借りて滞在したこともあり、『春』によればまた放浪の旅に出てからも鎌倉の禅寺に長逗留している。

あるいは透谷自死を知ってのち、夏子がかつての日記帳の余白へ歌を書きつけたとするならば……タイムスリップと偽装は歌人にとってはお手のものだから……まだミぬ友どちの、透谷へは追悼の思いを捧げ、藤村とは嘆きを分かち合おうとしたことになる。

北村透谷は樋口一葉に会いに来ようと砲兵工廠《ほうへいこうしょう》の近くまで来て、途中で気が変わって帰ってしまった……。夏子に古典を習いにやって来る身内の青年、穴沢《あなざわ》清次郎が夏子から聞いたと言う、そんな話が残っている。事実かどうかは不明。

いずれにしても夏子は自分の友を待つ思いの、ここにひとつ永遠に報いられなくなった悲しさを、憂くも辛くも、歎いたことだろう。多忙と低収入の中で緊張をつづけたまま神経を病んだ透谷は、前年末すでに一度自殺未遂をして「わが事終われり」と療養生活に入っていたのだった。

　よしいまはまつともいはじ吹風の
　　とはれぬをしも我がとがにして

一葉と藤村と透谷。

三人が理想的に巡り合えていたら、どんなに心強い友情が育ったことか。

「わたしと会っていたら、透谷はきっと死ななかったでしょう」

夏子は清次郎にそうもらし、さらにこんなことも言った。

「われわれ仲間では、少しも戦争なんて影響されませんね」

夏子が「われわれ仲間」と口にしたとき、その仲間意識はひそやかに、しかし断固として反戦『文学界』にあったと見ていい。

しかし、むしろ日清開戦前夜の言論界は、大揺れに揺れていたのである。キリスト者のあの内村鑑三までもが「Justification of Korean War」を徳富蘇峰の『国民之友』へ発表して朝鮮出兵を唱え、やはりキリスト者の蘇峰自身が「平民主義は帝国主義に向かわざるべからず」と力説して、国権主義者に転向表明をする。

『文学界』は時流に迎合する蘇峰ら民友社の態度と激しく対立した。

戸川秋骨は透谷の論敵だった民友社の山路愛山を、「軍歌募集の評者に、例の愛山先生ありて社中一同腰を抜かしぬ。さすがに、楽天健全進歩的なるは民友社なり」と諷する。

透谷の最初の自殺が未遂に終わってからも、「不健全派」「高踏派」と執拗な攻撃を加えつづけた蘇峰の「公然其敵を挙げて言を立てない」態度を、「心地頗《すこぶ》る賤しむべきものある」と『文学界』誌上言い放った平田禿木は、激動の二十七年を振り返り「文士の戦にて筆を枉《ま》ぐるは、民衆のこれに狂して産業を捨つると同じ、この際須《すべか》らく高踏的思想を要す。(略)今の時、戦争文学というものの如き、これ浅劣の極なり」と記すのだった。

『帝国文学』『文学界』に関わった上田敏《びん》も、高踏派という言葉を生真面目に使って詩人を分類する仕事を残した。見事に静かな立場表明といえる。

穴沢清次郎はのちの回顧談に、一葉が透谷を大変尊敬していたと語っている。しかし透谷の名前を挙げて、夏子が思いを日記に語ることはない。

「水の上日記」直前一ヶ月間の記録の欠落を、北村透谷と結びつけて考えるのは危険かもしれない。引越し騒ぎで多忙だったからと説明されればそれまでの話である。現存している日記に、同じく島崎藤村と泉鏡花に関する言及が一切ない不自然さに首をひねってみたとしてもだ。

しかしその日記に「いふまじき事かたりがたき次第などさま〴〵ぞ有る」と嘆じたのも夏子なのだった。夏子という人の物包みの質を思うとき、どんな思いが去来してどんな風に夏子の手を動かし、日記が散佚したかを思いやるのは読者に任されている。歴史というものが、どれほど多くのものを封印しようとしてきたか、その事実にも正しく目を向けながら、許される限り自由に思いを馳せてみたい。

ふたたび想像を逞しくすれば……島崎藤村はのちに自伝的青春小説『春』を執筆するにあたり、一葉日記を深く読み込み、同じ詩人の感性で一葉と透谷の間に流れたかもしれない共感を思ったのではあるまいか。

そのとき、逆巻く時間の渦の中へ怒濤を分け入るようにして溯っていき、自分を含み込んで流れるかつての一葉の時間の中に、それと知らず互いを呼び合いながら彷徨する魂の、ついに巡り合うことのなかった悲劇のあったことに気付いたのかもしれない。

鎌倉へ藤村を訪ねてくる透谷の描写は、その間の神秘をうっすらと気配のようにも漂わせ、すでにして半ば冥界に魂を置く者同士が、時空を超えて呼び合うかの有様は、透谷が吟じたとされる詩の内容にも色濃く反映されて鬼気迫る。

さながら開化明治の『雨月物語』で、白昼《まひる》のようにも明るい初夏の月夜、鬱蒼と茂る木々の吐息に包まれながら、庭木の葉裏でひっそりと縊れた友をおもう、希有《けう》の悼辞《とうじ》となっている……。

（永遠に沈黙してしまった人については、わたしもまた口を噤《つぐ》もう）

机に頬杖突いて物思ううち、夏子はふっと唇を引き結んで頬を緊張させた。

頬杖をはずして机の上に指を組む。目に見えず、音にも聴こえぬ世界の凝視に堪えるように、しばし瞑目した。

北村透谷の名前を何かの弾みで話に出したら、桃水は凍るように冷ややかな他人行儀で夏子を見ることだろう。透谷の硯友社批判が盛んだった曾ても、そうして透谷がこの世を去った今も猶《なお》。

……桃水の今までの反応から推してそのことははっきりと分かり、顔色を窺うようで嫌だったが、再び桃水の援助を仰ぐとなれば、口噤《つぐ》むべきは噤まねばならぬ。夏子なりにそう心得ている。

文壇の、というより俗世間の掟のようなものが、なにがしか党派を組んで棲《すみ》分《わ》けをしており、有無を言わさず背《そむ》けぬもので、お互い同士を縛っているようなのである。

透谷を自死へ追いやったものとは、そうした群れの中にひそんでいた悪意かもしれない。

（誰かを囲んで群れるとなると、みんなして大はしゃぎ。それぞれ違った顔をしているようでも、よく見ると同じお面でも被ってるみたいだ。誰かをつついて、みんなで仲良し。どこにでもある、不思議な眺めね）

硯友社を敵に回して損をし、蘇峰「民友社」から暗々裡《あんあんり》に執拗な攻撃を加えられていたという透谷……。哀観的《ペシミスティック》と一方的に断じられていた透谷にある、澄明《ちょうめい》な明るさが夏子にはわかる。その憧れの源には夏子も素直に感応できるものがあった。

われは歩して水際《すいさい》に下れり。浪白ろく万古の響を伝へ、水蒼々として永遠の色を宿せり。手を拱《こま》ねきて蒼穹《そうきゆう》を察すれば、我れ「我」を遺《わす》れて、飄然として、襤褸《らんる》の如き「時」を脱するに似たり。

茫々乎たる空際は歴史の醇の醇なるもの、ホーマーありし時、プレトーありし時、彼の北斗は今と同じき光芒を放てり。同じく彼を燭《て》らせり、同じく彼を発《ひ》らけり。

然り、人間の歴史は多くの夢想家を載せたりと雖《いへど》も、天涯の歴史は太初より今日に至るまで、大なる現実として残れり。人間は之を幽奥《ミステリー》として畏《おそ》る丶と雖、大なる現実は始めより終りまで現実として残れり。（略）

——北村透谷「一夕観」

文芸時評の激越に過ぎる論調が傷したことは確かにあるだろう。しかし例えば遊里の「粋」について語らせて、表現が過渡期において独善生硬に過ぎた点はあっても、特筆すべきは透谷の問題意識が、その歴史的位相を捉えようとしていることだ。——透谷が論文で試みようとした「粋」についての言及に、三年後の樋口一葉は「にごりえ」を以て応えた観がある。ちなみに哲学者九鬼周造《くきしゅうぞう》が『いきの構造』を刊行したのは昭和五年のことだった。

（透谷は……或る種の人達からはきっと、面白からぬ、暗いヤツだって言われたでしょうね。けれどわたしは時々分からなくなる。みんなが言う、面白いって、明るいって……一体、何なんだ

ろう）

机の前で、夏子はまともに首を傾げた。

（時局便乗で抜け目なく立ち回り、なにがしかあれば即、図にのって囃し立てたり、事あれかしと悪くはしゃぐのを、楽観的《ポジティブ》で明るいと思っている人たちもいる。見掛けと違って、そういう人たちこそ、とても暗い気がするのだけれど……戦《いくさ》の起こる時代には特に、そういう見掛け倒しの空元気《から》みたいな、暗くてはしゃいだ相が世を覆うものなのかしら）

考えるだけで、頭痛がしてきた。

ため息を一つ、それから指先でこめかみをそっと押さえる。

（その一方では、何やら力んで、力ませて、叱咤激励するのが流行っている。もっと働け。もっと急げ。時間泥棒が大声でそんな号令をかけている……。目隠しされた馬車馬ばかりにしたいんだろう）

夏子は伏せていた目を上げて呟いた。

「文学は人間と無限とを研究する一種の事業なり」

さらにこう続けた。

「頭をもたげよ、而《しか》して視よ、而して求めよ、高遠なる虚想を以て、真に広闊なる家屋、真に快美なる境地、真に雄大なる事業を視よ、而して求めよ、爾《なんじ》の Longing を空際《くうさい》に投げよ、空際より、爾が人間に為すべきの天職を捉《と》り来れ、嗚呼《ああ》文士、何すれぞ局促《きょくそく》として人生に相渉《あいわた》るを之れ求めむ」

北村透谷の「人生に相渉るとは何の謂《いい》ぞ」（明治二十六年二月）である。これによって始まった「民友社」山路愛山との有名な論争は、大きな影響を文界に及ぼした。文学史上よく知られている「人生に相渉る論争」である。

明治初期の国民教化運動にのっとるかのように、文芸を人生に相渉るための事業と捉え、実学志向、倫理重視を強調する山路愛山の論説に、北村透谷が詩人の誇りを以て反駁し、文芸の自立性を謳い上げるように主張したものだった。

『女学雑誌』巌本善治の下に北村透谷、『民友社』徳富蘇峰の下に山路愛山、という図式で二十二年の文壇状況から順繰りに眺めていくと……二十六年の透谷と愛山の論争は、巌本をめぐって文壇内部に潜伏していた対立感情の再噴出、焼き直された代理戦争のようにも見えてくる。事実、蘇峰の腹心である愛山は、透谷を斬るためのペンで巌本をも斬りつけている。

二十二年の巌本善治の生硬な文学論評は、硯友社同人や森鷗外らをいたく不興がらせ、二十五年の北村透谷は、巌本の『女学雑誌』誌上で、紅葉と露伴の批判をやってのけるのだが、蘇峰の方は正反対に、私的で親密な交流を彼等とつづけていた。

「人生に相渉る論争」とは……文壇の大勢を味方につけた蘇峰の、隠然とした巌本潰しのひとつに進展していったのではなかったか。

徳富蘇峰を「冷静なる政治家気質」とみる内田魯庵によれば「文名隆々天下を圧する勢い」「当時の青年は皆その風を望んで」傾倒したという蘇峰のひきいる『国民之友』は「殆ど天下の思想界に号令する観があった」。それに睨まれればひとたまりもない。

巌本の『女学雑誌』はのちに足尾鉱山鉱毒問題について取上げて廃刊に追いやられるが、同じ鉱毒問題についての調査委員に名を列ねた徳富の方はなぜか無事である。

また巌本の経営する明治女学校は火事で焼失し、巌本の背に負ぶわれて逃げのびた妻の若松賤子は、その時のショックも身重の体に禍《わざわい》してこの世を去る。思いも寄らぬ不運がただ重なっただけの悲劇なのか本当に……と、ふと黒い疑惑さえおぼえてしまうほど暗澹たる成り行きだった。

若松賤子を悼んだ歌を夏子は詠んでいる。

とはばやと思ひしことは空しくて
　今日のなげきに逢はんとやみし

巌本善治の下にいたことが、透谷の文壇的立場を複雑にした。

加えてキリスト者としての立場から、透谷は我が国初の国際的平和推進組織「日本平和会」創立（明治二十二年・１８８９）に関わり、機関誌『平和』（明治二十五年三月から二十六年五月）に「反戦・平和」の旗印を高く掲げていた。

平和という言葉さえ、当時は全く新しいものだった。――ちなみに１８８９年には第一回万国平和大会がパリで開かれ、第二インターナショナルが非戦論を唱えてパリで創立されている。

北村透谷はまたキリスト教会内部の派閥問題に巻き込まれた可能性がある。

機関誌『平和』での旺盛でかなりオリジナルな論調は、教会内部でも異端的なものとして受け止められ、二十六年下旬からはクリスチャンとしての活動も停滞してしまうのだ。

即ち断然、従来三年間執着せし宗教的生涯を打破し、之より大に我が意志を貫くべし、われ多艱なる過去を通り来れり。この頑骨を枉《ま》げて、面白からぬ仕事に追ひつかはれたり、看《み》よ、之よりの余が猛志を、「エマルソン」を脱稿するの後、直ちに「公暁」に取蒐《かか》らんか。おもしろし〳〵。

二十六年十一月一日の日記へ透谷は強気にこう記し、十二月には京橋区の父母の家へ転居したものの、その二十八日に咽喉を突いて自殺未遂をしている。明治女学校は自然退職の形になったようだ。

（透谷は八月の東北伝道旅行で留守中に普連土《フレンド》女学校の教え子富井まつ子が病没したことにも深く心を傷め、すでに九月には自分の精神の異常を感じていた。島崎藤村も教え子への恋に悩んでこの年の一月から明治女学校を辞して漂泊の旅に出ていたが、坊主姿で十月に透谷夫妻を突然訪問して驚かせている。樋口一葉はといえば七月に浅草龍泉寺町に転宅し、半井桃水への恋情を日記に痛々しく「忘られて忘られはてゝ我が恋は」などと記しながら、慣れぬ小商いに身をすり減らしていた……）

冷静に眺めてみれば、女子教育をスキャンダル問題から守るため、文学に道徳律をもちこみ、保守的体制派に同化しようとする巌本善治の方向性は……文学に功利実用主義をもちこむ愛山の感覚や「文章報国」を唱えて平民主義から帝国主義へと変じていく蘇峰の立場と似通ったところもあり、そのような巌本がやがて戦争肯定へ傾いて行くのは自然な流れだったかもしれず、それゆえ時流に逆らって平和を唱える透谷や『文学界』同人たちとの乖離《かいり》は、余儀ないものとなっていく。後年になって平田禿木が巌本の変節を非難する文章を記すのも無理からぬところなのだ。

いずれにしても北村透谷は、戦争肯定派にとって大変目障りな存在だったには違いなく、「硯友社」批判も筆禍《ひっか》し、北村透谷を身代わり山羊として血祭りにあげるべく、反対勢力が結集したと見てもいいだろう。

考え辛いことではあるが、透谷顕彰のための石碑が建立されようとした際のエピソードを知れば、人間社会の実相に紛れもなくそうした理不尽さが潜んでいるのがわかる。

時代は下り、平成の世が来てから、歴史学者の色川大吉によってその事実は紹介されている（『北村透谷』東京大学出版会、平成六年）。——没後四十年忌、藤村自著の「北村透谷に献ず」の碑は竣工後四年も放置されたのち、ささやかに小田原で除幕された。また没後六十年忌には、八王子の有志の竣工した「幻境の碑」が地元の反対で石屋の庭に放置三年、丘の上に放置一年半、除幕直前にもまた横槍が入って「幻」から「造化」へと碑面を改められている。研究者勝本清一郎が『透谷全集』全三巻を岩波書店から刊行し終えたのは六十一年後の昭和三十年だったが、一般的な理解は依然として低く、危険思想を持つ偏狭な文学者とみなされ、世界大戦後の昭和、民主主義の時代が来てまでつづく北村透谷の受難だった。色川は「私の住む多摩地方でも、つい最近まで透谷を〈アカ〉〈不健全〉呼ばわりする行政関係者が多数いたほどである」と証言している。「幻境」の石碑はようやく八十年忌頃になって地元有志により建立される。

「人生に相渉る論争」は、文学とパンについての単純な議論には終わらなかった。

当時透谷のおかれた熾烈《しれつ》な状況を考えれば……のちに夏目漱石が書く「文芸は男子一生の事業とするに足らざる乎《か》」の一文が、なにやら牧歌的に見えてくるほどだ。


「空の空の空を撃つて、星にまで達することを期すべし」

夏子の暗誦は少しずつはっきりと、やがてよく通る涼しい声の高唱になった。

「眼を挙げて大、大、大の虚界を視よ」

胸の昂ぶりを抑えるときの癖で、ぴくりと肩を震わす。

その薄い肩に荷を背負い、仕入れに遠路出歩いた浅草時代の名残で、頰の高みのきめ細かい肌に、うっすらとそばかすが散っている。むしろそのために透明の度をます顔へ、一すじ涙を零《こぼ》れるままにして笑みを浮かべ、呟いた。

「……わたしも同じよ、大自在の風雅を伝道する者。詩の神の子」

透谷は、西行の桜や芭蕉の名月を論じながら、詩人が自然の懐裡《ふところうち》に躍り入り、霊妙なインスピレーションを得る「大活機」を得て、「現象以外に超立して、最後の理想に到達するの道」を、世人に伝えるべきを述べる。大自在の風雅の伝道者たらん、と。

夏子は一冊の本を机の上に広げ、ひとつ小さく頷く。

今生でついに相見《まみ》えることのなかった人の遺作集『透谷集』（文学界雑誌社明治二十七年十月七日）である。禿木が届けてくれた星野天知よりの献本で、島崎藤村の編集したものだった。以前から約束の『西鶴全集』二冊本（博文館『帝国文庫』明治二十七年）も同時に届けられ、運命にひそやかな覚悟を迫られた思いでいる。

絶体絶命の材料は揃った。

（のっぴきならない所まで、自分を追い込み、追いつめなければ……）

そうでもしなければ、書けない。自分の憧れに応えきれない。

我が思いの岩清水を守りながら、あくまでもひそやかに書くための水位を高めていくしか、もう手立てはないのだ。

けれど、たとえば桃水にも、たとえば透谷にも、影響はされても盲従はしない。

借り物でない、自分自身の思いを拠り所にして独り立つ。

そういう意味で、夏子は自分の反骨を信じていた。

自分なりに考えて、反駁《はんばく》の必要があれば用意もしよう。時間をかけ、粘り強く考え抜いて、さまざまな違和感を乗り越えながら、ひとつの姿をもつまでのものにする。そうしてのち初めて、思いは自分のものとなるのだ。

幾度となくめくった『透谷集』の頁にまた目を落とし、声に出して読んでみた。

「現象世界に於て煩悶苦戦する間に、吾人は造化主の吾人に与へたる大活機を利用して、猛虎の牙を弱め、倒崖の根を堅うすることを得るなり」

俗世を済度するは俗世に喜ばるゝが為ならず、肉を以て肉を撃たんは文士が最後の戦場にあらず、と姿勢を正す透谷は、空の空の空を撃って星にまで達することを期すべし、眼を挙げて大、大、大の虚界を見よ、彼処に登攀《とうはん》して清涼宮を捕握せよ、俗界の衆生に其一滴の水を飲ましめよ、と高らかに言う。

「彼等は活きむ、嗚呼、彼等庶幾《こいねがは》くは活きんか」

この人生に相渉る論争の始まる一ヶ月前、二十六年一月「富嶽の詩神を思ふ」では、

「嗟《ああ》何物か終《つい》に尽きざらむ。何物か終に滅せざらむ」

と嘆じたのち、郷土愛をうべない、故郷はこれ邦家なり、多情多思の人の尤《もっと》も邦家を愛するは何人か之を疑はんと筆を運んで、イタリア義軍に参加して悪疫に没したバイロンをあげ、透谷自身ごく若い時代に政治を志したという面目をうかがわせ……詩の永遠なる力を、こう謳いあげるのだ。

「請ふ見よ、羅馬《ローマ》死して羅馬の遺骨を幾千万載に伝へ、死して猶《な》ほ死せざる詩祖ホーマーを」

そこから転じて「天地の分れし時ゆ、神さびて高く貴き駿河なる……」と山部赤人《やまべのあかひと》を長々と引いて、おもむろに富士山賛美へうつり、日本文学を語る。

「渡る日の影も隠ろひ、照る月の光も見えず、昼は昼の威を示し、夜は夜の威を示す、富嶽よ汝こそ不朽不死に邇《ちか》きものか」

「遠く望んで美人の如く、近く眺めて男子の如きは、そも我文学史の証《あか》しするところの姿にあらずや」

「われはこの観念を以て我文学を愛す。富嶽を以て女性の山とせば、我文学も恐らく女性文学なるべし」

女性読者をも充分意識しただろう小論はこう結ばれる。

「詩神去らず、この国なほ愛すべし。詩神去らず、人間なほ味《あぢはひ》あり」

………………

夏子没後、一葉日記出版のために妹邦子の手による写稿が行われたとき、邦子はある特別な一冊の末尾に、現存する日記にはない、このような文章を書きつける。

　我れは人の世に痛苦と失望とをなく《ぐ》さめんためにうまれ来つる詩のかミの子なりをこれるものをおさへなやめるものをすくふへ《べ》きは我か《が》つとめなりされは《ば》四六時中いつ《づ》れのときか打やすミつゝあらんや我か《が》ちをもりし此ふくろの破れさ《ざ》る限りわれはこの美を残すへ《べ》くしかしてこのよほろひ《び》さ《ざ》る限りわか《が》詩は人のいのちとなりぬへ《べ》きなり

一葉日記の謎のひとつとして残されている、詩のかミの子宣言である。

どうだろう。

北村透谷論文の影響は、ここに感じられないだろうか。

歌人としての夏子が心に抱いていたはずの、古今集仮名序「たとい時うつり、ことさり、たのしびかなしびゆきかふとも、このうたのもじあるをや」もまた、底鳴りして響いてくる。

一葉夏子がこの一文を自ら削除した可能性は高い。

そうしてあえて邦子が、むしろその場所へ狙い定めるようにしてこの一文を書きつけ、後世へ残そうとした思いもさまざまに偲ばれるのだ。

詩のかミの子宣言を、邦子が末尾に据えた写稿は、「塵之中《ちりのなか》日記」。

明治二十七年三月十四日から同十九日の、時期的には龍泉寺時代の記録だが、他の日記とは異なる特別な紙に美しい書体で書かれて縦長に綴じられ、夏子自身による浄書手入れを思わせるともいわれる。

すでに運命鑑定家久佐賀義孝との交渉が始まり、『文学界』主筆星野天知も立ち寄るようになっており、十二日には平田禿木に連れられて『文学界』同人仲間の馬場孤蝶《ばばこちょう》が初訪問している。萩の舎では田邊龍子（二十五年に三宅雪嶺と結婚した花圃）らが門人として弟子をとるのを許されて家門を開く予定で、夏子が心の動揺を隠しきれないでいる時期に相当する。

書きながら考え、まとめては読み直し、自分の決心を固める。場合によってはさらに浄書したかもしれない。……日記は、揺れる心を立て直すための営みだった。

出世志向の父母から刷り込まれた価値観。

中嶋歌塾で学んだ事柄や隠忍自重のそこでの経験。

半井桃水との出会いと別れがもたらした思いと、そこから積極的に選びとった諦観。

自らの仕掛けた罠のようにして飛び込んだ「天啓顕真術会」久佐賀から取込んだ知識。

『文学界』という新しく開いた扉からくる「文学」の現場の臨場感。

多分食入るようにして読み込もうとした透谷らの論文。

市井《しせい》に小商いをしながら生きる女隠者《やさいんじゃ》としてのみ持ちえた視座。

それらを総動員しながら行う客観化の作業は、考える主体としての自分を夏子に意識させた。主軸のぶれないその姿勢によって、夏子は今現在の惨めな生「人になさけなければ黄金なくして世にふるたづき無し　すめる家ハ追はれなんとす　食とぼしけれバこゝろつかれて筆ハもてども夢にいる日のみなり（感想・聞書6「いはでもの記」）」の現実から、自分自身を救出する行動のきっかけを摑もうとしたのである。

そうして紛れもなくこの作業を通じて立ち直った夏子は、次の「塵中につ記」冒頭に、「おもひたつことあり　うたふらく　すきかへす人こそなけれ敷嶋の　うたのあらす田あれにあれしを」と謳い、つづけて龍泉寺町での小商いから撤退する決意を記す。「いでさらば分厘のあらそひに此一身をつながるゝべからず　去就は風の前の塵にひとし　心をいたむる事かハと此あきなひのミせをとぢんとす」。この「塵中につ記」に本郷丸山福山町への転居までを記して、日記は「水の上日記」へと変わるのだ。

邦子が原本にない「詩のかミの子宣言」を書き写した帳面「塵之中日記」は、「塵中につ記」直前の一冊で、夏子が総力を挙げてした、客観化の作業が記録されている。

「日々にうつり行こゝろの哀れいつの時にか誠のさとりを得て古潭《こたん》の水の月をうかべるごとなら

んとすらん」

こう始まる一文には、

「虚無のうきよに君もなし　臣もなし　君といふそも〳〵偽也　臣といふも又偽也」

ときわめて醒めたアナーキーな原理が提示される。

それが一転して、

「いつはりといへどもこれありてはじめて人道さだまる　無中有を生じてこゝに一道の明らかなるものあれバ人中に事をなさんとくはだつるものかならず人道に寄らざるべからず」

という明治の原則へ収斂《しゅうれん》していくのだ。

「さればいにしへのかしこき人ハこゝろの誠をもとゝして人の世に処するの務をはげみたりきつとめハ行なひ也　行ハ徳也　徳つもりてはじめて人の感おこる　此感一代をつゝミ百世に渡り風雨霜雪やぶるによしなく一言一世に功あり　一語人に益あり　こん〳〵たる流れハ濁を清にかへして人世是非の標準さだまらんとす」

この文章の骨子は、つまりこういうことだろう。

「天地の誠ハ虚無のほかにあるべからずといへども人世の誠ハ道徳仁義のほかにあらず」

「されバ人世に事を行ハんものかぎりなき空をつゝんで限りある実をつとめざるべからず」

さらに孫呉《そんご》の兵法を引き合いに出しながら、夏子は論をこう結んだ。

「さるからに法ハ奇にして濁にあらず　清流一貫古来今にいたる　おもへバ聖者ハ行ミづのながれのとゞこほる所なからんぞうら山しき」

そして末尾には和歌を添える。

「魚だにもすまぬかき根のいさゝ川
　　くむにもたらぬところ成けり」

これは、いささか以《もっ》て所感となすというほどの意味か。和歌の始祖と崇められる柿本人麻呂をまつる影供《えいぐ》記には「手にむすぶ細小《いさ》小《さ》川のましみづに」とあるが、いささかの澱《よど》みもなく、いささ川の澄んだ川底が透けて見えるごとく、ただ廉直に記したまでの浅さかもしれませんが、としたものだろう。

三月十四日から十九日までの日録が、如何にもさり気なく、短く、淡々と、その後に続く。

憑き物にとりつかれたかの如く、酔うように書かれた高調子の「詩の神の子宣言」は、「蓮之中日記」の自制を極めたこんな総括と、邦子の手によって並べ置かれた。

両極に大きく振れる夏子の心。

傍らにいてそれをよく知っていた邦子ならではの判断だったかもしれない。

この宣言が本来書かれていた、現存しない、もう一冊の帳面のあった可能性は高い。

……………………

ここで仮に時計の針を進めて明治二十九年二月。

丸山福山町「水の上の家」へ住いを移して十ヶ月後の夏子は、またしても机の前で頬杖をつきながら、しかし今度はこんな風に書きつけるのである。

誠にわれは女成《なり》けるものを、何事のおもひありとてそはなすべき事かは
われに風月のおもひ有やいなやをしらず　塵の世をすてゝ深山にはしらんこゝろあるにもあらず　さるを厭世家とゆびさす人あり　そは何のゆゑならん　はかなき草紙にすみつけて世に出せば当代の秀逸など有ふれたる言の葉をならべて明日はそしらん口の端にうやくしきほめ詞などあな侘しからずや　かゝる界に身を置きてあけくれに見る人の一人も友といへるもなく我れをしるもの空しきをおもへばあやしう一人この世に生れし心地ぞする　我れは女なり　いかにおもへることありともそハ世に行ふべき事かあらぬか
——「ミつの上」二十九年二月二十日

文机《ふづくえ》にうたたねして見た夢の中では、思う事を存分に口にし、また人の理解も充分に得て、心嬉しくもあったものを、目覚めてみれば、女である我が身は、いつも通りの配慮に心責められて、口を噤みがちの日常に戻っている。

「いふまじき事かたりがたき次第などさま〴〵ぞ有る」

引き戻された現《うつつ》に夏子を待っているのは、言い知れぬ空しさと孤独感なのだった。

「厭世詩家と女性」という論文もある北村透谷の影響を思いながらこの文章を眺め、北村透谷と

山路愛山の「人生に相渉る」論争や、やがてそこから尾を曳《ひ》いて二葉亭四迷や夏目漱石がまともに考え抜いたそれぞれの「文学は男児一生の事業か否か」論と照らし合わせていくとき……痛ましいことでもあるのだが、その群を抜いた仕事振りで明治文壇に頭角を現した樋口一葉という作家の、机に頬杖つきながらの述懐の……「我れは女なり」のカウンターバランス、カウンターパンチ力を思わずにはいられなくなる。

第二章　歌塾「萩の舎」——歌人として文章家として

十一月三十日『文学界』「暗夜（七〜十二）」連載完結
十二月三十日『文学界』「大つごもり」

明治二十七年（1894）初冬から師走へ

明治二十七年初冬から師走へ

中嶋歌子歌塾「萩の舎」の広間に敷かれた色とりどりの座布団の上へ、淑《しと》やかに座る令嬢たちの、美園の花か深山の紅葉か、思い思いに着飾ったその中でたった一人、こざっぱりと質素な綿銘仙……かつての自分のような身なりの娘は戸川達子、この秋入門したてで、師の歌子から夏子は「父君は戸川残花《ざんか》さんよ。目をかけておあげなさい」と頼まれている。『源氏物語』の講義を始めようとする夏子の姿を目で追っている、縋《すが》り付くような熱い視線はその達子のものだった。

夏子は一張羅《いっちょうら》の青い羽織の袖に指先まで隠し、胸元でかき合わせて自分自身をそっと抱くようにした。講義する際のそれが夏子のお決まりの構えで、「そらきた、始まり始まり」とばかり目くばせし合い、笑いを嚙み殺す者らもいる。当人たちは気付いていないらしいけれども、無礼すれすれのお行儀の悪さ、不躾《ぶしつけ》さが底にひそむ。近眼の夏子にも、稽古場のそんな気配は感じられるが、いつものこととて構わず講義を始めた。

「……ただ今の言葉で申し上げれば、まあこうでもございましょうか」

落ち着いたアルトの澄んだ声が、甘く湿った不思議な含みを籠らせて、十五畳ほどもある空間の隅々にまで響き通る。

細々としているのに強靭な、声は姿とひとつになる。

「秋霧に立ちおくれぬと聞きしよりしぐるる空もいかがとぞ思ふ。秋霧も時雨も、葵上《あおいのうえ》への哀悼の思いを表しておりましょうし、立つは霧の縁語でございますね」

いつのまにか教室は静かになっている。

綸子《りんず》の紫矢筈《やはず》、黄八丈、お召、糸織のきらびやかな花々が、奢《おご》りの香る静寂《しじま》の中で、ただ咲きに咲いているのみ……。

令嬢たちはきっと、小説など書く風変わりな師範代が面白くてしようがないのだ。

十月《とつき》がほど吉原遊廓近くで駄菓子荒物の小商いをしていたという有名な話も「樋口の荒物病」と言われてすでに伝説化し、清貧を気取ったようにも、小説取材のためだとも噂されていた。

話題に事欠かない夏子を師範代に据えるなど、思えば歌子もなかなかの遣手《やりて》である。

歌塾の先輩、名門出身の女流作家花圃の紹介で『都の花』や『文学界』に発表した夏子の作品は、萩の舎社中でやっかみ半分、それでもいわゆる「銘柄物」として許されていた。きっそりと痩せた身体を包む、いつに変わらぬ地味で質素な古衣《ふるごろも》さえ、令嬢たちには御愛嬌のように思える「お夏さん」なのである。

親愛の度をいうのであれば、戸川達子から来るものは少しばかり質が違っていた。

夏子は言葉の切れ目で、見やるでもなく達子の座っている方へ顔を向け、瞬時に何事か諒解して胸に畳み込む。

(達子さんは、入門当時のわたしと同じに、自分の身なりに気後《おく》れがしているのだろう。わたしがこんな風だから、きっと救われるのね)

ひっつめて結った銀杏《いちょう》返しに萎《な》えばみたる古衣。染めを重ねた青い羽織。

それが夏子の、萩の舎における「樋夏・ひなつ女《め》・鄙女」商標でもあった。好きでしている訳でもない自分の窶《やつ》し姿が、誰かを慰めるなどとは思いもしなかったけれども……。

達子の心細さは分かる、と夏子は思う。

(娘心に衣のひけめは、身を切るほどの辛さだもの)

貴顕の子女に立ち交じり、平民組を自称する仲良し三人組に加わっている夏子だけれど、他の二人はいずれも富裕の暮らし振りで、見蕩《みと》れるほどあでやかな身なりをしている。

(達子さんは数え十八歳とか。わたしの入門はまだ十五のときだったわ。達子さんと同じような年回りにはもう、父を亡くしている)

兄の死父の死と打ち重なる不運に後ろ盾を失い、貧苦の中、さらでも幻の零落士族の、さらに寡婦の家という山城に立籠る日々……。それは物語の翼の蔭で傷心を癒し、あえかにひそやかな自負を育ててきた歳月でもある。

手に結ぶかきねの水の細ながれほそきも夏のいのち也けり　　――「夏水」二十七年夏
よの中に流れて後ハしられねど我山清水清くも有哉　　――「山家流水」二十七年夏

夏子が生涯つづり続ける日記の筆は萩の舎入門当時から執られ、第一冊目はその名も「身のふる衣　まきのいち」。

明治二十年二月二十一日、麴町《こうじまち》の貸座席で開かれた萩の舎発会へ初参加の日。

出席者六十人ばかりの、あやにしき善美を尽くした衣模様や輝くばかりの帯の色に囲まれて、たらちねの親の恩の古衣を身にまとった夏子に、天つ神の恵みは最高点を授けたのだった……。

打なびくやなぎをみれバのどかなるおぼろ月夜も風ハ有けり　――「月前柳」二十年二月

代講を終えた夏子は、目の前に広がる艶やかな衣《きぬ》の花畑を見回す。

（わたしはこれでいい。これでいいんだ）

不意に、えも言われぬ、優しく不思議な微笑みが頬に浮かんできた。

夏子はそれを隠すかに伏し目がちになると、しずしずと座布団をおりて席を立つ。

毎週土曜の稽古日は、令嬢たちがそれぞれ引揚げるまでが、また一騒動である。

衣装直しに立ったり座ったり袂《たもと》や裾をひらひらと翻し、リボンや簪《かんざし》や手提げのあちらこちら宙に行き交う有様は、淑やかに笑いさざめきあう花園の鬼ごっこのようで、塾前にずらりと並んだ黒塗りに金定紋の入ったお抱え人力車で帰る者、散策かたがた連れだって歩く者、それぞれへ「お帰り、お気をつけ遊ばせ」と声を掛け、最後の一人を見送るまで夏子は気が抜けない。

それでも部屋の隅で帰り支度をしている達子へさりげなく近寄っていき、

「お歌はどうでも、お顔とお召しはお美しくってね」

耳元でそんな風に囁く。はっとして見上げる達子の丸い目を覗き込めば、（お夏さん、知っているんだ……わたしの気持ち）そういう達子の声が聞こえてくるようだった。

達子の後ろへ回って帯結びをさりげなく直してやり、「あの……今日の御講義で質問があるのでこのままお待ちしています」達子が場違いに高い声を出して、追いかけるように言うのを背中で聞きながら、廊下へ滑り出る。

人目のささぬ濡縁《ぬれえん》に立って、夏子はやれやれと首を振った。

(ぶきっちょな娘。昔のわたしもあんな風だったのかしら。……ちょっと違う気もするけど)思えばなんだか可笑《おか》しくなってきた。

(さっきは歌子先生にさんざん叱られて可哀相だった。達子さんのだってすぐに分かる叱り方だから、例によってみんなが変な目付きで目配せしあっていたし)

枠にはめようとする歌子の教え方には、夏子自身が飽き足りない思いでいた。中嶋塾の稽古は、すべて題詠で「山家花《やまがのはな》」「水辺鶴《すいへんのつる》」というような当座の題を与えて歌を作らせ、書き役に書写させ匿名にした上で、その詠草を師が講評し、点をつける。別に宿題も出されて、師から朱筆を入れてもらうことになっていた。歌子から今日注意されていた達子の歌は、父親残花《ざんか》の影響もあったのであろう、詠う者の感慨を際立たせた、自然で、ごく新しい感覚のものである。中嶋塾のとる景樹《かげき》流の流儀とは相容れない。

戸川残花は基督教伝道者としても、詩人、随筆家、翻訳家としても知られていた。『文学界』客員として当時斬新な新体詩なども発表、故北村透谷とも親しかった。

(達子さん、お身なりのことで気が引けているところへ、さらにもお歌を叱られて)

どんなに身を縮めていることかと思いやり、夏子はそのとき、手元にあった紙へさらさらと激励文をしたためてひねり紙にすると、後方に座っていた達子へぽんと投げてやったのだ。

（わたしったら、またひとつ身の絆《ほだ》しを作ってしまった。まあいい。来る者は拒《こば》まずだ）

令嬢たちが身支度を直すほんのひととき、廊下に立って夏子は物思いに耽《ふけ》る。

ガラス戸に前髪のつくほど額を寄せて見やれば、近眼の目にもぼんやりと映る前栽《せんざい》の黄菊白菊。戸の隙間からほんのり香りが漂ってきて、紐解《ひもと》くように蕾《つぼみ》を開き始めているのが分かる。

中嶋塾は安政の頃からある日本家屋で、夏子が入門当初はあちこちが傾《かし》いで古畳もそのままだったけれど、歌子が経営の方針を変え、去年一昨年とつづけて建て増しをした。調度にも女歌人らしい贅《ぜい》を凝らして隅々まで磨き立て、重々しい格式に加えて、お姫《ひい》さまたちの社交場としての華やかさもできてきた。

古い門下生が嫁に行ったり家門を開いたり、齢五十に入った寡婦で実子のない歌子には、焦りもあったのだろう。さしつぎの小枝すなわち養子相続人を内々に決め、営業のための社交にこれ努めて、新しい弟子を二十人がほど増やしたりしている。

古い門人たちは陰口にそんな歌子の吝嗇《りんしょく》や、歌道に専念しないさまを危ぶんでいた。

夏子は溜息をひとつ、ガラス窓を開ける。つい先程まで降っていた雨がすっかり上がって、菊の匂いが風に混じって凜と強く香ってくる。

（こんな満ち足りた暮らしをしていても、歌子先生はまだ足りない、まだ足りない、とお思いなのね）

去年の十一月、龍泉寺町に引っ越した夏子が久方ぶりに訪れたときにも、歌子はこんなことを言った。

——尺の金剛石《ダイアモンド》がほしい。財産さえあれば、心の他のへつらいも言わずに済むもの。

（尺とはまた強欲な……そんな歌子先生だから、ここまで昇りつめたのかもしれない。けれど果たして、ほんとにお幸せかどうか）

もしかしたら自分の方が幸せかと、夏子は負け惜しみでなく思うことがある。

今日も今日とて、歌子は弟子たちの詠草にひとくさり感想を述べると、夏子に後を任せて席を立った。永田町の鍋島屋敷へお呼ばれの茶会に出掛ける予定なのだ。式部長官鍋島直大《なおひろ》の夫人栄子は歌子の門人である。

——我が萩の舎の号をさながらゆづりて我が死後の事を頼むべき人門下の中に一人も有事なきに君ならましかばとおもふ。

——百事すべて我子と思ふべきにつき我れを親として生涯の事を斗《はか》らひくれよ。我が此萩の舎は即ち君の物なれバ。

歌子のその詞が空しく頭の中でこだまする。

（お口の甘さは知り尽くしているつもり。重宝がられるばかりで、時折は侘びしくなるけど……いいの。うまく騙《だま》されていよう）

夏子を手元に引き留めておきたい歌子の気持ちも分かるから、言葉は悪いが取引成立、月二円がほどの俸給で萩の舎代稽古を引き受けてすでに半年以上がたつ。

すきかへす人こそなけれ敷嶋のうたのあらす田あれにあれしを。こう詠んで、丸山福山町へ転居してきた夏子である。自分は歌人なのだという自負が、いざというとき、やはり夏子を支えていた。中嶋塾発会へ常連として招かれる歌人小出粲《つばら》も、夏子の歌才を中嶋社中随一と認め、発奮すれば必ず千載に名を残すだろうと言った。

明治の御世、日本近代小説の先人たちは、韻文書きの強者揃いである。

小説家であり歌人。それは矛盾するものではない。

一足先に家門を開いた花圃も小説を書き続けている。筆執る女たちはいずれも才媛揃いで、女学校を出たわけでも外国語ができるわけでもない夏子に、人に語れる履歴はといえば中嶋歌子塾のみである。

歌子の言葉を拠り所に歌人として立ち直り、けれど歌子の言葉をそのままには信じきっていない。そんな二重の構えで夏子は自分を守っていた。

父則義の死後、萩の舎へ内弟子の形で住み込んだ頃、女学校へ通わせようか、さもなくば学校教師の職を世話しようかと、歌子から願ってもない話を持ちかけられ、希望に胸膨らませ延々い子で待ち暮らし、ついに何一つ実らなかった……たとえば二十五年八月には小石川にある淑徳女学校への就職が学識不足ということで見送られるなど……に刷り込まれたその哀しさが、あの当時の母や妹の、夏子を信じきって安心した、嬉しそうな表情と一つになって、心の中に凝《こご》っている。

「信じたい」と「信じられない」は、夏子の中で黙りこくって激しくせめぎあい、かつての辛い経験は、すわというとき過《あやま》たず「信じない」を打ち立てるべく、夏子の何処かでひっそりと身構えていた。

ひとすじの「信じられる」は、むしろ自分の中に、細くも清らかな山清水となって、命の瀬音を立てながら流れている……。


あのとき、達子は面食らった。

それから俄《にわか》にときめいた。

代稽古をするような優等生であり、平生はこの上もなく淑やかな人の、男の子っぽい、悪戯っぽい、鮮やかな所作だったたから。

中嶋塾の一階は、稽古日には襖《ふすま》を開け放して広間にしてある。教壇のある前方の座敷は姫さま方が占め、その後ろに控えるように座っていた夏子が……歌子の講義のまっ最中、後ろの座敷にいた達子めがけてさりげなく文を投げて寄越したのである。

近眼のはずの夏子が、狙い過《あやま》たず飛ばしたふところ紙のおひねり。かわいたかろらかな音を立てて目の前に届いた文を、達子が掌に隠してそっと開ければ、こんな文章がまず目に飛び込んできた。

「古池や蛙とび込む水の音
父君よりの御伝授人にはやり給ふな」

その先へ、達子の歌がさらりと褒めてある。

毅然《きぜん》としながら低く甘く、しっとりとして澄んだ、独特の声が聞こえてくるようだった。嬉しかった。多分この一事《いちじ》を以て、自分は生涯この人に感謝の思いで繋がれるだろう。後々どんな経緯が生じても、それだけは間違いないと達子は思った。ふところ紙に書かれた、お夏さん樋口一葉からの手紙。達子はそれを両の掌にはさんで、しばらく茫《ぼう》とし、歌子の声も何も耳に入らぬ世界に遊んでいた……。

その文は今、達子の前帯の間へお守りのように入れてある。家へ戻ったらさっそく皺を伸ばし、父にも見せ、母にも見せ、それから宝物にして仕舞っておくつもりだ。残花と一葉はまだ面識がなかったが、同じ雑誌へ寄稿する者同士、噂は家でもたびたび話題に上っていた。

弟子たちを見送り終えた夏子が、目を伏せ、すり足で戻ってきた。達子を誘うようにして部屋の隅へ座る。正座の膝が、ひたりと薄い。

「何か質問があったのでしたね」

それだけ言うと、鬢《びん》の後れ毛を指先でつまんで、近眼の目に近寄せ、何やら子細そうに眺めている。（そうか……みんなが煩《うるさ》いから、塾では親しさが目立ってはいけないんだな）すぐに気付いて達子は言った。

「ここも片付けがあるようですし、家で要点をまとめてまいります」

するとさりげなく諾《うべな》うように、夏子が返事をした。

「そうね。それでは御一緒に出ましょうか」

中嶋塾は小石川の安藤坂の途中にある。牛込薬王寺《やくおうじ》に家があり水道町の方へ下っていこうとする達子は、夏子と門前で別れた。「いつかお家へ伺ってもようございますか」

「もちろん。ただ今は……ちょっと取込んでいますから、年が明けたらお越しください」

如才ないけれど、少しばかり隔てを感じさせる言い方をお夏さんはして、達子は不意に、何とも言い難い、不安なばかりの物足りなさを感じる。

夏子と達子の今いるここが、ゆらめく陽炎《かげろう》のようなものに取って代わられてしまうようなおぼつかなさ。場面はもはや、広い坂の途中にある古い屋敷前に、女二人が言葉を交わしている平板な景色にすぎなくなる。

胸苦しくさえなってきて、ふと前帯に手をやった達子は、帯の間に今日もらった夏子の文のあるのを思い出すと、勇気をふるってこう口にした。

「宅へもどうぞお立ち寄りください。いつでも構いません。父が喜びます。樋口一葉という人にどうしても読ませたい本があるとか、差し出がましいことですが、そんな風なことも申しておりますの」

夏子の顔が雲間をぬけたように明るくなり、黒目がちの眼がきらきらと輝く。

それを見て、救われたように達子は思い、胸が一杯になり、「ありがとう」と言うお夏さんの言葉を耳にしたかどうかも定かでない。

尋常に別れの挨拶を交わして下げる結髪が、それぞれに道を分かれて淑やかな歩みを進め、その間に、一歩一歩、目に見えないたしかな距離が開いていく。

何気なく振り返って達子が見上げれば、急な坂道を突き当たりの伝通院《でんづういん》へ向かって登っていく夏子の後ろ姿が、如何にも細々として小さかった。

そうしてその後ろから一羽の鳥が、あちらへ止まりこちらへ止まりしながら、まるで付人のように飛んでいくではないか。

達子は思わず訝《いぶか》しそうに眉を寄せたが、ふたたび胸苦しさに襲われて前を向くと、目を伏せ、脇目も振らずに家路を急いだ。


「なんだ、母《かか》さんも夏子もいないで、くう公だけか」

「そうよ、話の分かるお邦ちゃんだけ。良かったでしょ、虎之助兄《あに》さん」

虎之助はふふっと目顔で笑う。口の達者な妹たちにやりこめられると、いつもこんな風に、困ったような嬉しそうな顔をする。

「めずらしく親孝行に来てみれば、これだよ」

ぶつりと言いながらも今日の虎之助は顔が明るい。ほんの少しでも金子《きんす》を回せる算段がついて、母や妹たちの喜ぶ顔を目に浮かべながら、やってきたのである。

「おっつけ二人とも戻ってくると思うけど……」

そう言う妹へ、虎之助は玄関先でほらよ、と封筒を手渡した。

「数えてみな」

邦子が中を確かめると三円入っている。

「まあ兄さん」

「これっぽちで済まんな。内職仕事の礼金さ。貰ったその足で届けに来た。日が暮れるからこのまま帰るぞ」

樋口家の次兄虎之助は薩摩《さつま》金襴《にしきで》の陶画師。

生活が安定せず岐阜へ出稼ぎにいったりしていたが、去年から田町《たまち》に住居をもって落ち着いている。未だ妻子はない。

日本橋の日光堂へ行った帰りかと邦子は思う。国益の一助と政府がみなす輸出陶器の問屋である。シカゴのコロンブス万博で入賞して以来、腕が認められたようで幸いだった。懐《ふところ》へ封筒を入れると、兄の袂《たもと》をとらんばかりにして言う。

「ねえ兄さん、お願いだからも少し待っててよ。いいでしょう、だってこの時間だもの、ご飯食べてって。そうだ、どうせなら泊まってけば」

虎之助は末の妹をちょっとまぶしげに見た。飾り気もなく質素にしているが、面高な瓜実顔の肌は白く唇は赤く、手足伸びやかにすんなりとして、娘盛りの美しさは家に籠らせているのが勿体ないくらいだった。

「ねえ兄さん、ちょっとお寄んなさいましよ、か……。邦子、おまえなあ、男の袖を引くその様子、隣の店の前にでも立たせたら似合いだぜ。しかしこんな上玉がいたら、浦島屋も大繁盛するだろう」

「……イヤな兄さん」

邦子が顔を赤くした。

浅草龍泉寺町でも、ここ丸山福山町でも、貧しさ故に底辺に身を落とした女たちの悲喜こもごもの生を眺めてきた。夏子も邦子も、娼妓らをただ蔑視する女ではない。


かれも人也馬車にて大路に豪奢をきそふ人あり　これも人也夕ぐれの門にゆきゝを招きて情をうるの身あり　かれを貴也といふしるべからず　これを賤しといふしるべからず　天地は私なし　万物おの〳〵所に随《したが》ひておひ立ぬべきを何物ぞはかなき階級を作りて貴賤といふ娼婦に誠あり　貴公子にしてこれをたばからむハ罪ならずや　良家の婦人にしてつまを偽る人少からぬにこれをばうき世のならひとゆるして一人娼婦斗《ばかり》せめをうくるハ何ゆゑのあやまりならん　あはれこれをも甘じてうくればうき世に賤しきものゝそしりをうくるもむべなるかな

池水によな〳〵月も宿りけり
かはる枕よなにか罪なる

——感想・聞書8「残簡その二」


目を伏せた妹を、兄はこよなく優しげに見つめる。

「こいつ赤くなってら。痩せても枯れても武士の娘。ドブ板踏んだお嬢さまだもんな」

邦子は口答えせず肩をすくめて見せた。首を伸ばすようにして玄関の外を窺いながら言う。

「母さん、早く帰ってこないかなあ」

幼子のような妹の素振りに虎之助が笑った。

そうして屈託《くったく》なく笑ったときの顔は剽軽《ひょうきん》で、（父さんによく似ているな）と邦子は思う。懐かしいその笑い顔を、今度はわざとらしく顰《ひそ》めて虎之助が言う。

「夏子ならともかく、御隠居さまは苦手だぜ」

「またそんな憎まれ口を……」

大家の奥勤め風が身についた母の多喜《たき》は、菊坂町にいた頃から近所の人たちに御隠居さんと呼ばれつけてきた。この頃ずい分細ってしまったが、それでも肉のついた大柄な体つきは見た目に堂々と押し出しも良く、樋口の女家族にある誇り高い没落士族の印象は、多喜から醸し出されるものも多い。

「母さんね、実は今日も金子のことで出掛けたの。うちが火の車でも、父さんが人に貸したお金の取り立ては、ほんとにし辛いって。まして相手が病気だったりするのを見れば、見舞金の一つも置いていきたくなる性分でしょう。虎兄さんのこれ、どんなに喜ぶかしれない」

金子入りの封筒がのぞく懐へそっと手をやり、邦子は言った。何かしら祈る気分だ。水の上の家に移ってきてから、物事が少しずつ好転しているように思える。この流れに乗って一家円満に、多喜と虎之助の仲もしっくりいけばいいのだが……。両親が長男泉太郎にかけた過剰な期待の陰で、若い頃の虎之助は父親の金を持ち出したりし、それがため家を出される経緯があった。

「とにかく上がってよ、虎兄さん」

「やだね。これから行く所があるんだよ」

「そんなこと言わずに」

馴れあった押し問答の果てに、虎之助が破顔して我を折る。履物を脱ごうと体の向きを変え、身をこごめたそのとき、頭上で、ばさばさっと羽ばたく嵩《かさ》高い羽音がした。

ややっと振り返って見上げれば、玄関の硝子戸に黒々とした鳥影は映っていた。

「烏か……」

鰻屋が離れ座敷に使っていたこの家は、いかにも銘酒屋の立ち並ぶ新開地らしく、玄関飾りに赤やら緑やら紫やら色硝子《ガラス》が嵌まっていたが、黒い翼はその辺りを近々とかすめ、また何処かへ飛んでいった。

「おどかしやがって」

何かしら茫然として、虎之助は玄関に佇《たたず》む。気を取り直して振り向けば、邦子は茶菓の用意に奥へ引き込んだものか姿がなく、磨き抜かれた廊下が鈍色《にびいろ》の光を溜めている。

誘われるように上《あ》がり框《かまち》に足をかけると、

「あら兄さん」

背後に今度は夏子の声がした。

虎之助が又してもぎょっと振り返る。戸の開く音さえ聞こえなかったのだ。

「なんだ、夏子か、おどかすなよ」

上がり框にかけた足を下ろし、虎之助は妹に言う。

ずりおちた眼鏡を掛けなおすようにして見つめれば、色街くさい妖しげな色硝子の下に、地味で古風で淑やかなその姿が、風変わりをとうに超え出て立っていた。

「いやあね、虎兄さんったら」

夏子がくくっとさも可笑しげに笑った。

「たまに顔を合わせれば御挨拶ですこと。兄さんおどかす妹がどこにあるものですか。でも嬉しい。よく来てくださったわ。横浜の方、景気は持ち直しましたか」


書生たちが集って活発な文学談義を交わすという樋口一葉の書斎は、玄関から廊下へ上がってすぐ右側の六畳間だった。庭側の窓の腰戸を開ければ、汀《みぎわ》に芭蕉の生い茂る小さな池が見える。

「いつ見てもチンケな池だぜ」

虎之助はそんなことを言いながら、暮れかかる空の色を映す水面を、まずは子供のように覗き込み、気が済んだように戸を閉めると、窓辺の壁へ凭《もた》れて胡坐《あぐら》をかいた。

夏子がことさら澄ました顔で言う。

「ようこそ我が工房へ」

「工房か。そりゃあいい。書斎なんて乙なもんじゃなさそうだ」

「ほほほ」

兄妹のじゃれ合いを鞠投げのように交わしてから、話は互いの仕事のことに移った。

「ずっと不景気だったんですってね」

「ああ酷《ひど》かったよ。七月に来たときは、開戦までの騒ぎで横浜港も殺気立っていたから、特にね。じゃらじゃらした土産物なんぞ売ってる場合かって感じで、まったく商売にならなかった」

「けど兄さんは、あの日も金子を届けてくださった……。嬉しかったわ」

「そう言やあの日は半井《なからい》の桃水《とうすい》さんも、門口まで訪ねておみえだった。ちらと御様子を窺ったが、なるほど立派な人だ。韓国通と伺うが、今度の戦争では新聞記者としても陰ながら大いに働かれたのではないかな」

夏子は黙って答えない。

（そう。憶えている。忘れるはずもない）

――雷雨がなければ必ず御音《おと》づれ申すべし。

いつしか忘れ得ぬ恋のふるさとになった人。その人の詞《ことば》に、その前日は天気が心配で夜更けまで眠れなかったことも、何もかも。

七月十五日早朝は、まず虎之助がやってきて、桃水はそれからほどなく鶏卵の折を土産に訪れてきた。少しばかり頬の肉が削《そ》げたけれど、一家の長たる威厳はいよいよ備わって見え、一楽織《いちらくおり》の単衣《ひとえ》、嘉兵次《かへいじ》の袴《はかま》、絽《ろ》ではないらしい見事な羽織を羽織った人の、門口に車を待たせたままの口上を、夏子は惚れ惚れと聞いたものだった。

その夜の月が清く冴えて美しかったことも忘られない。

次の日の風が涼しくて秋のようだったことさえ、肌は憶えている。

そも〳〵思ひたえんとおもふが我がまよひなれバ殊更にすつべきかは　冥々の中に宿縁ありてつひにはなれがたき仲ならバかひなし　見てハ迷ひ聞てハこがれ馴ゆくまゝにしたふが如き我れならば遂に何事をかなしとげらるべき　かく斗《ばかり》したはしくなつかしき此人をよそに置ておもふ事をもかたらずなげきをももらさずおさへんとするほどにまさるこゝろは大河をふさぎてかへつてミなぎらするが如《し》かるべし　悟道を共々にして兄の如く妹のごとく世人の見もしらざる潔白清浄なる行ひして一生を送らばやとおもふ

――「水の上日記」二十七年七月十二日

何処を見るともなく黙り込んでしまった夏子に、虎之助はちらと邦子を見やり、暗黙のうちに痛まし気な目をして頷く。

（あの日、半井さんは立派な鶏卵の折詰を土産に持参されたが……）

皮肉にとれば、女学校教師の性モラルを批判した小説、嵯峨の屋おむろ「くされたまご」を暗喩にしたと思えなくもない。

目配せしながら邦子も同じようなことを思っていた。

（桃水さん、雷雨でなければ伺うと言ったそうだけど、天神さま……鳴神《なるかみ》でさえ裂くことのできない間柄、という古歌を逆手にとったんじゃないかしら。源氏読みになら解ると思って。萩の舎のある安藤坂には牛天神がありますものね）

もっとも、当の夏子は夢にもそんな風には感じていないらしい。

人一倍敏《さと》くて、人一倍鈍《にぶ》い。そんな妹が不意に哀れになって、虎之助は眼をしばたたかせる。さりげなく話題を変えた。

「清軍は敗退、二十万もいた東学党も壊滅して、この頃じゃあどこ歩いていても戦勝気分に浮かれ立っているよ」

「景気が持ち直すかしらね」

「まあなあ、かといって国内で薩摩金襴がばか売れするわけもなし、夏頃の不景気をぼちぼちと取り返しているってところだな」

「欧米向けの輸出が、やっぱり一番の儲け口ですか」

「ああ。外人好みの構図を考えるのもまた一仕事さ。お気に召してさえもらえば……こうして酒が飲める」

虎之助は懐から財布を取り出すと邦子に手渡した。

「こうなったら、重ねて親孝行だ。母さんと俺とで呑み出したら一升じゃたらんぞ。お前、済まんが買ってきてくれないか」

邦子を使いに出してから、二人は遠慮のない会話を始める。

「いいんですか、兄さん。邦子も気が大きいとこがあるから、ここぞとばかり財布の底まで叩《はた》いて買い込んできますよ。あの嬉しそうな顔ったら」

「いいさ、どうせ家《うち》へ入れようと思って作った金だ」

夏子は黙って頷くと、改まって礼を言った。

「虎之助兄さん、今日は助かりました。どうもありがとう。兄さんのお蔭で、しばらくはきっと母さんも邦子も機嫌がいいわ。お金がないと家の中がとげとげしてくる。それが一番辛いの」

十月中には必ず用意すると言われていた借金の当てが外され、夏子は内心えも言われぬほど落胆しながら、それを面に出すまいとしていた。


この処なか〳〵こゝろぐるしく存候。しかしながら御婦人の御身にくりやの事まで　きゝて其のまゝ内過《うちすぎ》候我にも御坐なく候まゝいづれ月のうちにはとまづ〳〵御安心下さるべくあら〳〵　なみろく

——「村上浪六書簡／樋口一葉宛」二十七年十月十日

金策を請け合った小説家村上浪六は、夏子にそのつど気を持たせて、釣るようにしながら延々と約束を引き延ばし、結局のところ約束が果たされることは、年内も、年が明けても、その先もなかった……。中嶋塾においてと同様、夏子はここでもまた「信じたい」という己の甘さに傷つくことになる。

無残な惨酷さが、ひたひたと夏子を取り囲もうとしているのが分かるのか、外で烏が一声、哀しげに啼いた。

掃き清められ、物少なく、しんとした部屋の中に、夕闇はいつしか忍び寄っていた。

……………………

書かなくては。

唯それだけを夏子は心に思い、秋から冬、師走が押し詰まるまではあっという間だった。歌塾の納会では、サラブレッドの若手ホープ、自分と同い年の佐佐木信綱《のぶつな》と言葉を交わして昂揚、家に帰れば母の愚痴、妹の立腹の前に平常心をあやうく保ちつつ、小説の筆を執る合間には借金の工夫に頭を痛めて手紙の下書きをしながら、裏山の屋敷の古松に羽を休める山烏の声にふと顔を上げ、「なれはやもめかつま鳥はいかにしたる」と呼び掛けなどして……。

もろ共になど伴はぬ山烏
うき世のあきハ同じかる身を

——感想・聞書8「残簡その二」二十七年晩秋

十一月二十二日頃までに「暗夜《やみよ》（七〜十二）」を脱稿、連載完結。
十二月は十九日まで「大つごもり」にかかりきった。
何とか原稿を書き終えて、寒夜に額の汗をぬぐう気分。
書き終えた後にくる、ほんの束の間の、脳髄の底から噴き上げてくるような至福の感覚。

森閑としてかつは明るい、奥まっているのに広やかな場所に立って、たった一人で風に吹かれているような……そこには淋しさなどどこにもなくて、夏子は机の前で何を見るともなく池を眺めながら、不思議なほど自足しきっていられる。

（本当はいつまでだってこうしていたい。こうしていたいのだけれども）

うつつへうつつへと、努めて頭を切り替えようとした途端、始まるものは金の心配なのだった。溜息をついて当てどなく目をやれば、机の上には『源氏物語』湖月抄全五十四巻。金がなさに、夏子は中島塾から独立して家門を開くことも果たせぬまま、教えを乞う人に自宅で稽古をつけていた。水の上の家へ稽古に通ってきた人々はのべ十三人ほど。歌子もそれを黙認した。亡き父則義が買い与えてくれた五十四巻は、今や歌人樋口夏子としての商売道具でもある。

（思うことはたくさん。書きたいことも見えてきた。でも……お金がないの。お金がなければ食べていけない。年越しだってままならない）

悲鳴を上げて走り出したがる自分を抑え込み、自分を殺したその顔に平気の平左を貼り付けて、よどみなく口にする尋常な文句で世を渡る。

借金のききそうな所へは、軒並みあたってみた。桃水もだめ。伊東夏子もだめ。期待をつなぐ浪六の懐具合や如何に。あの久佐賀へは、いっそのことに千円という大枚を申し込んでやった。訪れてくる『文学界』青年たちに見せる貧苦は、零落士族の誇りで飾る「清貧」の衣でしかない。

俄に頭痛がしてきて、夏子は溜息をひとつ、すべての不毛さにやれやれと首を振って目をつぶる。ここのところずっと眠りが浅い。

寝《い》も寝《ね》やらず床に寝覚めて、夜とも朝ともつかぬ静けさに耳を澄ませていると、ふと、今がいつだか分からなくなる。ここがどこだか分からなくなる。

自分が自分でなくなるような時間が、静かに、当たり前のように静かに流れていた。

瞼を開ければ桜木の宿にいて、庭に面した明るい茶の間に父は新聞を読み、兄は自室の窓辺で机に辞書を広げている気がするのだが……。

夏子は目を開けるのが恐い。目を覚まして長く悪い夢の中へ戻るのが。

ここはどこ。今はいつ。

今は明治二十七年師走おおつごもり。ここは「水の上の家」の机の前。

うたたねをしている夏子へそっと綿入れ袢纏《はんてん》を着せかけると、邦子は火鉢の炭火を熾《おこ》し、襖を開けて書斎を出る。

隣の部屋で待ち構えていた多喜に、ちょっと困った顔で微笑んで、首を振った。

「少し寝かしておきましょう。大車輪で締め切りに間に合わせたんだから」

「見直した。夏子もやっぱり甲斐の女だわ。ここ一番の頑張りがきく。天知さんが早めにお金を回してくださるといいねえ」

「すこし頑張りすぎじゃないかしら、心配よ」

「あの子は芯が強いから、無理がきくんだわ。子供の頃から体が丈夫だった。泉太郎とは大違い」

「そんなこと言って……母《かか》さん」

「大丈夫ですよ。これくらいの辛抱、若い内は何でもないの。家事やなんかで煩らわせないよう、わたしたちもついてるんだし」

「姉さんはたしかに元気よ、とってつけたみたいに元気だわ」

「とってつけたとは……また妙な言い方をおしだね」

「無理してるのよ。見てて分かります。何事もほどほどにして休ませなくっちゃ」

「波に乗っているときは、そのままにしておいた方がいいんじゃないかしらね。うるさく言わない方が。さっき夏子が言ってたけど、筆が追いつかないくらい、後から後から思いつくことがあるみたいですよ」

「けれど姉さんの顔、何だかこわいほど目がきらきらして……喋り方だって……風邪ひいて、熱が出たての子供みたい」

襖の向こうの母と妹の会話は、机にうつ伏す夏子の耳に、はるかな桜木の宿の茶の間で交されている、朗らかな朝の挨拶に聞こえた。

第三章　「しのふくさ」の秘密——日常をよぎり氾濫する「物語」

一月三十日『文学界』「たけくらべ（一〜三）」
二月二十八日『文学界』「たけくらべ（四〜六）」

明治二十八年（1895）初春

明治二十八年（1895）初春

年が明けて明治二十八年正月三日朝。

半井桃水が「水の上の家」を訪れてくる。

三日の朝年礼にとてなから井のうし門までおはしぬ。何事もかざりをすてゝすがたもいたくおとろへ給ひき
ますかゞみわれもとり出ん見し人は
きのふとおもふにおもがはりせる
聞えし美男に而衣装などいつもきらびやか成し人なりけるを
——感想・聞書10「しのふくさ」二十八年一月

玄関へ出てきた夏子へ、

「年の初めの御挨拶に」

桃水はそう言うと、夏子の顔色をじっと見つめて、ぼそりと付け足した。

「いや、何。年賀状をもらったものだから」

後から出てきた邦子に聞こえるように言ったのである。

邦子がはっと息を呑み、目を瞠《みは》る。

桃水は目配せするでもなく邦子を見やった。

驚きから困惑へ、それから何とも辛そうな、痛ましさをこらえる表情になって邦子は目を伏せた。申し訳なさに身を縮めているのが分かる。

夏子が朗らかに、にこやかに、

「あけましておめでとうございます。昨年はいろいろとどうもありがとうございました。本年もどうぞよろしくお願いいたします」

初春の陽光を思わせる声で、そう答礼した。

曇りなく澄んだその顔へ目を戻し、桃水は頷く。

「仕事はうまく行っているの」

「さあ、どうでございましょうか。ただ精一杯に」

「そう。それは何よりだ。お励みなさい、わたしも楽しみにしています。……身体をこわさないようにね」

いつのまにか多喜も玄関先へ出てきて座ると、桃水の顔がまともに見られないように目を伏せたまま何も言わず、ただ深々と頭を下げた。邦子が慌てて、それでも多少ほっとしたようにそれに倣い、夏子も行儀良くその場に手をついて頭を下げる。髪結いも匂やかに新しく、こざっぱりと身拵えした女家族の低頭平身を前に、桃水もまた直立したまま、無言で深く礼を返した。

夏子の盛んに引き留めるのへ、

「今日はこれで」

桃水がそう言うと、邦子は顔を上げ、許しを請うような表情になる。

桃水は口元に静かな微笑みを浮かべてさりげなく目顔で頷くと、そのまま樋口家を辞した。多喜も邦子も追ってこない。それがかえって痛々しくて、桃水は「ふむ」と掛け声のような鼻息をもらす。

多喜は悄然と目を伏せたまま奥女中風に畏《かしこ》まり、邦子は利発そうな顔に泣きべそを浮かべ、夏子一人が別世界にいて、何やらどんどん透き通っていくようだった。女家族三人三様が、目に焼き付いて離れない。

（去年は……弟茂太のときも、妹婿の成年のときにも、わざわざうちまで悔やみに来てくれた一葉だったが）

喪中の桃水に舞い込んだ、夏子の年賀状。

心配半分、疑惑半分、樋口家を訪れた今日の桃水だった。

疑惑というのは、北村透谷の遺風をつぐ戸川秋骨「変調論」の如き作品を『文学界』が載せるせいで、影響された夏子が変調をよそおったのではないか……実をいえば半ば以上そう勘ぐって、今日は来てみたのである。

喪中の身が年礼を口にしたのは、桃水流の江戸戯作調ブラックジョークだ。

斎藤緑雨とまではいかないが、こう見えて結構な皮肉の使い手なのである。樋口家とて親しい身内に不幸の続いた昨年と聞いていた。夏子の出方次第では、正月三日に互いの不幸を照らし合う諧謔《かいぎゃく》があっていい。そんな偽悪におのれを苛《さいな》んでもいた。

しかし……悪い期待は見事に裏切られた。夏子のどうやら本式の変調に、残るは善い心配だけ。そのことに救われる思いさえしている。

自分の手許を離れて後も、桃水は夏子の成長ぶりを見守ってきた。今となってむざと沈没させるのは惜しい一葉舟だった。

「大変なことになりそうだが……」

桃水は独りごち、覚悟を決めた。懲《こ》りもせず泉太郎をする役回りの、半井大人《うし》である。

「またもや一肌、脱がずばなるまい」

とはいえ桃水自身、大家族を抱えている。焼け石に水のような、夏子の借金申し込みには応じられない。

「秘策が要るな」

ほら見ろとは言わないまでも、いちかばちかのこの勝負、内懐へ隠して切る切り札は、やはり尾崎紅葉なのだった。硯友社批判を看板に掲げたあの『文学界』が絡んでいる以上、御本尊紅葉の出向開帳、というわけにもいくまいが。

「筆は一本、箸は二本。こいつはあの緑雨の言いそうな駄洒落だが……ここは一番、二橋生にお出ましいただく場面だ。なかなか面白くなってきたぞ」

明治二十八年三月二十九日。硯友社系作家でもあり、紅葉がその媒酌人もつとめた博文館支配人、大橋乙羽《おおはしおとわ》（二橋生）が樋口一葉に寄稿依頼をする。

半井桃水がその最初に水の上へ浮かべた一葉舟を、広大な文海へ送り出そうとする親心が、ひそやかに実らせた成果といえるかもしれない。

……………………

夏子の日記は二十七年十一月十四日から二十八年四月十五日までの記録を散佚。樋口一葉としての奇跡の十四ヶ月間の始まりは、二十八年の覚書「しのふくさ」などから、辛くも辿ることができる。村上浪六訪問の記録もここに収められた。

しのふくさ。

夏子の遺した日録の謎を、ここでまたひとつ、そっと繙《ひもと》いてみることにしよう。

夏子がその生涯に残した「しのふくさ」は帳面としては六冊。

二十三年、二十五年、二十六年、二十八年に渡って、心のおもむく都度、書き起こされた。

亡き兄泉太郎と父則義への追慕を主題とした二十三年の第一冊目から一貫して、喪失のイメージが色濃い。

桃水一葉別離のゆくたてが二十五年「しのふくさ」に記される。

桃水の幼名は泉太郎。「亡き兄・泉太郎」に「兄上様・桃水」を重ね、夏子は心の奥深く秘めた思いを「しのふくさ」へ封じ込める。かつて許婚《いいなずけ》の仲だった渋谷（のちの坂本）三郎も登場し、遂げぬまま失われた恋の後先が記される場となっている。

二十五年八月から九月にかけて四冊目の「しのふくさ」をつづり終え、もはや「しのふくさ」

でもあるまいと思ったものか、九月四日心新たに書き始めるのは「につ記」。夏子は桃水への思いをここへ綿々と記すことを自分に禁じたようだ。

大雨　午後より田邊君を番町に訪う　留守にて母君としばし談る　帰路半井君下婢に逢ふ　同氏の近状を聞く　万感万歎この夜睡ることかたし

――「につ記」明治二十五年十月二十四日

どうしても禁じえず、溢れてくる思い……。

雑記帳の余白にそれを記しつけたものが「むねのうら書（蘆塚の一）」として残されている。禁じれば禁じるほどに増してくる思いが、不思議な官能の世界へ夏子をいざなうのだろう、二十五年九月菊月十四日、父則義の出世志向が生み出した架空の履歴の中で伯父なる人は老いて瘍《よう》腫に悩み、見舞う夏子はいつのまにか石炭酸の匂いと病者の臥《ふし》所《ど》のしめり気の中で、一尺ばかりの人形を抱いている病んだ桃水の姿を思い出しているのだった。もうひとつの「しのふくさ」というべき、倒錯的なまでに妖しい筆使いである。

われ日毎のやうに見舞て様子をとへば嬉しげに物がたりすることもあり　厭ハしげの時もあり　嬉しげなれば又明日も訪ハましと思ひ厭ハしげなれば何事の気に障りしにや　機嫌取らんと又あすも訪ふ　ある日いとにこやかにて樋口さまハ我がせがれに逢ひ給ひし事ありや

と問ふ　鶴田君がはらにと聞く其子の事かとかつは心可笑しくいなまだと言へばさらバお目にかけんとてやをら起出て抱出し給ふは一尺斗の人形也　娘子供の愛らん様にうつくしき衣きせてかしづくと覚しきハ三十男のしかも今の世の才たけたる人に似合しからぬ事とをかし我れ抱き取りて頬ずりなどすれば従姉妹なる人の君も人形は愛し給ふや　この顔つきよく見て給ハれ　何とよく似てハ居侍らずや　此額ぎはの青筋はりて胆癪らしき処と笑ひつゝ半井ぬしを指さす　何処が似たりや我れには知れねど此人形もうつくしくかの人も美くしければ似たりといはゞ似ても居るべし　彼の人少し笑ひて我れ一小説を著作し終る毎にかならず其中の立物を人形にかた取りて一ッづゝ買ふが常也　すでに〳〵十斗ハ買ひ溜たりといふ　さらば是れハ誰れかと問ふに林正元なり　林まさもと也　此子には羽織袴きせずバ似合ハず兎に角に容貌うるはしきが上に品位備ハりて天晴の子がら也　かゝる子供一人あらば外に何をか願ハんとて大笑す　来年よりは三月五月の両節句に男女の人形共が祝ひしてお客様せん其時はかならず御正客に招かんなどかたる

——雑記6「塵塚の一」二十五年九月十四日

この雑記帳「塵塚の一」へ、夏子は歌謡や和歌や俳句や経典なども抜き書きしている。それらはいずれも、いのち哀れを慈しむ色合いに淡く染められ、夭折の兄泉太郎に重ねる朝顔の花の儚さを滲ませている。

東叡山青龍院ちご喜平
朝がほのもろき命をもろと共に
　　あはれと思へ露の身の上

桃水泉太郎との交流が再開した二十八年「しのふくさ」へ好意的に描き出される村上浪六は、天知が絶賛する作家であるのみならず、夏子の中では『朝日新聞』小説記者として桃水に近い存在として意識され、記述全体もしめやかなトーンで終始している。思えば桃水との出会いを記した二十四年四月「若葉かげ」から、あしかけ四年の歳月は流れているのだった。
二十八年「しのふくさ」冒頭は、二十七年大つごもりから始まる。

浪六のもとより今日や文の来るとまちてはかなくとしも暮れぬ　かしこも大つごもりのさわぎいかなりけん
まちわたる人のたよりハ聞かぬまに
またぬとしこそまづ来たりけれ
――感想・聞書10「しのふくさ」

冒頭につづく一月三日の記録には桃水の来訪をつづるが、彼が喪中であるのをすっかり失念して年賀状まで送っている夏子は、桃水が年始に来たにしてはみすぼらしく、憔悴していると嘆息する。

かつての婚約者やいとこたちの成功を聞き知れば、おのが有様は恥ずかしく、貧窮の中で心荒れる妹邦子からは「なま物しりのゑせもの」と誹《そし》られもしながら……夏子の心の眼は、初春の月を眺め、隣する売色酒場の女たちに注がれ、新開地の町並みや、湯島切通坂に町屋を壊して聳《そび》え立つ岩崎邸の有様などを見つめる。

詞書《ことばがき》と和歌とで流れるように思いをつづっていく文体といい、この「しのふくさ」は日記日録というよりは詩文集に近い。

一月十五日には戸川残花の娘達子が初来訪。

一月二十日には戸川残花自身が初来訪している。

……ここでまたひとつの謎。

戸川父娘が相次いで水の上の家を訪れるこの間、「しのふくさ」は一月十八日の記録を欠いているのだ。まるでその日は何事も起こらなかったかのように。

二十八年「しのふくさ」における世界には、現実の時間が流れていない。

遠く「お話の中」へ、夏子は立籠《たてこも》っている。


……………………

明治二十八年（1895）一月十八日、関東一円はふたたび大地震に襲われた。夜の十時四十八分、マグニチュード7・2、茨城県中部が震源で、かなり深いと推定される。大被害が集中して見られたわけではなく、死者数もわずかだったが、しかしほとんど関東平野全域にわたって震度5を記録し、かなりの被害が生じている。

前年六月二十日の「明治東京地震」にひきつづき、今回の地震も、極東の島国にざっと四十二年以上続いている地球規模の壮大な地殻変動のドラマの一コマだった。日本というこの島国の歴史時間に照らしてみれば、嘉永六年（1853）ペリー来航の四ヶ月前の「嘉永小田原地震」がマグニチュード7と推定されている。

水の上の家は、昨年もあまり揺れを感じず、夏子たちは号外を見て初めて被害の有様を知ったくらいだった。

二十日の戸川残花初来訪は、地震見舞を兼ねていたのではないか。安政二年（1855）の生まれだから残花自身の記憶にはないだろうが、安政期に続いた地震を身をもって知る多喜とは話が弾んだかも知れない。樋口家の貧苦を娘の達子から聞き知って、残花は見過ごしにもできず足を運んだのだろう、奉職する毎日新聞社の日曜付録に書くよう言ってくれる。基督教伝道師になったとはいえ、毛並み優れた武家出身でロマンチストの残花は、夏子の人柄や樋口家の気風を好んだようで、森鷗外の著作集や内田魯庵翻訳の『罪と罰』などの書物を貸し与え、二十九年五月には、夏子の健康を心配し親身になって縁談まで運んでくるようになる。

地震の話に戻ろう。

安政二年の江戸地震から十二年たって徳川幕府が瓦解した後、混乱の中で荒れ果てていた東都は欧化の波を被って新生しつつあった。しかし地震列島の首都としての機能には、まだ多くの問題が残されていた。

そして地球はその地下深くで止まぬ大きな動きの必然から、太平洋へ接する弓形の列島に中小の揺さぶりをかけ続けている。ずれを治めて大地が落ち着くためには、こんなものでない、もっと大きな破壊が必要なのだった。やがてくる大地震の前触れに軋みやまぬ列島の上で、人々は何も知らずに、泣き、笑い、踊り回っていた。誰もが皆その通りであり、哀れにも、夏子もまたその一人だった。

地震の多発は「御雇外国人《おやとい》」たちの注意を引き、世界最初の地震学会である「日本地震学会」が発足したのは明治十三年。同年二月にあった地震がきっかけで英国人J・ミルンらが起ち上げたものである。

…………

二十八年「しのふくさ」には、二月一日に夏子が村上浪六を訪ねた折のことが叙情的に記されている。

村上信《まこと》・ちぬの浦浪六は、明治二十四年に「三日月」(『郵便報知新聞』日曜付録)で突如現れた新人で、尾崎紅葉の変名かとも取沙汰されたほどだったが、その伝奇性や反骨と俠気とではまた幸田露伴とも比較され、続く二十五年『井筒女之助《いづつおんなのすけ》』『奴の小万《やっここまん》』も重版を重ね、またたくまに流行作家となる。それぞれ、髭面《ひげづら》の荒男、女装せる美男子、男勝りの美人を主人公とする作品で、俗世に処するその「俠骨《きょうこつ》」を描いて見せた。

撥鬢《ばちびん》小説なる仁俠ものの流行を呼んだ『三日月』についての浪六自身の言葉を引用する。

所謂《いはゆ》る彼《か》の町奴《まちやつこ》。六法《ろつぽう》むき。男達《おとこだて》などいへる者の一生を見るに其の野卑にして且つ愚なること殆ど児戯に似たれども人に骨なく腹《はらわた》は魚河岸にのみある今の世に豈《あ》に半文の価《あた》ひなからんや

浪六作品は、硯友社系情愛写実小説に飽き飽きしていた読者たちから熱烈に歓迎された。明治女学校を母体とし、お堅い印象の強い『女学雑誌』で好評だったのには、意外の観があるかもしれない。しかしこれまた、明治二十二年から続いている文壇ジャーナリズムの女子教育界をめぐるバッシング、それにともなってややもすれば露《あらわ》になる硯友社系作家と『女学雑誌』の対立から推察してみれば、理解しやすい。

明治二十五年『女学雑誌』321号で、明治女学校校長でもある巌本善治は、仁俠ものが愛読されるのは、逆説的にいえば嘆かわしい時代、けして好い時代ではない、とまずは言い切った上で、俗物が動き正者《しょうしゃ》が苦しめられる今の世の中においてこそ読まれるべき浪六作品だと評した。

続く322号の星野天知の絶賛振りがまた他に類を見ないほどのものだった。今の世の中を、仁俠などの絶え果てた「無俠社会」だとしながら、『三日月』を読んで「快筆なりと叫べり」、

『井筒女之助』を読んで「同情の喜涙に咽《むせ》」び、『奴の小万』を読んで「感謝の声を発」してこのような「深刻俠女」を世に示した功績を「浪六殿祝し申すぞ」と結んでいる。浪六こそは「俠者」「大俠を味ふの人」「俠の知己」そうして「吾が知己」とまで言うのだ。

ちなみに思い起こせば、北村透谷は同じ三月『女学雑誌』上で、硯友社を率いる尾崎紅葉の『伽羅枕《きやらまくら》』を批判、紅葉の描く「不自然なる女豪」の女だてらは元禄風の好色道寄りと痛評している。

紅葉と浪六に対する『女学雑誌』の態度の差……。

この頃すでに目に見えない非常に根の深い対立構造が、文壇に出来しつつあったらしい。双方激しく睨みあいながら、人間関係の編集はひそやかに、政治的にも進められていたのだろう。その板挟みにあって、樋口一葉は半井桃水と別れた。極端にいえば、そんな見方さえできるはずだ。星野天知は、浪六作品を「無俠社会」つまり言葉の元の意味での濁世《じよくせ》の対症療法として読まれるべきとしたが、「濁世」は当時の流行りことばで、前述したように女学校の内幕をモデル小説風に描いて大いに話題を呼んだ問題小説の題名だった。

女子教育界バッシングを煽る結果となったその「濁世」が発表されたのが明治二十二年『改進新聞』。連載時の四月六日付には「女子教育に付いて新任文部大臣に望む」という記事が載せられ「むしろ初めから女学校など立てぬ方が善いと云わざるをえざる程の次第なるべし」とまで書かれている。

その『改進新聞』に浅香のぬま子の筆名で夏子の「わかれ霜」が連載されるのが明治二十五年

三月三十一日から四月十八日。「明治女学校」の講師でもあった中嶋歌子の歌塾「萩の舎」からの横槍がだんだんに入ってくるのは実にこの後からなのだ。六月には「読売にも書けるように」尾崎紅葉へ紹介しようという桃水に夏子は断りを入れざるを得なくなり、とうとう別れが来る。

政治小説を書くような桃水には、夏子の後ろに「萩の舎」が、そうして「明治女学校」や『女学雑誌』が見えていないはずがない。だからこそ、むしろ先手を打って『改進新聞』に夏子の作品を託したのかもしれない。夏子が女子高等教育を受けていなかった点も、『改進新聞』掲載の決め手だったかと思われる。

さらに言えば、大隈重信の側近として後に早稲田大学初代学長となり『読売新聞』に絶大な力をもつ高田《たかだ》早苗《さなえ》の妻は中嶋歌子の弟子なのである。

桃水という人は、あの手この手の暗闘ができるというべきか、実に周到で計画的だ。一葉が職業作家として滑り出し良く食べていけるよう、紅葉グループに組み入れようとしていたのである。

紅葉がりいざといふべき友もなしきのふもけふも時雨のミして。龍泉寺町時代そんな風に歎いて詠んだ夏子は、桃水との人間関係が修復した後、正直な話、もう一度機会を得て、紅葉にも会ってみたいと思いはしなかったろうか。

かつて紅葉への紹介を断ったことを申し訳なく夏子が謝れば、桃水は婉曲な打診を感じたろうが、『文学界』同人が水の上の家にたむろしているのを（厄介な……）と苦々しく思っていたかもしれず、会えば金の話になるのを、多少疎《うと》んじる気分もあったろう。複雑に絡み合った文壇政治、まかり間違えば自分の身の上までが危うくなる。

桃水が博文館大橋乙羽へ夏子を紹介するのは、樋口一葉を一人前の作家としてきちんと認めた二十七年末「大つごもり」や二十八年一月「たけくらべ」発表の後である。


……………………


樋口一葉として奇跡の期間に入る直前の二十七年秋。

夏子はまたしても孤立無援で断崖絶壁に立たされていた。

家計は逼迫する一方、桃水からも親友の伊東夏子からも、借金話はやんわり謝絶されてしまい、突き放された思いで、紹介状もなく直接、村上浪六を訪ねていく。七ヶ月前、「天啓顕真術会」久佐賀義孝を訪ねていったと同じ気分でいたのか。一人で立たん、ただ一人にて、と詠う決意は、裏返しの依存心だったかもしれない。

けれど、どうせ一人で訪ねるなら、どうして紅葉のところへ、あるいは露伴のもとへ訪ねていかなかったのか……。理由のひとつはやはり『文学界』だろう。

北村透谷を中心メンバーの一人として創刊された『文学界』の、文壇における特殊な立ち位置についてはすでに述べた。故北村透谷が露伴紅葉を名指しで批判したこと、夏子が現在『文学界』へ書き続け、天知の多分ポケットマネーから来る原稿料で肩入れしてもらっているのは紛れもない事実であり、天知が絶賛し「吾が知己」と言いきる村上浪六のもとへ、夏子の足は自然と向けられたのだった。

浪六作品に対して、夏子自身は冷静だった。一家を成す作家とは思っても、例によって例の如くとばかり、どの作品も類型化していくのは詰まらないと思う。

『早稲田文学』の内田魯庵の浪六評に「よし講釈師張扇《はりおうぎ》の中より念じ来りしものなりとするも又文海の一産物」とあったが、その点では、夏子自身、寄席が大好き義太夫が大大好きだったし、浪六茶屋などというものを向島白髭《しらひげ》の畔《ほとり》に開いた男は、何となくおっちょこちょい風でとっつきがよかった。あの久佐賀義孝と同様、広く門戸を開けているわけだから、訪ねやすくもある。五十円という破格の月給で『朝日新聞』の小説記者になったという噂も耳にしていた。

そんなこんなで意を決し、夏子が浪六を初訪問したのは二十七年九月の末だった。

向島には依田学海《よだがっかい》も淡島寒月《あわしまかんげつ》も住んでいる。森鷗外や幸田露伴に親しい人々だ。桃水と出会った年の春には妹邦子や中嶋塾の人々と花見にも出かけていたから、土地の雰囲気に親和するものもあったろう。

初対面の浪六はびっくりするほど気さくな熱血漢で、夏子の苦労話に同情し、口約束ではあったが、打てば響くように金策にも応じてくれた。絵に描いたような俠客・男伊達を身を以て演ずる浪六に、胸のすく芝居か夢でも見ている気がして、そこから覚めて現実へ戻りたくないほどの酔い心地に「信じたい、もう一度」、人を、男を、友を、信じたいと夏子は思ったのだった。

しかし、信じつづけて四ヶ月が過ぎ、年を越して一月が過ぎても、まだ約束の借金はできずにいた……。

丸山福山町の家は本郷台地の崖の下。頭上には広大な邸宅の庭木が生い茂り、足下には岩清水が細流をなし、あちこちへ池をつくり、文字通り水の上。

枕の下には、幾尋《いくひろ》の深さで水が湛えられているものやらしれない。

水の底にはきっと異形の春が宿っている。その吐く息が水泡となり、水中に音立て細くも立ち上ってきて、夏子の夢に入ってくる。眠りとうつつの境に張りつめた、薄氷《うすらひ》のように透明な関を破って……。

（ああ。また今日も目が覚めてしまった）

すでに忘れてしまった夢には戻れない。そのもどかしさで苛立って、目を覚ますのだ。

（枕の下の海には、いったい何がいるのだろう）

一瞬思った、そんなことさえもすぐに忘れ去る。忘れるために目覚め、忘れるために今日一日が始まる。いつからか、そんな日々の繰り返しを生きている。

（水の上……）

足搔《あが》く。水鳥のように涼しい顔をして。

夏子は母や妹を起こさないようにそっと床を出て身支度をする。昨日の空の様子では、今日は雨にもなりそうだから、蛇の目傘も忘れずに、途中で雪になったら……それもよしと思う。履き替えの足袋も風呂敷包みにしのばせた。口を漱《すす》ごうと水屋《みずや》に立って、今更のように辺りを見回し、手土産の心配などしている自分に溜息をつく。

歩く。如月《きさらぎ》の暁闇《あかつきやみ》の中をたった一人で。

御高祖頭巾《おこそずきん》の上からさらにショールをすっぽりと被って、凍てつく寒風の中へ顔をもたげ、眼ばかりきらきらとさせながら夏子は行く。

（歩くのはちっとも苦じゃない。気が清々するわ。座ってばかりじゃ身体に良くないそうだし、復《かえ》りは車を頼めばいいわ。だってようやく約束のお金が入ってくるのだもの）

目指すは向島白髭。村上浪六の「浪六茶屋」だ。

まるで散る花びらか、風に舞う雪のように、しんしんと時間は降り積もる。

外は雨。高殿に茶を煮ながら語られる浮世話は、いとどしく浮世離れして聞こえた。

　障子を開らけバ墨田川の流れしろきぬのをしきたるやうにて堤にゆきゝのひとかげもをかしく川を隔てゝかしこよし原のくるはと指さしつゝあるじのざんげ物がたりあはれふかし此人を無骨のあらし《荒男》をと世にうたふはいかなるにか　筆取てはさこそ優柔華奢の風情もあらざらめど大方人よりは情も深く義にいさめるかたもおくれたりとは見えず　ものがたるまゝに落花たちまち雪に似たるのおもひあり

落たぎつ岩にくだけて谷川の

そこにハ塵もとゞめざりけり

――感想・聞書10「しのふくさ」二十八年二月

「馬鹿な打ち明け話をしてしまった。まあ、勘弁してやってください。あなたを前にするとつい正直になってしまう。不思議だなあ」

「降り籠められて向島。雨のお蔭でしんみりと、お話に聞き惚れました。けれど、もうそろそろお暇《いとま》をしなくては」

「雨もよいで足下の悪いのに、よく訪ねてきてくれて。茶を供するの他、何のもてなしもできないばかりか、昨年末までにという約束の金子も、まだ用意できずに」

浪六が口ごもる。つい今さっきまで、いとどしめやかに、しかしごくごく雄弁に、去年まで吉原に勤めをしていたという自分の妻のことなど物語っていたのだが……。

「いえ、いえ」と夏子はみなまで言わさず、にっこりと、物分かりよく首を振る。品良く、愛らしく、軽らかに、何事でもない風に物包みして。「こちらの方が、勝手な御無理を申し上げているのですから」。

本人からそう言われてみれば確かにその通り、浪六には一葉に金を貸し与える何の義理もない。ただ去年の九月に格好をつけた安請《やすう》け合《あ》いをして引っ込みがつかず、手紙で以てさらに奇麗事《きれいごと》の安請け合いを重ねて、以後延々、女心を引っ張り続けてきたのだ。

（それにしても、よくぞここまで諦めもせず……）

しつこく騙されてくれる、女心の手強さだった。

去年の年の瀬、夏子は「暗夜《やみよ》」を書き上げた筆でさらに「大つごもり」を書き上げて『文学界』へ発表、疲れ果てた一文無しの身で、日記ならぬ覚書にこう記す。

こぞハ一毛のあきなひに
立居ひまなく
ことし三十金の
あて違ひて
歳暮閑也
よしあしを
なにと難波の
ミをつくし
ことしもおなじ
せにこそハたて

——感想・聞書9「残簡その三」二十七年末

「いいわ。今日は会えただけでも。とってもいい話を聞けたし、刺激にもなった」

雨の帰り道は、それだけは浪六の心尽くしの車に乗った。

頼みの借金はまたもや当てが外されて、けれども聞けば尤《もつと》も至極《しごく》な理由があって……まっすぐ夏子の眼を見つめ、今日のところは面目次第もないけれど、男がいったん口にした事、金は必ず作るからと真摯に語るこの友を、信じざるをえない夏子だった。

「こちらの事情は包み隠さず説明してあるし、だめならだめでそう言ってくれるはずだし、浪六には浪六のよんどころない事情があるのでしょう。さもなくばこんな風に延々、約束を引き伸ばすはずがない」

訳あり気な浪六の説明にその都度ほだされ、

「信じよう、信じないこちらの方が悪い」

そんな風に自分を責めてしまうほどだった。

「仕事も何も、やれるだけのことはやった。分を尽くして、その上で信じるんだ、友を」

どういう意気地の張り合いだったか、浪六は一葉を信じさせることに全力を注ぎ、一葉は浪六を信じることに己が誠を懸けて、この勝負、元より借りる一葉側に分《ぶ》が悪い。

その引け目を、友情と信頼の物語におきかえるべく、夏子の創作意欲は旺盛だった。

「しのふくさ」に拠《よ》れば、浪六を訪ねたこの日は二月の一日。一回目の「たけくらべ」が載った一月三十日『文学界』発刊直後といえる。今なら会える。自分も作家として、やれるだけのことはやって、引け目なく会いに行ける。夏子はそう思い、勇《ゆう》を鼓《こ》してふたたび浪六を訪ねたのだろう。昨年末の「大つごもり」も好評だったし、連載予定の「たけくらべ」を、天知『文学界』は双手を挙げて一葉に書かせようとしていた。

浪六としてみても、味方ばかりとは決して言えない文壇に、手放しで「吾が知己」と褒めちぎってくれる星野天知は得難い存在であり、天知『文学界』を後ろ盾にもつ樋口一葉を、粗略には扱えない事情があった。

夏子はそれも読んでいる。引け目のある分、心の負担という見えない算盤玉《そろばんだま》も弾くのだ。なんという辣腕の、小心の、女西鶴であることだろうか。

向島白髭神社裏の浪六茶屋に場面を戻せば、夏子を引き留めさんざんに話し相手をつとめさせた揚げ句、手ぶらで送り返した浪六が、ほっと一息入れている。

「やれやれ。新開地の御局様には、ようやっと退散あそばされたか」

そう呟きながら手にしたのは『文学界』二十五号。夏子が土産代わりにと持参したものだ。何気なさを装って頁をめくり、読み始めて目を剝《む》く。


廻れば大門《おおもん》の見返り柳いと長けれど、お歯ぐろ溝に灯火うつる三階の騒ぎも手に取る如く、明けくれなしの車の往来にはかり知られぬ全盛をうらなひて、大音寺前と名は仏くさけれど、さりとは陽気の町と住みたる人の申しき……


高い調子の、澄んだ落ち着きのある女声が、耳に響いてくるようだった。

……われら存分に思いのたけをくらべ合いましょう……

読みさして浪六は唇を曲げ、低く、呻《うめ》くように呟いた。

「星野天知の秘蔵っ子が、浪六茶屋へ道場破りにきた風だな。しゃらくさい。青臭い。耶蘇臭い。

『文学界』なんぞの背比べに付き合ってられるか」

言い難い妬心《としん》がむくむくと、後から後から頭をもたげてくる。

聞くところでは二十五年の暮れ『都の花』に三回連載した「うもれ木」が樋口一葉の出世作らしい。『文学界』がこれに目を付けて引っぱり上げた女流だそうで、薩摩金襴の陶工が主人公。一葉本人の口から聞けば、実兄がまたシカゴのコロンブス万博に賞をとるほどの陶工で、名人気質の兄の代わりに作品を売ってやりたいとも言っていた。

「読売の関如来《せきにょらい》に紹介してやったんだから、もういいだろ。あいつは美術担当なんだから、兄貴のでも自分のでも、御立派な御作をせいぜい高く売りつければいい」

夕刻近い窓辺に活字を追っていた浪六は「たけくらべ」を読み終えるや、畳の上へぽいと『文学界』を投げ出した。西陽を受けた顔に奇妙に硬い表情を浮かべて腕組みをする。

「女史よ、男と女の間に友情なんぞがあるとでも思ってか」

どうやら疑いもなくあると思っている、否、そう思いたいか、思おうとしているらしい女の得体の知れなさは、浪六を少しばかり怯《ひる》ませた。しかしこんなとき決して憂鬱になる浪六ではない。

夏子の残り香を独《ひと》芝居にくんくん嗅いで、大仰に顔を顰《しか》める。

「くせえくせえ、こりゃ間違いなく『文学界』臭だあ。それでいながら書くものは……」

市井の垢や油や埃っぽさに塗《まみ》れながら、ひと風呂あびてさっぱりとした西鶴張りときている。

「いったい、何なんだあの女」

樋口一葉何者なるや。ぶるっとひとつ、獣のように浪六は身震いをした。

『早稲田文学』で内田魯庵が「虎豹独り走獣ならむや、余れは虎豹を傲睨《ごうげい》する狐狸の其窟を出でたるを愛す」と褒めたのだか貶《けな》したのだかわからない論評をしていたが、まさしく狐狸。人を化かすにかけて、命懸けなのが浪六の愛嬌なのだった。

天知『文学界』の手前、へたな動きはできないし、つい安請け合いをしてしまった借金話も、そろそろ切り上げ所を探らねばならなかったが……どこまで相手に信じ込ませるか、相手がどこまで信じ抜くか、腕比べという気分もある。

「ままよ。虚《うそ》と実《まこと》のたけくらべだ」

障子を開け、霧雨に煙る夕闇の中に、ゆったりと身を横たえる澄田川《すみだがわ》を眺める。

流れゆくもの、流れやまないものへ身を委ねれば、移りゆく人の世に何の齟齬《そご》もきたさない。虚実の別さえ、もはやなくていい。

「嘘をついてもらいたくている者へ、どうやって、どういう嘘をつくか。作家が考えるべきはそれだけだろう」

作家は嘘を書く。読者が嘘を読みたいからだ。

「騙されたい徒《ただ》の女なら、幾らでも騙し続けてやる。それも仏心ってやつさ」

嘯《うそぶ》きながら、又もやひどく寒気がしてきた。獣ならぬ怪物的なものを、あの樋口一葉に感じている。

「あみだ籤《くじ》でも作っておくか。その日の出方を決めるのにな。のらりくらり。ほどほど。誠意をこめて。逃げの一手。手管《てくだ》はまあ、この程度でよかろう」

『朝日新聞』系への紹介を浪六が差し控えたのは、無意識のうちにも自分の守備範囲へこの女流作家を割り込ませたくなかったためだろうか。『朝日新聞』お抱えの先輩小説記者半井桃水が『武蔵野』を起ち上げ、新聞小説作家を育成しようとして失敗した事、その時の愛弟子のひとりが一葉だったとは全く知らずに、後年、一葉を桃水に紹介したのはこの自分だとさえ言うようになる。尤も、何か聞いても左から右へ都合よく忘れてしまい、現実という事実に創作の加わるのが浪六の平生だった。一葉と桃水の間柄を知らずにいたのかどうかも、実はかなり疑わしい。

明治文壇へ突如彗星のように現れた「ちぬの浦浪六」なるこの流行作家は、作為の塊《かたま》りのような人間で、虚実の混同は当たり前、本人は嘘をついている自覚さえないのか、罪悪感というものが欠落している。大事な約束を反古《ほご》にしてもその場凌《しの》ぎで平然とやり過ごせるのは、浪六の特異な才能といえた。

優秀な詐欺師は自分の嘘が信じ込めるとはよくいうが、まんまと嵌《は》まって「人の心のあやしさ」の淵へ引きずり込まれた樋口一葉は……浪六の嘘に乗せられることで自分の水位をさらに上げ、結果、おのれも知らぬ深みをもって、浮上していく。

自分の嘘が信じられる。

それが才能だとしたら、夏子はむしろ浪六より上手だったかもしれない。

心の眼をおのが手でふさいで、長《なが》の年月、自分に嘘をつき続けてきたのだから。

第四章　「雪」浮れの手紙——おもふことすこしもらさん友もがな

三月三十日『文学界』「たけくらべ（七～八）」

明治二十八年（1895）三月

半井桃水との出会いと別れのあった本郷菊坂町時代から、浅草龍泉寺町での小商いの日々へ。そうして本郷丸山福山町の水の上の家へ。

夏子の月日がうつろい流れたその間、時代の怒濤は、明治日本という青年国家を国際政治の複雑な暗潮へ向けて押し流しつつあった。

長く不穏に燻《くすぶ》り続ける朝鮮問題から端を発し明治二十七年夏に始まった日清戦争では、民党と藩閥政府があっけなく合意して一億五千万円にも臨時軍事費の膨れ上がった国家予算を可決し、十月頃までに日本の優勢は決した。二十八年の年明けは勝利に沸き返る国内だったが、この年も五月になると露独仏三国干渉による横槍が入り、いったんは領土と見なした遼東半島を還付する。

国威発揚を期して博文館から一月創刊された総合雑誌『太陽』はそれを屈辱と見なして「臥薪《がしん》嘗胆《しょうたん》」と書く。「三国の好意、必ず酬いざるべからず、わが帝国国民は決して忘恩の民たらざればなり」。

水の上の家の夏子はこうした世情とは一定の距離を置いて生きていた。借金の当てはすべて外れ、相変わらずの貧苦の中、後年の一葉研究者がいうところの奇跡の期間は昨年末から始まっていて「大つごもり」と「たけくらべ（一～六）」が『文学界』に発表されてすでに序曲を終え、好評の「たけくらべ」連載と『毎日新聞』からの寄稿依頼を抱えて忙殺される春の日々である。

戦時体制に組み込まれた世間とは別な世界に生きている……その意味では確かに、間違いようもなく、夏子は変わり種だった。

「拗《す》ね者《もの》」というキーワードは、「時流迎合に背を向けた」という意味でも『文学界』同人に共有されており、樋口一葉の「拗ね者」ぶりは、すでに二十七年頃から『文学界』内部で言われていた。

先日は又、禿、秋二兄と共に一葉女史の許へ参り、非常におもしろき会合に有之、定めて御存の御事と存候得共、一葉女史尤も変調論を愛読するやにて、実にめづらしきすねものと存候。いづれ拝眉の折申上度事のみ、唯々貴兄御聞取相成候はゞ笑の種と存候

——「島崎藤村書簡／星野天知宛」二十七年九月一日

今月の「文学界」兄が枕頭にありと存候。（中略）一葉子の筆力ます〳〵新らしく、実におそるべき秀才と存候。

——同、二十八年三月四日

「変調論」は『文学界』同人の戸川秋骨の論文で、そこへ引用されたドストエフスキー『罪と罰』は、夏子も戸川残花から借りて読んでいた。残花は夏子が「いと〳〵悦ばれ後の日に来られて繰り返し〳〵数度よまれしと云はれぬ」と思い出に語っている。

夏子は「拗ね者」扱いを、『文学界』同人たちの仲間意識からとは受け止められず、反発する。夫もいない子もいない物書く女へは、その恋の履歴にまで好奇の目が向けられがちだ。夏子は女性としての自分の在り方に興味本位に踏み込まれたような生理的不快に加えて、何かしら文壇的

な政治色のなすりつけられたのを感じたのかもしれない。

同人仲間でも、生涯最期まで「おなつおば様」「一えふおば様」のお気に入りになる三歳年長の「かつやをぢ様」馬場《ばば》孤蝶《こちょう》は、その点で直球だった。口は悪いが陰湿なところがない。最初のうちこそ、「おろかやわれを拗ね物といふ」と少々向かっ腹を立てた夏子だったが、孤蝶の直情な、嬉しい単純さ、隠された優しさにやがて心許していくのだった。

半井桃水の親心が時流の中で一葉舟を見守り続けたように、ほぼ三年後の馬場孤蝶にもやはり似たようなバランス感覚があり、ハチャメチャを装いながら至近距離まで夏子に接近し、その人と作品を守ろうとしていた。透谷藤村天知の明治女学校ラインとはまた別に、むしろ一線を画して、ではあるが。

一葉夏子の男運の良さ。

しかも当人はまったくそれに気付かない。

哀しいけれど、その生涯の最後に近づいてますます、その没後も猶というべきか、男運の良さは増すばかりの観がある。

明治二十八年(1895)三月

この年の三月十五日は大雪になった。

隣近所の家々の屋根にも、裏の崖の笹原にも、崖の上の阿部屋敷の庭木にも、しんしんと雪は降り積もる。立ち木はみなこんもりと雪を冠って、溢れんばかり満開の花景色だ。

「雪」と書いて「木ごとの花」と読ませる先人の感性の確かさ。

夏子にとっても、雪は悲しむものから愛でるものに戻っていて、その儚ささえ花の盛りにも似て、心をしんとさせ、しかもうっとりと蕩《とろ》かせる。

半井桃水との思い出の一日を核にして出来上がった作品「雪の日」を『文学界』へ初寄稿したのが二年前の三月。

師弟関係を解消したその桃水とも、今では穏やかな親交が復活している。桃水との別離をばねに作家として跳躍した観のある樋口一葉だったが、桃水はいつに変わらぬ誠意を以て一葉舟を見守りつづけ、出版社として日の出の勢いのある博文館の娘婿大橋乙羽に陰ながら交渉、よろしく頼むと口添えをするのだった。

机からふと目を上げて、窓障子の向こうのこの世ならぬ気配に、夏子は思わず動悸した。待って待って待ち侘びて、忘れて忘られてしまっていたような、何かの到来を感じる。

夢中で筆を擱き、急かされるように席を立った。

池に面した窓を開け、思わず目を瞠り、息を吞む。春の雪の、風に狂おしく乱れ舞う様に心昂ぶらせ、叫ぶように呟いた。

「まあ、大きな。なんて大きな雪牡丹」

重たげな純白の花弁を、空いっぱいに散らす風の腕《かいな》が見える。

男か風や腕たくらみ。

我が身も心も委ねるように惚れ惚れと、見えぬ腕を眺めながら溜息をつく。あんなにも切なく、哀しく、生々しい思いでひとたび眺めた雪月花は、ふたたびこの世の外の純度をまし、憧れる心は何もかも忘れてそこへ逃げていくようだ。

「ねえさん、気がついた」

襖を開けて邦子が顔を出す。

「雪よ雪。しかも大変な大雪」

目を輝かせ、うきうきとした表情だ。

うつつに戻された夏子はぼんやりと返事する。

「そう、雪ね」

「積もるわね、絶対」

「どうかしら。だって、ぼた雪よ」

「きっと積もるわ。わたし請け合ってもいい」

奇妙に力んで、邦子は頼もしげに言う。

そんなこと請け合ってどうするのかと夏子は可笑しくなって、妹を見つめる。

（この人もまた変わり者）

思えば樋口は変わり者の寄合だけれど、雪に酔い、月に酔い、花に酔い、何処でどんな風に住居しても、たとえささやかであっても、精一杯楽しんで暮らしてきた。

（これはもう我が家の才能と言えるかも知れない）

などと思う。

夏子の思いが伝わったか、邦子はしきりに頷いて言う。

「手焙《あぶ》りにかっかと火を熾《おこ》したの。ちょっと休憩しよう。あっちじゃさっきからお待ちかねよ」

「え、誰が」

「母さんが。決ってるでしょ。それとも一葉女史にはどなたかお待ちでしたか」

「いえなに、雲居の庭からそろそろ御使者が来る頃かと」

「よくおっしゃいますこと。わたしだって羽衣が縫いかけだけど、ま、とにかく小休止。母さん孝行に……雪見酒ってなわけにはいかないけれど、熱いお番茶で、豆餅なんていかが。乾燥芋もあるし。そうだ、お正月の残りのするめもあったかな」

にっこり笑ってそれだけ言うと、首を引っ込め襖を閉めた。

「ああまったくもう、女三人、色気ないんだから」

嬉しそうに一人でそう言いながら台所脇の小部屋へ歩いていく。

邦子の気配が去った後、夏子は窓の外を振り返った。

雪牡丹の乱れ舞う戸外へ首を出し、池の上の空を仰いで目をつぶる。

何故かしら火照った頰に、今朝結い上げたばかりの銀杏返しへ、肩口へ、袖へ、重たい雪の花弁の散りかかるのも構わず、風の腕《かいな》に抱かれるようにしばらくそうしていた。


翌日。

「やっぱり積もった。連日の雪見酒……ならぬ雪見餅だわね。豆餅をもひとついかが。砂糖醤油につけて食べると美味しいかも」

昨日とは打って変わった口振り。不機嫌とは言わないまでも、どこか投遣《なげや》りで詰まらなそうな邦子だった。あんなに生き生き立ち働いていたものを、今日は手焙りの前にぽつねんと腰を据えて、いっかな立つ気配を見せない。

夏子はさりげなく母と顔を見合わせて笑みをもらす。

「くうちゃんたら、もう雪見に飽きちゃったのね」

「そう、わたしって飽きっぽいの。一日のうちでもころころ気分が変わる」

邦子がすこし羞じらいを見せた。

「いつか話したでしょ、気持ちが揺れるたび、障子紙へ針でぽつぽつ穴を開けてみたって。……結果は一面穴だらけ。心してなけりゃ、てんで当てにならないのが我が心ってやつなんだな」

邦子はそうやって自分を試し、鍛え直そうとしたものらしい。試練に立ち向かおうとする樋口家の血は、快活で暢気《のんき》に見える末娘にも流れていた。

「昨日はあんなに嬉しかった雪も、今日は後始末を考えただけでうんざり。雪掻きは重労働ですもの。男手のない家に雪は願い下げだわ」

脇を向いてぼそぼそ呟いてから、邦子が上目遣いで夏子へ唇をとがらせる。

「なっちゃんの所へくるのは、みんな筆の他に重たいものは持ったことのないようなお人ばかりで、気軽に雪掻きなんて頼めやしないし」

夏子はとうとう笑いを堪えきれなくなった。

「くうちゃんみたいな美人さんが頼んだら、みんな喜んで働いてくれるかもしれないわよ」

樋口家の妹娘の快活なとりなしを、同人の青年たちが好んでいるのは事実だった。

「何言っているの、なっちゃん、よしてちょうだい。みんな横文字ぺらぺら縦文字さらさらの文士さんばっかりじゃありませんか。どんなに親しくしてたって、おだいどこは見せられないわ」

「博士や大臣の卵だって、男手は男手でしょ。よし。それじゃあ最初にやってきた犠牲者に、一葉女史自ら頼んでみようか」

「嘘。あの人たちに、なっちゃんは絶対そんなこと言わない。……言えないくせに」

目を怒らせ、少し憤慨したように邦子は言った。

「うわべを取り繕っているとは言わないわ。けど、なっちゃんはあの人たちに決して見せない顔ってあるでしょ。向こうさんでもきっと同じことね。文士付き合いってそんな澄ましたものなのかしら。脇で眺めていると、わたし、焦れったくなるときがある。高踏だの、浪漫だの言ってるけど、お互い気取ってないでもっと率直になればいいのにって」

夏子が黙って目をそらす。

綺麗なその顔が業腹で、目に見えて邦子がむかっとする。姉とよく似た薄皮だちのこめかみに、青筋でも立ちそうな案配だ。

傍らで多喜は口を出さず、ただ優しげな困り顔をしてみせる。どちらの気持ちも分かるのだ。

親の欲目からでなく良くできた方だと思うのに、婚期を逃しかねない娘二人、双方ともに可愛くて、そうして可哀相でならない。

「なっちゃんの仕事のために、少しでも世間が広くなればいいなって、わたしも母さんも思ってるけど……」

姉のやり方に極力合わせて、裏方を務めている邦子だった。

それでも時折じりじりする。夏子の優柔不断やわからんちん振りやあまりのお人好しに唖然として、思わず爆発することだってある。つい先月もかなり酷いことを口走ってしまった。なっちゃんなんか、生物《なま》知りの似非者《えせもの》よ、と毒づいたりして。血の繋がりとはこんな風に、えてして残酷なものなのかしれない。

そのときも夏子は、今と同じ、どこかしら透きとおった遠い顔付きをしていた。

冷然と無視を決め込んでいるようではなく、感情を害して傷ついた風にも見えない。自分を突き放し、相手を突き放し、その場の気分を突き放し、捨てて捨てて捨てて……ただ其処《そこ》にある有りの儘《まま》を、遠くから見たり聞いたりしているようだった。

夏子がこんな表情を見せたときには、糠《ぬか》に釘、のれんに腕押し状態である。

お手上げだわとばかり、邦子はぽつんと言った。

「この頃のなっちゃんって、時々分からない」

それ以上言うと、姉を傷つけながら傷ついている自分自身を見ることになるだろう。どこぞへ奉公に上って仕送りするわけでもなく、嫁入って外から援助するでもない……口先ばかりが偉そうな、自分というものを思わぬ邦子でもなかったのだ。物言いたげな顔のまま唇を噛む。

夏子は捉え所のない表情に微笑すら浮かべて妹に言った。

「……わたしはね、考えているのよ」

「だから何を」

焦《じ》れったそうに邦子が問い返せば、

「ただ考えているの」

夏子が淡々とそう応える。内田魯庵訳『罪と罰』からの受け売り。下宿屋の女から「銭を取りにもいかないで、いったい何をしているのか」と詰問されたラスコーリニコフが「考えることを為《し》ている」と応じる段だ。邦子からはまたしても生物知りの似非者と言われそうだけれど、今の自分を言い表すのに、それが一番、言い得ている。邦子にこれが通じたかどうか。通じればけっこうな皮肉にも聞こえたはずである。

邦子は悪く受け取らず、ただ長々溜息をついていた。

「なっちゃんって、ますますほんとに分からない人」

ごねてみせるのもいつもならこの辺まで。けれど今日の邦子は違っていた。呑みもしない雪見酒に悪酔いしたように、いつまでもしんねりと執拗だった。

「いったい幾つの顔を使い分けてるんだろう、なっちゃんは。伊夏《いなつ》ちゃんに見せる顔と桃水さんに見せる顔は、もちろん違うはずだし」

夏子永遠の急所《なきどころ》である半井桃水と、会ったこともない桃水を嫌う中嶋門下の親友伊東夏子と……夏子が自分を殺しつつ、どんな表情を自在に使い分けているのか、我が姉ながら量り難い。

「なっちゃんの小説に出てくる何人もの女の人たち、ううん、男の人もよ、みんな少しずつなっちゃんに似てるわ。夏子百面相ね。『文学界』の人たちと、村上浪六の前では、それぞれどんなお面を被るの」

火鉢の向こうの澄まし顔へ、上目遣いでそう言ってやる。

夏子に延々はったりをかます大言壮語の流行作家、村上浪六には苛々する。幾ら有名だからって、何であんな人のところへ行くんだろうと、姉の気が知れない。浪六なんかのところへは自分から出向くくせに、尊敬している幸田露伴のところへは行かれないなんておかしいし、と首をひねる一方で、それが如何にも夏子らしいと思うのだ。自信がないのか、意気地がないのか、邦子には分からない夏子なりの人間関係の案配やら匙加減《さじ》というものがあるのか、いずれにしてもあっちへこっちへ、いじましい気兼ねばかり重ねて、その揚げ句の猪突猛進だもの、高が知れている。いわば土俵をずらしての猪突猛進だから逃げに等しく、本音をずらしているから心の無理も多く、どうしたって先細りは必定なのだ。今にして思えば、龍泉寺町での小商いもその通りだった。同じ蛮勇を振るうなら、思いきって桃水の胸に飛び込んでしまえば良かったものを、歌子先生がどうだとか、母さんがこうだとか、ああでもないこうでもないと捏《こ》ねくりまわして……。

姉いびりと自分いびりがひとつになって絶好調、ひりひり痛く小気味よく、邦子は高らかに言い放った。

「結局、なっちゃんってお体裁屋さんなのよね」

龍泉寺町での店開きが、ひとつには姉の妹への思いやりだったかもしれないことに、邦子はこの時点でまだ気付いていない。――樋口家では文具店を開いている西村釧之助《せんのすけ》に邦子の嫁入りを望んでいたのだが、その頃の釧之助は夏子の方に気持ちがあり、邦子は弟の嫁にと所望してきた。その食い違いが邦子を深く傷つけたことを、夏子は知っていたのだろう。邦子は父の生前から親交のあった野尻家の理作へ失恋した後でもあり、自分たちの店を持つという明るい希望で、妹を励ましたい思いも夏子にはあったはずだ。

放言してしまってのち、しらばくれたような顔になって邦子は三人分の渋茶をいれかえた。大人ぶっても二十歳を越えたばかり、世知《せち》に長けたことを口にしても、夏子と違い、人中に入っての苦労はしたことがない。存外に内弁慶の天衣無縫の気性を思って、夏子がさせなかったともいえるのだ。

多喜が黙って夏子の手に豆餅を持たせ、夏子が目で笑ってそれを口に入れる。

時には邦子と一緒になって夏子を責める多喜であったが、今日は違っていた。雪に降り籠められた女家族の時間をさびしみ、愛おしんでいた。

(夏子や。おまえはいろんな人たちに囲まれて、いろんな話ができるだろう。けれど、邦子には気持ちのやり場がどこにもないのよ。我慢しておくれね)

(分かっているわ、母さん。さだめしこの子も辛いんでしょうから)

香ばしい焦げ目につける砂糖醤油は、女家族のささやかな奢り。しばらくの間、茶を啜り、もの喰らう音だけがつづく。炙《あぶ》り物にふうふう息を吹きかけて齧《かじ》りながら、口を切ったのはやはり邦子だった。

「この家へ越してから通って来る、あの相場師だか占師だか分からない久佐賀義孝って人も、わたしね、ひそかに髭を生やしたペテン師だって睨んでいるの。あんまり当てにしない方がいいと思うな。話の端々に有名人が出てくるけど、妙な噂をばら撒かれないように気をつけなくっちゃ。なっちゃんは桃水さんの時で懲りてるはずでしょ。こないだも、ここからそう遠くない田口卯吉《うきち》さんとこへ寄るとか言ってた。田口さんって、経済とか貿易とかの方面の傑物でしょ」

「そう。泉太郎兄さんが生きていたら、真っ先に会いに行きたがるような人だと思うわ」

夏子が多喜に聞かせるようにそう言い、多喜は黙ったまま相槌を打つ。そんな二人へお構いなしに邦子はつづけた。

「去年の夏に藤村さんたちが来たのは、その田口卯吉さんとこの帰り道だったのよね。上田敏という友達が下宿しているんだって」

「上田柳村さんなら大丈夫、萩の舎のわたしのお友達の親戚だから。そのうち我が家にも見えるでしょうよ。もちろん、久佐賀先生にも釘を刺してあるわ」

「五寸釘でも打ち込んどかないとね」

邦子が即座に混ぜ返すと、夏子が思わず苦笑した。

「心配しなくていいわ。あの人もお商売なんだし」

さりげなかったが、冷淡で、毒のある言い方だった。邦子が口にした、髭のあるペテン師という言い方などより、よほど辛辣な。

「ふうん。お商売かあ」

久佐賀に対する、これが夏子の本心なのだと納得、邦子はどこか安堵しながら、(久佐賀や浪六を相手にしているようじゃ、なっちゃん、商売上手とは決して言えないなあ。相手を振り回しながら、相手に引き摺られているのが、わたしでさえ見て取れるもの)などと腹で思っている。

しかしここでも邦子は見落としていた。

この二人との金にからんだ実りのない関係は、小説家としての夏子が自分の気持ちを実験場におく効果しか望めない……それだけに、掛け替えのない成果を生むものになっていたのである。

そこにまで思い致せよと年少の邦子に望むのは、無理かもしれない。

何しろ樋口家の台所は危急存亡の火の車、夏子のやりくりというか樋口一葉の作家的暗中模索は、修羅場のだんまり芝居のように、家族をはらはら焦れさせる。

だから今しも、わざとのようにずけずけ言い募る邦子なのだった。

「言ってみたら、なっちゃんだってお商売なのよね。そうでしょう。『文学と糊口《ここう》と』なんて論文に唆《そそのか》されて、中嶋塾で噂の『樋口の荒物病』なんてのにも罹《かか》ったけれど、久佐賀先生からの後援が引き出せなければ歌塾を開くこともできない。どうしたって売れる小説書かなきゃ食べていけないもの」

奥泰資著「文学と糊口と」は『早稲田文学』第二十四、二十五号に載った論文で、作家志望の青年たちへ向け、糊口のため俗受けばかり狙い真文学から遠ざかることを戒《いまし》めたもの。夏子が荒物、駄菓子の小商いを企てたのも、ひとつには生活のための売文から離れようとしたからだった。

「『文学界』は同人雑誌だから原稿料は雀の涙、理想は高くてもお商売は成り立たない。けれどお商売じゃないなら……お愛想言う必要もない。そうだそうだ、気取る必要なんててんでないし、もっとお互い率直であっていいはずよね」

夏子は貝のようにぴたりと口を閉ざしてしまい、邦子は少し意固地になって詰め寄る。

「それならなっちゃん、雪掻きを、禿木《とくぼく》さんに頼んでみてよ。身内の見合い話の、探偵役まで姉さんにさせようとした人だもの。お互い遠慮なしでいいじゃありませんか」

夏子がとうとう痛痒《いたがゆ》いような顔になって、こじれにこじれた妹の、言いたい放題に溜息をつく。

そのとき、多喜がおっとりと助け船を出した。

「そんなことで姉妹言い争いなさんなよ。葉書を出して秀太郎か虎之助を呼べばいいでしょう。お汁粉でもつくってね」

今度は邦子と夏子が目を見合わせる場面だった。

いつも真摯で、いつも無邪気な母の口から、そんな風に甥や次兄の名前が出ると、世界が一回りも二回りも縮み込む気がした。多喜の属する旧態依然の世界には、時間がそこへずれ込んでいくような、奇妙な沈黙の口が開いていて、何もかもがさながら吸い込まれてしまうのだ。すべては「かつて」へと、なすすべもなく見送るばかり。今さらさらに何を言っても、どんなに言っても、追いつかない……。

姉妹は見つめあったまましばし黙り込む。

そのとき、多喜が耳を澄ませるような顔になって、

「おや。この雪の中、郵便が来たようだ。邦子、見て来ておくれ」

穏やかにそう促せば、邦子は目顔で頷いて素直に立っていった。

かごめ。かごめ。籠の中。

雪に降り籠められた懈《け》怠《たい》の底で、女三人手焙りに物炙りなどして喰らっている、丁度そこへ届いたのが馬場孤蝶の手紙「雪の降る日は浮かれこそすれ」なのだった。

　御許《おんもと》様へまゐらす、
これさ姉《ねエ》さんすねチヤア野暮だ、まだ二葉なるこなさんの、
一葉《ひとは》に秋を知りなんす、御発心とは何がたね、
柳の糸のむすぼれぬ、縁《えにし》もうすきかた思、
人に云はれぬ御苦労か、笑ひ給ふも何とやら、
凄きしらべもこもるなり、せめては春の夕ぐれに
散り行く花の木の下に、聞きたや君が胸の乱を。
　柳の糸は西の国にては遂げぬ恋の印に用い候よし。
　但し此句お腹も立たば幾重にもお詫可仕候《わびつかまつるべくそうろう》

——「馬場孤蝶書簡／樋口一葉宛」封書二十八年三月十五日

「何なの、これ」

自室へ戻って孤蝶からの手紙を一読、やおら机の上に放り出し、夏子は男なら腕組みせんばか

り、片一方の眉頭《まゆがしら》の上にひとところ神経質な凹《くぼ》みを寄せた。眉間《みけん》に縦皺とまではいかないまでも、すこし不機嫌のときに我知らず見せる「?」顔である。

気の回る質だけに、あれこれ先走って思い巡らしてしまうのだ。邦子が言うように、単純なものを捏ねくりまわして複雑にする傾向《きらい》が無きにしもあらず。気にし過ぎるからいけない。ついつい考え過ぎてしまうから、何やらわざとらしく心理的に絡んでくるものは嫌い。不躾《ぶしつけ》だと思う。

「やだな、めんどくさい」

書かねばならぬ原稿は溜まっているし、新聞代や家賃やおろか、お米もお味噌の代金も払えなくなりそうなのだ。

(今はこんな手紙に付き合ってる暇ないわ。ほんとだったらもう毎日新聞への「軒もる月」ができてなくっちゃ。それから今月号の「たけくらべ」だってまだだし)

でも気になる。気にするまいと思っても……無理だった。

気にし屋の夏子、本来の天然は、むしろ鈍感にすら見える純な生《き》一本である。

物包みも優柔不断も百面相も、繊細な考え過ぎの行き着いた姿であり、先輩女流作家三宅花圃が後に「なっちゃんにはしゃれというものが通じなかった」と語るが、これはさすがに夏子本来の生地《きじ》をよく見抜いている。桃水あたりの送って寄越す、含意に充ちた謎かけさえ読み取れなかったし、『文学界』同人の青年たちの中では一番さばけている孤蝶の突っ込みに、今また神経質そうに眉頭をひくつかせているくらいなのだから。

「うかれし孤蝶百拝、すね給へる一葉の君へ、ですって。変てこな手紙に、この宛名書き……いったい全体、どうしてわたしが拗ね者なの」

唇をむっとへの字に曲げると、不機嫌さがどんどん募ってきた。

気にし出したら最後、とことん気にし抜く。

この執念深さが作家的な資質を分けるのだろう、夏子は推敲癖《すいこうへき》も並でない。花圃がやはり「なっちゃんは歌にしても当座や数詠《かずよ》みは苦手で、時間をかけて詠むといいものができてくる」と回顧している。

雪に浮かれて書き綴ったという馬場孤蝶の手紙には、友人たちの評や文壇事情のあれこれが戯《ざ》れ歌風に羅列されていて、

「突如こんな馴れ馴れしい手紙を書いて寄越すなんて」

憤然と立って邦子を呼びに行こうとして、夏子はふと首を傾《かし》げ、

「いいわ、おもしろいじゃない」

思いとどまって座り直し、墨を磨り始めた。

「澄まして返事を書いてやろう。雪のように凛《りん》として冷たいのを」

筆持てば、夏子天然のもうひとつ、大胆不敵な悪女が目をさまし、「何、どうってことないじゃない」と艶然と笑うのだ。それを恃《たの》めばいい。

墨の匂いが心落ち着かせてくれたのか、思いはやがて時を溯っていく。

「孤蝶と初めて会ったのは丁度一年前、雨の降る暗い日だったわ。龍泉寺町の店へ、禿木が連れてきたのよね。雨は四、五日前から降り続いていて、前日には山下の直一君が死んだという知ら

せがあったものだから、母さんはお弔いに出かけていた。山梨からは樋口の幸作を入院させる準備でおくらが来ていたし……ああ、その幸作も夏には死んでしまった」

墨磨る手が止まった。

大事なことを思い出したのだ。

「禿木孤蝶の二人が来て、あの時わたしは……どんなにほっとしたことでしょう」

陰々滅々のさなか、樋口家の事情など何も知らぬ青年文士たちの浮世離れした話、特には孤蝶の明るい風貌、溌剌《はつらつ》たる大声に、打ちひしがれそうに萎《しお》れていた心は水を得たように救われたのだった。

「孤蝶はそう、初対面《はな》から悲憤慷慨の気味があったわね。わたしはといえば、先細りの日々を打開しようとして、三週間ほど前からあの久佐賀との交渉を始めていた……」

夏子は机の前でかっと眼を見開き、無意識に首を振る。こぶしを握りしめて掌に爪を立てて堪えた。(細くも清らかな、我が岩清水の源をさえ大切に守っていればいい、どこにそれがあるかさえ、忘れずにいればいい)。

『文学界』の青年たちは、それを夏子に忘るなという、詩の神からの使いだった。

孤蝶と一葉。

昨年三月十二日の龍泉寺町での初対面から一年が過ぎている。

樋口家が水の上の家へ移ってからは頻繁に、しかし他所《よそ》行きの顔のまま、どんなにしてもそれ以上先へ進むことのない愛想の良さでサロン的親交は続いていた。

思えば雪浮かれを理由に、男は三歳年下の女へ、破天荒な掟《おきて》破りをしてみせたのかもしれない。そうしていたく揺さぶられたのは、樋口一葉の中の夏子、二十三歳の等身大の女である。

馬場孤蝶（勝弥）は父母と共に帝国大学近い本郷龍岡町に住んでいる。

土佐藩士の家柄。明治十一年、父と長男の不始末で一家は次男辰猪《たつい》を頼って上京してきた。土佐の岩崎につながる三菱財閥の縁続きに娘婿がおり、父はその推薦で帝国大学医学部の門衛をすることになったが、もとより暮らしに余裕はない。孤蝶は明治学院を卒業後、郷里高知でしばらく教員をしてから二十六年九月東京へ戻って日本中学に勤務、夏子と出会った頃は中学校教師資格検定試験の準備をしていた。『文学界』には、高知へわざわざ訪ねてきた同窓の親友古藤庵無声《ことうあんむせい》（島崎藤村）に誘われての参加である。

民権家として名高い馬場辰猪は馬場家の次男。慶応義塾出身で、福沢諭吉が「天下の人才」と愛し「気風品格の高尚なる」「百年の後、尚ほ他の亀鑑《きかん》たり」と評した人物で、星亨《ほしとおる》や小野梓《おのあずさ》と共に英国留学した後に『自由新聞』を創刊して主筆となるも板垣退助を批判して退社、自由党を離党し政治活動、明治政府による民権運動弾圧のさなか亡命に近い形で米国へ渡り、明治二十一年フィラデルフィアにおいて三十八歳で客死した。

辰猪とは親子ほども年の離れた弟の孤蝶は、目元の優しさが兄によく似た美男子だった。小さい頃から泣き虫で「あれは感情の強い子だから」と辰猪もその教育を心配したという。苦労人で面倒見もいい孤蝶は、母親の心遣いか身なりも良く、潑剌として青年らしく、樋口家では好感が持たれている。

出会いの頃を思い起こし、夏子の機嫌も半ば直りかけていたが、すね給へる、の一語が気に障って、その点どうにもむしゃくしゃする。

「声の大きな人に悪者はいないよって、母さんは孤蝶がお気に入りだけど……人なんて分からない。わたしが手紙の返事を出したら、面白がってまたどんな吹聴をするか知れない」

墨を磨ろうが、腹の虫は治まらなかった。

ならばいい。

いっそ拗ねてやる。僻《ひが》んでやる。

「恋に破れたる身ですかって。勝手にお話を作らないでほしいな。女が独身でいるのがそんなに珍しいのかしらん」

おろかやわれをすね物といふ（中略）
わが如きものわが如くして過ぬべき一生なるにはかなきすねもの丶呼名をかしうて
　うつせみのよにすねものといふなるは
　　つま子をもたぬをいふにや有らん
をかしの人ごとよな
——感想・聞書11「さをのしつく」二十八年四月

多少のゆとりを見せ、三月十七日付で出された一葉の手紙。

「……柳の糸のむすぼれ解けぬかとの御疑、女子《おなご》に片恋《かたこい》はなきものと仰せられし君さまの御心に、さてはそれ程なさけあるものと御覧《ごろう》じつるか。真実真《しんじつまこと》にお嬉しく候。言ひ解かん折はおのづから候はん。なみの濡衣と申さんも古ければ、

ひたすらに、いとひはゝてじ、名取川、

なき名も恋のうちにざりける

野暮は禁物とや有りがたく御受け申しあげ置き候」

夏子の放った反撃に、孤蝶はおろおろして見せた。即座に返信をしたため、弁明これ努める。まるで待ち構えていたように……三月十七日夜十一時 認《したたむ》／かつや／おらむ様／百拝。

「さて彼の日は藤村および天知へ向け戦を挑み候処（中略）思ひもかけず御許さまより御手酷《おてきび》しき御反撃に預かり大に狼狽の至りに御座候」

内心では、自分の放った弓矢が、夏子の何かへ的中したのを感じていたに違いない。実際の孤蝶も父親譲りで強弓を引くが、さらに二の矢、三の矢と、一葉作品のモデル問題について踏み込んだ質問に入り、一歩も退いていない。まさに矢継ぎ早の攻略戦。夏子を「暗夜」の主人公である悪女お蘭様に擬して、「おらむ様」と宛名する。

雪浮かれの日の手紙は星野天知や島崎藤村に宛てた決闘状だという言い方をしているが……故北村透谷を含めた天知、藤村ら明治女学校寄りの気風に、土佐っ子で義太夫好きの孤蝶は少しばかり偏狭さを感じていたのかもしれない。雪浮かれの日の手紙では「聖愛純愛こちや知らぬ」と嘯《うそぶ》いていたし、小説家徳義論を振り回す「髯さむ」を「野暮らしい」と一蹴している。

生硬すぎる恋愛論には、どこかしら遊里の女たちに対する差別感すら漂って、孤蝶のように違和感を持つ者は、むしろ心優しくこんな風に嘯くのである。

「世には聖愛とやら何とやら下らぬ事を申して影のような心のみを当てに致し候人も多く候様に候」

三輪町の藤村の家で、みんなが「処女の純潔など申す」談義に沸いているときに孤蝶が「左《さ》る六ヶ敷《むづかしき》事は少しもわからず只空耳を走らせ候」というのも見過ごせない。同人仲間の男性たちの集う席上、かの一葉女史が俎上にあげられた可能性無きにしもあらずだからだ。隠微な好色性に真っ向から対抗するように、ありのままの素直な色恋を賛美し、「色と薫が有ッての花よ、アレサねェさん心にや惚れぬ、朝湯がへりの袢纏《はんてん》姿、濡れて艶もつ洗髪」御一笑までにと、懲りもせず戯れ歌を寄せた。

落ち葉が風に吹かれるように「色街臭い（露伴説）」土地に舞い降りた女家族を、それとなく庇《かば》う気分が、やんちゃめかした底にある。武家育ちの素姓正しい硬骨漢が頻繁に「水の上の家」へ出入りするようになるのも、隠された庇護者気分のなせる業か。

不肖この勝弥の駄々っ子振りを、夏子なら受け止めてくれる。否、受け止めさせずにはおかぬという、下手《したて》で強気な孤蝶の押しが、一葉夏子の根雪《ねゆき》を溶かす日はそう遠くない。

日記や覚書では「をかしの人ごとよな」と不服そうに取り澄まして見せる夏子が、同年春（三月〜五月）の詠草に、さりげなくこんな歌を残している。

春夜思友

おもふことすこしもらさん友もがな
うかれてミたき朧月よに
何事のおもひありやととふほどの
とも得まほしき春のよの月

二人の距離は、孤蝶の雪浮かれの手紙でぐんと縮まったとみえる。男の手紙攻勢に加えて、多分その直後の間《ま》をおかぬ来訪また来訪が、女にどのような心理的効果を生むかは、恋の情緒の経験者であれば容易に察しえる。

日々逢恋

けふもみつ今日もミつれどしら雲の
立ちわかるればやがてこひしき

心の根雪はいつしかとけて融水となって流れ出す。たとえそれが野辺にすみれ摘むような疑似恋愛の範疇にとどまるものであるとしても……あらかじめの諦観からそれを遊戯にとどめようとすればするほど……むしろたっぷりと、「恋」の情緒は汀《みぎわ》まさるものとなったに違いない。

孤蝶は同人たちと桜見物に行けばその模様をコミカルに描き、堤に摘んだすみれを書中へ入れて送って寄越す。「せめて桜の一輪とも存じつれど高き梢には賤の男の腕はかいなしと諦め之れのみかきあつめ候次第に御座候」と書き「こてふ」と署名し「一えふ様」宛とし、追伸に「すみれぐさに寄す」る俳句二つ歌一つを添える。

夏子は同時期の詠草「した草」へ、こんな歌を詠んだ。

恋の哥《うた》の中に

花と見しミねの白雲ゆけど〳〵
あとはかもなき恋もするかな

野遊

をさな子のむかしの春にかはらぬは
すみれつむの丶遊び也けり
何事もおもひわすれて遊ぶらん
のべの小蝶は我ミ也けり

「花と見し」の歌はのちに同じ題詠「恋の哥の中に」で、やがて次のような書きかえがなされる。

風ふかばミねに別る丶しら雲の

たゞしばしなるこひもするかな

木ごとの花でもある雪から、満開の桜景色へ、そうして峰の白雲へと、「はかなくてをかしき」幻想は連鎖していき、作品「ゆく雲」完成までの背景には、あらかじめ堰き止められた恋心がまんまんと溢れている水辺が見える。

そしてまたそこからは、二十六年七月に龍泉寺町へ転居した頃、桃水への思いを忘れかねて記した一文「忘られて忘られはて丶我が恋は行雲のうはの空に消ゆべし」が通奏低音のように響いてもくるのだった。

孤蝶が寄越した『文学界』小金井花見翌日の手紙（明治二十八年四月十五日）には、孤蝶のものと並んで島崎藤村の句も記されている。

峯幾つ越へて行らむ春の雲　藤村
雪の峯秩父をぬいてぬッと高し　孤蝶

秘められた恋心のたけくらべは、つかずはなれず、すでに始まりを告げているようだ。

……………………

雪浮かれの手紙で「少々軍機の漏洩《ろうえい》宜しく御取り込み下され度《たく》候」と孤蝶が記すのは、ほぼ星野天知のポケットマネーで運営されている『文学界』の内部事情、主筆でもある天知とその周辺の心積もりを言ったものであろう。孤蝶の決闘状は、思わぬ波紋を夏子の胸に広げたように、新婚早々の天知の胸をも騒がせたかもしれない。四月には同人の小金井花見が催されるが、一高を中退した平田禿木は寝過ごしたという理由で欠席し、孤蝶が記したその日の紀行文は没になる。

夏子の方は、この年の桜見を逸するほど作品制作に没頭、何しろ一刻も手が抜けない。

ことし三月花開て取る筆いよいよいそがはしあはれ此事終わりかの事はてなば一日静かに花ミんとねがへどもあらしは情のあるものならず一よの雨にも木のもとの雪おぼつかなしつく〴〵思ふて雪仏の堂塔をいとなむに似たり

風ふかば今も散るべき身をしらで
はなよしばしとものいそぎする

——詠草44

詠草へそんな嘆きを洩らしながら、仕事面では今までにないほど充実した時を迎えている。戸川残花の好意で一月に『毎日新聞』から原稿依頼があったし、「たけくらべ」の続行は『文学界』をあげて期待されており、そうして文字通り桜咲く三月二十九日、半井桃水経由で大出版社博文館からの原稿依頼が来るのだ。

職業作家として第一線の花舞台が待っている。

同人誌である『文学界』の静かな内海から大海原へと、夏子は全力で漕ぎ出していかねばならなくなった。

大橋又太郎乙羽《おとわ》（二橋生）は大橋家の娘婿で、媒酌人は尾崎紅葉。

硯友社系作家でもある乙羽を夏子の後ろ盾《だて》にと頼んだのは、一葉舟のその後を見守る半井大人《うし》の、卓抜な配慮である。ちょうどこの頃、桃水は「続胡沙《こさ》吹く風」を『東京朝日新聞』へ連載中だった。

乙羽は三月二十九日付寄稿依頼の手紙の中で、既に廃刊した『都の花』主筆藤本藤陰の名前もあげ、さりげなく行き届いた配慮を見せる。夏子が桃水との別離ののち花圃の紹介で『都の花』へ「うもれ木」を書くに至った経緯を踏まえたのだろう。桃水が知恵をつけたのかもしれないが、事情通であり、さすがの苦労人である。

「御高名ハ諸雑誌にても承知仕り、かねてハ半井桃水、藤本藤陰両名よりも承り敬慕斯事《このこと》に御坐候」

過不足の無い、きびきびとした文面だ。

二十八年桜の候……。

小説家としての夏子に一大転機が訪れようとしていた丁度その頃、日本もまた国際政治における転換点に立とうとしていた。

日清戦争後の講和条約の調印に向け、三月二十日から下関会議が開かれる。清国代表李鴻章が、国粋主義の日本青年小山録之助にピストルで狙撃され負傷する事件が起こったのは二十四日、諸外国からの非難を恐れて明治政府は青くなった。

この時期の、夏子の歌。

嫥和使

今さらにつのめだゝんやかたつぶり
はひふしてこし国のつかひを

狂客小山六之助を

から桃のあだ花とてや一筋に
折たがへたるすさびならまし

——詠草43　した草

一葉日記のかなりな部分的散佚のために、日清戦争についての夏子の思いは、残された数首の歌や知人の懐旧談で補足しながら見てゆく必要がある。それでも世人と少しく異なる眼差しを向けていることは充分窺える。

少なくもこの二首には、自他を等分に相対化し、国と国との和平を願う夏子がいる。

戦争を方便にして、暴力的で排他的な勢いに任せて事を運ぼうとする人々の思惑や、荒《すさ》びゆくテロリズムの時代の到来を、眉を顰めて危惧する表情が見える。

少年時代を朝鮮に過ごし朝鮮語を自在に使う半井桃水の影響もあろうし、祖父や父ゆずりで漢籍に親しみ、『源氏物語』を通じて白楽天に馴染んだ夏子であれば、日本が中国や韓国と泥沼のような戦争を続けるのを望まなかったはずである。

また龍泉寺町時代を経て作家として社会問題にも目を向け始めていた一葉夏子には、戦勝に沸き返る世人とは異なる感覚も育ち始めていたようだ。

二十八年の正月、実は反戦歌も読んでいる。

一葉を愛読し、後述するが没後結成された「一葉会」にも参加した与謝野晶子が、日露戦争に際し有名な「君死に給ふことなかれ」を雑誌『明星』に発表したのは明治三十七年九月。これは大町桂月から論難を浴びる。

大塚楠緒子《なおこ》が長詩「お百度詣」を『太陽』に発表したのが明治三十八年一月だった。「ひとあし踏みて夫思《つまおも》ひ、／ふたあし国を思へども、／三足ふたゝび夫おもふ、／女心に咎《とが》ありや。」

これらのほぼ十年前に、さりげなく詠まれた夏子の歌には、平塚雷鳥《らいちょう》に古いと評された樋口一葉の突出した新しさ、いつの時代にも変わることのない本質的なものが感じられる。

としのはじめ
　戦地にある人を
　　おもひて

おく霜の消えをあらそふ人も有を
いはゝんものかあら玉のとし

――詠草42

日本側だけでも二千六百四十七人が、日清戦争の犠牲となって死んでいったのだ。多喜の甥にあたる芹澤《せりざわ》芳太郎も山梨で徴兵され、二十五年十二月近衛第一歩兵隊へ入隊、樋口家が後見役をしていたから、訓練中の休日はしばしば遊びに来ている。兄泉太郎の夭折以来、身内の若者たちの思いがけない死はつづき、その度に嘆きを深めてきた夏子は、出兵した芳太郎の無事を陰ながら祈っていたに違いない。

芳太郎は戦地から夏子へ手紙を寄越した。遼東半島の旅順から台湾へ……近衛歩兵としてのその足取りは、下関における日清講和条約前後の、微妙な国際状況の変化を物語って興味深い。

二月十五日に自決した清艦隊の提督、丁汝昌《ていじょしょう》を悼んで詠んだ歌もある。威海衛《いかいえい》の海戦で敗れ、兵士や人民や居留民の助命を条件に降伏したのちの自裁だった。

丁汝昌が自殺はかたきなれどもいとあはれなり　さばかりの豪傑をうしなひけんと
おもふにうとましきはたゝかひ也
中垣の隣の花のちる見ても

つらきハはるのあらし成けり
――感想・聞書10「しのふくさ」詠草42

幻の武家階級の矜持《きょうじ》に背骨を支えられ、英雄豪傑譚を好んだ明治の少女は、お姫さまの集まる遊ばせ言葉の歌塾から、悪所吉原近い小商いの日々へと深く下降を経験し、今また新開地に立ち並ぶ怪しげな銘酒屋の奥、水の上の家に住まいして、命の儚さについて考える人になっていた。

この急成長は生半《なまなか》のものではない。

残された日記や作品を眺めていると、夏子の人生に関わり影響を与え、善《よ》かれ悪《あ》しかれいろいろな形で作品制作に貢献した人々の影を感じる。陰の恩人ともいうべき人々だ。後ろ盾となる父と長兄を亡くした夏子の人生には、さまざまな男性たちが登場してくる。

父存命中から親戚に近い交際をしてきた坂本三郎、西村釧之助、野尻理作など。

作家樋口一葉誕生に深く関わり、今では忘れ得ぬ恋のふるさとになった半井桃水。

一葉夏子が作家的としか言いようのない不可解さで近づいていった久佐賀義孝や村上浪六。

馬場孤蝶がのちに「彼等の出現は『時の徴《しるし》』であったのだ」と語った『文学界』の仲間、夏子にとっていわば詩の神の使いたち。

樋口一葉の文名が上がってからは関如来や横山源之助など新聞や出版関係の人々。また川上眉山も含めて泉鏡花や徳田秋声や前田曙山《しょざん》ら職業作家たち、やがては斎藤緑雨、幸田露伴などの大物作家、森鷗外の意を受けた弟の三木竹二《みきたけじ》、他にも愛読者数名が訪れてきて、夏子最晩年の日々に鏤《ちりば》められる。

二十八年桜咲く日々へ時間の焦点を戻せば……樋口一葉の名を文界へ一気に広める役割を果たし、没後は一葉全集を手掛けるなどしてその名を不朽のものにした飛切りの黒衣、大橋乙羽が登場する。

第五章　飛切りの黒衣登場——よの人のしらぬ道をもたどる身なれば

四月三日四日『毎日新聞』「軒もる月」
五月五日『太陽』「ゆく雲」

明治二十八年（1895）四月五月

大手出版社博文館についてまず言えば、創業者大橋佐平は越後出身、若くして学んだ石門心学の影響を深く受け仏教に帰依するところ大なる人物で、めざとく営利を追求する一方で図書館など公共事業に志を抱く理想家でもあった。

写真銅版を導入した『日清戦争実記』の空前の売り上げで名実ともに出版王となった佐平だったが、日本が勝利して戦争が終結すると、関連の戦争ものを廃刊、絶版にしている。彼自身は尊王の立場を貫いていたが、明治維新において賊軍の汚名を受けた郷里越後の長岡城落城についての報道が、後々まで深く心に傷となって刻まれたためと言われている。戦争が終われば、敵も味方もない。仏教に基づく「あはれ」の感性が、この出版王の志節《しせつ》には息づいていた。

佐平の眼鏡にかなった娘婿……硯友社系作家でもある乙羽の活躍はめざましく、乙羽の指揮下、博文館の出版事業は活気に溢れていた。昨年の日清戦争優勢に合わせ、今年からは会社の顔ともなるべき総合雑誌『太陽』を創刊、昇る日の出の勢いである。『太陽』と同時に、少年向けの『少年世界』、文芸雑誌『文芸倶楽部』も同時に創刊、乙羽は三大雑誌の総支配人となり、創刊号すべてに自ら筆を執った。

「氏は天性円満無碍《むげ》にして、筆も執り、十露盤《そろばん》も執り、旅行を好み、写真を能《よ》くし、文学家、政治家、美術家の各方面に愛せられ、稀に見る才子であった」

博文館に創成期から関わり、大番頭役として知られた坪谷《つぼや》善四郎《ぜんしろう》も『博文館五十年史』にそう書いて、乙羽へ賛を惜しまない。

その乙羽が一葉への寄稿依頼の手紙で「御存じも候らはんか当館より文芸倶楽部といふ小説否

文学雑誌発行し」と書いてくるように、『文芸倶楽部』はジャンルや党派性の枠組を超えて、広く文学を愛好する読者へあてたものだった。編集長の席には別人を据えても、乙羽の感性や目配りがすみずみにまで行き渡り、人気作家や有力新人が綺羅星《きらぼし》のように名前を列《つら》ねていた。日本橋本町、奇《く》しくも『文学界』主筆星野天知の実家である砂糖問屋の真ん前に、博文館の編集局はあり、『文学界』は否応なく『文芸倶楽部』を意識せざるを得なくなったことだろう。

最初の音信である寄稿依頼の手紙が三月二十九日、

「御謝儀ハ御満足とハ不参候なれど御労力に酬ひ奉るべき丈の事ハ屹度《きつと》可仕候間何分御願申上候」

と、肝心要の原稿料を頼もしく保証して手紙は結ばれる。

そしてその後少しの間をおいて、多分四月の初め、乙羽は水の上の家に足を運び、初対面の夏子とすぐさま具体的な打ち合わせに入り、作品の腹案など問い質すのである。

思いやりとたくらみに充ちた、このまめやかさ……。手抜かりなくきびきびした乙羽の態度は、夏子の励みにもなったろうし、のっぴきならない緊迫感で作品へ向かわせもした。

夏子が手紙に腹案をまとめあげて提出し、しばらくすると

「下絵《したえ》ハ早速画工《がこう》にかゝせ目下木板下《もくはんした》の方へ廻し置申候　小説の原稿ハ如何に候哉《や》大至急御送附被下度候《くだされたく》」

畳みかけるような、これが四月十一日の手紙である。

乙羽の意に応え、十日余りで夏子は短篇「ゆく雲」を完成させた。

原稿が届くや乙羽はさっそく礼状を寄越す。

「いづれ其内参上御謝儀可仕候」

これが四月十三日付手紙の結び。

原稿料で食べていく道が、夏子の前にようやく開けつつあった。

明治二十八年（1895）四月から五月へ

春のゆふべよは花さきぬべしとて人ごゝろうかるゝ頃三日四日のかけ斗《ばかり》に成て一物も家にとゞめずしづかにふみよむ時の心いとをかし　はぎ〳〵の小袖の上に羽織きて何がしくれがしの会に出でつ　もすそふまれて破らじと心づかひする又をかし　身のいやしうて人のあなどる又をかし　此としの夏は江の嶋も見ん　箱根にもゆかん　名高き月花をなど家には一銭のたくはへもなくていひ居ることにをかし　いかにして明日を過すらんとおもふにねがふこと大方はづれゆくもをかし　おもひの外になるもをかし　すべてよの中はをかしき物也
——感想・聞書11「さをのしつく」二十八年四月

「ゆく雲」を書き上げた後、ほんの束の間、不思議な幸福感、浮遊感覚に夏子は身を委ねた。ものを書き上げての後に偶《たま》さか訪れてくるもので、つむりの具合によるものでもあろうか、これを味わうのは初めてではなかったけれど、今回は例のないほどみっしりとしたものだった。命の底から湧き上がってくる、わくわくした憧れ。

目を瞠《みは》らせるような新しさの発見。
無常の時の流れの中に、おのれが全てとひとつになって、しんと静まり返る啓示の時。
いまだかつて知らぬ、誰も知らぬ、魂の充実感。
それを何と呼ぼう。
……恋。
そうだ、それは真実の、恋の心である。

うき世にはかなきものは恋也　さりとてこれのすてがたく　花紅葉のをかしきもこれよりと思ふに　いよ〱世ははかなき物也　等思三人　等思五人　百も千も　人も草木も　いづれか恋しからざらむ　深夜人なし　硯《すずり》をならしてわがミをかへりミてほゝゑむ事多しにくからぬ人のミ多し　我れハさハたれと定めてこひわたるべき一人の為に死なば　恋しにしといふ名もたつべし　万人の為に死ぬれバいかならん　しる人なしに　怪しうこと物にやいひ下されんぞそれもよしや
よの人ハよもしらじかしよの人の
しらぬ道をもたどる身なれば

――「水の上日記」二十八年四月二十二日分後記述

四月二十六日早朝。

乙羽はごく簡単に食事を済ませて自宅玄関を出た。手入れの行き届いた庭に苔むした枝を長く伸ばす桜木は、すでに花を落として若葉が芽吹き、新緑の冴え冴えと冷たいほどの息吹は、ついそこの植物園からも香ってくる。

小石川戸崎町。新婚夫婦の住いは白山の急な坂のふもと、帝国大学植物園が目と鼻の先にある。昨年十二月に結婚した長女時子と婿乙羽の新居にあてて、大橋佐平が用意した邸宅だ。

乙羽は胸いっぱいに朝の空気を吸い込みながら、覚悟を決めるように「うん」とひとつ頷いた。男らしく整った四角い顔で、いつも何かに瞠られている眼が輝く。

「竹蔵、朝飯を食ってゆっくり一休みしてからでいい、こんにゃく閻魔《えんま》の前まで迎えに来ておくれ。少し待たせるかもしれんが」

少し訛《なま》りのある朴訥な声で抱えの車夫へ明るく声をかけて行けば、いたって気分のいいこの若主人を、目を細めるようにして老車夫は見送る。

「へい畏まりました、若旦那様。行っていらっしゃいまし」

男の足で十分程の距離にある樋口家を、乙羽は入稿の礼を兼ね、訪ねようとしていた。さり気なくも隆《りゅう》とした出立ちだ。

（少しばかり込み入った話になるかもしれんな）

小柄ながら頑丈そうな身体つきの二十五歳は、机の前にじっくり座り込むのも人一倍なら、動き回るのも人一倍の精力家である。銘酒屋の立ち並ぶ柳町まで人力で乗りつけ、そのまま車夫を待たせておいても構わなかったが、今朝の『東京朝日新聞』を読んだ後では、ともかくも、何でもいい、ひとまず身体を動かしたかった。

乙羽ほどの立場にいれば、時々刻々うつりゆく世界情勢と国内事情のすり合わせの、際どい丸木橋からすべりおちていく人々の姿は、新聞活字の合間からも覗き見える。

(あの桃水痴史が……)

桃水痴史半井桃水が華々しい挿絵入りで連載執筆していた「続胡沙吹く風」が、掲載八十一回、筆に油の乗ったまま、筆者病気を理由に中断。本日付最終回の後半部には、桃水自身が挨拶を書いている。

(病気ではないだろう。いや、よしんば病気だったにせよ、連載中断は、病気のせいばかりではあるまい)

乙羽はあれこれと思い巡らしながら、いつのまにかよくできた小説作品を読んでいる気分になる。手に汗握り、あわや間一髪、はてさてこの続きは……。

(賢い人だ。さすがに鼻がきく。あのまま書き続けていたら身が危ないと気付いたのだろう)

三月から始まっていた日清講和会議の批准は二十日にもう終了していたが、こののち三国干渉によって遼東半島返還を余儀なくされるや、剣呑《けんのん》な排外意識は国民レベルの欲求不満となって膨れ上がる。親朝派として、朴泳孝《パクヨンヒョ》や二十七年春上海で暗殺された金玉均《キムオクキュン》らと親交を結んでいた桃水の立場は微妙なものになるだろう。「続胡沙吹く風」断筆は朴泳孝がモデルらしき人物の登場後まもなくのことだった。——遼東半島の還付が閣議決定されるのは五月四日。芹澤芳太郎ら近衛師団も、ひとまずは遼東半島占拠を睨んで大連湾から旅順口へ上陸、行軍して駐屯を始めようとしていた矢先、五月十日の遼東半島還付の詔書《みことのり》によって撤退を始め、今度は台湾へ向かうのである。日本軍にとって台湾平定は比較的容易だったが、島民の抵抗やマラリアや食料欠乏に悩まされ、芳太郎は五月二十八日の夏子への手紙で「これよりハ病気と戦争との二つをこゝろミる覚悟なり」と書いてくる。ちなみに森鷗外は八月に台湾総督府陸軍局軍局部長となって台湾へ赴任、九月帰国の途に就いているが、のちに日露戦を含めて兵士の脚気罹病《かっけりびょう》についての責を問われることになる。当時はまだビタミン研究が進んでおらず、大本営の決定した精白米六合の兵食に陸軍がこだわったもので、麦を兵食に加えた海軍では脚気罹病が皆無に近かった。翌二十九年四月に大本営が解散するまでに、近衛師団長北白川宮も悪性マラリアのため台南で没し、戦死者百六十四人に対して病死者四千六百人、病気による内地送還二万人にも及んだ。

当時ほとんどの国民は戦争の全体像に目隠しをされたまま、正確な情報を得られぬまま時流に押し流されていた。

(いったいどうなっていくんだ、世の中は)

言い知れぬ焦燥が、乙羽の胸にこみあげる。

心昂ぶるままずんずんと大股に歩きながら、博文館支配人ともあろう者がこんなに興奮したまま作家を訪《おとな》ってはならぬ、ましてや相手は気鋭の女流、落ち着け落ち着けと自分自身に言い聞かせていた。

それにしても……桃水の断筆には何か異様な事態が匂う。

（知りたい。もっと詳しく。いや、知らなければならない。知らせなければ）

何とか嗅ぎ分けよう、それしかないと乙羽は思う。

情報を摑まえるのだ。場合によっては掠《かす》め取るようにして摑む。機密を知らされる立場にない民間人にも、思い巡らし伝播する力はある。

情報網の発達はかつて街道沿いに広がり、交通の要路にある宿屋とは情報の集まる場所であり、山形米沢《よねざわ》の旅館「音羽屋」の六男として生まれた乙羽には、持って生まれた感性の機敏と旺盛な好奇心があった。加えて幼い頃より長けていた絵心と文章力。志望と異なる呉服屋へ奉公の苦労もし、それなりの貧乏も味わったためか、すこぶる人情味溢れ、未だに寸刻を惜しむ勉強家だ。編集出版の申し子として、黎明期に生まれた偉才だろう。

（嗅いで嗅ぎ分けて、伝える他あるまい）

危機感と同時に、激動の時代の出版界に生きる使命感、醍醐味のようなものすら感じている。

桃水もまた朝鮮語を操り朝鮮の友人と交わり、在野の外交の場で情報収集しつつ書く、日朝交流の申し子のような作家だったのだが……。

（「胡沙吹く風」には人気もあった。しかし続編にはどうも肩透かしをされた。仕方あるまい、今の時代、あれが精一杯だったんだろう）

溜息をついて我知らず首を振れば、思わずぽろりと、こんな詞がこぼれ出てくる。

「半井桃水はもう、政治小説を書かなくなるかもしれんな」

乙羽はそっと唇を嚙んだ。

（李鴻章暗殺未遂は、和平交渉を有利に進めるための清国側の工作。そんな穿《うが》った意見をいう者までいるが……暴力が当たり前の嫌な世の中が来れば、文士は筆を枉《ま》げるか、沈黙するか、或いは闘うか……生き延びるために逃げを打つかだ）

荒波の中、一葉舟を乙羽に託し、半井桃水はどこへ行こうとしているのか。

明治二十五年三月二十一日、『武蔵野』発刊直前で別離などまだ思いも寄らなかった頃の桃水が、「あたら御身渦流に巻き入れられたまはん」と、夏子に基督教会に近づかないよう忠告したのは、欧化政策の反動で国粋帝国主義へと向かう大きな時代の動きを予測し得たためだった。

（何であれいい、生き延びてください。見届けてほしい）

念じながら、乙羽の胸が熱くなる。

事件報道の記者として紛争渦中の外地を歩き回り、時にはいざこざに自ら巻き込まれて刑に服したりと、半井桃水の経歴には同じ行動派として乙羽も共感を覚えている。

乙羽自身、明治二十年、温泉地に病気療養中の身でありながら十二里の道のりを歩いて磐梯山噴火を詳細に視察取材、記事にして『出羽《でわ》新聞』へ発表したことが切っ掛けとなって現在があるのだった。単に暢気なラッキーボーイではない。しかし行動派として生き抜くには、時流を見分ける感覚の鋭さと同時に、危機回避の本能も発達していなくてはならない。桃水には多分それがあった。或いは大家族の嫡男として、哀しいほどあったというべきかもしれない……。

緑萌える爽やかな早朝の外気の中を歩きながら、乙羽の鼻は時代に漂う血腥《ちなまぐさ》さを感じていた。

（人殺しの風が戦地から吹いてくる。当たり前のようだけれど、戦地へは皆、人殺しへ行くのだからね。戦地から帰ってきたといえば、人殺しから帰ってきたということなのだ。それをしっかり頭に刻みつけておかないと、現実の世の中というものを見間違う)

目的のためなら人の命を当然のようにあやめる、そういう今の世の中に、出版人として何をすべきか、何ができるか……。

尾崎紅葉ひきいる硯友社は政治的にノンポリを標榜、乙羽も同人としてそれに倣い、そうして大橋家においてはあくまで入婿の立場……つまり出版人としても、伊藤博文にちなんで「博文館」と命名したともいわれる佐平・新太郎の父子の方針にしたがって動くわけである。

もっとも大橋佐平の巧妙さは、その伊藤博文と対立して明治十四年の政変で野に下った大隈重信派へも抜かりなく根回しを怠らず、大隈が力を注ぐ東京専門学校(のちの早稲田大学)出身の坪谷善四郎を採用、持てる力を十分に揮《ふる》わせ、大番頭格にまで育て上げている。調整力抜群といわれたその坪谷がまた全面的に乙羽を補佐して守り立てようとしたし、出版人として存分に動ける恵まれた立場に乙羽はいた。

(戦争は決して国家のためにならない。それが博文公の心底のお考えだという。始めてしまった戦争なら、無論、勝つしかないのだが)

その伊藤博文が二度目の首相を務めていたときに日清戦争が勃発、結果、圧倒的な勝利でのぞんだ下関講和会議だった。しかし四月二十日の批准終了ののち、遼東半島・台湾・澎湖《ほうこ》列島の割譲をめぐって露・独・仏が難色を示しだす。

(国際協調重視の博文公ならば、三国干渉も呑むおつもりに違いない。今日が二十六日。譲歩は

多分、時間の問題だな)

半井桃水は無論それを読んでいたろう。その後にくる国民感情も予想できたのだ。伊藤博文についていえば、問題はあってもその国際的なバランス感覚、とりわけ朝鮮に関する考え方に、親朝派として一縷の期待を寄せているに違いなかった。事実、暗殺を恐れた朴泳孝が七月に二度目の亡命をして関西へひそんだ時には、伊藤博文の長州松下村塾ルートを頼ったと見られている。

(朝鮮についても、博文公は強硬な併合に反対されているのだ。国力がつくまでは日本が助けて、後は共存共栄でいこうと……。今の日本に東洋の大機という言葉を、誠に理解できる者がはたして何人いるだろう)

女ながら一葉に、桃水は素質を見たのかもしれない。「胡沙吹く風」の主人公、林正元は日朝混血の憂国の士。題名は白楽天の詩「王昭君二首」によるもの。『源氏物語』を通じ白楽天を深く読み込んでいた一葉の命名なのでは……乙羽はひそかにそんなことさえ思ったりした。

刊行された『胡沙吹く風』本文直前の一ページを使って、その頃まだほとんど無名だった一葉の名前で和歌が一首、詞書とともに掲げられている。

桃水うしがものし給ひし
こさ吹く風をミ参らせて
かくハ

朝日さすわが敷島の山ざくら

あはれかバかりさかせてし可奈
一　葉

（何とも肝の据わった……師弟愛の表現ではあることよ。わたしも責任重大だな）

半井桃水なる特異な同時代人に見込まれ、その悲願のようなものを手渡された乙羽だった。

気付けば柳町銘酒屋街はもう目の前にある。あの奥に、ひっそりと息を凝らすようにして住んでいる一世《いっせい》の文人を思う。

（一葉は売れる。売ってみせる）

油断なく光らせた目を、ほんの少し細めて乙羽は頷く。

（卑近なようだがぼくは算盤もはじく。こう見えて経営者の端くれなのでね）

丸木橋を滑り落ちるわけにはいかないのだ。

（一葉舟を初めて浮かべた『武蔵野』へ……「胡沙吹く風」の連載料、いったいどれほど注ぎ込んだんですか、桃水痴史）

小石を蹴散らす前のめりの足取りをようやく止めて顔を上げ、細い溝川をはさんだ彼岸を眺める。初めてここを訪れたときは、女流探訪記が書けるなと思わず呟いたものだった。今、早朝の新開地に首を白く塗った女たちの嬌声はない。朝靄《もや》のようなものが立ちこめているのは、土地柄で湿り気の多いせいだろうか。

あの日、応接に出てきた一葉女史の、鈴を張ったような丸い目は潤んで黒目がち、卵形の顔に鼻筋が通り、写真を趣味とする乙羽には、銀杏返しのひっつめ髪で地味に窶《やつ》した身なりの奥に、いきいきと息づく若い命が見えた。いつかこの女《ひと》を撮りたいと思わせる、充分な魅力があった。

（こんな日が来るとは、あのとき夢にも思わなかった）

乙羽は少しばかり眉曇らせる。

（いや、ともかくもこんな日だからこそ、けじめをつけて、心新たにしなくては。樋口一葉の大成の日を、いつか必ず、桃水と一緒に喜ぼう）

乙羽は思い直して、強いても笑みを浮かべる。樋口家の朝は早いと聞いていた。一葉はもう桃水の件を知っているだろうか。

（一葉君が何も知らずとも……否、何も知らずにいてくれた方が幸便かもしれん）

どんな場合にも自重は大切だが、萎縮などせず、ゆったり構えていてもらいたい。

乙羽は「いづれ其内参上御謝儀可仕候」のビッグサプライズを、樋口一葉「ゆく雲」に用意していたのである。派手に見事にさりげなく、約束は果たそうと思う。

頬の強張りが緩んで、自然な微笑みに変わった。

「楽しみなことだ」

溝に渡された板橋を踏み鳴らしながら、乙羽は思わずひとりごちた。それから目を伏せ、唇引き締め、少し厳しい顔になって歩いていく。

本郷区丸山福山町四番地。鰻屋守喜《もりき》とついこの前まで銘酒屋浦島だった家のあいだ、釣瓶《つるべ》井戸のある狭い路地を突き当たりまで入っていけば、笹や羊歯《しだ》におおわれた本郷台地の崖下に、追いつめられたようにその家はあった。

廿六日　大橋乙羽君早朝ニ来訪　ながくもの語りす
此夜小出君来訪　もの語多し　西村君も来られしがはやうかへる
廿七日　小石川けい古なり　さしてをかしきことも聞えず
——「水の上日記」二十八年四月二十六日二十七日

一葉日記はこの後も一見淡々と続き、博文館より前々からの頼まれ事について歌子に念を押したこと、五月に入ってからは久佐賀を頼っての金策が外れたことなどが記録され……そこから突如、壮絶華麗なる罵《ば》詈《り》雑言《ぞうごん》は始まる。

浪六のもとへも何となくふミいひやり置しに絶て音づれもなし　誰れもたれもいひがひなき人々かな　三十金五十金のはしたなるに夫すらをしみて出し難しとや　さらば明らかにとゝのへがたしといひたるぞよき　ゐせ男を作りて髭かきなぜなどあはれ見にくしや　引うけたる事とゝのへぬはたのみたる身のとがならず　我が心はいさゝ川の底すめるが如し　いさゝかのよどミなくいさゝかの私なくまがれる道をゆかんとにハあらず　まがれるハ人々の心也　我れはいたづらに人を計りて栄燿の遊びを求むるにもあらず　一枚の衣一わんの食甘きをねがはず美しきをこのまず慈母にむくひ愛妹をやしなはん為に唯いさゝかの助けをこふ

のミ　そも又成りがたき人に成りがたき事をいはんや　我れたのミかれうけ引けバこそ打もたのむなれ　たのまれて後いたづらに過すハそもたれの罪とかおぼす　我れに罪なければ天地おそろしからず　流れにしたがひていかなる渕にもおもむかんなれどしばらくうきよの浅はかなるをしるして身をしるをしへの一つにかぞへんとす

――「水の上日記」二十八年五月一日

博文館とのやりとりについて、夏子は心深く沈めたまま、日記の表へ浮上させせない。そうして罵詈雑言の文の結び近く、「流れにしたがひていかなる渕にもおもむかんなれど」と記すのである。

四月二十六日早朝来訪の、博文館支配人大橋乙羽「ながくもの語りす」は……身を慎むこと、自重することを、夏子に決心させたのではなかろうか。いやが上にも我が身を清くする必要がここに生じて、苛烈な罵詈雑言はつづられたものと思われる。

とはいえ生活苦は今までと少しも変わらず、金子《きんす》に絡んだ皮肉で切実な記録は続き、対照的に、馬場孤蝶とのやりとりが、心をそこへ逃すように長々と記される。母や邦子が人目を憚《はばか》りつつ夜半に質屋へ走って、ようやく四円五十銭つくろうというその日々、束の間の幻のように儚い救いではあった。

その孤蝶がのちに冗談めかして指摘する、夏子の例の「澄まし」顔とは、言うならば……心の根雪をとかしながら、人知れぬ涙を加えて堰き止めた溜池の、水面に浮かぶ月影なのだった。

しかし孤蝶の側から見れば、あまりに静かに澄んでいるそれが、やがてとりつくしまもないものに思えてくることだろう。捉えようと手を伸ばせば月は跡形もなく消え去って、自分独りがただ水に落ちて溺れ死ぬ、猿猴捉月《えんこうそくげつ》の故事のようなものと自嘲し、強く自制したかもしれないのだ。

夏子にとっての「男の親友」、孤蝶にとっては「女の親友」。

二人の仲をそんな風を落ち着かせるまで、切ないひそやかな駆け引きは続けられた。

ある日はその老父が竹筒で作った筆入れを持参、孤蝶は夏子に贈っている。

孤蝶子が父君ことしは七十三に成り給へるが我が為にとて筆筒にあし（葦）にかに（蟹）の方ほりて給りぬ　これをも孤蝶子もて来て返礼にハ哥よみ給へとせむ　秋骨何かものいひたげにありしが孤蝶子の君をおもふこと一朝一夕にあらず　その熱度のたかきこと計り難しといふにそはかたじけなきこと〻ほ〻笑ミ居ればさすがにあとのつぎかねて口をつぐむ　多く聞かんハ侘しかるべし　かうやうの事何よりもつらし（中略）あはれ此おもひ今いくかつゞくべき　夏さり炑《あき》の来るをもまたじと思へばゆく水の乗せてさる落花にも似たり

いづくより流れきにけん
　桜花かき根の水に
　　しばしうかべる

――「水の上日記」五月三日のち「さりし日」と記述

はじめ文学雑誌『文芸倶楽部』へ掲載予定だった「ゆく雲」は、博文館の顔というべき『太陽』第一巻第五号に掲載された。スエズ以東最大の発行部数と謳われた総合誌である。

大橋乙羽の辣腕に一葉舟をゆだねた半井桃水は、東都の文壇でしばらく沈黙し、やがて『大阪朝日新聞』へ相次いで作品発表するようになる。

『大阪朝日新聞』は明治十四年から十六年、二十代前半の半井泉太郎記者が釜山《プサン》通信員、特派員第一号として活躍した古巣だった。ここで、桃水研究の第一人者である塚田満江の論説にしばらく拠って半井桃水の来し方行く末を眺めてみたい。

明治十五年七月に京城で壬午《じんご》の変が起こってからは『大阪朝日』『東京朝日』へ一面トップで政治報道を連載するなど、泉太郎のめざましい記者活動がつづく。十六年には釜山で結婚。しかし旧対馬藩出身の美しい妻は翌年肺結核でこの世を去ってしまう。

特筆すべきは小説記者としての原点ともなる翻訳小説「桃水野史訳　雞林情話　春香伝」を、明治十五年当時まだ地方の小新聞だった『大阪朝日』へ二十回連載していることだ。原作者は分からず、貴族階級の文字文化の所産ではない、庶民の「広場の唱語《うたがたり》」であるパンソリの写本のひとつを、十八世紀末から謳い継がれ語り継がれて百年後に、朝鮮語に堪能な桃水が翻訳紹介したものである。

それは常民の「詞《ことば》」を「唱《うた》」で伝える「詩」であり、桃水がのちに邦楽の作詞家として名を成すことを思わせて、興味深い。四十七歳で日露戦争へ記者として従軍後、桃水は身内へ「戦争へ行って音楽がどれほど大切かよくわかった」と語り、俗曲遊芸と見なされていた長唄研究にうちこむようになるのである。

反骨と韜晦《とうかい》の人、半井泉太郎は、「春香」の別称「桃花」にちなんだ筆名桃水をもつ。春に咲き香り、豊潤な実りを結ぶ「桃花」は、健康で賢い農家の娘をいう呼び名でもある。

……………………

五月七日は夕暮れからささやかに円居《まどい》の宴となった。

酒気は帯びずも初夏の緑に酔う心地だ。

一皿の寿司《すもじ》を囲んで集うのは、平田禿木と馬場孤蝶と、今宵初来訪の上田敏柳村。

上田敏は帝国大学英文科に在学する秀才で、この一月に創刊した『帝国文学』編集者でもあった。運動家のように引き締まった体付きで、髪を短く刈り揃え、清潔朴訥《ぼくとつ》の印象。穏やかで謙遜な人柄も立ち居に窺えたが、丸顔の小さな眼の光は隠しきれない。教鞭を執るラフカディオ・ハーン（小泉八雲）に激賞されるところの片鱗がすでに見えていた。

禿木と孤蝶は受験生で、それぞれ東京高等師範学校英語専修科の入学試験、中等学校英語教員検定試験を目前にひかえた身、それでも五月五日刊行『太陽』への樋口一葉「ゆく雲」発表を、身内気分で祝わずにはいられない。

「言いたいことはだな、言わせてもらうぞ」

袖を捲《まく》り上げ膝を叩き、例の熱っぽさで孤蝶が言う。

「あれは大当たりだ。大日輪にかかった『ゆく雲』は」

夏子は口元へ手をやって笑いを噛み殺し、(やれやれ、娘義太夫にでもなったつもりでいるしかないな)あらかじめ肩をすくめる思いで聞いている。

「ここにおわすなる御本尊、一葉女史に媚びて言うわけじゃあないぞ。間違ってもらっちゃ困るんだ。いいものをいいと言うのは、ぼくの常だからね。な、平田」

孤蝶は禿木へ頷きながら、

「悪いものは悪い、とも言う」

あっさりそう付け足してから、はははははと高笑した。

いつになく言葉少なく禿木は頷く。

(ああ、そうだ。ほんとうに良かった。あれだけのものを、それも超一流雑誌に……)

そうは思いつつ、『読売新聞』、『毎日新聞』、博文館と、一葉の文運が外へ向かうのに、『文学界』同人としては微妙な思いもある。年若いこの目利きは「たけくらべ」の心配をしていた。

「どうなっていますか、『たけくらべ』の方は。あれだけ筆が乗ってきた所で中断してしまったのが、いかにも惜しい。ぜひ続けてください」

「ええ、それはもう。ただ、そんな風におっしゃっていただく作を半端なものにしたくなくて」

「わかります。忙し過ぎると、思いはあっても身が追いつかなくなる」

禿木がそれだけ言って口を噤んだ。

上田敏と意気投合、相携えて芸術至上の道を進むはずの禿木だったが、透谷が自殺し日清戦争が始まった昨年は、『文学界』編集へ心情的に入れ込み過ぎて受験準備が追いつかなくなり、帝大を諦めた経緯があった。同じ下宿で暮らす秋骨は無事選科へ合格しており、『帝国文学』へも参加している。日本橋の問屋同士、親しく近所付き合いをしてきて兄のような気分でいてくれる星野天知も、少し苦々しい思いでいるらしい。天知の妹と禿木とは結婚話もでるような間柄だったのだが。

上田敏が夏子へ顔を向け、静かに語りかける。

「『ゆく雲』には、『大つごもり』、『たけくらべ』と引き続いて、西鶴ものの影響を強く感じます。この感想をもつのは僕ばかりでないでしょう。西鶴をずいぶん御愛読ですか」

その語り口と柔らかな眼差しに、落ち着いた温厚な人柄が表れていた。帝国大学研究室の匂い。学究肌を好もしく思いながら夏子は答える。

「はい。帝国文庫を何度も読みました」

そこで孤蝶が割って入るように話に加わる。

「博文館帝国文庫ね。禿木が言い出して届けたんだ、そうでしょう一葉さん」

「ええ、そう。ほんとにほんとに嬉しかった」

「ほら見ろ、禿木、君の手柄だ」

孤蝶が禿木へそう言うのを、夏子が微笑んで見守れば、

「禿木はさきおとつい一葉君にやりこめられて、ほうほうの態《てい》で逃げだす道々、君を怒らせちゃったとえらく気にしてね。今日だって一人じゃきまりが悪いから孤蝶一緒に来てくれって拝み倒されて……」

「嘘だ、嘘だ、ぼくはそんなこと言わない」

禿木が慌てふためき、孤蝶の口を塞ごうとした。見掛けも雰囲気も、時として、不意に現れる精霊じみた所のあるこの青年は、勘が鋭く、思い込みも激しく、人一倍繊細なのである。

禿木の周章狼狽《しゅうしょうろうばい》に、孤蝶は嬉しそうに舌舐《したなめず》りせんばかり、夏結城の片袖を捲り上げて言った。

「何、言った覚えがないだと。そう言う顔をも一度よく見せろ。この嘘つきめ」

上田は二人の様子を可笑しそうに眺め、「ううむ」とやおら腕組みをして見せる。

「さきおとついって……受験生二人して、そんなに頻繁にこちらへお邪魔して、いいように油を売っているのですか。困った諸君だな、まったく」

夏子は手の甲を口に当て、笑いをもらすまいとした。

孤蝶が雪浮かれの手紙で「黄金のやじりも何のその、柳村先生勉強すぎる」などと書いていたが、その通り、柳村こと上田敏はすでに如何にも先生然としている。

上田はそれからまた真面目な顔で夏子へ向かい、話を続けた。

「西鶴全集は尾崎紅葉校訂となっていますが」

「ええそうでしたわね」

「西鶴再発見の火付け役は、淡島寒月《あわしまかんげつ》という物知りの奇人なんだそうです。向島の禅寺寺内に庵を結んでいるそうでね。漢文の方じゃ森鷗外の先生格の、依田学海《よだがっかい》とも親しいらしい。西鶴ブームはどうやら寒月から露伴へ、そうして紅葉へと広がっていったと見られるが……博文館がその西鶴全集校訂を紅露（紅葉露伴）に依頼して、いつまでたっても埒《らち》があかず、代わって任されたのが誰だと思います」

「さあ」

夏子が素直に首を傾げる。（こういう話って好きだな、邪気がなくて）と思いながら目を輝かせて聞いている。

「硯友社の渡辺乙羽庵」

「乙羽……」

「今の大橋乙羽その人ですよ」

さらでもつぶらな夏子の目が丸くなる。無意識に口が開いて何か言いそうになるのを片手が押さえた。

「学歴のない彼が、短い間にたった独りで仕上げた、その精勤振りを見込まれて婿入りしたんだそうです」

意外な話を聞いて、『文学界』同人では一応の情報通である禿木も驚いたらしい。

「米沢出身の乙羽庵が、博文館で出した『上杉鷹山《ようざん》公』。あれが実学志向の館主の目に留まった。僕はたった今までそう思っていた」

何となく皆が沈黙した。

受験生でもある禿木が、自分自身に言い聞かせるように呟く。

「なせばなる、なさねばならぬ何事も、ならぬは人のなさぬなりけり」

上杉鷹山のものとして広く知られる歌である。

夏子は黙って聞きながら、ひたひたと水の寄せてくるような静かな感動に浸されていた。

大橋佐平もまた大橋乙羽も……この歌をさながら生きている人物だとおもう。

上杉鷹山は出羽国米沢藩の第九代藩主治憲《はるのり》。財政難のため領地返上まで思案した前藩主に替わり、養子だった治憲が改革を断行、藩政を立て直したのち三十五歳の若さで隠居して鷹山を名乗り、前藩主の実子を後見した。

禿木が口にした鷹山の歌は、実は武田信玄の「為せば成る、為さねば成らぬ成る業を、成らぬと捨つる人のはかなさ」を基にし『書経』に由来するものだった。

武田信玄といえば……樋口家は藤原氏流を標榜し、夏子の曾祖父は甲斐武田浪人ということになっている。真偽のほどは分からない。父則義が武家株を手に入れるために調えた、架空の家柄かもしれないのだ。則義の書いた公文書によれば、甲斐武田浪人として夏子の曾祖父は江戸で剣術指南、祖父は同じく江戸で手跡指南をしていたことになるが、その事実はない。

しかし重要なことは、幻の家系図に殉ずるようにして、死せる家名を生きている樋口家が今もあることだった。夏子を知る誰もが口にする淑《しと》やかでつつましい家族の雰囲気とは、憧れににじりよった者らが身につけた、紛れもない士族としての理想像だ。

この世の何処にもないものを背骨にして生きる自由。

夏子はむしろそれを堂々と行使して、明治という時代を生き抜こうとした。伊東夏子から「世の義理や重き家の名や惜しきいづれぞ」と問われれば、「重き家の名」にこだわって、死ぬほど苦しもうとさえした。

しかしそれというのも……。

夏子はふと傍らの馬場孤蝶の、どのように磊落《らいらく》の風を見せても自堕落にならぬ様子を眺めながら、(この背筋正しさには、芯に真の血筋がある)と思わずにはいられない。

血筋……それはまた桃水に対しても、夏子が心底で意識してしまう問題である。乙羽自身は武家階級でなかったが、会話の中では夏子を士族の娘として遇し、対馬藩士の家柄である桃水の折り目正しさなどにも触れていた。

家柄を意識するそのとき、ひそやかな身震いは走る。普段は成りきっている零落士族の娘像に、ずたずたの亀裂を生じさせるような、おそれ……。恥辱への、それはおそれに他ならない。江戸の末期にはありがちの話だったとはいえ、詐称が露顕すれば、一葉夏子ならびに樋口家の存在そのものが、根底から覆《くつがえ》されてしまう。樋口夏子が、半井冽からも馬場孤蝶からも、あらかじめ身を退いてしまう娘心の真相には、こんな哀しいおそれもあったかしれない。

「なせばなる……か」

孤蝶が今、つい手の届きそうなそこ、夏子の前に眉目《びもく》涼しい横顔を見せて言った。

「西鶴ブームの話から上杉鷹山になるとは思わなかったが、まあこれも天の計らいだな、ここを先途《せんど》と勉励せよということだ。がんばれよ禿木」

禿木の背を叩かんばかり、またもや高々と笑う孤蝶へ、禿木が「まったく……」と苦い顔を向ける。「何でもかんでも混ぜ返してばかりいないで、君こそがんばり給え、その大声だって、少しはつつしめよ、実に行儀悪いぞ」。

上田の前も憚るようにして禿木がそう言うのへ、

「君に文句をつけられる謂《いわ》れはない。ぼくは一葉君の我まま息子なんだから」

孤蝶は澄まし顔である。

「君にも誰にも、文句は言わせない。この家でぼく、遠慮はしないと決めているんだ」

夏子がそっと目を伏せて微笑んだ。上田も微笑を浮かべ、黙っている。

帰宅せしは夜も十時にちかゝりし
　夏はやし
　　女あるじが
　　　あらひ髪
とは馬場ぬしが当坐の句成し

――「水の上日記」二十八年五月七日

あてどなくよるべなく水の上に浮かぶ寡婦の家に、心優しい青年たちの活気が祝賀の篝火《かがりび》をともす、青々とした初夏の夜。「こよひを戦の門出として」と試験勉強にいそしむ旨の宣言をした孤蝶と禿木は、その三日後も二人してやってくる。一高同窓会の帰りでほろ酔い加減の禿木が「二人寝ん事のをしく」、大学近い龍岡町に住む孤蝶を誘ったのだという。

崖上にのぞく群青の空へ月皓々《こうこう》と今しも木の間を離れて昇ろうとするのを、禿木が部屋の窓辺に肘をもたせて見上げながら言う。

「いかにしても僕ハ帰ることのいやに覚ゆる」

孤蝶が大笑いしてたしなめた。

「こハあまりにうちつけ也。少しつゝしめよ」

過ぎゆく時を惜しんで柱時計を見つめ、この時を永遠にと、祈るように禿木が言う。

「今しばし置かせ給へ」

むら雲が少し空にかかり、夜風は雨気を帯びてひんやりと肌を冷やし、灯火の下に語る孤蝶も窓辺で沈黙する禿木も、その間に立って茶菓取りまかなう夏子も……一場さながら夢の中。禿木の呟く詞にも深く頷かれるのだった。

「他界にあるらん誰人かの手にもて遊ばるゝ身ならずや」

意気軒昂に哲理を談じ文学をあげつらい、二人は夜十一時を告げる鐘の音に漸《ようや》く腰をあげる。

時ハ五月十日の夜月山の端《は》にかげくらく池に蛙《かわず》の声しきりて灯影《ほかげ》しば〳〵風にまたゝく所坐するものハ紅顔の美少年馬場孤蝶子　はやく高知の名物とたゝえられし兄君辰猪が気魂を伝へて別に詩文の別天地をたくはゆれば優美高潔かね備へてをしむ所ハ短慮小心大事のな

しがたからん生れなるべけれども歳はいま二十七一《ひと》たびおどらば山をもこゆべし　平田禿木ハ日本ばし伊せ町の商家の子　家は数代の豪商にして家産今やうやくかたぶき身におもふこと重なるころとはいへれど文学界中出色の文士　としハ一の年少にて二十三歳也とか聞けり今のまに高等学校大学校越ゆれば学士の称号めの前にあり

――「水の上につ記」二十八年五月十日

「長やかなるうなじを延べて渋茶一わん又一わん」

青年たちの清遊ぶりに心の慰めをもとめ、

「つくづく思ふてをかしき事二なし」

「静かに後来を思ひて現在を見れば此会合又得べしや否や」

過ぎゆく今を、夏子は抱きしめようとする。

今をとどめる手立ては書き記すこと、それのみ、それがすべて。

「わが身は無学無識にして家に産なく縁類の世にきこゆるもなし」

「かれハ行水の流れに落花しばらくの春をとゞむるの人なるべくいかでとこしへの友ならんや」

日記に「はかなき女子」とつづりつける夏子の身の程意識の深奥には……父則義の捏造した公文書の架空がある。普段は意識すらしていない、それだけに文字にして書くこともできない、存在の根底をゆるがす恥辱への、おののきと諦めがある。

「こよひの会合をしばらくしるして袖の涙の料にとたくはへぬ」

この時期、『文学界』同人たちとまるで並び立つようにして「水の上の家」を頻繁に訪れている青年たちがいた。西村家の釧之助と礼助だ。

何でも話せて気取らなくて済むのは、物足りない反面どれほど心が軽いかしれない。

樋口家と西村家は架空の家系図に書かれた親戚で、いわば共犯関係だから、出自のどうのと隠し立てをする必要もなかった。互いの心の底はどうあれ、「台所を見せあえる間柄」とはこのことを言うのだろう。来れば力仕事も頼め、お互いさまに愚痴も言えれば、金の相談もできる。

上田敏が禿木・孤蝶と連れ立って来た七日は、やはり礼助が来ていて先に帰り、三人が帰ってからは釧之助が来ている。釧之助はその翌日にもまたやってきて、相場の見込みが外れて大弱り、金に換えたいと質草を持ち込む。なんのかの言っても釧之助には世話になっており、女家族はここぞと張りきって手助けに廻り、樋口家毎度御用達の一六《いちろく》銀行・伊勢屋質店に、あんじょう手配して事無きを得るのだった。

西鶴ものを地で行く暮らし振り、これも夏子の日常なのである。

(世はすべて夢なり)

夏子は思う。これは何もかも夢の中の出来事なのだと。

『文学界』同人たちと芸術至上について語り合うのも、結婚してもうすぐ子供も生まれようという西村の釧之助が足しげく通ってきては世話話になるのも。

今日の夕飯を最後に一粒のお米もないと母が歎くので、詮方無く、顔も上げられないような風の中、小石川の坂を登ってまた降って萩の舎まで金策に行けば、博文館から題字の件で謝礼が入ったものか、みなまで聞かぬうち歌子が給金を前払いしてくれた。

（世はすべて夢なり）

うれしともうれし。たった二円で世界が変わる、愚かなこの他愛なさへ、夏子はすっかりと我が身を委ねる。知り合いやら友達やらが代わる代わるやって来て、手製の寿司のお裾分け《すそわ》がきて、

（世はすべて夢なり）

夜ともなれば邦子にしきりにせがまれて、湯島近い本郷は若竹亭へ、女義太夫竹本越子を聞きに行く五月十四日。

「熱意ハ聞く人の情をうごかして此としわかなる芸人が前に髭男のなくもの多し　冷語聞えず場面静か也き」

朝は無一文。夜は寄席遊び。

（世はすべて夢なり）

入った金は飛ぶようにして出て行き、もうすぐに衣替えというのに、浴衣もほとんど質屋に預けてある有様。恒産なくして世にふる身のかくあるハ覚悟の前なり。

「蚊帳《かや》があるだけでも、お慰みだわね」

浅草田圃《たんぼ》にひきつづいて新開地柳町の名物も藪蚊らしい。池があって、笹の生い茂る崖が目の

前に迫っている家だから、「藪蚊もまた覚悟の前なり」。

独りごちて夏子はふふと笑う。団扇《うちわ》を片手に窓辺に凭《よ》って、はたはたと足下を叩きながら、細い首を伸ばして空を見上げる。

自分の中にある不敵さのようなものに、透明度が増してきていた。これって何だろうとしばし自らを訝る。この、良くも悪くも脱力感のようなものは。

（わたしはもう去年の夏子ではない）

けふの一葉はもはや世上のくるしみをくるしミとすべからず。

昨年から今年にかけての、あのしんとした昂揚感を取り戻したいと思うのだが……星野天知からは「たけくらべ」続稿をさかんに催促されるものの、気分の集中がうまくいかず、懶《もの》うくて、徒《いたず》らに頭ばかり疲れて……書けない。

夕暮れまで床に臥している日もあれば、惰性のように家で教えたり、萩の舎で教えたり、人にあえば憂さが晴れたりも偶《たま》にするけれど、それで書けるというものでもなかった。


「まあ、半井先生……。ようこそ、どうぞ、まずはどうぞお上がりになって。姉は小石川へ稽古に出かけておりますが、すぐに行って連れ戻してまいります」

「否々《いやいや》それには及ばぬ。別して用はないのです」

「でも」

「思いついて、久方ぶりの御無沙汰見舞に参っただけでね。到来物の蒸し菓子を母君にと思ってお持ちした。お口に合えばよろしいが」

「お心遣いをありがとう存じます。いつもこうしていただくばかり、何のお構いもできませんが、今日はぜひとも、どうぞ上がってお待ちくださいませ。姉がどんなに喜ぶかしれません。お具合はいかがかと……お噂を、申しておりました。あの人なりに心配を」

「うむ」

「さあ、どうぞ」

「否、やはり今日はこれで失敬しよう。時に博文館の方は如何かな。うまく運んでいるようで、お慶びします」

「ほんとに有り難いことで、何とお礼を申してよいやらわかりません。博文館の表看板のような『太陽』へ載せていただいて、姉も我が家も面目がほどこせました。父が在世でおりましたら、どんなに喜んだことでございましょう。何もかも半井先生のお蔭です」

「いや何、一葉君の力です。大橋の方でも大変気に入って力瘤《ちからこぶ》を入れているようだ。これからが勝負ですよ、くれぐれも疲れ過ぎて体を壊さないように、御家族がどうか気をつけてやっていただきたい。頭を使う仕事に無理は禁物なのです」

「……初春にはとんだお恥ずかしいさまをお見せいたしまして」

「その話なら、もう忘れましょう。わたしなどにも覚えがあるが、浮世離れはむしろ作家の勲章、笑い話にして胸へ納めてしまえばいいことだ」

「女所帯で心細いところへ、去年は引っ越しばかりでなく事が重なりましたものですから、心も空でいたのでございましょう」

「どうしたものかと実はわたしも気になって、ただし此方《こちら》も昨年から不幸つづきで力が足りないものだから……」

桃水は口にしなかったが、一葉健在のほどをただ『文学界』に窺うばかりでいたところ、年末の「大つごもり」につづいた一月の「たけくらべ」になるほどと納得、これなら大丈夫と踏んだのだった。

「乙羽庵は無類の円満人で交際も広いから、今後、姉君の善き相談相手になれるはずと思う」

邦子は万感胸に迫り、眼いっぱいに涙を湛《たた》えて俯いた。

「半井先生……」


帰りしは日没近かりしが西村君来訪ありけり　留守のうち穴沢の清次及び半井のぬしおはしたるとか　清次の事ハ事なし　半井ぬしはいかにしておはしたるニや　夢かとたどられて何事を仰せられしと聞くにあわたゞし（中略）久々にて御不沙汰見舞に参りつる也とて帰られしといふ　とにかくにむねつぶる

――「ミつのうへ」二十八年五月十九日

十九日の桃水訪問は、夏子の心を大きくそうして懐かしく揺さぶった……。

二十一日には二次試験が首尾よく行きそうだと孤蝶から報告を受け、二十二日には相場が予想以上に回復して儲けさえ入ったと上機嫌の釧之助がうなぎを御馳走してくれ、共に喜び合う。

「家ハ貧ただ迫りに迫れどこゝろハ春の海の如し」

この心のゆとりの奥には、やさし面影、恋の故郷の景色がある。

かつての日、目の前に開け、胸いっぱいに広がった凪《なぎ》の海が見える。

十五日　雨少しふる　今日は野々宮きく子ぬしがかねて紹介の労を取たまはりたる半井うしに初てまミえ参らする日也　ひる過る頃より家をば出ぬ　君が住給ふは海近き芝のわたり南佐久間町といへる也けり

——「若葉かけ」二十四年四月十五日

愛されていることを、心は知っている。

どれほど愛していることか。どれほど愛されていることか。

等思三人等思五人百も千も人も草木もいづれか恋しからざらむ。


……………

針が折れた。

「あっ」

思わず声を上げて邦子は眉を寄せる。

武士で言うなら刀も同じ、縫い物に習熟した自分が（まだ新しい針を折るなんて……）と不手際さに苛立つ。息を凝らすように根を詰めながら、どこか息荒く仕事をしていたのかもしれない。急がされる賃仕事ではあるけれど、何度も水を通した単衣《ひとえ》の二枚や三枚、手慣れたもの。その、むしろどうということもない運針のさなか、とりとめもなく頭に浮かんでくる由無し事《よしなごと》に気を取られ、思わず指先に力が入ったものだろう。

（なにをのほほんと）（さっさとやっつけちまえばいい）（またのらくらして）

仕事の遅い夏子にあてたそんな言葉を、呑み込んだがための結果である。

（馬鹿だ、あたし……）

と、唇を嚙む。

少なくも、自分自身の人生を、邦子は踊っていない。

夏子の踊るその度《たび》、懲りもせず、自分の生の空しさを忘れるためのように、はしゃいだり、罵《のの》ったり……。まるで野次馬か舅姑《しゅうとめ》のような自分が、邦子は急に恥ずかしくなった。手早く針を換え糸をしごきながら、馬鹿〳〵と小刻みに首を振る。隣の部屋では一葉女史が筆を走らせているはずだ。

（そうよね、あたしは作家じゃない。生身のなっちゃん自身では更にない。岡目《おかめ》八目《はちもく》気取りで大威張りしているだけの野次馬だわ。ああしろこうしろ、何とでも言えるわよね）

樋口の人らしく、邦子も自分自身を突き放して見ることができた。

（ごめんなさい、なっちゃん）

この所めっきりたおやかに娘らしくなった顔へ、言うに言われぬつらい表情を浮かべて瞼《まぶた》を閉じる。喪中の桃水を迎えた夏子の正月姿が、まるで透き通るようだったのを思い出していた。

（可哀相に、なっちゃん）

血が繋がっていようが、たとえ姉妹であっても、別人。ましてや夏子が頭の中でしている仕事を、邦子が替われるはずもなかった。自身作家として大変な思いをしているに違いない桃水から親身な心配をしてもらい、大橋家という大船に寄り添うようにして海へ出たからには、

（この一葉舟、沈めてはならない）

と自戒するのである。

（作家の家族としての心得を、あまりに思わず、今まで来てしまった……）

溜息をひとつ、邦子が思い直して仕事にかかろうとすると、玄関へ誰か来た気配がする。

（困ったな、うちってお客が多過ぎる。なっちゃんも仕事の興が乗っているようなのに）

眉を顰《ひそ》めて邦子が立ち上がろうとすれば、休みで遊びに来ていた甥の秀太郎が応対に出たらしい。十一の歳から青山の薬屋に奉公に行っている甥が、どうやら車夫らしい年配男の声へ、尋常な口振りで礼を言うのが聞こえてくる。

それが何ともくすぐったく感じられて、

（茶の間で花林糖《かりんとう》かじってた口で、いっちょ前にあんな事を……。おばあちゃん子の甘えたさん

もうすぐ十五、昔なら元服ですものね）

邦子が片頬へ笑みを浮かべて耳を澄ませていると、車夫を帰すや書斎へ入り、

「お待ちかねっ、原、稿、料」

秀太郎が愛嬌たっぷり、そう言うのが聞こえ、襖を隔てた隣室の邦子も、廊下を隔てた茶の間の多喜も、一時に家中がわっと沸いて……いつのまにか家族全員が夏子の前に座って、封筒を眺めていた。

「浴衣、買ってくる」

一大決心をしたかに重々しく邦子が言った。そのくせ眼はきらきら、嬉しそうに光っている。

「なっちゃん萩の舎へ着てくものがないでしょ。母さん、お昼食べたら一緒に行って」

「ああそうね、そうしようよ。明日はもう六月のお朔日《ついたち》だものね」

「夜なべしてでも縫い上げてしまおう」

「ぼくも行く」

「あんたはだめ。門番してなさい、おみやげ買ってきてあげるから。さあ、そうと決まったらこうしちゃられない、おなかも空いてきたわ。秀太郎、何が食べたい」

夏子はその場の様子を眺めやりながら可笑しくなって、ただにっこりと目を細める。

（これもまた狩猟の本能というべきか。漁《いさ》りする海人《あま》、茸狩りの山賤《やまがつ》……）

乙羽の妻、時子の助言に従い、発表済みの旧作を手直しして『文芸倶楽部』用に送ったのが二十五日、一週間も経たないうちに、博文館は便宜を図ってくれたのだ。

（『甲陽新聞』へ発表した「經《きょう》つくえ」。初めて『武蔵野』の外で活字になったもの……乙羽庵が拾ってくれたんだわ）

夏子は不思議な笑みを浮かべ、ふと、遠くを眺める表情になった。

（そう、あれならね。あれなら気に入ってくれると思った）

「春日野しか子」を名乗って発表した旧作は、あらたに「一葉女史」の作として六月二十日刊行『文芸倶楽部』第一巻第六編で日の目を見ることになる。

流水になでしこ花の図案の表紙。

なでしこには、我が子を愛でる「撫でし子」の一方に、「常夏《とこなつ》」の異称がある。

永遠の夏。それはまた歌の世界で「床」の夏、「とこしなえの男女の愛」をいう言葉だった。

夏子は遠くを見る眼差しのまま、

「昨日は天皇陛下が広島の大本営から凱旋してこられた。今日は后《きさい》の宮の還幸《かんこう》ね」

ほんの少しの悪戯気もないようにいう。

「少し曇ってきたわ。……雨が降るかもしれない」

第六章　自伝をものし給ふべし――「にごりえ」まで

六月二十日『文芸倶楽部』「經つくえ」再掲載
八月三十日『文学界』「たけくらべ（九〜十）」

明治二十八年（1895）夏

明治二十八年（1895）夏

自伝をものし給ふべし。

夏子の頭の中でその詞がめぐりめぐる。

公文書の架空に宙づりにされたまま幻を生きてきた「武田浪人」樋口家の夏子には、ものすに値する履歴があるわけではない。

しかし魂の履歴書ならば、別に書きようがあるだろう。

ものすに値する、いまだかつて誰も知らない道程を。

「うきよのほかに立てる身ハいかならん波のたゞよひもよ所《そ》に見るべきなれど」

局外に立つ感覚は、むしろ運命から白羽の矢を立てられた者の、心ひそかな自負でもあった。

よの人ハよもしらじかしよの人のしらぬ道をもたどる身なれば……。

とはいえ、等身大の生身には、人肌の懐かしさも煩《わずら》わしさも、さざ波の押し寄せるように来ては去ってゆく。それこそがまるで、生ある日の寄《よ》す処《が》のように。

「猶めの前にせまりたるあはれの見すぐしがたくいかならんと思ふ事深し」

もうすぐに父親になろうという西村釧之助がさまざまに身の不幸を愚痴り、思わぬ妻に思わぬ子ができた、幸いに子供が死ねば喜ばしいなどと口走った五月二十六日、試験に合格した孤蝶、禿木が、川上眉山を連れてきて、折からの雨に日の暮れるのも忘れて語り合う。

お詫びと訂正

弊社刊、領家高子著『なつ――樋口一葉 奇跡の日々』三四五頁九行目において、左記の誤りがございました。

誤 星野天知

正 平田禿木

ここに謹んでお詫びし、訂正させていただきます。

平凡社編集部

あいかわらずの目まぐるしい毎日ではある。

硯友社同人でもある作家川上眉山《びざん》は、一月の『文芸倶楽部』へ「大盃」、二月の『太陽』へ「書記官」を発表、一躍評判となっていた。

二人は眉山の人柄にどこか夏子と似通う所を見て連れてきたものだろう。何事も胸に納めて物包みする性格も、相手をそらさない会話の軽妙も、それでいて独り思いつめる所も似ていた。色白長身の美男子、このとき二十七歳。

「丈高く色白く女子の中にもかゝるうつくしき人ハあまた見がたかるべし　物いひて打笑む時頰のほどさと赤うなるも男にハ似合しからねどすべて優形《やさがた》にのどやかなる人なり　かねて高名なる作家ともおぼえず　心安げにおさなびたるさま誠に親しみ安し」

眉山の「うるはしき」を喩《たと》えれば春の花、孤蝶の秋の月とは「うらうへ」裏と表のようだと、夏子は第一印象を書き留める。川上眉山は硯友社の中では異端児、馬場孤蝶も『文学界』の中では問題児で、両人は気が合ったのだろうか。

孤蝶は言いたい放題を言うので星野天知からは睨まれているらしい。『文学界』同人の内輪揉めがだんだんと複雑になってくるのもこの頃である。

新妻らしい装いの大橋時子が和歌の手ほどきを依頼しに初めて訪れてくる二十八日には、流行作家然とした身なりの眉山が傘を返しにやって来るが、あちこちの出版社へ借財のある苦労話を聞いた後ではただ身につまされるばかり、夜には大荒れの孤蝶が舞い込んできて、またぞろ気をもむ夏子だった。

『文学界』退社を口にして「とある時ハ熱のおこりたるやうにさわがしくある時ハこゝろのそこまで冷えたるやうに沈みいりぬ」という孤蝶の姿を「こハこれ神経のする業なるべく一つにハ家に伝へし高潔なる風のうきよにかなハで心もだゆるあまりわかき人のならひ血のさわぎはげしきなめり」と思いやりながら、夏子の眼はそれを、とある印象的な、美しいまで異質なものとして、脳裏へ描き留めているのだった。勉強のし過ぎと合格の心ゆるびと、その他どんな事情が身に障《さわ》ったことか、「足ハ力なくかしらハさゝふるにたえぬやうにて沓《くつ》などよくもあがらず」に力の抜けたようになって帰る姿の哀しさを。

孤蝶はいわば国家的謀反人の弟である。兄の馬場辰猪は早くから声望高い男だったが、明治政府に弓引く意見を頑強に繰り返し、亡命流浪のうちに病没した。

江戸の昔、樋口の祖父八左衛門も、水争いで老中直訴《じきそ》に及び入牢までしたという。泣き虫とおのれを呼ぶ孤蝶の心の哀しさを、夏子は樋口家の痛みに重ねるようにして眺めていた。

どこの屋根にも、どの木々にも、しんしんとやむことなく降り積もる雪のような歳月。

時代は全てを覆い尽くし、その底で、ひそやかなそれぞれの哀しみが思いもかけぬ姿へと醸成されていく……。

自伝をものし給ふべし。

夏子の頭の中でその詞がめぐりめぐる。

そう言ったのは川上眉山だ。

なっちゃんの小説には何人ものなっちゃんが出てくる。いつだったか邦子からそう茶化されたけれど、自伝という形を意識したことは今までなかった。

（いろいろ事情もあるし、今のわたしに自伝というのは、ちょっと難しいかもしれないな。けれど眉山はさすがね、目の付け所がちがう。やっぱり職業作家なんだ……。でもあの人の筆は浪漫派っぽくて社会派に近いから、『文学界』の好みにもぴったりしたんだわ）

孤蝶も「雪浮かれ」の手紙の中で、味方するように眉山作品に言及していた。

川上眉山の練り込まれた美文調の筆遣いは硯友社中でも定評があった。ワンマン独裁的な紅葉とはあまりうまが合わないようだったが、眉山の文章力は紅葉も認め、硯友社として公に発表する文面のほとんどは眉山に任せるという。同じ社中の泉鏡花とならんで観念的と評される作風で注目されていた。

孤蝶は五月十五日に春陽堂『写真画報』朝鮮特集号といっしょに博文館『文芸倶楽部』第四編を夏子に貸し与えているが、そこには鏡花の「夜行巡査」とともに眉山の弟子格といえる前田曙《しょ》山《ざん》の「蝗《いなご》うり」が載っている。「蝗うり」は眉山にまさる社会派の筆で、どこか故北村透谷の「鬼心非鬼心」を思わせるような闇色を湛えている。

自伝をものし給ふべし。

川上眉山が夏子にそう言ったのは六月二日。初対面から一週間後の午後である。

博多結城の単衣に角帯しめて羽織無し、風呂へ行くついでと手拭い片手に普段着で立ち寄った眉山は、夏子と話し込んで結局日暮れ近くまでいた。

水の上の家は青年たちにとってよほど居心地のいい、救われる思いのする逃げ場所だったには違いない。その日も第一子誕生騒ぎでじたばたしている釧之助が来て書斎で話し込んでいたから、後を多喜に任せ、眉山は奥へ通して茶菓など出す。

奥といっても襖でしきっただけの隣部屋、互いの気配は筒抜けである。奥女中つとめが身に付いた多喜はいかにも上品だったが、田舎育ちだから地声は大きく、小声でしゃべってもよく通り、襖越しに「男は子ができてから一人前。女だって同じことですよ、あなた方夫婦はこれからこれから」などと諭しているのが聞こえてくる。(母さんたらいつもあれだ……)と夏子は肩をすくめ、目と目で眉山と微笑み合った。

「あの人、うちの母さんに叱られたくって来るんですの」

「それは羨ましい。わたしにもそんな母親がいてくれたならな……。何しろうちの母というのは、わたしと年齢がおっつかっつなものですから」

「まあ」

眉山はそれ以上言わず……夏子もだから、聞き流すことにした。眉山の微笑みにふとさした翳《かげ》りに、それでも家庭の寂しいことだけは伝わってくる。彼もまた迷子のようにして水の上の家にやって来たのだろう。

秘密主義と思われがちの眉山だったが、大っぴらだったりあけすけだったりしないだけで、夏子には初対面から率直だった。自分の暮らし振りを、朝寝で、自堕落で、正直で、損ばかりしているなどと面白可笑しく語っていた。

声をひそめて囁くように語り合えば、親しみも倍加する。（三年の知己にも似たような……）と夏子は感じ始め、眉山も「突然うかがって申し訳なかった。少し相手をしてください。お礼はいずれ、必ず致しましょう」と言いながら、釧之助につられたように「こう見えてわたしも我儘で、困ったものなのです」と内輪めいた口調になる。

「いったん嫌になると、もうどうしようもない。百事放擲《ほうてき》、何もかもほっぽり投げたくなる。自分自身に、手を付けられなくなるんです」

夏子は苦笑と溜息と、もひとつ興味を隠せない。

（この人も、うちへ叱られに来たい口かな……）

眉山は続けた。

「この頃またそれが酷くなって、まあ或種病気でしょうね。なんだか自分が自分じゃないようで、歩いていたってひと足ひと足が地を踏まず、まるで夢の中にでもいる心持ちなんだ。頭が痛んで気が上《のぼ》せて……北村透谷のことが、ぼくはどうも他人《ひと》事に思えない」

「突き詰めて物を考える作家にありがちの事ですわ」

夏子は考え深げに頷きながら言う。

「藤村だって一時は、やもたてもたまらず頭を丸めて放浪したそうですよ。透谷からは言われたそうなの。ぼくは自分自身が病だと知っているけど、君は自分の病を知らずにいるねって」

実はわたしにも覚えが……とまで、夏子は言わなかったが、自分がそんな風になった後で「たけくらべ」はこの世に生まれ出た。

（作家の心が一つの境界を越える時、多かれ少なかれ魔界を踏み惑う……そうした事態を経験するのではあるまいか）

とすれば、ようこそ眉山、とでも言いたいような気分である。嬉しい。

その眉山はぼやき続けていた。

「今日も朝から気分がくさくさして、頭は痛むし、二度寝しようにも輾転反側、身を持て余し、ええい起きてしまえと家を出てきたんです。息が詰まる思いがして、せめても一葉君の顔を見、話を聞こうと思ったんだ。深呼吸するみたいにね」

切羽詰《せつぱ》まった言い方にも、この人独特の愛嬌がある。

聞いて夏子は微笑む。微笑んで慰めたく思う。眉山の言う「我《わが》どちが業のくるしき事」が親身に分かるからだ。その「我どちが業」に、進めば進むほど、孤独は付いて回るものだとしても。

（眉山がほんとうに困《こう》じ果てた時には、わたしを訪ねることさえ断念するかもしれない。自殺間際のあの北村透谷のように……）

ついそんなことを思い浮かべ、唇を噛む。気分を換えるように言ってみた。

「なにかこう、お気持ちがぱあっと晴れるような話ができましたらねえ。あいにく流謫《るたく》の身には華々しい事件も起こりませんものですから」

眉山はにこりとした。『文学界』の名花樋口一葉の『太陽』デビューは、既にして十二分に華々しい話題だったし、つましくも朗らかな女家族の暮らし振りは、流謫《るたく》……島流しという侘びしさからはほど遠く見える。

「はあ、流謫ですか」

夏子は口に出さず、

（ええ、女の人生からの流謫です）

心の中でこう答え、にっこりと笑ってみせた。

眉山はいったん首を傾げてみせ、それからふむふむと頷いた。

「そうか。しかし白居易なみに友待つ謫居《たつきょ》ならば、ここは最適の草堂《そうどう》では」

「お世辞にもほめられた場所ではありませんが……ここも浮世の嵯峨野の奥かと……鹿の鳴く」

眉山は又してもにこりとした。なるほど、銘酒屋の女たちの嬌声やその色香につられてやって来る嫖客たちの騒《ざわ》めきは、恋鹿が相手を呼び求める風情と思われなくもない。

「場所柄ではなくて居住まいなんだ、わたしの言いたいのは。御家族も御友人もふくめてのね」

家の中の気配そのものへ、眉山は耳を澄ますような顔になる。

「母君はあんな風にしっかりとして優しい。妹君は明るくって甲斐甲斐しい。弟子たちも上品なら、孤蝶君や禿木君のような気分のいい人たちにも囲まれて……御自分では分からんかしれんが、ほんとに羨ましいようだ」

夏子は苦笑とまではいかぬ、可笑しそうな顔付きで溜息をつきながら、

「こんな不思議な暮らし振りがひとつくらい、世の中にはあってもいいのでしょうね。これでわたくしがもっと稼げればいいのですけれど」

他人事のようにそう言うと、眉山の背後へ目をやって、活けてある菖蒲の花色を眺めやる。

（……あやめ。汀に咲く夏の花。そう言えばかつて母の名もあやめだったという。父と二人して甲斐の田舎から出てきた頃には……）頭のどこかで、遠く物思いに耽っている自分がいた。

そんな夏子を見つめ、眉山は言った。

「文業が軌道にのってきたところだ、今はただもう書けばいい。此処で小説をお書きなさい、わたしだったら書ける」

淡々とした口振りだったが、夏子が思わず（おや）と思うような感情がこもっている。見れば眉山は目の色が違う。何かにこだわりわだかまり、それを隠すようにして、今まで見せた事のないような一徹で厳格な表情を浮かべている。

「それにしてもどうしてこんな人が」

目前、夏子を眺めながら、眉山は独り言のように呟く。

「こんな風に、ここにいるのか」

大分前から噂だけはきいていたが、この頃また一気に駆け登る勢いで「大つごもり」や「たけくらべ」や「ゆく雲」を生み出している、女流作家の秘密が知りたいのだ。

眉山の低い声音を耳に、夏子は目を伏せる。物語の主人公にでもなったかの奇妙な気分だった。

眉山が更につづけて囁く。

「わたしは知りたい。あの樋口一葉の出来るまで、をね」

「あの、樋口一葉……ですか」

誘われるように、もしくは挑発にのるように、夏子は語り出す。

「話せば長い、それはもう、因果話になりますわ……」

ひとしきり、差し障りの無いところで身の上話を聞かせれば、それはすでにして幾度も繰り返され練り込まれた物語になっている。

父の声、母の声、一度も会った事のない祖父の声まで呼び込んだ、年代記だ。

絶崖《きりぎし》に層をなす喜びや悲しみを見つめつつ語れば、我が事ながら、不思議な思いに涙ぐまれた。

……………………

「自伝をものし給ふべし。今わが聞参らせたる所斗《ばかり》にてもたしかに人を感動さするねうちハたしか也。君が為にハ気のどくなれども君が境涯ハ誠に詩人の境涯なるかな。おもしろき境涯なるかな。すでに経来たり給ひし所ハ残りなく詩にしてすでに〱人世の大学問ならずや。ふるひたち給ふべし。君にして女流文学に志し給ハんか。後来日本文学に一道の光を伝へて別に気魂の天地に伝へるものあるべし。切に筆をもて世にたち給へ」

「そゝのかし給ふな。さらでも女子はハ高ぶり易きを」

自身生活苦を抱えて書いている眉山は、樋口家の窮状を何とか救ってやりたいと思った。作家としてようやく光の当ってきた自分が一つここで動いて、一葉の手助けをしてやろうと決心する。一葉を励ますことで自分も発奮し、一葉に力を貸すことで自身も力が湧く。おりしも世は空前の出版ブームで、新興出版社が出来たり、雑誌が創刊されたり改編されたりがしきりであった。

来月七月十二日は父さんの祥月《しょうつき》命日。

お金はいったいどうしよう。ざっと見積もって三十円。あれこれ込みの三十円。

三十円を原稿に直せば何枚になるだろう。全編十五回七十五枚ばかりの小説か……自分自身へ強く言訳ができれば、例の自伝もの、書けるかしれないわ。

そんなに怒らないで母さん。そんなに急かさないで母さん。親孝行は錦《にしき》の御旗《みはた》ね。あつかましくもなれる。ずるがしこくもなれる。釧之助に少しばかり融通してもらったから、田舎饅頭を仏前にあげて、若竹寄席へ竹本小住太夫を聞きに行きましょうよ。

ここ一両日具合が悪いって、食事も進まぬ邦子は留守番。拗ねているのかも……。堪りかねたように、わたしに言うのよ、なっちゃんは人情知らずだ、義理知らずだって。首に白粉でも塗ったらどう、って。あの子が何を怒っているか、うすうす分かる気もするの。

ならばどうすればいいか、教えてちょうだい。

だって、仕方ないでしょう。

無言のままでそう答えれば、邦子はいらいらを内に籠らせて胃をおさえ始めるし、母さんは心配をつのらせて「夏子ちょっとそこへお座り」が一時間もつづく。

それで書けるようになればいいけれど、それじゃ書けるわけないでしょう。

一年前とまったく同じ。一年先にも……きっとまた同じことかも。萩の舎へ行けば例の物見高さで絡んできて、耳打ち、目配せ、偉そうな顔の当てこすりは十年一日のごとし。

ああ何もかも、煩《うるさ》くって、煩くって、

嫌だ。

嫌だ。

嫌だ。

本当に、いつまで続くのかしら、こんな暮らしが。

命を削りながら書いていては、ほんのしばらく口を濡らすだけ、すぐにまた机の前へ戻って、煩わしさの渦中でこうして墨を磨っている。

分かっているのよ、来客ばかりの暮らし振りが、書き物するのにいいはずないんです。けれど眉山がうちへ来始めれば『文学界』同人にはできない話が面白くなり、孤蝶は中学教師として地方赴任もあるから物狂おしく通ってくるし、眉山と話し込んだ翌日はわたしの方から桃水大人を訪ねもすれば、釧之助ふぜいがと思うその釧之助からは小出しに金を引き出して……浪六や久佐賀は忘却の果てへ追いやったとしても、通わせる男は引きも切らず、ひとりひとりを手玉に取る気はないけれど、

「數の中には真にうけて此《こん》様な厄種《やくざ》を女房《にようぼ》にと言ふて下さる方もある、持たれたら嬉しいか、添うたら本望か、夫《そ》れが私は分りませぬ、そも〳〵の最初《はじめ》から私は貴君が好きで好きで、一日お目にかゝらねば恋しいほどなれど、奥様にと言ふて下されたら何うでござんしよか、持たれるは嫌なり他処《よそ》ながらは慕はしゝ、一ト口に言はれたら浮気者でござんせう、あゝ此《こん》様な浮気者には誰れがしたと思召《おぼしめす》、三代伝はつての出来そこね、親父が一生もかなしい事でござんした」。

そうよ、わたしは哀しい父《とと》さんの撫でし子。

邦子に鬼と言われなくっても、銘酒屋につとめする女たちと似たり寄ったりの境涯にいる、自分という者は見えているんです。

お力は一散に家を出て、行かれる物なら此まゝに唐天竺の果《はて》までも行つて仕舞《しまい》たい、あゝ嫌だ嫌だ嫌だ、何《ど》うしたなら人の声も聞えない物の音もしない、静かな、静かな、自分の心も何もぼうつとして物思ひのない処へ行《ゆ》かれるであらう、つまらぬ、くだらぬ、面白くない、情ない悲しい心細い中に、何時まで私は止められて居るのかしら、これが一生か、一生がこれか、あゝ嫌だ〳〵と道端の立木へ夢中に寄《より》かゝつて暫時《しばらく》そこに立どまれば、渡るにや怕《こは》し渡らねばと自分の謳ひし声を其まゝ何処ともなく響いて来るに、仕方がない矢張《やつぱ》り私も丸木橋をば渡らずはなるまい、父《とと》さんも踏かへして落てお仕舞なされ、祖父《おじい》さんも同じ事であつたといふ、何《ど》うで幾代もの恨みを背負《せおう》て出た私なれば為《す》る丈《だけ》の事はしなければ死んでも死なれぬのであらう、情ないとても誰《た》れも哀れと思ふてくれる人はあるまじく、悲しいと言へば商売がらを嫌ふかと一卜口に言はれて仕舞《しまう》、ゑゝ何《ど》うなりとも勝手になれ、勝手になれ、私には以上考へたとて私の身の行《ゆ》き方は分らぬなれば、分らぬなりに菊の井のお力を通してゆかう、人情しらず義理しらずか其様《そん》な事も思ふまい、思ふたとて何うなる物ぞ、此様《こん》な身で此様な業体で、此様な宿世《すくせ》で、何うしたからとて人並みでは無いに相違なければ、人並の事を考へて苦労する丈《だけ》間違ひであろ、あゝ陰気らしい何だとて此様《こん》な処に立つて居るのか、何しに此様な処《とこ》へ出て来たのか、馬鹿らしい気違じみた、我身ながら分らぬ、もう〳〵皈《かへ》りませうとて横町の闇をば出はなれて夜店の並ぶにぎやかなる小路《こうじ》を気まぎらしにとぶら〳〵歩《あ》るけば、行《ゆき》かよふ人の顔小さく〳〵擦れ違ふ人の顔さへも遥《はるか》とほくに見るやう思はれて、我が踏む土のみ一丈も上にあがり居《い》る如く、がや〳〵といふ声は聞《きこ》ゆれど井の底に物を落したる如き響きに聞《きき》なされて、人の声は、人の声、我が考へは考へと別々に成りて、更に何事にも気のまぎれる物なく、人立《ひとだち》おびたゞしき夫婦《めをと》あらそひの軒先などを過ぐるとも、唯《ただ》我れのみは広野《ひろの》の原の冬枯れを行くやうに、心に止まる物もなく、気にかゝる景色にも覚えぬは、我れながら酷く逆上《のぼせ》て人心のないのにと覚束《おぼつか》なく、気が狂ひはせぬかと立どまる途端、お力何処へ行くとて肩を打つ人あり。

――「にごりえ」（『文芸倶楽部』）二十八年九月二十日

「縁があるのだろうよ」

あの日、微笑んで桃水がそう呟いたのを、夏子は聞き逃さなかった。

眉山からさんざん唆《そそのか》された翌日、久方ぶりで恋の故郷への訪問を思い立った六月三日。

「ほんとに不思議、お客様には懐《なつ》かぬ子なのに、お夏さんにはまつわり付いて」

桃水の妹お幸が首を傾げ、お追従《ついしょう》でなく言うように、這い這いしてきた赤子は夏子の膝に愛らしい両手をかけると、えいとばかり両腕でふんばり、首を反らせて夏子を見上げた。つぶらな眼。お幸の生んだ成年の遺児だった。夏子がそっと目顔で頷けば、わかった、とでもいうように赤子は笑み溢れ、何やらしきりと嬉しそうに声を立てていた。ふさふさした冠切りのつむりが可愛い五つになる千代も、これは桃水の弟浩の子供だったが、夏子を玄関に出迎えてからずっと側を離れ難そうにしている。「ちよ様ハ我れをわすれ給ひしか」「否やわすれず」。半井の家の幼い人たちに懐かれながら、歳月に洗われた桃水との間柄をおもったことである。

一葉君は不思議な人だ。店にくる子供と一緒になって遊んでいる。これは龍泉寺町の頃の夏子を思い出して、いつだったか孤蝶の言った詞《ことば》。男女の間にも、素直な等身大の情をよしとする孤蝶らしい観察だった。妻となり母となる、人並みの暮らしは手を伸ばせばついそこにあり、それが似合わぬ夏子でもなかったはずなのだが。

半井家の幼い人たちは可愛らしい。年老いた父君も、夏子の帰り際には懐かしそうに出てきてくれた。耳にはまだ桃水の詞「縁のあるなめり」が残っている。

けれど夏子は「仮にも此人と共に人なみのおもしろき世を経んなどかけても思ハず」と日記に言いきる。桃水ゆえに幾十《いくそ》の涙を呑んだ自分は、もろもろの欲を脱し尽くして今ここにいるのだからと。

一葉としての夏子の意志は、かつて「此人眼の前に死すとも涙もそゝがじ」とまで悔しく思ったことをまずは言い、今ではその思いも大方うせたことを言い、「たゞなつかしくむつまじき友として過さんこそ願ハしけれ」と、恋のゆくえを結論付ける。おのが恋心の余白を塗りつぶし、恋情へと後退していく自分自身を許さない。

『太陽』『文芸倶楽部』へ作品発表をし「新派」代表と目されつつある作家としての、おのが退路をそんな風にして断つ……。
渡るにや怖《こは》し渡らねば、の丸木橋を、すでに目前に見ているのだった。

半井桃水は女弟子が首尾よく博文館デビューを果たしたことを心から喜んで、恩着せがましい口をきくわけでもなく、ただ牛天神で有名な安藤坂にある萩の舎を暗示した諧謔を利かせ「例の神鳴りのけなき折」にわたしの方からもお邪魔するよ、一緒に寄席にでも行こうと言うのだった。

半井家の誰もかれも懐かしそうにしてくれる中、夏子は夢見心地で暇乞いをし、帰宅途中で雨に遭う。……その夜は大雨。

桃水の心からの笑顔に心が晴れて「菩薩と悪魔をうらおもてにしてこゝに誠のミほとけを拝めるやうの心地いひしらずうれし」という思いに行き着きはしても、今これからを栄える青年たちを取り巻きにした夏子の目は、「続胡沙吹く風」連載中断後の桃水の姿を「そのむかしのうつくしさハいづこにかげかくしたるか雪のやう成し色ハたゞくろミに〳〵て高かりしはなのミいちじるく成りぬ　肩巾の広かりしも膝の肉の厚かりしもやう〳〵にせばまりやせて打ミる所ハ四十男といふとも偽《いつわり》ならず見ゆ　なつかしげに物いひて打笑むさまさはいへど大方の若ざかりよりハ見にくからず」と、冷静かつ容赦なく観察することを忘れなかった。

女らしくしおらしい日記文章の中へ時おり顔を覗かせる無情なほどの冷徹、非情なまでの観察。悪意からではもとよりなく、夏子の筆を斯《か》く動かすものがある。人情知らず義理知らずの酌婦《しゃくふ》お力は、夏子の中にいる樋口一葉だったかもしれない。

お力に入れ揚げて没落していく布団屋源七の姿には、どこか憔悴の桃水の姿が重なる。

「あの水菓子屋で桃を買ふ子がござんしよ、可愛らしき四つ許の、彼子《あれ》あれが先刻《さつき》の人のでござんす、あの小さな子心にもよく〳〵憎くいと思ふと見えて私の事をば鬼々といひまする、まあ其様《そん》な悪者に見えまするかとて、空を見あげてホツと息をつくさま、堪へかねたる様子は五音の調子にあらはれぬ。」

さらに言えば、殿様から車夫にまで零落し昨年亡くなった稲葉家当主の姿も、嫡男の死と事業の失敗に病みついて死んだ父則義の姿も、作家一葉女史に居留守を使われてすごすご去ってゆく禿木、孤蝶の後ろ影すら取り込んで、非情の筆は「哀しい男」を描き出す。

「旧世界」と、世に容《い》れられず丸木橋を滑り落ちていく「敗残」を身に負うた者として源七は立ち現れ……その源七と無理あるいは合意の上で心中《しんじゆう》を遂げていくお力の造形に、一筋縄でいかない作家、樋口一葉の天才があった。

布団屋源七の見事な「切腹」というのも象徴的であれば、「何のあの阿魔が義理はりを知らうぞ」と言われるお力の「後《うしろ》袈裟」「頰先《ほうさき》のかすり疵《きず》」「頸筋《くびすじ》の突疵《つききず》」もまた、新世界からの誘いにのろうとする心の底深く罪悪感を感じ、旧世界へ殉じようとして殉じきれぬ、混乱した意志の無残な悲鳴を響かせる。

しかも全ての消息は無責任な多数者の噂話の中で語られて、真相はただ二つの棺として葬り去られ、江戸の昔の因果話めいた闇色に彩られて作品は終わるのだ。

「諸説みだれて取止めたる事なけれど、恨は長し人魂か何かしらず筋を引く光り物のお寺の山といふ小高き処より、折ふり飛べるを見し者ありと伝へぬ。」

推敲を重ねた結末部分。

ここには、皮肉などという言い方ではけして言い尽くせない余韻がある。

樋口一葉は、苦界の涙が行きついた仇《あだ》な軽《か》ろみを一刷《は》け筆にのせ、非情酷明な現実認識で、お力源七の物語を締めくくった。


八月二日に博文館へ原稿を渡し、九月二十日刊行『文芸倶楽部』に載った「にごりえ」。これを世に問うてより、樋口一葉の文壇における声望は一気に高まる。

ひじょうな難産でもあり、夏子が執筆に没頭している間もいろいろと事は起こった。

中嶋塾を休めば、共に代教に立つ田中みの子が気を回してあれこれ言ってくるし、説明するのにまたひと苦労だ。「先生にも御もと様にも申しわけなき事と存じつゝ当分は御免を蒙りて一かたつけ度《たし》とおもへるに候何かはお前様に対してふくめることなどあるわけもなく〳〵」「決して〳〵」「誠に〳〵」「決して〳〵」……。心理的に絡んでくるものの手をすり抜けようと、手紙の中でさんざんに戯け者を演じてみせたりした。

則義七年忌のための三十円金策。

当初これが長篇執筆の動機だった。しかし博文館よりは前借りがきかず、時子を煩わせ乙羽を動かし、旧作でも書きかけでも原稿現物と引き換えに、という約束を「新太郎兄」からとりつけてもらったのだが……六月『文芸倶楽部』へ「經つくえ」再掲後、旧作の手入れにかける気力や時間さえ惜しい夏子は、さりとて新作の筆が一気に速まるわけもなく、結局十二日の法事費用を筆で稼ぎ出せなかった。

何もかも放擲《ほうてき》して「一かたつけ度」と念じる「にごりえ」は、三十枚ほどの未完原稿を七月下旬に届けたが、乙羽不在で残念ながら原稿料は入らず、ようやく八月一日に連絡がつき、二日に全文を届けて落着、という経過をたどることになる。

博文館の金庫の鍵は、館主である大橋家の長男新太郎が握っていた。幼い頃より母の苦労を見て育った新太郎は、父佐平の理想主義に現実的な批判を加え、経営面からこれを支えるため、いきおい厳しい実業家にならざるを得なかったのだろう。

余談のようだが見逃せないのは、七月の『文芸倶楽部』が女流作家田澤稲舟《たざわいなぶね》の「医学修業」を掲載したことだ。

のちに徳田秋声が「過去帳」において「かの寄席の高座に、嬌音満都の書生を騒しめたる綾之助といふ女義太夫、其の風貌は何となく一葉女史と相肖《に》たり。其の文学界の人気者なりし点に至ても、太《はなは》だ相肖たり」と記すが、医学志望から義太夫語りへ転身する主人公竹本一葉なる女義太夫はいやでも夏子の目を惹いたろう。それかといって悪く挑発されるようなこともなく、文壇雀の噂の渦や流行作家たちの浮沈の浅ましさには巻き込まれまい、唯それればかりを思って書き続けていた。

そういう夏子が文名の上がるにつれて噂の的にされ、やがて川上眉山との間にありもしない「婚約」の浮き名まで立てられるが、それは時代の大きな暗黒劇の一つの写し絵、稚拙な筆で塗りたくられた危な絵のようなものだったかもしれない。

田澤稲舟は山形県鶴岡の外科医の娘で、夏子より二歳年下の明治七年生まれ。作家として師にもつ山田美妙との間柄が恋愛に進んでいた。

山田美妙《びみょう》は硯友社創成期のメンバーの一人だったが流行作家となって早く硯友社を離れ、金港堂『都の花』の編集長として看板作家となる。新体小説を試みて先駆的な仕事をするが、廃娼問題にからんで性モラルが広く取沙汰された頃の文壇ジャーナリズムで、『国民之友』へ発表した「胡蝶」（明治二十二年）挿絵の全裸が問題にされたりと、数奇な運命をたどっていた。美妙は辞書編纂や新体詩に何とか活路を見出そうとし、夏子はその苦衷《くちゅう》を思いやって彼の詩を雑記帳へ書き留めている。

その美妙が、昨年も浅草公園の娼妓との関係について『万朝報《よろず》』『早稲田文学』で批判され、今年創刊された『太陽』からは執筆停止を言われていた。何事も小説を書くためという美妙の言訳は、娼妓をたばかるような実験が小説のために許されていいものかと坪内逍遥《しょうよう》に論難された。——公然の秘密ではあったが、逍遥の妻は根津《ねづ》権現《ごんげん》裏の遊廓出身者であり、年季明けを待って明治十九年、愛を全《まっと》うして結ばれていた。のちに夫人の出自を書立てられて早稲田中学校校長を辞任、早稲田大学教授となってからも文科長や学長への推薦を固辞し、学士院会員も辞退する。不言実行のフェミニスト逍遥は、美妙の言訳を憎んだのだった。

さまざまに自己改良を企てた山田美妙はまた、早くから逍遥を意識し、対抗し、抜き去ろうとしていたとも指摘されている。内田魯庵はのちに「美妙斎は恰《あたか》も欧化熱の人口孵卵器で孵化された早産児であった」と指摘する。

田澤稲舟は逆境にある師にむしろ同情、「医学修業」を発表した二十八年も終わる頃には親の決めた婚約を破棄して美妙に奔る。

このドラマティックな事態と美妙稲舟の短い結婚生活が……「眉山一葉婚約有り」の噂話の底本《ほん》になっていると考えてみてもいい。

そうして山田美妙も川上眉山も、それぞれ、硯友社を離れた、硯友社を離れつつあった作家だったことは注目に値する。

二十八年六月「自伝をものし給へ」と一葉に言って、その夏いっぱい「にごりえ」に没頭させた張本人ともいうべき川上眉山は、作家同士のスパークに自身も発奮して八月に「うらおもて」を『国民之友』に発表、眉山作中では一番のできそこないなどとも『めさまし草』で批判されたが、社会への問題提起をはらんだ「観念小説」との異名をとる。

そうしていよいよ十一月六日からは「暗潮（はじめ闇潮と題名）」を『読売新聞』に連載し始めるのだが……翌二十九年二月二十九日の第三十六回までで突如中断。年末頃から神経過敏の兆候が見えていたという。

「暗潮」は連載中から好評で、宮崎湖処子《こしょし》は一月五日『国民之友』で「紅葉の位置は揺ぎ、眉山の全盛の時世を来せり」とまで激賞。

田山花袋《かたい》ものちに「当時の批評家が眉山を挙げて紅葉を貶《けな》したのを見ても」という証言を残している。「君は其頃の思想のチヤンピオンであつたやうに思ふ」。未完ではあっても「確に思潮上のエポックメイキングの作」であって、「其の傾向がいかに当時の人心に合したかを知るに足る」とした。

「硯友社」中、少年文学や「お伽噺《とぎばなし》」と自ら呼ぶ方向へすすみでた巌谷《いわや》小波《さざなみ》はこう言う。「それは君も得意と見えて、大分前から吹聴《ふいちょう》を聞いたが、出て見ると果して結構なもので、正に当時の文壇に、一問題たるべきものと見受けた」「長篇の中絶、これは強《あなが》ち君に限つた事でも無いが、先にあれほどの意気組を示しながら、この仕末は何事ぞと、誰も不審に思はない者はな無かつた。然しよく考へて見ると、これは想が余つて文が伴ひ兼ねた為めらしい」「更に露骨に云つて見ると、これは荷が勝つた為めか、或は君に根気が無かつたのか。何れにしても君の為め、また文壇の為めに惜しい事だつた」

神経を痛めて自殺した『文学界』北村透谷にしても、舌鋒鋭く硯友社批判をしたことで知られている。どちらかといえば紅葉と疎遠のまま硯友社から『文学界』寄りに進んでいこうとしていた川上眉山は、「暗潮」の好評によってそねみを買ったふしが無いだろうか。何かしらいつも事あれかしと世上を窺い、対立を煽って騒ぎ立てることを仕事にしている野次馬ジャーナリズムの好餌《こうじ》とされたのかもしれない。

二十九年二月二十九日の断筆前後、眉山の胸中にどのような思いが去来したかは不明だが、その一月頃から眉山一葉に結婚の約有りという風評がしきりに流されたことを書き留めておく。眉山が樋口家の窮状を心配し、一葉のためあちこちへ仕事の口ききをしてやろうと動いた親切を、故意に曲解したものだろう。

美妙稲舟の短い結婚生活も二月に終止符が打たれ、離婚した田澤稲舟が睡眠薬の呑み過ぎがたたって九月に亡くなると、山田美妙はいっせいに非難を浴びて文壇からほとんど追放されかねない有様となる。

硯友社に異端児のままいつづけた眉山は、三十三年旅行中にとうとう紅葉と確執し、三十六年紅葉逝去の間際にようやく和解、紅葉も認めていた美文でその悼辞を書くも、四十一年牛込天神町の自宅書斎において剃刀で喉を切って自裁。動機は不明。友人の江見水蔭《えみすいいん》は「夢幻的な自殺」とまで言った。墓は本駒込吉祥寺に、硯友社同人の江見水蔭、石橋思案《しあん》らの篤志によって建立された。

第七章　極ミなき大海原へ――やらばや小舟波のまに〳〵

九月十六日『読売新聞』「雨の夜」「月の夜」
九月二十日『文芸倶楽部』「にごりえ」
十月十四日『読売新聞』「雁がね」「虫の声」

明治二十八年（1895）九月十月

明治二十八年（1895）九月十月

十月十一日。「にごりえ」を孤蝶は九月二十九日赴任先の彦根で読んだ。禿木が送ってきた『文芸倶楽部』第九編。餞別にと大量に貰った便箋や封筒は夏子のしゃれだとしても、親密な手紙の書ける女の親友がいるのは幸いか。さっそく「さても恐しきは君が筆ならずや」「追々おはちが我々の方へも廻り来べきかと恐ろしく候」などと戯れ言をまじえながら文をしたためる。「菊ノ井のお力さむの何処やら否確《いな、たしか》に御手許の御化身にはあらぬやとまでに驚かれ、大に感動仕り候」。九月五日十日と続けて二通、それから一ヶ月後の十月十一日に書く三通目のこの手紙は、内心待ち望んでいた夏子からの返信をやっと貰って書く長文、二銭切手二枚を貼った大封じとなる。

夏子に対し、孤蝶は少々……分裂気味の自分自身を持て余していた。

夏子の前で泣いたり笑ったり本音をもらしたりする等身大の「勝弥」と、一葉文学のよき理解者庇護者たるべき、兄のような弟のような男の親友「孤蝶」である。

（お夏さま……か）

東京へはいつ帰れるか分からない。彦根へ夏子を連れてこられるわけもない。

しかも夏子の許へは、この自分が引き合せた、あの眉山が出入りするようになっている。

作家として脂の乗ってきた両人の後ろ姿が、仲良く会話を交わしながら、どんどん自分を引き離していくのを目の当たりにする思いがした。孤独と焦燥を振り切るように、彦根へ出発後の孤蝶は、前にも増して旅をして歩くようになる。

実をいうと二通目の手紙を書いたときには、すぐに返事をくれない夏子に焦れていた。

「人をやたらにおだてながら御自分はずッとすまし給ふ」

「怨みらるゝが御厭ならば時たまにはおん文給はり度者に御座候」

「忍耐も今三四ヶ月の程なりこの歳暮《くれ》には貴家を驚して勝手な熱を吹く可く候」

不満顔の文章に包み込むようにして、自分が汽車中で見た心に残る夫婦の情景……田舎者の朴《ぼく》訥《とつ》なる夫が、「丈夫一式の妻をば綺羅にも堪へぬ細身の美女の如く取り扱ふそのやさしき様」を描写して、まさしく秋の日の蝶の羽のごと、おのが心の襞のかよわくかそけく震えるのを伝えていた。そうして一転、

「願はくは夢に粋なる都美人に見ゆる事の多からむを」

「戯言は戯言なり」

「女史願はくは奇句人を驚かさずむば死する勿《なか》れ」

と背を正してみせたのである。

「左様なら／九月拾日／かつや／一えふおば様おんもと」

だからこそ、夏子からの十七日返信「伯母と仰せ下され候あれは返上致し置くべく」に接すれば、一抹不安も抱えつつ、身も心もときめいたのだった。

（稼がにゃならぬ身の辛さは、出稼ぎの身のぼくにはよくわかる。『文学界』はゆったり構えて一葉舟が安心して帰港する内海になってやれば十分。それが天知鎌倉幕府にわかればいいんだ

が)

一葉舟の二十八年航路をたどれば、
一月二月三月と『文学界』へ「たけくらべ」を連載。

四月に『毎日新聞』「軒もる月」が割り込む。

五月に『太陽』「ゆく雲」が割り込む。

六月七月は「經つくえ」の改稿や「にごりえ」の構想に入ってしまう。

八月末の『読売新聞』には「うつせみ」を発表。

そうしてようやく八月三十日刊行の『文学界』へ「たけくらべ」の続きは載った。

(一葉君のぼくへのはなむけかもしれんな)

自惚れか、思い込みか、いずれ口にしたら跡形もなくかき消えてしまいそうな秘密は、胸に納めて味わうのみ。孤蝶は九月二日に新橋停車場を出発して途中で藤村、秋骨、夕影と合流、箱根の温泉宿へ泊まって別れを惜しんでいる。久方ぶりの「たけくらべ」はもちろん読んでいた。

大封じの手紙を書き終えて、眼閉じ、思う。

(ぼくが東都を恋うるとき、そこにいつも親がいる、友がいてくれる)

そう思ってから……そこに君がいる……と言いたくて言わぬ、心の中でさえ友がと言い換える、おのがさびしい自制に唇を嚙む。

夏子の心が、「わが身は無学無識にして家に産なく縁類の世にきこゆるもなし」「かれハ行水の流れに落花しばらくの春をとゞむるの人なるべくいかでとこしへの友ならんや」というかなしい自制に、がんじがらめに縛られている、とまでは思いやれない。

「都恋しき今朝のほど、羽織袴に身を堅めて制帽片手に宿を走り出むとする刹那《せつな》に、御意《こころ》細かき心も解くるやうなる御言の葉に接し只あっと恐れ入り候」

そういう自分の人恋しい素直さを吐露し、苦笑しながら、夏子の心へそっと探りを入れつつ書いてやる。

「毎度ながら御手紙の御言の葉は我等如き世間見ずは魂ゆらぐばかりに御座候余りにお調子のよろしく候ては、それがしとても人間なればいかなる狂の出で来ずとも限り難かるべし、其の時知らぬとは仰せられまじき御義理ならむかと存ぜられ候らへばまづ余りにそれがし如き田舎者をばおだて給ふな」(十月十一日夜/勝弥/おなつ様)

そしてこの秋、一方の夏子は独りこう詠んでいる。

「かりそめのすさびときさし玉づさをこころにしめて恋ふる頃かな」

等身大の夏子と勝弥。

優しく、誇り高く、傷つきやすい二つの心が、自意識と立場に搦《から》め捕られながら、切ない、やるせない、無言の叫びをあげていた。互いの声を聞き分けようと必死で耳を澄ましながら、聞き違えることもあり、耳をふさがれることもあり……遠く離れて空回りする思いは、いつかあてどなく行方知られぬ大きな流れに紛れ込んでいくようでもある。

夏子からの打てば響くような手紙を待ち侘びて、内心居ても立ってもいられない、そんな自分に孤蝶が焦れていた頃、実のところ夏子はまたもや文壇的な難問に直面していた。

九月八日。大橋乙羽からの手紙（現存せず）が、夏子の許に届く。乙羽がこのたび夏子に迫った決断は、明治女学校ならびに『女学雑誌』から、事実上の距離を置くことに繋がるものだった。「十三夜」の『文芸倶楽部』掲載である。

夏子は当時『女学雑誌』への寄稿を予定してその筆を進めていた。

十三夜の月の照らす上野新坂下《しんざかした》から駿河台へ、茂れる森の木《こ》の下暗《したやみ》を、それが初恋の人とも知らず人妻を乗せて走る人力車。結ばれなかった初恋のその後、男と女のそれぞれの哀しみを情感溢れる筆で描き込み、のちに芝居や映画にもなる作品……それを乙羽が横取りした。言葉は悪いが結果的にはそういう形になるだろうか。

「十三夜」は九月十七日に乙羽の手に渡され、十二月十日刊行『文芸倶楽部』の臨時増刊号に掲載されることになる。

閨秀《けいしゅう》小説と銘打って女流作家ばかりを、しかも当時初めての試みとして口絵写真入りで載せた特集号は、乙羽の狙い通り、飛ぶような売れ行きとは相成った。夏子は、鷗外の妹である小金井喜美子や、明治女学校巌本善治《いわもとよしはる》夫人若松賤子と同じ頁に紹介されている。襟の詰まったふくよかなドレス姿で、帽子のチュールを目深《まぶか》に下ろして目を伏せた喜美子。優しい顔立ちにきりりと眼鏡を掛け、洋風の結髪に着物姿という賤子。黒目がちの眼《まなこ》涼しく、引き詰めて結った銀杏返しと牡丹の花模様の襟が若々しい一葉。三人三様、並々ならず知的で個性的な風貌を見せている。

夏子は一葉女史として「十三夜」、なつ子として「やみ夜」、二作をここへ同時発表。「やみ夜」は二十七年『文学界』へ連載した「暗夜」を改稿再掲したものだ。

明治女学校ラインから博文館寄りへ、剛腕で一葉舟を導き出したことになるが、そうせざるを得なかった乙羽には、当時の世情世相への読みがあったのかもしれない。少なくとも自社利益一辺倒の、トンビに油揚げ、というえげつなさから来たものではなかろう。

日清戦争から三国干渉を経てやがて日露戦争へ、世相は国粋の色を深めてややもすれば排外的になりつつあり、この後、明治三十年代にはキリスト教系の学校が受難をこうむるのだ。三十二年の「文部省訓令第十二号」はキリスト教私立学校を廃校ぎりぎりまで追いつめ、キリスト教の看板を下ろす学校もでてくる。ちなみに明治女学校が付属の長屋から出た火で炎上するのが翌明治二十九年二月五日。もともと病弱でしかも身重だった若松賤子は心労から心臓発作を起こして亡くなってしまう。

この時代の何かしら不穏なもの、形にならない暗雲のようなものが『女学雑誌』や明治女学校をもやもやと取り囲むように漂うのが、乙羽には見えていたのかもしれない。そっちへ行ったら危ないぞと本能的に感じ、桃水から任されたせっかくの一葉舟、転覆させてはなるまじと動いた……それこそが事の成り行きの真相なのではあるまいか。

「ゆく雲」から「にごりえ」へ、乙羽の尽力で文壇に頭角を現し始めた夏子は、十月の日記最後にこんな歌を記す。

極ミなき
　大海原に出にけり
やらばや小舟《をぶね》
　　波のまに〳〵

世に喧《やかま》しく珍し気にもて囃されるようになった身の上を、嬉しがるというよりは慨嘆、「おそろしき世の波かぜにこれより我身のたゞよはんなれや」としつつ、その運命のさなかへおのれを突き放している。「されども如何ハせん　舟ハ流れの上にのりぬ　かくれ岩にくだけざらんほどハ引もどす事かたかるべきか」。

極みない大海原《うなばら》に出る前には、思わぬ暗礁に乗り上げたり、まちがった方向の潮流に流されたりしかねない。海難事故を未然にふせぐための澪標《みおつくし》（水脈《みお》つ串）を身を尽くして立て、一葉舟を導こうと懸命の乙羽の姿が目に見えるようである。

世相の空模様や文海の様子を見渡すことができ、いちはやく嵐の気配を察する能力をもつ人間は、いつの時代にも少ない。博文館支配人であり硯友社同人としての乙羽にはそれができた。しかし立場上、口にして説明できない機密というものはある。

乙羽の意図が読めずに……は、だからまったく無理からぬことなのだが、「十三夜」の『文芸倶楽部』掲載のいきさつを、星野天知ならどう感じたことだろうか。

九月二十七日、平田禿木から一葉宛に来た手紙にはその間の事情が匂ってくる。

「すぐる日天知子御宿をおとなはれし由如何なる御話ありしか勝敗は何れにありし先様に弱身あればこれは必ず君の方《かた》なるべしとぞんじ候」

天知の話というのは遅れがちな「たけくらべ」続稿についてが先ず考えられる。

今月の「文学界」兄が枕頭にありと存候。一葉子の筆力ますく〵新らしく、実におそるべき秀才と存候。

——「島崎藤村書簡／星野天知宛」二十八年三月四日

乙羽の閨秀特集企画を天知が知っていたとは考えづらいが、一葉舟をここまでにしたのは『文学界』であると自負していたには違いない。

夏子を博文館へ引き寄せるそもそもの初めから、そつのない乙羽は明治女学校側へ十分に気を配り、根回しをしたと思われ……明治女学校講師でもある中嶋歌子へ、夏子を通じて、まずは慇懃に頼みごとをしている。やがて夏子も筆を執ることになる日用百科全書シリーズ第一冊目の題字揮毫《きごう》を、貴顕からいただいてほしいと願い出るのだ。博文館ほどの実力があれば、何も中嶋歌子を煩わせるまでもなくできた事。これは言うまでもなく夏子周囲のうるさがたへの懇《ねんご》ろな挨拶で、一葉舟を『文学界』の内海から招き出すための儀礼だった。歌子へは相応の謝礼もいったはずだ。桃水一葉別離のいきさつを察する乙羽は、うるさがたの口封じにも抜かりなかった。

星野天知『文学界』の樋口一葉への思い入れも一方ならず深く、平田禿木の手紙はそれをこんな風に伝える。

「埋もれ木に御筆のにほひを見て雪の日の寄贈を得菊坂の御宿をおどろかし大音寺前までも分け入りしはまことに此筆をして永く文壇の花たらしめよとの文学界の微意に候ひしをけふある事誠にうれしう我身の出世のやうにおもはれ候」

当時の禿木はすでに一高退学、東京師範学校に新設された英語専修科に入学していた。「文こまごまとおこしつれど孤蝶ぬしとの間に物うたがいを入れて少しねたまし気などの事書てありしもうるさければ返しはやらず成りにき」という状態で、夏子から時々居留守を使われていた。

のちに天知も『黙歩七十年』においてこう述べる。

「『文学界』が祈り出した此一輪の名花、それは短命だけれど、槿花《きんか》一日《いちじつ》の栄《さかえ》ではなく、明治文壇に貢献した永遠の華精である」

「槿花一日の栄」というのは「はかなさ」を表す慣用句。

ここにもし天知の含意を無理にも見ようとすれば、ひじょうに根の深い、人間関係の相剋《そうこく》のもようが浮かび上がってくる。

槿花は、「むくげ」と「あさがお」の両方の花の名前として使われる。

そして「むくげ」は朝鮮の国花「無窮花《ムグンファ》」である。

『東京朝日新聞』の記者であった半井桃水が、朝鮮に深い縁をもっていたことは既に述べた。

明治二十五年、耶蘇《やそ》嫌いの桃水が明治女学校某教師に『女学雑誌』への一葉寄稿を断ったこと。

その某教師が星野天知かもしれないこと。明治二十二年ごろから始まっている文壇的なキリスト教系女学校叩き。……こうした事情を頭に入れながら、個々人の感情問題、愛憎関係のみならず、歴史や時代が長い間に描き込んだ、国や人種や宗教など人間集団の相剋の構図にも目を向けておきたい。征韓論という言葉を思い起こしてみても、日本の朝鮮蔑視は歴史上の事実としてあった。やがてくる関東大震災のときに、あらぬ罪を被せて朝鮮人虐殺のおこなわれた事からも目を背けてはなるまい。法学博士吉野作造の地道な研究によれば、パニックの中で殺害された人数は何と二千六百十三名にものぼっている。その多くが日本人に雇用されて働く労働者たちだった。改造社発行『大正大震火災誌』へ発表するはずの吉野の論文「朝鮮人虐殺事件」は、しかしながら内務省の内閲によって全文割愛となる。政府発表は死者二百三十一名で、十倍以上の誤差があるのだ。ちなみに在日朝鮮同胞慰問会はその後の調査で六千人が難に遭ったと発表している……（吉村昭『関東大震災』参照）。

誤解のないよう確認しておくが、星野天知自身に朝鮮人蔑視があったわけでは勿論ない。

ここで言いたいのは当時の日本人にあった潜在的な共通意識が働いて、「槿花」と「半井桃水」とをイメージの上で天知が繋げたとしても、全くの突飛な連想ではないということなのだ。桃水などの書く当時の絵入り新聞小説は槿花一日の栄のようなもので、一葉の純文学こそは永遠の名花、それを我が『文学界』が祈り出したのだという自負になろうか。

プライドの高い、好き嫌いの激しい、ある意味で実に執念深い星野天知が、密やかにその生涯を通じて、半井桃水を嫌い続けたとしたらどうだろう。親分格の人間が嫌えば、その周囲はおのずと影響を受けるはずだ。

後年の平田禿木が、「一葉の思ひ出」（『東京朝日新聞』昭和十四年）で、半井桃水についてやはりこんなことを記している。

「ところで、半井桃水氏であるが、氏との子弟としての交誼《こうぎ》が何時まで続いたか自分には明らかでないが、自分は寧《むし》ろ氏とのそれを、女史が作家として新たに真に文学に目覚める前の、歴史以前の出来事としてこれを埋らして仕舞ひたいのである。半井氏は歌沢《うたざわ》や端唄《はうた》の作詞家として今日僅《わずか》に記憶されてゐ、今の大衆小説にも及ばない新聞小説の職業作家で、文学史上に於ては更に価値のない存在なのである」

星野天知主宰『文学界』の桃水への冷ややかな眼差しを、ひじょうに強く感じさせる文章だ。

奇跡の期間に入ろうとしていた夏子に、島崎藤村が主に編集して『文学界』で刊行した『透谷集』を手渡し、『西鶴全集』を参考書として与え、「文学界の微意」をうけて動いた平田禿木の、抜き難い自負の言わせた詞だろう。「たけくらべ」が森鷗外に絶賛されたとき、嬉しさに男泣きした禿木なのである。

間違いなく天知組は、一葉を『文学界』同人として育てたかったのだ。その証左のようにも夏子没後、上田敏や戸川秋骨も関与した『帝国文学』は樋口一葉を北村透谷と並べ『文学界』社中の人と呼んで追悼記事を掲げた。

夏子が桃水の手許を離れ『都の花』へ作品発表し始めたときから、「樋口一葉」は天知組の意中の人となっていた。否もしかしたら、すでに桃水『武蔵野』時代から……。

果たしてそれに関連するかどうか、実は不思議な会話が、天知組の内々で交わされている。

『文学界』有史以前の、「天知・藤村・透谷トリオ」時代だ。島崎藤村の書く「北村透谷の短き一生」（大正二年）から抜粋してみよう。

「……それから国民之友の附録に、『宿魂鏡《しゆくこんきよう》』という小説を寄稿した事があったが、あれは自分で非常に不出来だったと云って、透谷の透の字を桃という字に換えて、公けにしようかと私に話した位であった」

不出来な作だから桃にとは、半井桃水を意識した詞なのか。桃水には桃蹊《とうけい》という弟子もいる。

透谷の小説「宿魂鏡」は明治二十六年一月の作品。

明治女学校某教師が桃水から一葉寄稿を断られたのが明治二十五年。

明治女学校側と桃水との間に、何かしら感情的な行き違いが生じていたことは十分考えられる。

大橋乙羽はその辺りの機微をよく察して、くれぐれも『文学界』の顔を立てるよう取り計らったものと思われるが、ついうっかりということはあって、再掲時に『文学界』初出という断りを入れることを忘れてしまい、頭を掻き掻き謝る風に、夏子に手紙で陳謝したりする。

明治二十九年二月六日、「大つごもり」が『太陽』に再掲載された翌日の乙羽の手紙。

「太陽の小説ツイ御新作（御清書ありしため）と間違ひ掲載いたし失礼仕《つかまつり》候平に御免被下度《くだされたく》候
『たけくらべ』今夜実家より持たせ差上可《さしあげるべく》申候其節太陽小説一冊とも」

すでに四月の「たけくらべ」一括再掲載が、乙羽の念頭にあることが窺える文面だ。

「今夜実家より持たせ差上」るべき「たけくらべ」とは……『文学界』との丈比べである原稿料について言ったものか。とすれば茶目っ気たっぷりな言い方だが、しかしこの時点では「たけくらべ」改稿はまだされていない。

或はこの丈比べ……やがて作品の一括掲載が予定される『文芸倶楽部』本誌のことを、言ったものかもしれない。とすれば長さ比べの洒落だろうし、心意気競《くら》べだという自負の匂いもする。硯友社仕込みのノーティボーイ振り。

どうやらそれが大橋乙羽という切れ者の愛嬌らしいから。

念のため研究者の説もひとつ紹介しておく。勝本清一郎論考「一葉・われは女なりけるものを」では、『文学界』本誌からの転写で『文芸倶楽部』用原稿をつくるため「一葉の清書に先立って乙羽の方で『たけくらべ』掲載の『文学界』を取り揃えて一葉の許にとゞけたことを意味し」とされている。なるほど、既に活字になっているものへチェックを加えておけば印刷までの作業がしやすい。博文館提出用の一葉自筆原稿が存在するが、二段構えで備えたとも考えられる。いずれにしてもかなり早い時期から、大橋乙羽は「たけくらべ」一括掲載に狙いを定めていたに違いない。「たけくらべ」の完成度の高さは、乙羽をはじめとする周囲の期待度の高さへ、見事に応えたものといえよう。


……………………


時間の焦点を二十八年秋に戻す。夏子の心模様を見てみておきたい。

九月、孤蝶はすでに彦根へ発ち、『文芸倶楽部』へ「にごりえ」発表のち、作家樋口一葉に対する世間の注目度は高まっていた。

十月九日、関如来から手紙が来る。九月の『読売新聞』月曜附録で一葉随筆「雨の夜」「月の夜」を手掛けた如来は、十月からもつづけて夏子に随筆「そぞろごと」の筆を執らせようとしていた。その催促の手紙である。すでに八月末には小説「うつせみ」を二十七日から三十一日まで『読売新聞』本紙へ掲載。ちなみにこれは斎藤緑雨の「門三味線」休載の穴埋めであり、桃水『武蔵野』へ寄稿したこともある緑雨は、樋口一葉の名前をここで鮮烈に意識させられたことだろう。

如来関厳次郎はこのとき日就社に勤務して『読売新聞』月曜付録を担当、虎之助と同い年の生まれの二十九歳である。——日就社は明治三年設立の日本最初の活版印刷社で、明治七年に『読売新聞』を創業。大正六年に社名が読売新聞社に変更されるまで、日就社発行の『読売新聞』だった。

夏子との初対面は向島白髭の村上浪六の許でだったが、浪六を「我が知己」と称ぶ星野天知ともいつの時点からか繋がりをもつらしく、二十九年『文学界』新年会へも顔を出している。

自分の身なりはてんで構わぬながら人物や品物の好みは高級志向、目が利き、鼻が利き、古風でありながら公平なところもあるこの人恋しい「木強《ぼっきょう》の男」は、一時しげしげと水の上の家を訪ねてきては、夏子に嫁探しを頼んだりした。夏子は稽古に通ってくる邦子の友人、半井桃水を紹介してくれた野々宮菊子（起久《きく》）に縁談をもちかけるがまとまらず、それがためもあったか、次第に疎遠になっていく。

「桃水先生にはじめて御面会　照る月に喞《すだ》く虫共々文学談に秋の夜長をかたりあかさむと存ぜしをあすの勤にさへられて口惜しうも御いとま申候　呵々」

随筆の締切を言って寄越した如来手紙十月九日の、追伸部分。いきなり桃水の名前が出てくる。注意を要する箇所だ。水の上の家の玄関先で鉢合わせしてしまったものか、いずれ何とも物言いたげな追伸文ではある。

『文学界』同人の多くは、桃水一葉に師弟関係のあったことを知らなかった。

馬場孤蝶は夏子没後に初めて桃水の存在を知ったと記しており、禿木も自分が『文学界』中最初に一葉を発見したという思い入れがあったことだろう。またそのように天知も記している。……しかし、これは正しい言い方だろうか。隠蔽《いんぺい》に近いものはないだろうか。明治二十五年に桃水が『女学雑誌』への一葉寄稿を断ったことは前述した。よしんば桃水と直接に交渉したのが天知でなかったにせよ、明治女学校某教師から報告を受ける立場に天知はいたはずなのだ。

関如来はどうして一葉に「桃水先生」について追伸書きしてきたのだろう。

桃水一葉に師弟関係のあったことを知っていたのだろうか。

顔の広い関如来が、いずれ何かを嗅ぎつけて「桃水先生」と書いてくる。秋の夜長を文学談義に語り明かそうとして果たせず残念であったとも。――依田学海、上田敏、落合直文、高山樗《ちょ》牛《ぎゅう》、など得意げに名前をあげて訪ね歩くような人々と、『東京朝日新聞』小説記者半井桃水を、如来が心の中で比べていたとしたら、末尾の「呵々」がそれを暴露するように、これはずいぶん辛辣な言い方なのかもしれない。

ひどく不思議だ。

そんな辛辣さを、一葉と分かち合えるとでも如来は思っていたのだろうか。

そう思わせる何かが一葉の側にあったのだろうか。


…………………


夏子はこの手紙を受けてすぐ「雁《かり》がね」「虫の声」の随筆二篇を書き上げる。

「雁がね」には、孤蝶の彦根赴任を思わせるような文章をつづった。

「思ふ人を遠き懸《あがた》などにやりて明くれ便りの待わたらるゝ頃これを聞たらバ如何なる思ひやすらんと哀れなり」

そうして「虫の声」では、亡き兄泉太郎の思い出をつづるのだ。

年の暮れに亡くなる兄が病床にいてうるさがるので庭へ放した籠の松虫が「俄かに露の身に寒く」弱って鳴く声もしなくなったこと。翌年の秋にそれを思い出していたら、ある夜更け、松虫の音が聞こえてきて「恋しきにも珍らしきにも涙のみこぼれ」たこと。同じように、異物なりともよし、さながらの泉太郎兄が、唯今ここに姿を現してくれたなら、

「我れは其袖をつと捉らへて放つ事をなすまじく、母は嬉しさに物は言はれで涙のみふりこぼし給ふや、父は如何さまに為し給ふらんなど怪しき事を思ひよる」

桃水半井冽《きよし》は幼名泉太郎。対馬藩医であった半井家の、水、井戸、にまつわる思いは深く、桃水は大人になってからも長く泉太郎を名乗った。

亡き兄泉太郎に思いを馳せながら、夏子は桃水への慕情をそこへ籠めることをしたのではある

まいか。はっきりと意識して書いたか、無意識に思いがそこへ誘われたのか、いずれ「虫の声」は、関如来のいささか無礼な手紙への、それはそれは密やかな、そうして完膚《かんぷ》無きまで桃水寄りに立った、樋口一葉の返文《かえしぶみ》かもしれない。

明治二十五年三月十八日。菊坂時代の樋口家を桃水が初めて訪れてきた日、例によって邦子は面白がてに皮肉な茶々をいれたが「母君は　実にうつくしき人哉　亡泉太郎にも似たりし様にて温厚らしきことよ　誰は何といふともあやしき人にはあらざるべし　いはゞ若旦那の風ある人なりなどの給ふ」。

随筆には泉太郎の後を追うように亡くなった父まで立ち現れてきて、幽明相隔《ゆうめいあいへだ》てるものがすっかりと消え去り、渾然一体となった幻想中……千々にすだく虫声に命の限りを謳わせて、あの世とこの世の風通しに吹かれながら、溢れる思いを胸に立ちつくす夏子の姿がみえる。

第八章　踏まれた草でも花咲く時は——だんきりこんたびたんしどうてん

十一月三十日『文学界』「たけくらべ（十一〜十二）」
十二月十日『文芸倶楽部』臨時増刊「閨秀小説」号「十三夜」「やみ夜」
十二月三十日『文学界』「たけくらべ（十三〜十四）」

明治二十八年（1895）十一月十二月

明治二十八年（1895）十一月十二月

十一月三日、車軸を流すような雨の天長節。

多喜が自分のごはん茶碗の中から箸でつまんだ一片の松茸は、今は神戸にいる小林愛からの贈り物である。無言でそれをお鉱の茶碗へうつす。出しをきかせて薄味につくった豆腐の味噌汁へはわずかに青みを散らし、浅漬けの香の物という極上のもてなしの、さらに極め付きは、実の娘たちを目の前にしたお姫さまと乳母のないしょないしょ。

「嬉しい御呼ばれ。なっちゃんの女仁俠《にんきょう》の、今日は御裾分けにあずかります」

元お姫さまはにっこり笑ってそう言うと、箸をとった。

「さあさ、どうぞ召し上がれ」

多喜がさも嬉しそうに目を細め、

「いただきます」

お姫さまと娘たちとが声を合わせてそう言うのへ、満足そうに頷いている。

時節はずれの雛祭りとでも言いたい淋しい賑やかさ。秋の大雨の中の女たちの集いは、たくさんの柿をむいての茶飲み話へと流れ、自然とお愛のその後について話が弾んだ。

「人って可愛いものね、そう思わない。義理とか恩とか忘れないって……嬉しいものじゃありませんか」

夏子が昨年の人助けを振り返りながらしみじみと言った。夏子の袖に匿《かくま》われ、銘酒屋浦島から抜け出したお愛である。

「けれど」

邦子がからっとした声で言う。

「そうしたものがなければ、人生はときにどんなに楽かとも思うわ」

稲葉家の元お姫様を前にした皮肉に聞こえかねないが、もとより邦子に悪気はない。お鉱はお鉱でどこまでも姫さまらしく、おっとりと相槌など打っている。

「お愛さんの手紙、だんだんに手が上がってきて感心する。文字の間違いも少なくなって……」

夏子が言えば邦子がぷっと噴き出した。

「去年の、だんきりこんたびたんしどうてん、じゃ笑っちゃったわね。泣き笑いしちゃった」

「ほんとに」

二人は思い出してまた朗らかに笑い合う。

邦子がそっと目尻を拭いて呟いた。

「可愛いも何も、切ないくらい、人って愛《かな》しい……」

「お愛の愛だわね」

「ええ、そう」

言いさして、邦子はちょっと含羞《はにか》んだ。姉妹してつうかあと響き合える……その嬉しさに照れていた。多喜は唯にこにこと耳を傾けており、詳しい事情を知らないお鉱へは夏子が説明をした。

「浦島屋にいたお愛さん、今じゃ神戸にいて、武雄さんの帰りを待っているんです。外地で一旗揚げてくるからって言われてね。武雄さんのお父さんからお許しもでて、暮らし向きを面倒みようとまで言われたのに、お愛さんたら、働きながら待つって強情張って……」

邦子がそばから言い足した。

「素直じゃないと思うかしれないけど、あの人の気持ちはよく分かる。銘酒屋に身を落とした過去があったり、自分に子供がいたりを、引け目に思いたくないんでしょう。誰の眼鏡にもかなう立派な嫁がねとして、生まれ変わろうとしているの。武雄さんの面子《メンツ》をつぶすまいと一所懸命なんだわ」

夏子が頷いてつづける。

「教員だかしている人の家へ弁当持ちで奉公に行って、合間にはお茶やお花の稽古……。頑張り過ぎて、胸痛を起こして、大熱を出したんですって。四五日くらい朦朧として寝込んだそうです。お金の件じゃ浦島が相当あこぎな事を言って寄越したらしく、辛抱して無理を重ねたんでしょう。昼は昼で、だんきりこんたびたんしどうてん、夜は夜で泣き暮らして」

黙って聞いていたお鉱が、そっと首を傾げた。

「だんきりって」

邦子がまた口をはさみ、

「散切《ざんぎ》り頭に紺足袋《たび》の男子同然ってことらしい。なっちゃんと二人して、判読するのに頭抱えちゃったけど」

ははっと男の子のように笑った。

夏子も「ほほほ」と、姉妹して声を合わせて笑ってから、

「あの仇っぽい美人が、そんな男装じみたかっこで花嫁修業中なんです。男子動顚《どうてん》するわよね」

そんな風に説明すれば、お鉱が今度は反対側へ首を傾げる。

「他の男から懸想《けそう》されないように髪を切ったのかしら」

にこやかに頷きながら「それもあるでしょうけれど」と夏子はつづけ、

「二度と再びにごりえには足を踏み入れまいと、自分にも、周りにも、納得させたかったんだと思います。守節の烈女。パンソリに出てくるような御話。半井桃水好みの題材だわ」

相槌を求めるように邦子へ顔を向けた。

「なるほど守節の烈女ものね」

邦子が納得、潤んだ眼をきらきら光らせて言う。

「踏まれた草でも花咲く時は……か。いいなあ」


……又私わ（は）ともかくあまりとおもい又私のような人わ（は）壱人もないとわがみニもおもひ又これとてもだんな様ゆへ又おかへりニなればその時ニわ（は）ふまれたくさでもはなさく時わ（は）だんなおかへりの上ゆへそれのミたのしみニてくらしおりみな私がりっぱに申たゆへおもてむきニま（待）つニなりそれゆへ私のいまわ（は）かみ（髪）わ（は）だんきり（散切り）こんたびだんしどうてん（紺足袋男子同然）ニておりよる〳〵ニわ（は）な（泣）きくらし私のミ（身）の上へ御すいさつ（推察）下され候……

——「小林あい書簡／樋口一葉宛」二十七年十二月十二日

「お愛さん、幸せになってくれたらいいわねえ。ほんとにそう思う。なっちゃんはにごりえのお力を殺しちゃったけれど……」

邦子が横目を遣って言う。

「なっちゃんの書く物は、悲しかったり、淋しかったり、縁起の悪いものばっかりで厭だって、伊夏ちゃんのお母さんが言ってらしたそうよ」

文壇を揺るがすような大評判をよそに、中嶋歌子も「にごりえ」は場所柄も汚らしくて良くないと思っているらしい。歌を詠むような階級の親世代の好みはともかく、世間では日清戦争の前後から、社会派の匂いのするものやいわゆる深刻小説が多く読まれるようになっていた。

夏子はいきなり一葉女史になって呻《うめ》いてみせた。

「それはまあ小説ですから、ああいう筆遣いをいたしました。けれどお愛さんにはにごりえを脱け出してもらいましたよ。わたしとして、できる限りをしてね」

そこでお鉱が詞をはさんだ。

「事実は小説よりも奇なり」

そう口に出してから、くすっと笑う。

一同、おやという面持ちでお姫さまの顔を眺め、それから何となく静かに場が盛り上がる。まこと、現実という筆の巧みが人の思わざる夢を描くのを、しみじみと読む気がする。

邦子がにこにこ顔で言った。

「昨年度、一葉女史が身体を張って描いた『お愛救出譚』。今日の日の松茸は……思わぬ時に思わぬ稿料が、籠に入って届けられたというわけだ」

「これに気を良くして、『お愛物語』の筆を執ってみようかな」

「ええ。本気でそうなさいよ。幸せな後日説まで続けて、必ず一冊本にする約束でね。だってなっちゃんの本、まだ一冊も出てないんだもの、何とか一冊まとめたいわねえ」

「来年の父《とと》さんの祥月までには……。そう思ってはいるんだけれどね」

姉妹の話は延々とつづいた。

多喜がふと目をやれば、その場の空気に話は合わせているものの、お鉱の影の薄さが気になった。稲葉家の零落のお姫さまは今や子持ちの未亡人。うとましいほど多い黒髪はいつ結《ゆ》ったものか根元がくずれ、多喜の心配りで衣だけはこざっぱりとしているけれど、昔の「ひいさま」の面影もない。ぽつねんとしたその姿が、かつての「たきや」には哀れでしようがないのである。


……………………

樋口一葉念願の本は翌二十九年五月に博文館から発刊される『日用百科全書』第十二編「通俗書簡文」。小説集ではなく、歌集でもなく、書簡文範である。

博文館の出せる日用百科全書の一巻にて、こゝにて評すべき筋のものにはあらねど、その著者は一葉なれば余所に見て過さむこと残惜しかるべし。読みもて行くに、四季をり〳〵の消息のおもしろきより慶弔などの文の煩きまで、皆つとめて形式のこと葉を避けて、唯心に浮べるをやがて筆にあらはさんと勉めたるなれば世にありふれたる用文章の類と全く其選を殊にす。末に唯いさゝかと題して文の書振を説ける中にいはく。我が識る人なる何がしの女子、年闌《たけ》るまで文字書くことを知らざりしが、三十の手習に唯四十七字をまなびぬ。いくほどもあらぬに、この女子いと長き用事をも滞なく書くやうになりぬ。いかにしてかくはと問ひしに、唯この口にいふことを本としつ、それに縋りてものせしなり。人人に逢ふ、必ず言葉あり。寒暑の挨拶、疎遠の詫、これを文のはじめに書きて、やがて用事の物語に移る。これよりかかれ、彼より此、唯言はんとおもふばかりを書きつゞくといひき云々。この寓言めきたる一節、何事もなく聞ゆれども、著者がいたづらなる形式に拘はらで、所観のまゝを筆にせよとの教いとめでたし。（略）

——森鷗外『通俗書簡文』評より（『めさまし草巻之六』「鷸翮掻《いつかくそう》」）

言わんとすることを口で言うように書くのが手紙の極意なら、物包みの性格の強い人にはきっと、書かれなかった手紙、書いても投函しなかった手紙があるに違いない。物書くそのような人にとって、手紙とは、切手を貼って投函して相手の許へ届けられるものばかりではなかったかもしれない。詠む和歌のうちにも、詩のうちにも、随筆のうちにも、小説の中にさえ、語れなかった思いは揺曳《ようえい》して、呟かれたり囁《ささや》かれたり、あるとき血を吐くように叫ばれたりしたのではなかろうか。

……………………

「親しき友に別れたる頃の月いとなぐさめがたうも有るかな、千里のほかまでと思ひやるに添ひても行れぬ物なれば唯うらやましうて、これを仮に鏡となしたらば人のかげも映るべしやなど果《は》敢《か》なき事さへ思ひ出でらる」

十月発表の「月の夜」。『読売新聞』月曜付録に載った随筆である。

十一月の「雁がね」とつづいて、遠く旅立った友を懐かしみ、残された身のさみしさがつづられた文章はしおらしく女らしい。

孤蝶と一葉の親交、孤蝶の彦根行きを知る者には、深く頷けるものがあったことだろう。

水の上の家は友を待つ草堂。

白楽天「草堂記」のもつ「またなんぞ外適《かな》ひ内和し、体寧《やす》く心恬《やすら》かならざるを得んや」という「閑適《かんてき》」の境地には及びもつかぬ暮らし振りながら、ここ水の上の家で育った数々の友情が、夏子とその作品を支えたことは間違いない。

中でも孤蝶の情宜《じょうぎ》は、夏子の女心をいつも潤してきた。

若き文人同士の張り合いを底に、悪戯《いたずら》めかしたり純情だったり拗ねてみせたり、遊び心や達引《たてひき》あるやりとりを交わした日々を思えば、さみしさを慰め難くなるのは当然のことだった。三歳年下ながら夏子の方が少しばかりいつも上段に構えて余裕を見せていたのは、甘え上手な孤蝶との間では自然な姿、世の常の男女にもよくある形だ。

けれどあらかじめのかなしい断念が、夏子を友情からその先へ一歩も進ませない。

それでいて、やはり白楽天を愛読したろう良寛が「世の中におなじ心の人もがなくさのいほりにひとよかたらむ」と詠んだ思いは夏子も同じ、生ある日々を彩る恋の心、ひそやかで切実なものを胸に抱いている。

あてどもなく果てしのない夏子の恋心「等思三人、等思五人、百も千も、人も草木も、いづれか恋しからざらむ」は、血肉を備えたこの世にたった一人の友の姿を待ち詫びていた。

「しちめんどくさいから、来るそばから断ってちょうだいね。禿木も眉山も秋骨も当分お出入り禁止。わかるでしょ、今忙しいのよ、またしても絶体絶命なのよ、わたし」

机の前に座ったまま、振り返りもせずに夏子は言った。

禿木をあしらって門口で返した邦子が、夏子の書斎へ戻ってきていた。何かしら言いたげな邦子の視線を背中に感じながら、夏子は真剣な面持ちで『文学界』第三十四号をめくっている。

再掲載のため手入れした「やみ夜」は大橋時子宛ようやく博文館へ提出した。時子の計らいで何とか早めに金策がつくよう、祈る思いでいる。十月からさんざん試行錯誤していた作品は来月早々「わかれ道」として着手、まとめあげる。それとは別に、もひとつ口語体の小説にも挑戦しなくては。若松賤子の「お向こうの離れ」のような、誰にも読みやすくて人の胸を打つものを書きたい。そうして何より「たけくらべ」だ。星野天知から手紙も来ており、これをどうしてもやっつけなければならなくなった。

十一月十二月の樋口一葉は、年末へ向け大車輪で走り抜け、正月休みへとまっしぐらに走り込む予定。

(昨日は芳太郎も戦地から戻ってきた。生きて命があるだけで目出度い。立派な凱旋よね。ささやかにお祝いの御馳走を食べて……けじめがついた、わたしも心新たに、仕事仕事)

年末には孤蝶も彦根から帰ってくる。

「申上度こと海山それハ十二月御めもじのふしならでハ尽すまじうたゞ明くれ指をりてそのほどいつと待わたられ候御なつかしく候かな」

これは夏子が十月九日に出した孤蝶宛手紙。

孤蝶不在の空隙《くうげき》を埋めるように、眉山も来れば如来も来るようになっていたし、『文学界』同人たちも相変わらず来てくれる。しかし新しく人が来れば来たで、だんだんと煩わしい人間関係も生じがちだし、古馴染みと馴れ合えばまた我儘も出たりして、いずれにしても夏子の心を慰め切れるものではなかった。

これがもし、気が置けないながら心にかかる島崎藤村だったら、或いは「優なるはこの人なり」と思う上田敏だったら、自分はやはり居留守を使っただろうか。

きっと会うだろう、とおのれを静かに見詰めながら、けれど、と胸を切なくさせる。

（たった一人の友さえいつも側にいてくれたなら……）

それ以上は、詞にならぬ思いへと融けていく。

堰き止められ、深さを増していくばかりの心の池底は、枕の下の未知の海に通じている。

ゆらゆらと海松《みる》の繁茂《しげ》り揺れる、禁断の場所。

夢でのみ逢う人に詞にならぬ思いを告げる隠り処《こもど》。

夏子は気を取り直し、墨を磨り始めた。

思えばいつもこんなときに墨を磨る。やるせない気分をやりすごすためのようにも、墨を磨りつづけてきた。先程まで読み耽っていた『文学界』が『源氏物語』と並べて立てられた机上には、天知の弟、星野夕影の送って寄越した原稿用紙が広げてある。

おりしも降り出した雨が池の向こうの破れ芭蕉を叩く音がし、軽ろみを帯びたその寂しい音色に聴き入っていると、心は少し慰められる。

雨は地上の孤独へ、天からさしのべられる慈しみの手のようだ。

空からの玉梓《たまずさ》を巻き広げて、冒頭より始まる沈黙を聴く。


……………………

机に向かったままの夏子の背へ、邦子はそっと頷いた。廊下に膝をついたまま吐息を一つ、仕

方ないと伏し目がちに首を振り、

「逃げられないものね、もう『たけくらべ』」

雨音よりも小さな声でそう呟く。

（そうだ。逃げ切れるものではもうなかった……。なっちゃんに「たけくらべ」を書かせるために『文学界』はあったのかもしれない。なっちゃんがあれを書くために、わたしたちは龍泉寺に暮らした気がする）

書斎の襖をそっと閉めて、さて母の待つ茶の間で針仕事をしようか、と立ち上がる。それともやっぱり奥の間へ布団を敷きにいこうか。

夕暮れ近く寒さの忍び寄る廊下にたたずんで、しばしの間、邦子は自分の足袋《たび》の先を見つめていた。少しばかりの考え事を、樋口一葉の妹はしたいのである。


……………………


星野夕影から柔和で心を尽くした催促を受けながら、九月十月と休載した「たけくらべ」。十一月にも断りの手紙を出しておいたところ、結婚して鎌倉へ引き籠っていた兄天知から、かなり強めの催促状が舞い込む。

「先月よりの御約束をたのしミに罷在《まかりおり》候今日もし貴稿の参らずもあらバ実以て遺憾ニ御坐候編者の苦痛万々御察しの事とハ存じ候へ共尚偏《なおひと》へに願入申候事ニ御坐候こゝがたけくらべものとお助

け願上候也」

夕影に届いた夏子の婉曲な断りの手紙が「本町／若だん那様／御もとに」と宛名されたりしていて、夕影ひいては『文学界』が甘く見られているようで、天知としては業を煮やしたのかもしれない。

天知の手紙を受けた夏子はすぐさま「たけくらべ」続稿を書き上げて送る。

十二月九日にはまた夕影より「好き号を編みて此年を越したければ」の甘い殺し文句が夏子の許へ届けられ、印刷所の歳末早じまいを告げた後「呉〳〵も御願ひ申せと鎌倉兄の許より申越候」と釘を刺すのも忘れずに……『文学界』主筆と編集、剛と柔、星野兄弟の息の合った連携は、樋口一葉に十一月十二月続けて「たけくらべ」を書かせることに成功する。さらに年が明けても途切れることなく執筆は続行され、明治二十九年一月三十日刊『文学界』第三十七号で「たけくらべ」はようやく完結を見るのである。

何はどうあれ、日本文学が「たけくらべ」という財産を得たのは、星野天知の手柄だと言って差し支えないだろう。「こゝがたけくらべものとお助け願上候也」という文面は、低く構えながら必殺の怒気を孕《はら》んだ凄《すご》みすら感じさせる。

星野天知は北村透谷を愛してその人と作品を深く惜しみ、哀悼の意を捧げるために「紙の碑《いしぶみ》」すなわち『透谷集』を刊行するようなところのある人間だった。もちろん懐を痛めての純粋な俠気からである。半井桃水の『武蔵野』から『文学界』へ引き取った形の樋口一葉については、意外にも「変調論」を愛読するような変わり種だったことを一興として、島崎藤村と笑い合った揚げ句、育てるつもりにもなったのだろう。「変調論」は同人の戸川秋骨の作だが、透谷の影響は歴然としている。

それにしても……人と人には相性があり、立場があり、人間関係というものは、時の流れの中で善くも悪しくも根を深くしていくようだ。

やがて文壇を離れて柳生心眼流八世を襲名、書道大師流の教授となる天知は、プライド高く、好き嫌いが実にはっきりしている。惚れたとなったら自分を空しくして尽くし、嫌うとなればとことん忌み嫌う。『文学界』創刊以前に、巌本善治からもすでに心が離れており、巌本が校長をする明治女学校へ藤村が復職したのも内心では快く思っていなかった。『文学界』初期にはあれほど仲の良かった藤村ともやがて疎遠となり、「今日の大家藤村たるものが私に対する態度ハいかん、言ふを止めよ彼は信州小諸の人に非ずや」などと書き残している。

星野天知と馬場孤蝶も、残念ながら気が合わなかった。それもかなり早い時期から齟齬《そご》を来し始め、『文学界』終刊以降も疎遠のままだったようだ。「雪浮かれの手紙」などで天知の恋愛問題に踏み込んでくる孤蝶には、如何に藤村の親友であっても天知は不愉快を覚えたのだろう。『文学界』同人たちはそれぞれの恋愛観を作品を通じて披瀝《ひれき》し合うことがあり、それが打ち明け話めいた親密さを共有することには繋がっても、年下のそれほど親しくもない孤蝶から私生活それも恋愛問題についてつべこべ言われる筋合いは確かにない。

孤蝶は二十九年二月の手紙でも「天知はうまく松井を生擒《いけどり》したるもお浦さんのやうに恨む人も多かるべく」などと夏子に書いて寄越すが、天知夫人の星野（旧姓松井）萬はのちに基督教系女子教育界のリーダー格となるような女性だった。大正十三年には住吉の聖心と呼ばれる小林聖心女子学院の初代学監として関西赴任する。――明治二十七年三月、天知は明治女学校に辞表を提出するとすぐさま萬の郷里北海道まで出向き、親の決めた婚約者のいた萬に結婚の申し込みをした。のちに小説の筆を折ったのも萬が嫌ったためだと言われるほど真剣そのものだ。親愛のポーズにせよ突っ込みの過ぎる孤蝶は、新婚の天知に憎まれたのかもしれない。

相手の領域へぐんぐん入り込んでくる孤蝶独特の接近の仕方や、ざっくばらんな話振りは、あまり軽佻だから忠告しろと亡き透谷も他の同人に言ったという。もっともその頃の透谷はすでに神経を痛めていて、身を起こしているのさえ辛いときがあったようだ。人と話している間も何かに凭《もた》れかかって支えなければ、頽《くずお》れてしまうという風だったらしい。

孤蝶の詮索好きについては、夏子も最初は不愉快を隠さなかった。けれど女心が率直さという孤蝶の術中にまんまと嵌《は》まってからは、はちゃめちゃの底に隠されているその繊細さや優しさを一つ一つ拾い上げるようになる。悲憤慷慨癖《ひふんこうがいへき》を受容《うけい》れ、惜しむらくは短慮小心大事の為し難き性分とは見抜きながらも、ひとたび躍らば山をも越ゆべしとも評価し、彦根に旅立ってから寄越す手紙を読んでは、心美しき人かな、と記すのだった。

……………………

星野天知慎之輔は日本橋本町の砂糖問屋「伊勢清」の次男で、文久二年（1862）生まれ。

樋口家の泉太郎より二歳年上になる。病身の長男にかわって家を治めたが、まもなく三男の男三郎（夕影）に家督をゆずって農科大学林学科へ入る。明治女学校校長で『女学雑誌』主筆の巌本善治に見込まれて、大学を中退して教育界へ入り雑誌編集にも携わり、しばらくは学生だった弟男三郎の後見役も果たしながら、二十六年一月には島崎藤村や北村透谷らと『文学界』を創刊、二十七年からは藤村の寄寓する下谷区三輪へ社屋を移したのを機会に女学雑誌社からの独立を果たし、三月には自分も明治女学校を退職、二十八年には教え子だった夫人と結婚、二十九年二月以降は筆を折り、鎌倉笹目ヶ谷に隠栖《いんせい》する。『文学界』は同人たちの足並みが揃わなくなり明治三十一年一月に廃刊。

時代が下り昭和になってから、星野天知は「文学界と一葉女史」という一文を雑誌発表している。長くなるが一部分引用しておく。お抱え車夫が店者《たなもの》に語ったそのままを、旦那である天知がつづった箇所から。

きのふ旦那の往く先ですか、エ、吉原の方です。初め旦那が龍泉寺町との仰せだから、こいつは無論遊廓《なか》だと感着いたね。上手な者は能く昼遊びをしますからね。あんな貧乏町にお内の旦那などが用のある理窟は無い、あとはお歩《しろ》いと云ふ寸法だと思込んで居た所、樋口といふ家を尋ねろといふ仰せだ。所がそこは番太郎の一文菓子屋だ、余り穢《きたな》い、間違ひだらうと思つて旦那を見りアそこだと仰有る。何しろ旦那は高帽にインバ（其頃インバネスはまだ一般的で無かつた）それに昔風の旦那と違つて髯がはえて官吏さんらしいし、剣術使ひの評判だから眼着きが承知しない、そんな人でそんな金持ちでこんな家に縁がある気遣ひも無いし、とは言え独り者の変り者といふ所で乙に拈《ひね》つて毛色の違つたお囲《かこい》といふ者も無いとは限らない、果してお夏さんはおいでかと旦那自身で訪ねたね。少し待て居ろといひながらインバを不破裡《ふはり》と倬へ脱ぎ捨てゝ気軽く番太郎見世へ上り込んだね。斯う見世先まで駄菓子箱が列べてある、近所の餓鬼が大勢たかつて居る。客待ちするのも好い見えじア無い。どうか其お夏さんといふのを見ようと覗いたらね、薄穢ない婆さんと親切さうに噺《はな》して居るじあ無いか、厭なお夏さんだと思つたら軈《やが》て少し凹んだ所に若いのが居た。赤い大きな紋の着いた破《や》れ葛籠《つづら》が目に着いたよ、そうさね好い女ぢあ無い、貧乏世帯の引被つて居るのだから無理も無いが、色が黒くて癖つ毛で、たが籔《やぶ》のやうだぜ、それに立姿も佳く無いし、第一高慢ちきな様子だ、お店《たな》の女中さんの方が余つ程佳いのが居らア、あんなのに引係つちあいけ無い、一体何者だか用心せいよ。

非凡な閨秀詩人も斯う安直な評言に逢つては顔色なき事を呆れたまゝ、写実の一側面を今に貯へて置いた事である。

此後大橋乙羽君が文学界雑誌で其評判を捕えて舞台の広い博文館で世上へ流布したような次第で、見る〳〵大家に成り終らせて仕舞つた。

斯う成つては一文菓子屋の見世を閉じ無くては成らなく成つたと見え、龍泉寺町を引払つて移転した。そこへもう一度訪ねた事がある。半分は若い女の作家といふに興味を唆られて繁々訪ねて往く女に渇した若者が多い事を苦々しく思つて居る私は、どうも訪ねる事が億劫でも在つた、往つて見たら成程来客で忙がしく家中の人々が活き〳〵して以前とは全然違つて居たので嬉しかつた。之で此不遇の才器に報ひ得るやうな気がした。

札標の筆の跡を慕ふて、剝されては又剝されて此頃は掲げるのに間に合はぬから無標で居るやうに成つてゐた。

明治廿九年国民之友雑誌の春季附録小説集に此才女の一文が出たので、他の男子作家は当時の批評家の為に叩きのめされて仕舞つた、其一人に私も居たのだ、斯うまで人気は高かつたのだ。

——「文学界と一葉女史」(『明治文学研究』)昭和十年六月

大きな事実誤認が二点ある。

夏子は博文館での仕事が成功したために龍泉寺町を出たのではない。小商いの店をたたんで、丸山福山町へ移ったのは明治二十七年五月。博文館との仕事が始まるのは翌年からである。「ゆく雲」による『太陽』デビューが二十八年五月五日。ほぼ一年後。

もうひとつ、天知は丸山福山町の家を少なくとも二回は訪れている。平田禿木の書簡で明らかにされている二十八年九月。一葉日記に記されている二十九年七月。

二十九年七月十三日についての記憶を、天知がつづったとすれば、前日が樋口家の父則義の八年忌で、この日は家で供養の茶飯など炊いて姉や知人が集っていたから、それは和やかだったことだろう。しかしこの日の一葉日記は「星野君いとあら、かに物うちいひてうちとけぬほどの素振いとあやし　量いとせばき人ならずや」とつづられる。

昭和になって天知が書く「以前とは全然違つて居たので嬉しかつた。之で此不遇の才器に報ひ得るやうな気がした」という思いは、一葉日記からひとつも伝わってこない。

その七月、初春頃から自覚症状のあった夏子の病勢は一段と進み、やがて高熱を発して病臥《びょうが》する日が続き、八月には絶望を言い渡されるのであるから……弱り切った身体に鞭打ち、ことさら元気そうに振る舞っていた最後の日々……『文学界』主筆星野天知との交渉が、何であれもっと和やかなものであったらと思わずにはいられない。

第九章　『文学界』の秘密兵器——「志羅菊乃白いくは何の色」

一月一日『日本乃家庭』「この子」
一月四日『国民之友』「わかれ道」
一月三十日『文学界』「たけくらべ（十五〜十六）」完結

明治二十九年（1896）一月

明治二十九年（1896）一月

一月一日、「この子」を『日本乃家庭』第二号へ発表。
一月四日、「わかれ道」を『国民之友』第十八巻第二百七十七号へ発表。
一月三十日、「たけくらべ」（十五）（十六）を『文学界』第三十七号へ発表。

昨年末の大車輪は、一月にこのような形で実を結んだ。

二十八年十二月三十日に休暇で彦根から戻った馬場孤蝶は土産物をもって樋口家を訪れると、四ヶ月ぶりで夜更けまで夏子と語り合い、それから川上眉山を訪ねると言って腰を上げた。

年が明けて一月七日朝の出立の日まで、孤蝶が樋口家を訪れぬ日はなく、三人五人と友うち連れて来ることもあれば、一人で来ることもあった。

一月六日の『文学界』新年会は是非参加をと星野天知から誘いがあったが、夏子は辞退。三宅花圃も出席しなかった。

昨秋『文芸倶楽部』へ発表した「にごりえ」以来、一葉人気は上る一方、年が明ければ『国民之友』正月付録の評判は、泉鏡花や星野天知らをおさえて五人中紅一点の樋口一葉が独占した。のちに上田敏もその「わかれ道」を一葉の代表作として挙げている。

それにしても……。

「友のねたみ師のいきどほりにくしみ恨ミなどの限りもなく出来つる」

という信じられないような周囲の反応には、ただただ驚愕するばかりである。

昨年末の『文芸倶楽部』臨時増刊「閨秀小説」号に、本邦初企画として一葉を含めた女流作家の写真が載ると知るや、関如来は憤然と「乙羽にでも御迫り断然御けづりのほど品位上、識見上、小説家として文学者としてさてハある意味の社会警醒家として当然の御所置かと存候」といった調子で忠告の手紙を寄越したが、萩の舎などでの陰口は推して知るべし。

「いとあさましう情けなくも有かな」

かねて予想はしていたものの、実際荒々しい波風を受ければ、かよわい小舟はひとたまりもない。禍々《まがまが》しい波動の影響は直接身体にくる。経験した者にしか分かるまい、それはまるで物の怪《け》どもの悪しき呪詛《じゆそ》に取り囲まれるようなものなのだった。

「しば〳〵おもふて骨さむく肉ふるはる、夜半もありけり」

救いは……と思うべきか、昨年末にひきつづき知己を求める人々が新しく訪ねてきたり手紙を寄越したり、その中の一人が斎藤緑雨で、幸田露伴や森鷗外と並ぶ明治文壇の大物である。

一月八日の最初の手紙には、

「我が文界の為君につげ度こと少しあり」

として、まずは夏子に口止めをし、文通は始まった。なんだか知らないが、有名なこの皮肉屋のことだから「かならずをかしからん」と夏子は思う。

一月九日夜の緑雨手紙は十日に届いた。半紙四枚がほどを重ねて小さな字を原稿のように書き列ねて寄越し、訪れてくるやくざ文人どもを追い払え、評論家のほめそしりに構わずに直往《ちよくおう》せよ、という忠告をくれたのだが……読んだら必ず返すよう求められ、正直正太夫こと斎藤緑雨の用心深さをかえって怪しんだ夏子は手紙の写しをしっかりとっておいた。

「正太夫ハかねても聞けるあやしき男なり　今文豪の名を博して明治の文壇に有数の人なるべけれど、其しわざ、其手だてあやしき事の多くもある哉」

緑雨もそれとなく仄《ほの》めかすように書いてきたが、川上眉山との婚約の噂にも夏子は悩まされ、樋口家のため好意で動こうとする眉山本人とも気まずくなっていた。

八日の夜、夏子の写真が欲しいと言うのを断ると、眉山は顔を赤らめ俄《にわか》に怒りだし、

「なに故我れにはゆるし給ハぬにや　我れをばさまで仇なるものとおぼし召か　此しやしん博文館より貰はゞ事ハあるまじけれどあやしう立つ名の苦しけれバこゝに参りてかくいふを　猶君にはうとみ給ふにや　男子一たびいひ出たる事このまゝにしてえやはやむべき」

と声を荒らげて、物陰で聞いていた多喜が胸を冷やす一幕もあった。

尾崎紅葉や高田早苗が媒酌に立とうと言ったとか、おいおい夏子の耳にも情報が入ってきて、眉山本人は泰然自若としていたようだが、注目作家同士ということからかあちこちで広く取沙汰されたようだ。

その川上眉山だが、尾崎紅葉をしのぐとまで絶賛されながら、昨年十一月から『読売新聞』へ連載中の「暗潮」の筆を二月二十九日で擱いてしまうのである。

原因は不明。おのれを語らぬ眉山だった。

一葉日記一月はこう書き記す。

「文界の表面にこの頃あやしき雲気のミゆるハ何もの丶下にひそめるならん　眉山排斥の声やう〳〵高う成りぬ」

夏子は眉山の紹介で『新文壇』へ「裏紫」の筆を執り、二月早々には発表が予定されているけれども……一抹の不安は残った。「裏紫」は人妻の積極的な不倫を描く問題作、男には許され女には許されないものを見つめる意欲作である。

関如来などは『新文壇』編集者と夏子の接触をすぐに嗅ぎつけ、昨年十二月三日手紙で

「眉山の紹介にて何やら御依頼に参り候よし　かれ是れ御多忙御さつし申上候」

と当日の面談に早くも言及した上で、随筆「そぞろごと」を続けて書くよう促している。

「一度紙上に現はせしものせめて如来の顔なりとも御たて被下度候」

原稿料の件など如来なりに樋口家に尽くしてきたつもりで、『新文壇』へは書いて『読売新聞』に書きつづけないとなれば、如来の面白くないのは当然であり、夏子ばかりでなく眉山にも恨みがかかるだろう。

『新文壇』主筆の高瀬文淵《ぶんえん》は眉山の敬愛する文壇人で、社会主義的であり詩的である眉山の作風は高瀬の影響を受けたと言われる。

その高瀬文淵が、樋口一葉をめぐって森鷗外と論戦を交わすことになる……。

…………………

一月一日に高瀬文淵が『新文壇・第一号』を発刊。

一月三十日に森鷗外は幸田露伴、斎藤緑雨と『めさまし草・巻之一』を発刊する。

（ちなみに同三十日に発刊『文学界・三十七号』で樋口一葉「たけくらべ」が完結する）

すでに「にごりえ」で文壇の注目を浴び、『文芸倶楽部』「閨秀小説」号でも二作品を取上げられ、実妹の小金井喜美子と同じ頁に写真で紹介された樋口一葉に……森鷗外は無関心ではいられなかったのだろう。『めさまし草・巻之一』文芸記事「鸍翮掻」へ帰休庵の名前で一葉作品「わかれ道」に言及する。「作者一葉樋口氏は処女にめづらしき閲歴《えつれき》と観察とを有する人と覚ゆ。筆路は暢達人に超えたり」。

この言葉に敏感に反応したのが高瀬文淵だった。二月五日『新文壇・第二号』、二月十一日『読売新聞』で反論する。「優に先輩の雅量をそなへて、寛容の態度を失はざりしハ、吾人の喜ぶ所なり」としながらも「其社交上閲歴の清潔を保つべき必要ある女流作家の身に取りては、復此上もなき迷惑なるべし」。

その間、二月八日の『国民新聞』には東西南北生なる論者が「帰休庵先生の大学者なるを知る」としながら「若《も》し盗賊、姦通などの事を小説に作らば、如何なる閲歴を有する者と猜せらるるべきや、恐ろしき事にこそ」と揶揄《やゆ》する。東西南北生が高瀬文淵と同一人物か、腹心なのか、全く別人なのかは、不明。

東西南北生のしかけたものは、実歴と閲歴を混同したレベルの低い挑発だったが、鷗外はこれに乗った。二月二十五日刊行『めさまし草・巻之二』に「詩人の閲歴に就きて」「再び詩人の閲歴に就きて」「女詩人の閲歴に就きて」「女詩人に告ぐ」と四文を掲げて反論する。閲歴のある詩人というのは褒め言葉なのだと。

東西南北生の言葉「盗賊、姦通」に戻れば、一葉はすでに「大つごもり」で盗みを書いており、姦通テーマの作品も書いている。それこそが『新文壇・第二号』に発表した「裏紫」なのだった。

鷗外の反応がまた興味深い。「所謂盗賊姦通の作は一葉の手に出づることあるべくもあらねど」とした上で「一葉苟くも詩人たらむと欲せば、善を知ると共に悪を知らざるべからず、美しく清きものを知ると共に、醜く穢れたるものを知らざるべからず」と言う。一葉が悪所吉原近くで小商いなどしていた経歴なども、最早知ってから言う、救う言葉、護る言葉にさえ聞えてくる。しかしながら「大つごもり」については丁寧に概要は紹介するものの「この作者のものとしては、優れたる際には非ざるべし」。「裏紫」については無視、ノーコメントである。高瀬文淵『新文壇』サイドの計算ずくのような挑発を憎んだのかもしれない。装ったこんな冷たさの後で、鷗外は彼として最大級の一葉礼賛を用意する事になるのだったが……。この件では、鷗外の性格を知っている緑雨や露伴などが、案外と裏で宥《なだ》め役に廻っていたかと想像される。『文学界』も「漫《そぞろ》草《そう》」の蘆壁（平田禿木）が「一葉女史を処女にはめづらしき閲歴のある人とかきたるを、人きゝとがめて、公に論議を試みられしも、われ等はさまで気にするに足らぬ事と思ふなり」と平静だった。

総じて一葉には好意的な鷗外だったが、田澤稲舟などには酷いほどに辛辣である。閨秀小説号の「白ばら」については「作者田澤稲舟といへるは近ごろ美妙斎主人の妻になりぬと聞く。巷《ちまた》に出でたる厚化粧の肖像を見るもの、あの顔にてこれをばよもと云はざるものなかるべし」。

……………………

銘酒屋の立ち並ぶ新開地の奥。

寄ってらっしゃいよという白首女たちの嬌声が聞こえるような場所へ、

「相あつまる人々この世に其名きこえわたれる紳士紳商学士社会のあがれる際などならぬはなし」

「日ごと訪ふ人ハ花の如く蝶の如きうつくしの人々也」

一昨年の春は大音寺前に、乞食相手に一文菓子を売っていた身の上だ。

今日の我が身が斯《か》く成り上がっている様も、

「たゞうき雲の根なくしてその中空にたゞよへるが如し」

二十九年一月末。

樋口一葉は二十金を匿名のパトロンから初めて受け取った。西村兄弟のとりもちで月々の援助をしようと現れた府下の豪商松木 某《なにがし》。何でも十万の財産家だという。「さりとも名の無き金子たゞにして受けられんや」「我が手に書き物なしたる時は我手にして食をはこぶべし　もし能ハぬ月ならば助けをもこはん」自分が筆で稼ぎ出せないときだけ、夏子は援助を受けることにした。

日記「水のうへ」の最後はこう締め括られる。

「身をすてつるなれバ世の中の事何かはおそろしからん　松木がしむけも正太夫が素ぶりも半としがほどにハあきらかにしらるべし　かしたしとならば金子もかりん　心づけたしとならば忠告も入るゝべし　我心は石にあらず　一封の書状百金のこがねにて転ばし得べきや」

……………………


「ちょっと紅を差しましょうか」

「でも、もう夜よ」

「いいじゃありませんか。元気が出るわ、ほら」

湯屋から戻ってきた姉妹は、洗い髪を肩へすべらせ、女学生かお姫さまのようだ。

床下へ入り込んだ池には氷も張って、底冷えするような水の上の家。

隣の部屋で多喜はもう眠っている。身体を温めなければと生姜湯《しょうがゆ》を飲ませ早めに布団へ入ってもらった。丈夫な質《たち》がめずらしく風邪気味なのはこの頃またいろいろに気を使ったせいだろうか。

軽い鼾《いびき》が聞こえてきて、姉妹は顔見合わせ、肩をすくめてクスクス笑い合う。髪を梳《す》いたり、肩を揉んだり、縁起が悪いから夜の爪切りはしないけれど、互いの肌身に触れ合って、ひとはらの犬猫の子のじゃれあうように仲良しをする。

なにごとをかたるとなしに玉くしげ二たりあるよハ物もおもハず。夏子の歌にも確かそんなのがあったけれど、こんな日はなんにも考えたくない。考え事には向かない質だと邦子は自分を思う。それでも、考えてばかりいる夏子よりはよく物事が見えたりする場合があって、それというのも……。

「多分、目が別についているからだわ、ただそれだけのお話」

「え」

「いえね、近眼のなっちゃんの御化粧直しの話。上手なもんでしょ」

「変な子、何言ってるんだか」

そう、姉妹でも身体は別々、だから邦子には夏子の耳朶《たぶ》が見える。かさかさ粉を吹いたように荒れているのを眺めながら歎息する。

「まるで萎れた花びらみたい。ちょっと待っててね」

そう言いながら身軽く立ち上がり、台所の棚から馬油《ばーゆ》をとってくる。ひびあかぎれの特効薬、炊事や針仕事をする邦子には欠かせない。吉原土手近く住む知人から貰っておいたものだ。白蠟《はくろう》のように凝っているのをちょっぴりとって、親指と人差指の間でくるくると柔らかくゆるめる。小さな手鏡の前に夏子と並び、耳朶つまんで馬油をすりこんでやりながら、「元気だしましょう」と囁《ささや》いた。

「なっちゃんは何にも悪い事なんかしてないんだから」

頰を寄せるようにして邦子が囁けば、鏡の中の人は遠い表情をして笑む。

なっちゃん、気を使い過ぎて疲れているのだ、と邦子は思う。

良い作品評価が出れば必ず、思ってもみないような人間関係の煩わしさがつきまとう。台所の火の車は相変わらずだ。経済が伴わない虚名のようなものに煽られて、ふと見やれば、目の前には自己嫌悪にも似た落とし穴。嵌まるのは夏子ばかりではない。家族してそれに嵌まってはならないと邦子は自分を戒めていた。浮かれたり責めたりするのは世間のよそ様で、家族は心をひとつに「樋口一葉」を保っていかなければならない。父さん、兄さん、と泣いて呼びたくなる日はあるけれど……。

姉の唇に色をのせると、紅筆を片手に邦子は言った。

「なっちゃん、ほら、とてもきれい」

その声に、どことなく気疎《けうと》げだった夏子の顔へ生気が戻る。

からくれないの口唇が、はっとするほどなまめかしい。

情を含み、わななくようにほんの少し開いて、物言うようだ。

……まことにわれは女なりけるものを。

星を宿すような黒目がちの眼は濡れて、切なげに鏡の中の自分を見つめている。

……何事のおもひありとてそはなすべき事かは。

鏡の中の夏子を眺めながら、邦子は突然、奇妙な、落ち着かない気分になって胸をおさえる。

咳き込むように慌ただしく、

「なっちゃんはきれい、とてもきれいよ」

繰り返しそう言う声はうわずって、隠しきれない不安が底鳴りして響いた。

するとと夏子が、細々と澄んだ声で囁くように言った。

「鏡が割れるとね、いいことがあるんですって」

「え」

「音がする……おとずれがあると云うそうなの」

言うなり夏子は立ち上がり、机の上の文鎮を握りしめてとって返すと、化粧鏡の前へ座り直した。ためらう様子もなく腕を振り上げ、鏡面へ当てる。音立てて割り裂かれた空間を、そうしてじいっと、覗き込むように見つめつづける。

耳を覆うこともできずに、邦子は崩壊の音を聴いていた。

巨大な空間にできた網目状のひび割れに、宙吊りにされた夏子が見える。

真新しく張りめぐらされた、大きな大きな蜘蛛の巣。この世とあの世をつなぐという美しい蝶が、透明な編み目にかかって観念したように動かない。

誰を……いいえ、何を待っているの、なっちゃん。

邦子のその詞は声にならなかった。蜘蛛が夏子か、夏子が蝶なのか、きっとその両方なのだろうと、震えながら感じている。

千々に割り裂かれた鏡の中の、夏子の顔は何をか湛《たた》えている。

静かにこらえて月影のような静けさを浮かべ、おのれを深くしながら、満々と湛え続けている。

そこへ満ち溢れ、今しも零《こぼ》れそうな何か、悲しみのようなものを知る人がいてくれたなら、教えてほしい、このすべらかに真白い肌《はだえ》の、底深い悲しみの器へ活ける花とは、いったい……。

みしやみぎはの白あやめ
はなよりしろき花瓶《はながめ》を
いかなるひとのたくみより
うまれいでしとしるやきみ

――島崎藤村「白磁花瓶賦《はくじかびんふ》」より

白は旅立ちの色。

此の岸へ生まれるのも、巡り合って結ばれるのも、彼の岸へ渡るのも、旅立ち。

人は旅立ちを白で飾る。

とりわけ悼む身には、時を超えた限りない天空をやどす、清らかな白こそは慕わしい。

星野天知は明治二十七年霜月十一月二十三日の手紙に書いて寄越した。

「一葉の御もとニ贈る　志羅菊《しらぎく》乃白い〳〵は何の色」

島崎藤村は「ゐにし」（『文学界』二十九年十一月三十日）に詠う。

「わが手に植ゑし白菊の　おのづからなる時くれば　一もと花の暮陰《ゆふぐれ》に　秋に隠れて窓にさくなり」

いずれも北村透谷への追悼を白菊に寄せ、おのが心映えを暗示したものと思われる。

明治二十七年十月七日、『透谷集』刊行。

藤村が責任編集し、天知が金主となって文学界雑誌社より出版されたものである。

白はまた『文学界』にとっての特別な色だった。

天知、透谷、藤村らの古巣である『女学雑誌』はいっとき白表紙の文芸記事と赤表紙の女学記事に分かれたことがあり、その『白おもて』こと白表紙『甲の巻・女学雑誌』が母体となって、『文学界』は創刊されたのである。

樋口一葉も白い花が好きだった。

透きとおるような白い花びらをもつ山茶花《さざんか》を、特に愛したという。

……………………

明治二十七年（1894）九月

時を溯り、夏子が水の上の家へ移り住んだ年の九月。

行き着く所は日本橋本町にある星野天知の実家、砂糖問屋「伊勢清」奥の茶室。

或る日は同人仲間が『文学界』編集にいそしみ、また或る日は客人を招く天知サロンも兼ねる部屋だ。今日は天知と島崎藤村が二人だけで、濃茶を点《た》て、鎌倉土産の菓子など食べて一服したところである。

『女学雑誌』、明治女学校、『文学界』、教え子に恋をしたこと、故北村透谷との友情……ざっと並べても、両人はこれだけの大きな共通点をもっており、他の同人仲間では望みえないような同情や秘密も分かち合えた。

明治女学校を辞職した天知はようやく光明が差し始めた結婚問題に心を尽くし、藤村は自らの失恋の痛手を癒しつつ獄中の兄を心配しと、それぞれに私的な悩みを抱えながら文学に打ち込んでいた。

二人ともに、五月に自殺した透谷のことが頭から去りやらない。秋までには何とかして遺稿を一冊の本にまとめてやりたいと思っているのだった。

藤村は、同人たちで本郷西片町の下宿に上田敏を訪ねた日の話をした。

その帰りに、樋口一葉の家へ立ち寄り、小さな池が窓の下にある暗く風雅にできた古い座敷に、禿木、秋骨、孤蝶と総勢四人して膝を並べたことなど語る。

藤村の話に耳を傾け、

「面白い、面白い」

残暑に涼しげな白大島の着流し姿で、天知がそう口にした。

その詞は五月に逝った透谷の口癖だった。

精神的疲弊が体に出て、凭れるものがないと身を起こしていられず、横にならずにはいられなかった最晩年にさえ、何かにつけて透谷は面白いと言い、そう書きつけてもいた。文学に実利や徳義が求められる時代に浪漫主義を標榜《ひょうぼう》し、世俗の「縄墨《じょうぼく》を脱せん」と立ち上がった『文学界』は、不健全派という決めつけをされていたが、透谷は病の床にあって震えながらも「どうも世間の奴等は不健全で可《い》かん」と逆に豪語していた。

藤村はその日、団扇《うちわ》片手にめずらしく多弁だった。礼儀正しいながらもくつろいで、濃紺の結城のこれも着流し姿である。

「思った通り、樋口一葉の拗ね者ぶりは骨髄に徹しています。お嬢さん芸のポーズではありませんね。すこぶる付きで、我が党の意を汲むものと見ました。秋骨などは感動して、女史の家から帰る道々、初対面の印象など喋り続けていましたよ。まるで酒にでも酔ったようだった」

「からきし下戸《げこ》の、あの秋骨君がですか、それはまた面白いな。自分の論文の熱心な読者、それも女性の愛読者に出会ったんだから、無理もないでしょうが」

「ともかくも印象にのこる美しい晩でした」

藤村のその詞を聞いて天知は頷いた。

「そう。それは良かった」

満悦しごくのきれいな表情である。

藤村がしみじみとした面持ちになって言った。

「ぼくはひょっと、透谷君が生きて元気でその場にいたら、と思ったことでした。『雪の日』からずっと、一葉君のことを言っていましたからね。きっと育ててやりたかったんでしょう」

「初々しい、いい作品でしたね、『雪の日』は。北村君の気に入るような」

我が意を得たりと応じて、天知は続けた。

「こう言っては何だが、拾って育てる甲斐のある女流……どうです、樋口一葉の守《も》り役というのもひとつ、長丁場の弔《とむら》い合戦に加えてみては」

金主で主筆で年上でもありながら、しごく謙虚な口振りである。

「弔い戦ですか」

無意識に目をしばたたかせて藤村が言えば、

「文士に弔い戦はつきものです」

くっきりと大きな藤村の眼を、覗き込むようにして天知は頷く。

「北村透谷はぼくらの急所だ。泣き所だし、弱みだとも言っていい。ここを守るためならぼくは戦いを辞さない。悲しみを死守する」

悲しみの中にも、恋愛を成就しつつある者のもつ張りや昂揚がその声にあり、藤村は目を伏せ、しばし黙って天知の語るのを聞いていた。

「島崎君、悲しみは人の真心を突くの鋭鋒《えいほう》なり、です」

文士は戦士。野末《のずえ》に斃れた先人のために弔い戦をリレーするのは心ある文士の常である。

透谷はかつてこんな風に書いた。

「極めて拙劣なる生涯の中に、尤も高大なる事業を含むことあり。極めて高大なる事業の中に、尤も拙劣なる生涯を抱くことあり。見ることを得る外部は、見ることを得ざる内部を語り難し。盲目なる世眼を盲目なる儘に睨ましめて、真贄なる霊剣を空際《くうさい》に撃つ雄士《ますらを》は、人間が感謝を払はずして恩沢を蒙る神の如し。天下斯《かく》の如き英雄あり、為す所なくして終り、事業らしき事業を遺すことなくして去り、而して自ら能く甘んじ、自ら能く信じて、他界に遷《うつ》るもの、吾人が尤も能く同情を表せざるを得ざるところなり」

「戦士陣に臨みて敵に勝ち、凱歌を唱へて家に帰る時、朋友は祝して勝利と言ひ、批評家は評して事業といふ、事業は尊ぶべし、勝利は尊ぶべし、然れども高大なる戦士は、斯の如く勝利を携へて帰らざることあるなり、彼の一生は勝利を目的として戦はず、別に大に企図するところあり、空を撃ち虚を狙い、空の空なる事業をなして、戦争の中途に何れへか去ることを常とするものあるなり」

「斯の如き戦は、文士の好んで戦ふところのものなり。斯の如き文士は斯の如き戦に運命を委ねてあるなり。文士の前にある戦場は、一局部の原野にあらず、広大なる原野なり、彼は事業を齎《もたら》し帰らんとして戦場に赴かず、必死を期し、原頭の露となるを覚悟して家を出《いづ》るなり。斯の如き戦場に出で、斯の如き戦争を為すは、文士をして兵馬の英雄に異ならしむる所以《ゆえん》にして、事業の結果に於て、大に相異なりたる現象を表はすも之を以てなり」

直接の敵を目掛けて限りある戦場に戦わず、天地の限りなきミステリーを目掛けて撃ちかかり、「空の空の空を撃ちて、星にまで達せんとせしにあるのみ」と書いた透谷は、新しい文学の創成の時代に、自らの描く文士像の通り、戦士として散っていった。

悲しい骨をひとつひとつ丹念に拾い、碑として立てるべき『透谷集』。

その刊行へ向け、天知と藤村は心一つに動いていた。

一粒の種を地に蒔《ま》くように、『透谷集』を世に送り出す。そこへ育った穂からは何倍もの種がとれ、やがて万倍もの実りが地に充ちるだろう。

翌年三月「雪浮かれの手紙」で「天機を漏すの恐あれば」と孤蝶が書く天機とは……天知の機密……最初こんなに清らかに「面白い面白い」天知の動機から始まった。

厭世家と一葉を評したのも、透谷「厭世詩人と女性」にあやかって奉《たてまつ》った呼び方で、『文学界』

独自のその路線で、樋口一葉を押し立て盛り上げ、表看板のひとつにする心積もりがあったのだろう。
『文学界』の敷いたレールに乗れた一葉女史は幸せな人だった……後になってそんな風に懐古する平田禿木は、「たけくらべ」完結の翌号である三十八号にも、条件付きでこんな一文を載せている。「もと女史が作には一種のにらみかたあり。むづかしくいへば一種の世界観、もしくは厭世感あるべし」。

しかし夏子にはそれが通じなかった。

「われに風月のおもひ有やいなやをしらず　塵の世をすてゝ深山にはしらんこゝろあるにもあらず　さるを厭世家とゆびさす人あり　そは何のゆゑならん　はかなき草(紙)にすみつけて世に出せば当代の秀逸など有ふれたる言の葉をならべて明日ハそしらん口の端にうや〳〵しきほめ詞などあな侘しからずや　かゝる界に身を置きてあけくれに見る人の一人も友といへるもなく我れをしるもの空しきをおもへばあやしう一人この世に生まれし心地ぞする　我れは女なり　いかにおもへることありともそハ世に行ふべき事かあらぬか」

男たちの強い独占欲から、どこかしら隠微で不純になっていく秘密の機関《からくり》……。

同人の中でも自然児の孤蝶だけは、それに拒絶反応を起こして、天知藤村への決闘状なる「雪浮かれの手紙」を書いたのだろう。

しかしながら、決闘はあっても勝敗などつきようがない。

何故ならこの勝負……同人内部の対立でもなく、雑誌同士の競争でもなく、国と国との戦争でもなく……天地の限りなきミステリーを目掛けて撃ちかかり、「空の空の空を撃ちて、星にまで達せん」というものなのだから。

唱え言を呟くように藤村が言った。

「樋口一葉は『文学界』の秘密兵器になるでしょう」

静かな眼差しだった。

「いくさはもう幕を開けています。わたしは遠い未来の約束を信じてみたい」

第十章　みしやみぎはの白あやめ——信如「島崎藤村」・美登利「樋口一葉」・正太「馬場孤蝶」

二月五日『新文壇』「裏紫（上）」
二月五日『太陽』「大つごもり」

明治二十九年（1896）二月

明治二十九年（1896）二月

この年の二月五日は、夏子にとって大きな出来事が三つ重なった。

「裏紫（上）」『新文壇』発表。

「大つごもり」博文館『太陽』再掲載。

そしてもうひとつ、明治女学校炎上である。

明治女学校の火災については、自らもそこで教鞭を執った島崎藤村が小説中に触れている。関根は巌本善治、岡見は星野天知。


……其の晩可恐《おそろ》しく半鐘が鳴つた。本郷台から見ると、麹町の方の空は真紅《まつか》であつた。関根や岡見などが、多年の間苦心経営した学校は、一夜のうちに烏有《うゆう》に帰してしまつた。

——島崎藤村「春（百十六）」（明治四十一年『東京朝日新聞』）

当時の藤村は前途に行きあぐみ、いわば浪人中の身の上だった。前年夏、恋した相手が許婚と結婚したのち病死、藤村は明治女学校を再び辞職したのである。

元教え子佐藤輔子《すけこ》へのその恋ゆえに職を辞し、放浪の旅に出たのが明治二十六年一月三十日、『文学界』創刊号の出る一日前だった。すっかりと頭をそりあげた僧侶同然のなりで、途中自殺未遂まで企てようとした彷徨の果て、年内に東京へ戻って明治女学校へ復職するのが翌明治二十七年四月。

　同年五月には、自身精神的疲弊を抱えながら失意の藤村のために心痛めてくれた畏友、北村透谷が縊死《いし》。さらに同じ月、長兄が水道鉄管に関する不正疑惑に連座して未決監に収容されるなど、目まぐるしい波乱の時がつづいて……その中で十月編みあげた『透谷集』が、『西鶴全集』上下巻とともに夏子の許へもたらされるのである。

　二十六年三月から、『文学界』一本にしぼって作品発表し続けてきた夏子が、「雪の日」「琴の音」「花ごもり」と、断続的ながら書き続け、二十七年五月の透谷の死後、日清戦争の只中で「暗夜」を隔月連載三回にわたって書き上げ、「大つごもり」から始まる奇跡の期間に入ったことは特筆されるべきだろう。「暗夜」連載がしめくくられる『文学界』第十一号が出る前に、三冊の本は平田禿木を介して夏子に届けられる。

　漂泊の旅に出る島崎藤村を送るため、北村透谷が作った歌も『透谷集』へ収められた。

一輪《いちりん》花の咲けかしと、
　願ふ心は君の為め。
薄雲《はくうん》月を蔽ふなと、
　祈るこゝろは君の為め。
吉野の山の奥深く、
　よろづの花に言伝《ことづて》て、

君を待ちつゝ且《か》つ咲かせむ。

――北村透谷「古藤庵に遠寄す」二十六年三月

「古藤庵に遠寄す」初出は『文学界』第三号。一葉はここへ「雪の日」で初登場した。

『文学界』に「たけくらべ」の連載第一回目が始まったとき、「おやっ」とばかり、同人たちのうち誰かしら、目を瞠った者がいたのではなかろうか。

登場人物の一人に藤本信如が登場するのである。

多くの中に龍華寺《りゆうげじ》の信如《しんによ》とて、千筋となづる黒髪も今いく歳《とせ》のさかりにか、やがては墨染にかへぬべき袖の色、発心《ほつしん》は腹からか、坊《ぼう》は親ゆづりの勉強ものあり、性来《せいらい》をとなしきを友達いぶせく思ひて、さま〴〵の悪戯《いたずら》をしかけ、猫の死骸を縄にくゝりてお役目なれば引導をたのみますと投げつけし事も有りしが、それは昔、今は校内一の人とて仮《かり》にも侮りての処業《しよぎよう》はなかりき、歳は十五、並背《なみぜい》にていが栗《ぐり》の頭髪《つむり》も思ひなしか俗とは変りて、藤本信如《ふじもとのぶゆき》と訓《よみ》にてすませど、何処《どこ》やら釈《しやく》といひたげの素振《そぶり》なり。

――「たけくらべ（二）」（『文学界』第二十五号）二十八年一月三十日

キリスト教の影響を強く受けながら、島崎藤村は僧形に身をやつして漂泊の旅に出ている。ひどく思い詰めながら立ち寄った北村透谷の家では、「西行さん」「巡礼」などと優しくからかわれたことだろう。


ここで大胆な仮説を立ててみたい。

「たけくらべ」の信如は、島崎藤村がモデルであると……。

美登利はもちろん樋口一葉だ。

美登利と仲良しの美少年田中屋の正太郎（正太）は馬場孤蝶。

戯《おど》け者の二股かけ、ちびの三五郎は平田禿木。

乱暴者の頭の長吉には、町奴を描いた鬢髪《びんぱつ》もので一世を風靡した村上浪六に重ねて、浪六を我が知己と称えた星野天知の影が差すかもしれない。座長役者には憎まれ役も兼ねて演じられる力量がいることだ。

酒にからきし下戸の戸川秋骨をむりやり当て嵌めれば団子屋のとんまだろうが、これは途中から団子屋のせいたかとなって、大酒飲みの川上眉山の匂いもしてくる。

「廻れば大門《おおもん》の見返り柳いと長けれど」と始まる名作「たけくらべ」。

蛇足ながら今一度、ごく簡単にあらすじなど説明しておこう。

吉原遊廓近く大音寺町に住む少年少女、青春直前のこころのあやを描く本作は、大人社会の写し絵である子供社会の複雑に絡み合うさまを背景にもつ。表町組（美登利・正太）横町組（信如・

長吉）の日頃の対立から、祭りの夜の騒乱に及んで、留守をしていた正太郎の身代わりに二股かけを憎まれていた三五郎が横町組の攻撃対象になって打ちのめされ、それを庇《かば》った美登利は長吉から「売女」と汚れた草履を投げつけられる。紀の国から親子して出てきて、吉原の大籬《おおまがき》大黒屋に囲い込まれるようにして暮らす美登利は、全盛の花魁《おいらん》である実姉の下でやがては遊女となるべき身の上なのだった。天真爛漫な少女から、やがて女としての自分の運命をさとり、人が違ったように思いに沈む美登利。仲良しの正太郎も持ち前の同情心から社会へ目を向け、金貸しという家業に悩みを持つ。また美登利とは互いに意識し合いながら打ち解けられない信如も、実家である寺のなまぐさ振りに辟易し傷ついている。或る雨の日、たまたま大黒屋寮の前で下駄の鼻緒を切った信如を見つけた美登利は、鼻緒のすげ替えを手助けしようと布きれを投げた。紅葉のかたもうるわしい紅《べに》入り友禅を、空しく雨に濡らしたまま手に取ることもできぬ信如は、通りかかった長吉の新しい高足駄を借りて去る。また或る日、美登利は姉の部屋で初めての高島田を結ったのを、おのれを待ち受ける先行きへの通過儀礼として受け止め、憂《う》く、辛く、人目を恥じるようにして部屋へ籠り、正太郎にさえ邪険な愛想尽かしをするのだった。そうしていよいよ或る霜の朝、格子門の外から差し入れ置かれた水仙の作り花を、「誰《た》れの仕業《しわざ》と知るよし無けれど、美登利は何ゆゑとなく懐かしき思ひにて違ひ棚の一輪ざしに入れて淋しく清き姿をめでけるが、聞くともなしに伝へ聞く其明けの日は」龍華寺の信如が寺をつぐ修行のため何処かの学林に入る当日だったとか……。

一輪の作り花を別れに捧げるラストは、

「土佐の高知のはりまや橋で坊さんかんざし買うを見た」

のよさこい節を想起させながら、

「一輪花の咲けかしと、願ふ心は君の為め」

という透谷の詩「古藤庵に遠寄す」を響かせ、聖と俗、子供時代と大人時代の境を際どく通過しようとする瞬間を鮮やかにとらえて結晶化させたもの、と云えないだろうか。

ここに一編の詩がある。大変に長い引用になるが全文掲げておきたい。

島崎藤村第二詩集『一葉舟』より「白磁花瓶賦」。

『一葉舟』には母親の突然の逝去と埋葬のため古里木曾を訪れたことをつづる「木曾谷日記」、故北村透谷を偲ぶ文章「亡友反古《ほご》帖」も載せられている。——明治二九年の九月、東北学院教師として仙台へ赴任した藤村は、すぐその十月に母をコレラで亡くした。十一月には樋口一葉が没する。翌三十年、藤村は東北学院をやめて上京、斎藤緑雨とも交わりを結びながら八月に第一詩集『若菜集』を刊行、三十一年一月に『文学界』が五十八号で終刊すると六月に第二詩集『一葉舟』、十二月には第三詩集『夏草』を刊行するのだった。『若菜集』『一葉舟』『夏草』、三冊の詩集は、ともに春陽堂から刊行された。

みしやみぎはの白あやめ
はなよりしろき花瓶《はながめ》を

いかなるひとのたくみより
うまれいでしとしるやきみ

瓶《かめ》のすがたのやさしきは
根ざしも清き泉より
にほひいでたるしろたへの
こゝろのはなと君やみん

さばかり清きたくみぞと
いひたまふこそうれしけれ
うらみわびつるわが友の
うきなみだよりいでこしを

ゆめにたはぶれ夢に酔ひ
さむるときなきわが友の
名残は白き花瓶に
あつきなみだののこるかな

にごりをいでゝさくはなに
にほひありとなあやしみそ
光は高き花瓶に
恋の嫉妬《ねたみ》もあるものを

命運《さだめ》をよそにかげろふの
きゆるためしぞなきといへ
あまりに薄き縁《えにし》こそ
友のこのよのいのちなれ

やがてさかえんゆくすゑの
ひかりも待たで夏の夜の
短かき夢は燭火《ともしび》の
花と散りゆくはかなさや

つゆもまだひぬみどりばの
しげきこずゑのしたかげに
ほとゝぎすなく夏のひの

もろ葉がくれの青梅も
夏の光のかゞやきて
さつきの雨のはれわたり
黄金いろづく梅が枝に
たのしきときやあるべきを

胸の青葉のうらわかみ
朝露しげきこずゑより
落ちてくやしき青梅の
実のひとつなる花瓶よ

いのちは薄き蟬の羽の
ひとへごろものうらもなく
はじめて友の恋歌を
花影にきてうたふとき

緑のいろの夏草の

あしたの露にぬるゝごと
深くすゞしきまなこには
恋の雫のうるほひき

影を映してさく花の
流るゝ水を慕ふごと
なさけをふくむ口唇《くちびる》に
からくれなゐの色を見き

をとめごゝろを真珠《しらたま》の
蔵とは友の見てしかど
宝の胸をひらくべき
恋の鍵だになかりしか

いとけなきかなひとのよに
智恵ありがほの恋なれど
をとめごゝろのはかなさは
友の得しらぬ外なりき

あひみてのちはとこしへの
わかれとなりし世のなごり
かなしきゆめと思ひしを
われや忘れじ夏の夜半

月はいでけり夏の夜の
青葉の蔭にさし添ひて
あふげば胸に忍び入る
ひかりのいろのさやけさや

ゆめにゆめ見るこゝちして
ふたりの膝をうち照らす
月の光にさそはれつ
しづかに友のうたふうた

　たれにかたらむ
わがこゝろ

たれにかつげむ
このおもひ

わかきいのちの
あさぼらけ
こゝろのはるの
たのしみよ

などいたましき
かなしみの
ゆめとはかはり
はてつらむ

こひはにほへる
むらさきの
さきてちりぬる
はななるを

あゝかひなしや
そのはなの
ゆかしかるべき
かをかげば

わがくれなゐの
かほばせに
とゞめもあへぬ
なみだかな

くさふみわくる
こひつじよ
なれものずゐに
まよふみか

さまよひやすき
たびゝとよ
なあやまりそ

ゆくみちを

龍を刻みし宮柱
ふとき心はありながら
薄き命のはたとせの
名残は白き瓶ひとつ

たをらるべきをいのちにて
はなさくとにはあらねども
朝露おもきひとえだに
うれひをふくむ花瓶や

あゝあゝ清き白雪は
つもりもあへず消ゆるごと
なつかしかりし友の身は
われをのこしてうせにけり
せめては白き花瓶よ

消えにしあとの野の花の
色にもいでよわが友の
いのちの春の雪の名残を

——島崎藤村「白磁花瓶賦」（詩文集『一葉舟』より）

文芸作品について、安直なモデル問題を論じるのは危険なことだ。

作家というプリズムを通して現実モデルを窺おうとするだけでは、創作という現場の全てを理解するには足りない。作家その人の分散投影をそこに認めたとしても、未だ足りない。

創作の現場は超高温の登り窯《がま》のようなものだ。土塊中の天然釉《てんねんゆう》までを溶け出させ、素焼きの肌へこの世のものでない色や照りを染める。——しかしながらそういうものでない作品も世に多く、優劣とは違って手法の問題なのだが、作家の筆によってあらかじめ選ばれた釉薬《うわぐすり》を塗られたり、筆で思いのままに彩色され、模様どられて出来上がる。ちなみに夏子の兄虎之助の仕事は薩摩金襴手の染め付け絵師であったが、藤村の自伝的小説『春』では、教師をやめ「迷ひに迷つて居る岸本」が「もう全く別の職業の中に埋《う》没もれて了《しま》ふ積りで」陶器《せともの》の画工《えかき》になろうとするくだりが描かれる。結局は友人の忠告や母のいさめで思いとどまるのだが……。

大きな飛躍をここで許して、「白磁花瓶賦」が樋口一葉作品「たけくらべ」を念頭に書かれたものだと考えたら、そこに藤村の詩人としての直感や秘められた思いがあるのかもしれない。

白磁の花瓶は、画工の筆による彩色画を施されたものではない。天空をやどす無限の白だ。

「白磁花瓶賦」の中には幾つかの閃きが鏤《ちりば》められていて、それが目配せをするように瞬いて、何か思いを告げ知らせようとする。

雪そして白。

雪は『文学界』における樋口一葉を考えるとき、とても重要な意味をもってくる。

何よりまず最初に掲載された作品が「雪の日」である。これは夏子にとって忘れることの出来ない二十五年二月四日、桃水との思い出の雪の日を心に創作されたものと思われ、独り棲み女性の心の秘密をたどる筆遣いに、一葉内奥の恋の履歴を重ね見ようとする読者もいたろう。その一人である馬場孤蝶の寄越した「雪浮れ」の手紙も意味深長なら、星野天知の手紙の「志羅菊乃白い〳〵は何の色」も、即座に「雪の色」と切り返して答えたくなるような含意を感じさせる。この手紙文についてはすでに第九章で触れ、天知の透谷に対する追悼の思いとのみ述べたが、もうひとつ、「志羅菊」の文字から穿《うが》った解釈をしてみれば、桃水と一葉の師弟関係を知る天知が、作品「雪の日」制作の向こう側に、二人の影を透かし見ていたとしてもおかしくない。

雪の色の「白」はまた、誕生と新生と逝去を飾る色……。

「雪」という漢字　文字を以てその読仮名として、生命の原郷に咲く「もとみし花」といい、すべてをおおって咲く「木ごとの花」というのも宜《むべ》なることなのだった。生命はみな原郷から来て、今生《こんじよう》の時を尽くせば再びまた、越え来し境界を越えて、原郷へと戻って行く。色即是空をはるかに究めた純白を、原郷の色と定めた古人の思いには、生命の営みの無常さを知る力がそなわっていたのだろう。

詩の冒頭「みしやみぎはの白あやめ」と始まる「あやめ」は「文目」に通じ、水辺の花であることではまた、別れる信如が美登利へ宛てた水仙の作り花にも通《かよ》う。『文学界』が『女学雑誌』白表紙《しろおもて》から創刊されたことは前述した。

二十八年八月『読売新聞』に掲載された「うつせみ」の主人公の名前も雪子である。

「俄かに暑気つよく成し八月の中旬《なかば》より狂乱いたく募りて人をも物をも見分ちがたく、泣く声は昼夜に絶えず、眠《ねぶ》るといふ事ふつに無ければ落入たる眼《まなこ》に形相すさまじく此世の人とも覚えず成ぬ、看護の人も疲れぬ、雪子の身も弱りぬ、きのふも植村に逢ひしと言ひ、今日も植村に逢ひたりと言ふ、川一つ隔てゝ姿を見るばかり、霧の立おほふて朧気《おぼろげ》なれども明日は明日はと言ひて又そのほかに物いはず。

いつぞは正気に復《かへ》りて夢のさめたる如く、父《とゝ》様母《かゝ》様といふ折の有りもやすと覚束なくも一《ひと》日二日《ひふつか》と待たれぬ、空蟬《うつせみ》はからを見つゝもなぐさめつ、あはれ門《かど》なる柳に秋風のおと聞えずもがな。（終り）」

思う人をなすすべなく死へ追いやったという自責の念から、雪子は精神に異常を来している。植村録郎という名前は何がなし北村透谷を匂わせ、雪子の自責には、二十七年「塵中日記」末尾に記された一首目の歌「よしいまはまつともいはじ吹風のとはれぬをしも我がとがにして」が重なり合う気配もある。しかし安直なモデル問題に堕してはなるまい。意識と無意識による作家の作品操作は、読者の予想をやすやすと裏切るものでもある。モデル問題の危険性を認識した上で、したたかな作家はむしろ読者の予想を知りつつ寄り添って書き、或いはひそやかに裏切ることとすらするだろう。

こじつけを避けながら、幾つか注目点を挙げていきたい。

島崎藤村はのちに「いのちは薄き蟬の羽の／ひとへごころものうらもなく」と「白磁花瓶賦」に詠うが、北村透谷は「蟬羽子《せんうし》」の号をもっていた。自分が死んでもすぐに忘れ去られ、誰も惜しんでくれる者はなかろうと侘びしがった透谷の逸話は、「裏の松山蟬が鳴く」という五木の子守歌の哀調を思わせる。

蟬はしかし古くは不死と再生の象徴だった。古く中国には死者の口の中へ玉で刻んだ蟬を入れ土葬にする習慣もあったという。

昭和になって他家の詠草中に発見された夏子の歌を、参考までに紹介しておく。

「うつ蟬の世になき友を夢に見てねさめかなしきとこの秋風」

「世になき友」を故北村透谷へと簡単に結びつけようとは思わない。

しかし、自分を真に知ってくれる者が、この世にいないという悲しみ、現世の人々への絶望を夏子の筆がつづるとき、夏子一葉を十全に理解してくれるほどの人を仮初めにも思い浮かべなかっただろうか。「かゝる界に身を置きてあけくれに見る人の一人も友といへるもなく、我れをしるもの空しきをおもへばあやしう一人この世に生れし心地ぞする」と日記「ミつの上」に記された……「我れをしるもの空しき」の詞の奥の心が見えてくる。

わたしに会っていれば透谷は死ななかったでしょう、と年下の穴沢清次郎青年へだけ、そっと洩らした夏子の気持ちを思いやる。――ちなみに作品「うつせみ」末尾に配置された「柳」は、東洋的にいえば冥界との境界を感じさせるもので、西洋的には馬場孤蝶の「雪浮れの手紙」にもあったように「柳の糸は西の国にては遂げぬ恋の印に用い候よし」。英国では柳の葉でつくったリースで哀悼をあらわし〈wear the willow〉は悲恋を意味する。

読みようによっては一葉の透谷への思いを漂わせる作品「うつせみ」が、関如来の元で『読売新聞』に発表された点にも、十分留意をしておきたい。

関如来は星野天知といつ頃からか繋がりをもって天知サロンの二十九年の新年会にも顔を出しており、口の悪い孤蝶の手紙では、歌舞伎に出てくる金目当ての悪役定九郎呼ばわりをされている。余談ではあるが、芝居役者の多くが白塗りヒールの定九郎役をやってみたがるらしく、如来本人にも一種独特な愛敬があったのかもしれない。

また眉山紹介で『新文壇』の編集者が夏子を訪ねてきたのを当日のうちに嗅ぎつけた二十八年十二月三日の手紙に、関如来は「釈如来」の署名をして寄越す。「藤本信如《のぶゆき》と訓《よみ》にてすませど、何処やら釈《しやく》といひたげの素振なり」の「たけくらべ」本文を踏まえたものとすれば……信如藤村や長吉天知の横町組、すなわち天知組との宣言をしたことになろうか。深読みを恐れず言えば、美登利と正太の表町組とは対立する訳で、孤蝶正太が悪口を言うのも分かる気がする。

思うに『読売新聞』へ連載された「うつせみ」とは、如来・天知の関係性を知ってか知らずか一葉が執った、天知『文学界』寄りの筆運びだったのだろう。つまり透谷を泣き所に持つ天知がモデル問題にまで下りて深読みし、いったんの満足を得るような作品だったかもしれないのだ。

天知の透谷への友情は深く、生涯変わることがなかった。しかしながら夏子が天知へ追随して器用な書分けをしたとは思い辛い。時と場所を得て、書ける物を書いたまで、なのかもしれない。また、読んだ天知サイドが本当に満足したかどうか。そのような深読みをすれば、むしろ臭味を感じたのではなかろうか。

二十九年八月になって『文学界』第四十三号の編集を星野天知から任された平田禿木が「うつせみ」再掲を手紙で交渉してくるが、夏子は当時すでに病勢著しく強まり、高熱で朦朧、原稿用紙半枚も書きえず倒れる有様だった。樋口家では『文学界』の申し出を辞退、禿木自身も「少々思ふところありて既に見合せおき候」と書いた手紙を送ってくる。孤蝶の親友で謹厳なところのある秋骨がともに編集に携わっており、その助言もあったのだろう。現実と作品とを同時進行して深読みさせるような、危険なえげつなさをあらかじめ回避したのかもしれない。

梅。そして**ほとゝぎす**。

平田禿木が『文学界』からの使いとして夏子を初訪問したのは、本郷菊坂町の坂下の家で、そこには一本の梅の木があった。桃水との出会いと別れも夏子はこの家で経験する。桃水一葉の間に立ちはだかったもののとして、萩の舎、明治女学校、女学雑誌があった形跡は、すでに眺めてきた。どうやら星野天知がそこへ関わってくるらしいことからも、「天知・透谷・藤村トリオ」が、『武蔵野』半井桃水の掌中《しょうちゅう》の玉としてあった樋口一葉を知っていた可能性は高い。

菊坂町時代、やがて初夏を迎えようとする梅の木の緑陰に、ひっそりと隠れるようにして暮らす夏子は、わが身の上を、歌の世界の約束事として、ほとゝぎすになぞらえたようだ。ところが夏子は、実際にほととぎすの鳴く音《ね》を聞いたことがない。ほととぎすだと信じ込んでいたものが実はそうでなく、山がらすだったという一件を、コミカルにつづった随筆が絶筆となる「すゞろごと《ほと、ぎす》」である。これについては後述したい。

むらさき。

　　こひはにほへる
　　むらさきの
　　さきてちりぬる
　　はななるを

恋をむらさきの花と藤村が詠うとき、そこには武蔵野のむらさき草が髣髴《ほうふつ》としてくる。
「紫の一本ゆゑに武蔵野の草はみながらあはれとぞ見る」（古今集・雑）
桃水『武蔵野』の名花だった一葉と、藤村の恋した人妻輔子の姿が、額田王《ぬかたのおおきみ》のイメージを借りて、重なり合うようにして立ち現れるのだ。
小さな白い花をつける紫草は、その根から匂うように情濃《こま》やかな紫を染め出す貴重な野草で、万葉集における有名な「相聞《あいぎこえ》」のやりとりから人妻を暗喩するものともなった。
「あかねさす紫野行き標野行き野守は見ずや君が袖振る」（額田王）
「紫草のにほえる妹を憎くあらば人妻ゆゑにわれ恋めやも」（大海人皇子《おおあまのおうじ》）
……………………
明治二十五年六月に中嶋歌子は夏子にこう語った。

「実はその半井といふ人君のことを世に公に妻也といひふらすよしさる人より我も聞ぬ」桃水は噂に驚愕して、必死になってその出処を知りたがった。

「斯迄の大事申伝へし者の知れたる上は篤く問合ハせ如何様にもなき事のない程は申し清めも致すべき」

「曾つて発狂致したる覚えは無之発狂だに致さぬ上は右様の事誰か口走り申すべき兎も角も其の人の誰なるやおん知らせ願度鳥渡問合ハせ候へば万《よろず》の事明白と相成り御互い身晴れ可仕候」

誰かがこんな事を言っていた……という言い方は、噂を広める側の常套手段だ。

その誰かをつきとめることもなく、夏子は桃水と離別する。

波瀾万丈の豪傑物語を書く桃水はまた人形を集めて愛でたり、酒を嗜まずに手ずから汁粉をつくる器用さがあり、縁につながる子供たちをよく可愛がる人だった。桃水の「ひなこ」、小さな紫上であった夏子を、彼から引き離そうとした者がいたのかもしれない。

むらさきとはまた無論のこと、夏子の愛した『源氏物語』の紫式部や紫上を思わせる色である。

羊と道。

挿入歌のように段下げをした部分へ、唐突に出てくる羊には基督教の匂いがするが、夏子は親友伊東夏子の翻訳した宗教詩「羊飼いダラ」を、涙を以て読むようなところがあり、賛美歌翻訳に協力したりもした。また最晩年の雑記へ「玉ぼこの道のふた道やがて世の人ふみまよふ所成けり」という書き入れをしている。いずれも夏子の明治人らしい真摯な生真面目さを感じさせる逸話だ。参考までに挙げておく。

宮柱。

宮柱は「めぐりあふ」の序詞。『神大紀』の伝える、イザナギ、イザナミの男女二神が宮柱をめぐり逢ったという神話よりくる。

　宮柱めぐりあひける時しあれば別れし春のうらみのこすな

『源氏物語』「明石」巻中、源氏とは異腹の兄、朱雀帝《すざくてい》の歌である。

　龍を刻みし宮柱
　ふとき心はありながら
　薄き命のはたとせの
　名残は白き瓶ひとつ

藤村がそう詠うとき、「龍」には夏子が小商いの店を出した「龍泉寺町」ならびに作品「たけくらべ」の藤本信如の実家「龍華寺」が響いてはこないか。目と鼻の先の三輪町に住んでいながら、この時期の藤村はついに一度も夏子を訪れることがなかった。

それにしても、二十九年九月、夏子の逝去二ヶ月前に藤村が東北学院へ赴任するのは、奇しき偶然というべきか。仙台は夏子にゆかりの萩の名所、歌枕の地、宮城野《みやぎの》がある。

夏子の自選歌集に『宮城野』があるのを藤村が知ったのはいつだろう。手に取って読んだのは、さらにいつの時点だろう。中嶋歌子「萩の舎」一派が景樹流を汲むものであることは知っていたはずだ。夏子より一ヶ月前に亡くなった実母を悼む詩の題名の次にも、藤村は香川景樹の『桂園一枝』から和歌を一首抜いて挿んでいる。

近代の歌人景樹の歌風は、尾張美濃からわたしの郷里の地方へかけて、かなり弘く行はれてゐたもので、いろ〳〵な縁故から自分も景樹の歌のしらべには少年時代よりの親しみをもつてゐた。

——「早春」（新潮社）昭和十一年四月

東北の地で藤村はそれまでの不安な人生に見切りをつけ、人としても作家としても新生というべき体験を積み重ねていく。

小さな経験がすべて詩になつた。一日は一日より自分の生涯の夜が明けて行くやうな心持を今だにわたしは想ひ起こすことが出来る。

——「早春」

島崎藤村の新生体験。

そこへ限りなく与《あずか》っていたものが、亡き北村透谷の遺作集と樋口一葉「たけくらべ」だった……。そんな風にここでは想像してみたいのである。

吾恋は河辺に生ひて
根を浸す柳の樹なり
枝延《のび》て緑なすまで
生命《いのち》をぞ君に吸ふなる

北のかた水去り帰り
昼も夜も南を知らず
あゝわれも君にむかひて
草を藉《し》き思を送る

——「吾恋は河辺に生ひて」（島崎藤村『落梅集』より）

亡き人の面影は、遺された者にとって、生命の糧《かて》となりうる。生き凌いでゆく日々の、命綱のようなものでさえある。

北海道で亡くなった愛しい人も、北村という名前の亡友も、北州と呼ばれる吉原遊廓近く「たけくらべ」舞台に暮らした女流作家も……秋に北方より渡来し、春に北へ去る雁のような、魂の一群れ……ソウルメイトとして、古くて新しい生を息づき始め、胸いっぱいに彼等の息づく度に、藤村自らもまた蘇生するのだろう。

「生命をぞ君に吸ふなる」

流れる水のイメージ。

異界と悲恋をあらわす柳のイメージ。

阿武隈川、北上川、東北の旅情を恣《ほしいまま》に河辺に沿って歩きながら、藤村はおのれの中に静かに友の復活するのを感じていたかもしれない。

廻れば大門《おおもん》の見返り柳いと長けれど、と始まる「たけくらべ」。夏子の終《つい》の栖《すみか》となり、『文学界』青年たちがサロンのようにして集まった水の上の家の入り口には、かなり太い幹まわりの柳があったという。

> これ此様《こんな》うつくしい花が咲てあるに、枝が高くて私には折れぬ、信さんは背《せい》が高ければお手が届きましよ、後生《ごしょう》折つて下されと一むれの中にては年長《としかさ》なるを見かけて頼めば、流石《さすが》に信如袖ふり切りて行すぎる事もならず、さりとて人の思はくいよ〳〵愁《つ》らければ、手近の枝を引寄せて好悪《よしあし》かまはず申訳《もうしわけ》ばかりに折りて、投つけるやうにすたすたと行過ぎるを、さりとは愛敬の無き人と惘《あき》れし事も有しが、度《たび》かさなりての末には自ら故意《わざと》の意地悪のやうに思はれて、人には左《さ》もなきに我れにばかり愁らき処為《しうち》をみせ、物を問へば碌《ろく》な返事した事なく、傍へゆけば逃げる、はなしを為《す》れば怒る、陰気らしい気のつまる、どうして好《よ》いやら機嫌の取りやうも無い、彼《あ》のやうな六《む》づかしやは思ひのまゝに捻《ひね》れて怒つて意地わるが為《し》たいならんに、友達と思はずは口を利《き》くも入らぬ事と美登利少し痞にさはりて、用の無ければ摺《す》れ違ふても物いふた事なく、途中に逢ひたりとて挨拶など思ひもかけず、唯いつとなく二人の中

に大川一つ横たはりて、舟も筏《いかだ》も此処には御法度《ごはっと》、岸に添ふておもひおもひの道をあるきぬ。

――「たけくらべ（七）」（『文学界』第二十七号）二十八年三月三十日

「たけくらべ」の信如は「藤本」。

自伝的小説『春』の中に、藤村自身は「岸本」の名前で登場する。

青年藤村の過剰な自意識が、おりおりの行動、特に女性の前での動作をぎこちなくさせていたのは『春』にも描かれる。口の悪い女生徒たちからは「蟹」という綽名《あだな》を奉られていたようだ。また後年になって藤村といささか疎遠になる星野天知が、当時の藤村のようすに亡き佐藤輔子がなぜ自分ばかりに辛く当るのだろうと悩んでいたとも記している。「頻《しき》りと之につらく当るので、当人は島崎を嫌ひに成つた。何で自分を目くぢら立てゝつらく当るのかが分からない、島崎の捻《ひね》り家《や》は益々ひねり出したので終には自分でも当人と顔を合はせるのが堪えられなく、位置を考へ身分を考へて益々悲恋に堕ちて来たので」と、藤村の辞職と漂泊の旅の説明をし、さらにその後の女性関係についても、「藤村はよく女を意地める男だ、其姪も非道《ひど》いめに遭つた」というような記し方をしている。

……………………

「廿九年二月／ミつの上／なつ」と表書きされた一葉日記は、博文館から頼まれの『通俗書簡文』執筆に追われていたためか、二月二十日以外の日時が記されていない。有名な「誠にわれは女成けるものを」の一文がつづられた帳だ。途中から下書きやメモが書きつけられる帳面には、三首の和歌が記されている。うち二首は短冊にもしたものだが、もう一首、別の頁（裏は白紙）へ、さり気なく書き込まれているものがある。

行かりのかげとほざかるこゝちして　雲ゐの庭にたづぞまふなる

夏子がこの歌を詠んだ二十九年二月当時、胸に去来したのがいったいどんな思いだったたか、言葉づらをなぞっただけでは、表情の底が見て取れない。二月の帳面ではあることだし、初春を詠ったものにしては、何やら収まりが悪いのだ。

……「雁」と「鶴《たづ》」。

この対比が意味するところのものをつらつら考えてみると、二つの書物に行き当たった。

……『透谷集』と『西鶴全集』上下本である。

三冊の本を夏子の許へ届けた平田禿木は二十七年十月十九日付葉書の中で『西鶴全集』を『鶴全集』と書いてきていた。

一月に「たけくらべ」は完結している。

そして二月、大橋乙羽はすでに「たけくらべ」一括再掲載を視野に入れた手紙を夏子に送ってくるのである。大空に魂の友を呼び渡る、物悲しい雁が音が遠ざかりゆくのを聞きながら、雲居に祝福の鶴が舞うのを見る……哀感と喜びと、こもごも嚙みしめる夏子だったかもしれない。

書斎の窓辺に三冊の本が届けられてより、ひとつには服喪にも似た時間を疾走して、作家としての夏子の人生は否応なく次の段階へ入ろうとしている。

「ゆく雲」の『太陽』掲載でデビューした博文館は、夏子にとって「雲ゐの庭」と呼ばれるべき場所だったのかもしれない。大橋乙羽はまた尾崎紅葉校訂『西鶴全集』の影の立役者でもあった。

この時期の夏子の心を思いやるには、やはり日記冒頭の一文へ戻る必要がありそうだ。

雨じたりの音軒ばに聞えてとまりがらすの声かしましきにふと文机のもとの夢はさめぬ　今日ハ二月廿日成きとゆびをるに大かた物ミなうつゝにかへりてわが名わがとしやう〳〵明らかに成ぬ　木よう日なれば人々稽古に来るべき也　春の雪のいミじう降たるなれバ道いとわるからんにさぞな侘びあへるならんなどおもひやる

ミたりける夢の中にハおもふ事こゝろのまゝにいひもしつ　おもへることさながら人のしりつるなど嬉しかりしをさめぬれば又もやうつせミのわれにかへりていふまじき事かたりがたき次第などさま〴〵ぞ有る

しばし文机に頬づえつきておもへば誠にわれは女成けるものを、何事のおもひありとてそはなすべき事かはわれに風月のおもひ有やいなやをしらず　塵の世をすてゝ深山にはしらんこゝろあるにもあらず　さるを厭世家とゆびさす人あり　そは何のゆゑならん　はかなき草紙にすみつけて世に出せば当代の秀逸など有ふれたる言の葉をならべて明日ハそしらん口の端にうや〳〵しきほめ詞などあな侘しからずや　かゝる界に身を置きてあけくれに見る人の一人も友といへるもなく我れをしるもの空しきをおもへばあやしう一人この世に生れし心地ぞする　我れは女なり　いかにおもへることありともそハ世に行ふべき事かあらぬか

——「ミつの上」二十九年二月二十日

斎藤緑雨をふくめ新旧の人々の訪れを受けながら「かゝる界に身を置きてあけくれに見る人の一人も友といへるもなく我れをしるもの空しきをおもへば」とまで夏子に書かせた深い孤独とは。

……………………

丸山福山町へ移ってから記される「水の上」日記は十二帳。「水の上日記」「水の上」「水の上日記」「水の上につ記」「ミつのうへ」「水の上」「水のうへ日記」「水のうへ」「ミつの上」「ミつの上日記」「ミつの上日記」「ミつの上日記」。

二十八年五月十九日、久しぶりの半井桃水来訪が記されているのは「ミつのうへ」。

半井ぬしはいかにしておはしたるニや　夢かとたどられて何事を仰せられしと聞くにあわたゞし（中略）久々にて御不沙汰見舞に参りつる也とて帰られしといふ　とにかくにむねつぶる

——「ミつのうへ」二十八年五月十九日

桃水来訪後の日々にもたらされた馬場孤蝶や西村釧之助それぞれの喜びの報告に、「家ハ貧たゞ迫りに迫れどこゝろハ春の海の如し」とも書いた夏子だった。

夏子は心の中いっぱいに広がる春の大海原と共に、懐かしい恋の故郷でもある人との、生々《しょうじょう》世々《せせ》に巡り合い、繋がっていく深い縁を思いつつ、題字の筆を走らせたのではなかろうか。

みつの瀬、みつ瀬川とは、三途の川。

女は初めて契った男の背に負われて三途の川の上を彼岸へ渡り、極楽浄土の夫婦は後から来る伴侶のために蓮の花の座の半分を空けて待つという。『源氏物語』「朝顔の巻」には、藤壺に先立たれた源氏がこんな風に歎く歌がある。

なき人をしたふ心にまかせてもかげ見ぬみつの瀬にやまどはむ

今生で夫婦としては結び合えなかった人を慕って、三途の川瀬に行き惑うだろうと遠く諦観する源氏はまた、「葵の巻」では夕霧を出産しようとした葵上の容態が、あわや危篤寸前まで悪化したとき、「深き契りある仲は、めぐりても絶えざなれば、あひ見るほどありなむと思せ」と語りかける。そこで話題にされるのは親子の絆であるが、親子一世夫婦二世とばかりは限らぬ、人と人との深い縁を、夏子がまったく思わなかったかどうか。

二十九年二月二十日からの日記は、擱筆まで「ミつの上」で表題が始まる。二十八年度「ミつのうへ」と、心の中の風景にはどれほどの懸隔があったことだろう。すでに「たけくらべ」を書き上げ、体調の悪さをだましだまし、何事のおもひありとてそはなすべき事かはと自問しつつ、文机に頬杖つく夏子である。

かげ見ぬみつの瀬にやまどはむ

彼此《かし》の世界の境を流れる河の此岸に、自分を負うてくれる背を求めて探し惑う……おもへば誠にわれは女なりけるものを。

……………………

彦根の馬場孤蝶は、二十九年一月二十九日の手紙で、老いた両親のため京大阪への赴任を交渉中と書いてくる。

「此の事にしてまとまらば家を挙げて都を辞すべく左すればしばらく諸君を見るの便宜を失ふべく頗《すこ》ぶる痛心の至なれど、今此の侭《まま》に老親と別れ居ることは非常に不便にして不安心なる事なり何事も時世時節と諦むるこそよけれ」

二月四日の手紙では、完結した樋口一葉「たけくらべ」を褒《ほ》め称《たた》えた。

「編末の数行例の大海の彼方に漕行く舟の名残りのやうなる御筆法頗る画竜点睛《がりようてんせい》の感に不堪候」

さらに同じ『文学界』第三十七号に掲載された十二角生なる論者に向かっては「無礼なるかな青二才」と牙《きば》を剝いた。

「無礼なるかな青二才、露伴紅葉眉山等はすでに〳〵只の零編をつゞるの境を脱して深刻なる詩趣、霊妙なる理想を握らむとせるにはあらずや」

十二角生は、年末に出た『文芸倶楽部』臨時増刊号「閨秀小説」を論じ、小金井喜美子翻訳「名誉夫人」（ヒンデルマン原作）をもって「啻《ただ》にこの閨秀小説中に群を擢《ぬ》きたるのみならず、優に明治の文壇の数等上に位せるもの」と一番に褒め、一葉「十三夜」については、小説的実感には富んでいても実に拘泥し過ぎて、「名誉夫人」に遠く及ばない作と断じた。

「此想や優に現時の諸大家を凌ぐに足ると雖《いえども》、惜《おしむ》らくは実《じつ》といふものに左右せられて、『名誉夫人』の如き余韻《よいん》嫋々《じょうじょう》の境に達すること能はざりし」

そうして「女史よ」と一葉へ向かい説諭する。

「一直線に無意識の神境に突入せよ、右瞻《うせん》左望して実際説を顧み、常識論に迷はさるゝ勿れ、脱実せよ〳〵、所謂《いわゆる》コンモンセンス（一名俗想）なるものは、詩人に取りては大禁物なり」

花圃は「拙作」と一葉よりも更に貶《けな》され、「一葉は折々『十三夜』の如き極めて厭なるものを作り、花圃は『露のよすが』の如き極めて調子の低きものを得るを免かれず、更に奮励一番の後、其厭なるものは進んで深遠なるものとなり、低きものは転じて清麗なるものとなる時あらば、明治の文壇に全く旗幟《きし》を異にしたる二女性詩人の立派なる立姿を見るに至るを得む」と書かれている。

十二角生の論評は、明治の今文壇潮流について二三の例外を除いては「人心をして寒からしむるものあり」とし、こう締め括《くく》られる。

「一葉女史のみは殊勝にも此潮流の地平線を抜くこと一等、漸く脱実の境に臨めり、喜ぶべしと言ふべし、然りと雖、『名誉夫人』の神韻《しんいん》の境に至るには猶未だ百歩の隔あるに非ずや、是に於て明治の文壇未矣未矣《まだまだ》の嘆なき能はず」

褒めながら貶すという十二角生の韜晦の筆法を見抜いて、馬場孤蝶は夏子のためにもこれを憎んだものだろう。ホームグラウンドであるはずの『文学界』、しかも「たけくらべ」完結号で一葉は貶められたのである。正太の留守中、美登利の真白い額へ「売女め」と投げつけられた、長吉の汚れた草履……。

祭りは昨日に過ぎて其あくる日より美登利の学校へ通ふ事ふつと跡たえしは、問ふまでも無く額の泥の洗ふても消えがたき恥辱《ちじよく》を、身にしみて口惜しければぞかし

——「たけくらべ（七）」（『文学界』第二十七号）二十八年三月三十日

企まれた現実が、作品へ向けて、後出しじゃん拳《けん》を仕掛けてくるようではないか。

孤蝶手紙は「十二角生とは誰ぞや」と、怒りを露《あらわ》に書きつづる。

「多年作者に同情を表するをもつて主義とし素人くさき俗論を排して文李《ぶんがく》の前途を護らむとせし文李界紙上にかくまでの俗論がしかも明治二十九年の今月今日載せらるゝに至るとは只管《ひたすら》驚き入

るの外なし　十二角生とは誰ぞや、秋骨あり禿木あり、藤村ありて猶、何処の者やら分らざる輩の俗論をして我々の古城に入らしむああ長大息の至りに不堪候」

夏子の手紙へ孤蝶がこう書くのは、秋骨、禿木、なかんずく天知組と見られている藤村を庇ったものだろう。

表町とて横町とて同じ教場におし並べば朋輩《ほうばい》に変りは無き筈を、をかしき分け隔てに常日頃意地を持ち、我れは女の、とても敵《かな》ひがたき弱味をば付目《つけめ》にして、まつりの夜《よ》の処為《しうち》はいかなる卑怯ぞや、長吉のわからずやは誰《た》れも知る乱暴の上なしなれど、信如の尻おし無くは彼《あ》れほどに思ひ切りて表町をば暴《あら》し得じ、人前をば物識《ものしり》らしく温順《すなお》につくりて、陰に廻りて機《から》関《くり》の糸を引きしは藤本の仕業《しわざ》に極まりぬ

――「たけくらべ（七）」

十二角生の号を用いた論評はその後『文学界』へ取り上げられることなく、他の新聞雑誌にもこの号による寄稿の形跡はないという。同人を含め、作家や記者や論者はいろいろに号を使い分けるが、まるで為にする覆面記事でも書くように、この論評を書く為だけに十二角生なる号は用いられたのであろうか……。

『文学界』の内紛は、多分二十八年春の孤蝶「雪浮れの手紙」の頃から兆して次第にあきらかなものになり、二十九年の五月には禿木と秋骨を中心に、純文学を志向した『うらわか草』が創刊

されるに至る。雑誌の名付けは川上眉山がし、夏子は題字を頼まれたが、体調不良を理由に辞退し、萩の舎の関係者を紹介した。金主は相変わらず星野天知であり、原稿は思ったようには集まらず、同人はやる気をなくして二号以降を出すことができなかった。眉山も孤蝶も寄稿はしていない。頼まれても自筆題字を出さなかった夏子は、どうやら天知組らしい読売の関如来の所で活字になった随筆を「あきあはせ」として天知宛てに郵送、とまで気を使っている。

『うらわか草』同人へ勧誘のために夏子をしばしば訪れる禿木は天知から小言を食らい、夏子に愚痴をこぼした。

「ほし野くんあやしき事に邪推をなして我れと戸川と日ごとの如く君がもとに入りびたり居るやうに小言をいひき　されば戸川は又ふたゝび君がもとを訪ハじなどいひ居る」

結局この造反劇は、反抗期の家出少年が親元に帰るようにして収まり、のちに三五郎禿木が『文学界』編集員にもどることで落着を見る。

金でもって頭を抑えつけられる、どうにもならない浮世のからくりの憂鬱。

孤蝶手紙二月二十三日は夏子へこう書いて寄越した。

「世の中の事は皆売方と買方との戦である、買ひ方の方では成《な》る可《べ》くたんと働く機械をなるたけ安く買ひたがるのだ、そこでつまるところは我々売方は大にねぎられて安く〳〵負けなければならない様になる、随分情けない話である」

親友の秋骨がせっかく入学した帝大をやめて孤蝶と同じように働こうというのを「区々たる一家の事情に支配されて今大切な勉強の好機会を彼が失ふのを頗ぶる遺憾」として夏子にも迷惑だ

ろうがよろしく助言をしてやってくれとも頼んでいる。

「僕も随分面白くない境遇にある、山野の猛獣が檻《おり》の中に囚へられたと同様である、此の間二三日寝た、それは胃痛であッたからである、しかし冲天の翼を籠のなかへおしこまれたのであるから時々はやけになるのである、狭い〳〵土地だから、実は大きな声では笑ふことも出来ないのである」

相変わらず「色男は何所でも色男である、つらきは女にたやすからず思はるゝ身の上」だのと戯れ言をとばしながら、結婚話がでて驚き入ったことを「小児がお灸をすゑらるゝのを逃げるのと同じで僕は逃げらるゝだけ逃げるつもりである」と「此れは近来《ちかごろ》の愛嬌種だと思ふから、わざと紙尾に書き加へ」て、手紙は締め括られる。「もォ草臥《くたび》れたから此れ迄にする左様なら」

手紙の中ほどにあった、

「此四月初には是非一度帰京し度《た》いと思ふて居る」

「其時には少々はお土産をも持ッて行く積りだ」

という、約束とも言えない儚さの約束を、それでも夏子の女心が、底の底の底で待ち侘びていなかったかどうか……。

第十一章　恋草を力車に七車——此人にまことの詩人という称を

四月十日『文芸倶楽部』「たけくらべ」一括掲載
五月十日『文芸倶楽部』「われから」
五月二十五日『日用百科全書』シリーズ『通俗書簡文』
五月二十六日『うらわか草』「あきあはせ（そぞろごと改題）」

明治二十九年（1896）四月五月

明治二十九年（1896）五月

ほととぎすが忍び音をもらす初夏がきた。

草木に緑は萌えても崖下の溜まり水は温《ぬる》むことなく、湿った冷たさが他人行儀の顔で部屋の隅々に居残っていて、薄い綿入れでも羽織りたいような肌寒い日。朝方からの雨は降ったり止んだり。それでも今日は具合が良くて、床を上げている。

四月十日には一括再掲載「たけくらべ」を、五月十日には新作「われから」を、それぞれ『文芸倶楽部』へ発表し、ぎりぎりまで粘った日用百科全書『通俗書簡文』の原稿手直しからも手が離れてほっと一息、少し気が緩んだのか疲れが出て、昨日は一日臥せっていた。

按摩を呼ぼうかと邦子は言ったがいらないと断る。しみったれた訳ではなくて、癖になりそうで厭なのだ。身体の具合さえ良ければ母さんの肩でも揉みたい口なのだから。

まったくもうという顔で、それ以上何も言わずに邦子が身体をさすってくれる。行き届いて優しいこの手は原稿の清書も手伝ってくれた。体調が悪くて床の中で筆執る日も続いたのだった。

「変ね、姉さんの肩の凝り肉が消えてるわ。お祭り好きの神輿《みこし》だこみたいに頑固にコリコリしていたものが」

邦子は訝しげにそう言ってから大発見でもしたように、

「肩凝りが背中の方に移ってきてる……」

と絶句していた。

自分の身体ですもの、百も承知。

大分前のことになるけれど、いつにない肩凝りが気になって、中嶋歌子師匠の主治医に診てもらったことがある。

この肩の凝りが下へ降りたら命取りになる。

そういうお見立てでしたっけ。

泉太郎兄も結核で逝ったし、実は歌子師匠にも結核の気があり、だあれも口に出さないから自分自身も口にしないだけの、我が身はやがて血を吐くほとときすの、執行猶予を生きているのかもしれない。

さみしく、かなしく、辛く、憂く、あてどなく何かを待ち続けているのに疲れはてて、心の鬼は身体をそそのかして、病を言訳にせよ、と言いくるめ、どうやらそれに成功したらしい。

たったひとつのこの命、むざと蝕《むしば》ませて何の言訳にしたものか……。

実はもう昨年末頃に、生命の底からの悲鳴は聞こえていた。

頭がそれを受け付けずにいても、身体の方では聞きつけたものか、あの関如来も『新文壇』との接触をいち早く嗅ぎつけた十二月三日手紙に、「釈如来」と思わせぶりな署名をして書いて寄越したではないか。

「平生になく何やらむ物思の痛く窶《やつ》れたまへる御様子とくと拝見して心なく迫るハ実に情の忍びざる事ながら」

それは星野天知の強い要請に負けて「たけくらべ」継続の筆をとり、十一月三十日『文学界』

第三十五号へ発表した直後のことだった。

一月末の第三十七号へ「たけくらべ」完結発表ののちは、少しずつ身体に無理が利かなくなってきて、一時は床の中で『通俗書簡文』を書き続けるような有様になる。

完結した「たけくらべ」は『文芸倶楽部』向けに手を入れて、何とか三月中に大橋乙羽に提出したのだが、正直……疲れた。

天知サイドは、博文館が「たけくらべ」を一括発表するのをあらかじめ予想していたらしく、前述したように禿木が『文学界』第三十八号にこんな一文を載せる。

「もと女史が作には一種のにらみかたあり。むづかしくいへば一種の世界観、もしくは厭世感あるべし。（略）作者がその想をやるはよきことなれど、余りに振り舞はしては、やがてその製作に一種の臭味を止むべし」

「われ等は作春よりこの草紙に掲げ、当年一月にて完結したるたけくらべをその佳作の一に数へむとす。場も景も人も悉く《ことごと》新しく、観察も頗る熟したるやうなり。まとまりて世間にいづるも近かるべし」

二月五日から『新文壇』へ連載を始めた「裏紫」は、中断。主筆の高瀬文淵からは再三の催促をうけ、四月五日の手紙では田山花袋の外は泉鏡花からも広津柳浪《りゅうろう》からも原稿がこない、何とか助けてほしいと窮状を訴えられるのだったが……。

「にごりえ」などという作品を書いてしまった女流作家は、口絵写真で世間へ面をさらされ、流行作家眉山との噂話を立てられたり、文壇雀の好餌となっており、同時に森鷗外と高瀬文淵の間の「詩人の閲歴論争」にまで巻き込まれ……人妻の積極的不倫などという論外な小説を書けるそらではなかったのだ。

評論家を気取ってしたり顔に言ってみれば、……あまりにも新しすぎ問題作すぎた『新文壇』「裏紫」は結局のところ『博文館』「われから」へと、より多くの読者理解を得るために姿を変え、再構成されねばならなかった。急遽、親世代からの因縁を導入して造形したいびつな女主人公を、もっともっと活かしめて、読者の共感を得ながら動かしたかったのだけれど……。

心のゆらぎは筆のゆらぎにつながる。

それを敏感に見て取って、斎藤緑雨などは好評してくれなかったのかもしれない。眼力おそるべし、だ。

四月十日　博文館『文芸倶楽部』第二巻第五編に「たけくらべ」一括掲載。
五月十日　博文館『文芸倶楽部』第二巻第六編に新作「われから」発表。
五月二十五日　博文館『日用百科全書』第十一編『通俗書簡文』刊行。

樋口一葉は博文館の自家薬籠中《やくろうちゅう》のものとなった……。

そんな印象を持たれても、当然の状況だった。

「たけくらべ」一括掲載号の巻末近く、諸作家の内心の口振りというのを面白可笑しくとりどりに並べた雑報記事に一葉口吻《こうふん》「眉山さん〳〵、貴郎に限りますよね、貴郎」とでたらめを書かれて、（……あ、やられた）と思ったけれど詮方《せんかた》もなし。記事へはさらに「一葉の眉山さんは編者もはじめて承《うけたまわ》る、こりやきゝ処ですな、モシ真個《ほんとう》かね」と書かれ、山田（田澤）稲舟口吻が「チツ！　そねむんだわ、すかねえよう」とされている。

もともとあそこは硯友社の砦だから、山田美妙に走った稲舟女史がからかわれ、川上眉山を褒めて尾崎紅葉を貶した世論への八つ当たりを、一葉女史が喰らったのかもしれない。考えようによっては、大本山においてこの程度のからかいで済んだのだ、そう思って、胸を撫で下ろすべきなのだろうか。

ちなみに諸家の口吻というのを挙げてみると（傍点外す）、

森鷗外「乃公《だいこう》に兎《と》や角《かく》抵抗するとは失礼千万な」

尾崎紅葉「乃公《おれ》が署名最も必要」

幸田露伴「アア、何んでも宣い、飲むべし〳〵」

坪内逍遥「それも然《そ》う、これも然う、うう……」

斎藤緑雨「ざまア見やアがれ、馬鹿野郎奴」

川上眉山「左様かねえ、僕はもう主義などは……」

山田美妙「何んでも世は金に限るツー」

依田学海「それまで私は生きて居ますまい」

三宅花圃「妾《わらわ》ほど薄命の者は多くはあるまじ、口外はせざれど」

小金井喜美子「兄様、何か好いのは有りますまいかね」

かの乙羽でさえこんな風にからかわれていた。

大橋乙羽「養子もなかなか骨折れだね、あゝあツ」

……………………

またしても大橋乙羽のそれとない助言があって、夏子は一葉舟を『新文壇』から『文芸倶楽部』へと引き戻し……隠れ岩に激突する前に舳先《へさき》を方向転換させたため、船べりのかすり傷だけで事無きを得た。

文海の牙の凄まじさは、孤舟を怒濤で打ち砕くなど平気でやってのける。

北村透谷も砕かれた。山田美妙も、川上眉山も、今や危うい所にいる。

まるで高瀬文淵を袖にした見返りのように、「たけくらべ」が森鷗外の賛辞を浴びるのが四月二十五日『めさまし草』巻之四。もっとも、これは事情が逆かもしれない。今文壇の神よとまで言われる森鷗外からの賛辞をうける狙いがまず先にあって、隠れ岩も潜まぬところへ、暗潮にも流されぬようにと、乙羽が一葉舟を誘導したのかもしれないのだ。

五月二日夜、平田禿木、戸川秋骨が出たばかりの『めさまし草』を携え「今宵ハ君がもてなしをうけばやとてまうで来つる也」と喜色満面でやってくる。

青年たちの熱狂振りに対し、すでに『めさまし草』新聞広告「三人冗語は新小説中特に一葉がたけ競《くらべ》の細評を試みたり」を読んでいた夏子は「あわたゞしうはとふ事もせず」おっとりと淑やかに、胆《きも》の据わった笑みを見せる。

「三人冗語」は鷗外露伴緑雨の三人による文芸合評で『めさまし草』の目玉ともいうべきものだ

った。

その日、大学の授業に出た秋骨は、上田敏から『めさまし草』を突き付けられ「これミよ」「これ見給へ」と「たけくらべ」評を見せられたのだった。

「うれしさハ胸にミちて物いはんひまもなく、これが朗読大学の講堂にて高らかにはじめぬ」

猶うれしさのやる方なくて、秋骨は授業が終わるや書林に走り、

「一冊あがなふより早く禿木が下宿にまろび入り君々、これ見給へと投つけしに、取りて一目ミるよりはやく平田ハ顔をも得あげず涙にかきくれぬ」

この喜びをすぐにも夏子と分かち合おうと、二人はやって来たのだった。

「いかでよみ給ひてよ、我れやよまん、平田やと、詞せはしく喜びおもてにあふれていふ」

森鷗外の、

「われは作者が捕へ来りたる原材とその現じ出したる詩趣とを較べ見て、此人の筆の下には、灰を撒きて花を開かする手段あるを知り得たり。われは縦令《たとい》世の人に一葉崇拝の嘲を受けんまでも、此人にまことの詩人といふ称《しょう》をおくることを惜まざるなり。且個人的特色ある人物を写すは、或る類型の人物を写すより難く、或る境遇の Milieu に於ける個人を写すは、ひとり立ちて特色ある個人を写すより更に難し。たけ競出でゝ復《ま》た大音寺前なしともいふべきまで、彼地の『ロカアル、コロリット』を描写して何の窘迫《きんぱく》せる筆痕をも止めざるこの作者は、まことに獲易《え》からざる才女なるかな」

幸田露伴の、

「此作者の作にいつもおろかなるは無けれど、取り分け此作は筆も美しく趣も深く、少しは源の知れたる句、弊ある書きざまなども見えざるにはあらぬもの丶、全体の妙は我等が眼を眩ましめ心を酔はしめ、応接にだも暇あらしめざるほどなれば、もとよりいさゝかの瑕疵《かし》などを挙げんとも思はしめず。（中略）此作者の此作の如き、時弊に陥らずして自ら殊勝の風骨態度を具せる好文字を見ては、我知らず喜びの余りに起つて之を迎へんとまで思ふなり」

「人の身に刃を加へて皮膚を剝ぎ心胆を決剔《けつてき》し出して他に示すやうなることを敢てせずば高尚なる小説といふものにあらずとにても思へるらしき多くの批評家多くの小説家に、此あたりの文字五六字づゝ伎倆上達の霊符として呑ませたきものなり」

鷗外の公平さは、実妹の小金井喜美子を絶賛しながら詩や詩人について並べ立てた十二角生の論評をくつがえし、一葉をまことの詩人として認めた。また露伴の飄逸《ひょういつ》さは、『文芸倶楽部』の「たけくらべ」掲載号に一種の惚れ薬である「いもりの黒焼」の広告が載っていたのを目に留めて諷刺をきかせたものか。……もっとも「よのなかにこれほどふしぎなるものはなし」と宣伝されるこの黒焼は、『早稲田文学』から「三人冗語」が逆襲をうけるとき、露骨な揶揄のネタにされたらしいが。

大物たちの好評を、「我々文士の身として一度うけなば死すとも憾《うらむ》なかるまじき事ぞや　君が喜びいか斗《ばかり》ぞとうらやまる」青年たちはまるで我が事のように受け止め、語った。

「二人はたゞ狂せるやうに喜びてかへられき」

ここで再び……十二角生とは誰ぞや。孤蝶の口吻《こうふん》を借りてそう言いたくもなる。

「詩人の閲歴」論争の次第を仔細に眺めていくと、『文学界』に載った十二角生の文が『新文壇』文芸時評と重なり合わさってくるのである。『文学界』『新文壇』『めさまし草』、三雑誌の間に何とも奇妙な応酬があるも、言葉の端々に窺えてくる。十二角は「とにかく」と読ませるらしく、「兎角」やら「兎に角」やらの語が、『新文壇』と『文学界』でやりとりされるという、知的というよりほとんど痴的で珍妙な有様が繰り広げられる。揚げ句は、「厭世感」という、透谷時代から『文学界』のお家芸のように言われる言葉が、『新文壇』時文記者によって星野天知の作品を評する際に使われて……それを受けたかに禿木は、一葉作品にある物事の睨み方を「一種の世界観、もしくハ厭世観あるべし」と評するのである。

もしや十二角生とは、高瀬文淵の筆法を模倣した、『文学界』同人の誰か、もしくは天知サイドの人間か。ホームグラウンド『文学界』で一葉を叩いておいて、という文壇政治的腹芸のつもりでした巧妙な手慰みに、ほんの少しは、サディズムや私怨めいたものも含まれていたかしれないが……その文中、「極めて厭なるもの」と槍玉に上がったのが「十三夜」だったのが気にかかる。「十三夜」は『女学雑誌』から『文芸倶楽部』閨秀小説号へ、やはり乙羽の誘導で方向を変えて一葉が書き上げたものだった。

気になるのはそればかりでない、その後の成り行きには、たとえ偶然にせよ、周囲の口を噤ませるような凄惨さが加わったのだ。「たけくらべ」成功の明暗にまで目を届かせるためにも、明治女学校の受難の背景をここでもう一度、頭に入れておきたい。

日清戦争と三国干渉ののち、国粋の度を深め、排外排他に傾きつつある世上、基督教系学校のこうむる不遇については既に述べた。明治女学校校長巌本善治は、明治二十二年頃から始まるバッシングから女学教育を護るためもあって、殊更のように美術文学論に道徳律を持ち込み、森鷗外や石橋忍月と論争を繰りかえした人物で、忍月は巌本の説を偏狭として「美術の何たるを知り乍ら猶ほ美術を宗教的道徳的の窮屈なる範囲内に零枯せしめんとする歟《か》」と批判する。巌本はまた島田三郎らと廃娼運動にも熱心に取り組んでおり、娼婦役お軽を演ずるのを拒んだ例の団十郎発言も擁護していた。遊廓関係者などからは憎まれていたのではなかろうか。

　その巌本善治は、敢えて図式的に言うとするならば、横町組の「長吉天知」の親玉格なのである。明治女学校炎上は、横町組と表町組の喧嘩になぞらえた、付け火によるものではあるまいか……。そんな不吉な想像さえふと頭に浮かぶ、時代の暗雲が頭上に垂れ込める日々、文海における大物たちの「たけくらべ」好評は、こころの青空の一気に晴れ渡るような吉報だった。

　大学の講堂で上田敏が誇らかに頁を指し示し、秋骨が高唱してはしゃぎまわり、禿木が涙して喜んだのも無理はない。——鷗外や露伴に憧れや親しみを抱き、天知サイドにも近い禿木の涙には、とりわけ奥の深い感動が籠められてある。関如来の力を借りて実現したことだろうが、二月末『文学界』へ発表するとほぼ同じ内容の文芸時評「漫草」（前述）をいちはやく二月十七日『読売新聞』へ「そゞろ草」として載せて、大物たち、特にナーバスになっている鷗外を懐柔する如く、素直な青年らしい好文章で『文学界』の立場表明をしたのだった。高瀬文淵が力んで鷗外批判をした同じ『読売新聞』紙上で、飄々として「われ等ハさまで気にするに足らぬ事と思ふなり」と言ってのけるのだ。「漫草」は言うまでもなく夏子が『読売新聞』へ連載した随筆「そぞろごと」を受けたもので『めさまし草』と合成したようなその名前といい、タイミングといい、俊敏と云われる禿木らしい影働きだった。

青年たちが誇らしげに心の目で遠望すれば、狭苦しく不穏な危険地帯から、広々とした安全圏へと脱け出した一葉舟の姿が見える。

成功仕掛け人乙羽の真の目的は、一葉舟救出にあったのかもしれない。

架空と現実とが混同される隠微で退廃的な世界からは、作品そのものの生命もまた救い出されなければならなかった。

かくも鮮やかな救出劇。

ひとつの成功が華々しくあればあるほど、周辺の救いも大きい。

博文館の若武者大橋乙羽の、花も実もある戦振りを物語るには、時計の針をもう少し先まで進めて見届ける必要がある。巌本善治、高瀬文淵へさりげなく手を差し伸べているのだ。巌本は明治女学校炎上ののち『太陽』に請われて編集に参加し、一葉のもとへも寄稿依頼の手紙を寄越す。すでに病の進んでいた夏子には結局書けなかったのだけれども、巌本とのこうした形の和解に、どれほど心の負担を軽くしたことだろう。『新文壇』廃刊ののちの高瀬文淵もまた博文館の雑誌において評論活動を続けている。この後日談の後味には、舅にあたる大橋佐平の薫陶がそこはかとなく感じられないか。

情を感じさせる戦振り。

大橋乙羽が円満人といわれた所以《ゆえん》である。

……………………

夏子は頬杖を外した机の前で、両手の掌を眺めながら吐息をもらす。

記憶と空想の溜池の中から、いったい何人の人々の悲喜こもごもを掬い取って、活字にしたものか。

『通俗書簡文』。

大橋乙羽が樋口一葉に書かせた、日用のための「雅に流れず、俗に偏せず、期する所、和と洋とを一団として年少子女の為に、少なくも其の好模範たらしめんとするにあり」という書簡文範。実はこれ、全国津々浦々、文学に無縁な人々のもとにまで、「わが思いよ、歳月よ、届け」とひそやかに祈念した……夏子の心積もりでは掌篇小説集に近いものであり、江戸派の歌文家としても粋を凝らした作文集なのだった。

わたしの最初の本。

その思いは乙羽との話し合いの中から自然に生まれ来て、夏子の中でだんだんに強くなり、締切期日をはるかに過ぎても書き上げられず、書き上げてもまだ手放せず、結果、許されるぎりぎりまで加筆訂正を繰り返すことになった。博文館の編集担当者も岩田鷗夢から泉鏡花へと替わる。よろず紅葉に私淑する鏡花は当時大橋乙羽邸に寄宿中の身の上だった。

それにしても樋口一葉となって最初の本が実用書、というのも、思えば奇妙な巡り合わせだった。船出の頃には半井桃水から、今少し俗調に、もっと平易に、もうちょっとメリハリを利かせてと、言われ続けた一葉舟だった。

これならまあまあと桃水は言うだろうか。「御兄上さま」は……。優しく笑ってそう言いながら、深く真面目な眼差しになり、腕を上げたねと褒めてくれるだろうか。

かつて「ひなこ」の赤心からしたためた恋文は、投函することなく文箱の底深く沈めてある。あまりに上手な女の手紙は、もらった相手が男なら誤解するかもしれぬ、御気をつけなさい。そんな憎げなことを言う人は、それなら一度でも誤解をしてくれたのだ。そう思えば心は不思議な慰められ方をした。

夏子が出した最初で最後のこの本の中には、往信返信合せて二百十七通、百九件の人生模様、それぞれの事情がつづられる。

「歌留多《かるた》会のあした遺失物をかへしやる文」
「三月ばかり初奉公の友に」
「花見より帰りてすみれの花を友におくる」
「梅雨ふる日人のなき跡を弔《とむら》ふ文」
「納涼のむしろより友のもとに」
「帰省せし人の秋に入りても帰らねば都の友より」
「姉のもとに栗もらひにやる文」
「かりたる傘を時雨のゝ、ちかへす文」

「天長節に人を招く文」

「徴兵に出たる人の親に」

「猫の子をもらひにやる文」

「庭園の観覧をこふとて人のもとに」

「愛犬の行衛《ゆくえ》なく成しを友につぐる文」

「事ありて中絶えたる友のもとに」

「人の家の盆栽を子のそこなひつるに」

「山里にある乳母のもとに」

……などなど。


後年の一葉研究者野口碩の仕事を踏まえた鈴木淳『樋口一葉日記を読む』（岩波書店）を参考に、歌人としての夏子の勉強方法についておさえておく。

夏子が学んだ萩の舎は「和歌は（香川）景樹がおもかげをしたひ書は（加藤）千蔭が流れをくめり」という純日本的な女子教育の塾で、和歌の他にも古典や文作や書を教えていた。江戸派といわれる歌人たちにはもともと消息文すなわち手紙文をつくる習わしがあって、萩の舎でも消息文を門人に稽古させることがあった。日常的なそうした訓練も与って、夏子は手紙上手で知られていたが、例えば『通俗書簡文』目次にある「月見に人を招く文」「書物の借用たのみの文」などは萩の舎で稽古用に与えられた課題と同じものである。

また本の巻末近く、夏子は文を書く「唯いさ、か」のこころえについての伝授「日用文のこと」へ「古人の文をよみならふ、いとよき事なり」と記しているが、夏子自身、『通俗書簡文』を書き進める間中、参考にしたと思われるテキストがあり、書写してその筆勢を借りたようだ。それは享和二年に刊行された賀茂季鷹編『かりの行かひ』。江戸派の書簡集である。ここには明治二十四年の夏子が上野の東京図書館で読んでその「流暢なるをうらやましくおもふもかいなし」と「蓬生日記」に書いた、鵜殿余野子「月次消息」が載っている。女性書簡の文範として、妹邦子にも臨書させたものだ。……樋口一葉著『通俗書簡文』が通俗の文字を冠しながら、その根っこに雅文消息集の佇まいを見せているのは、歌文家としての樋口夏子の息遣いがあるからだろう。意気といってもいい、矜恃といってもいいものだったかもしれない。

井原西鶴を手本とした夏子は、俳人としての西鶴が矢数俳諧なる数詠み競技を創始し、一昼夜に俳諧千句を詠んだことも知っていただろう。和歌の世界にも数読みはあり、その意気込みと覚悟で、処女出版の集中制作にあたったものと思われる。

西鶴全集の校訂をしたほどの乙羽が、このたび西鶴の書簡体文学『万《よろず》の文反古《ふみほうぐ》』をヒントにした作品を、夏子に書かせようと企画したのである。

何といっても、日用百科全書シリーズだ。博文館の販売力をもってすれば、作家樋口一葉の読者層が飛躍的に拡がる。日本ではまだ印税制度が確立していなかったが、重版すれば樋口家へ印税が入る見込みがある。否、苦労人の乙羽のこと、きっとその心積もりもあったのだろう。

五月二十九日、さすがの緑雨が『万の文反古』企画を見抜いて、乙羽庵が「通俗書簡文と題はおきたれど終りのかたは純然たる小説なり」と語っていたと、夏子に伝える。「何の彼の男が批評眼とさのみ心にとゞめざりし」

けれど君が書いたのなら読もう、さぞ面白かろうからと緑雨が言い、御覧になっては嫌です、勘弁してくださいと夏子が言い……嫌だ嫌だと言っても、もう印刷して書店に並んでいる以上は致し方なしと、正直正太夫こと斎藤緑雨が愉快そうに笑う辺り、二度目の面談で、早くも千年の馴染みの呼吸が合うのを、日記の筆は余裕綽《しやくしやく》々と書き留める。

「正太夫としは二十九　痩せ姿の面《おも》やうすご味を帯びて唯口もとにいひ難き愛敬あり　綿銘仙の縞がらこまかき袷《あは》せに木綿がすりの羽織は着たれどうらハ定めし甲斐絹なるべくや　声びくなれどすみとほれるやうの細くすゞしきにて　事理明白にものがたる」

露伴や鷗外、当代の大物たちの名前が日常茶飯のやりとりのように出てくる会話は、夏子を一足飛びに別世界へ連れ出しもしたろうし、作品「われから」についての論評をふくめ、人力車を角に待たせて延々四時間にわたる正直正太夫の訪問が、夏子を異様な興奮に包んだことは間違いないだろう。

緑雨の口の悪さがすでに移ったのか、こんな事さえ書くのである。

「思ひてこゝにいたれバ世はやう〳〵おもしろくも成にける哉　この男かたきに取てもいとおもしろし　ミかたにつきなば猶さらにをかしかるべく　眉山禿木が気骨なきにくらべて一段の上ぞとは見えぬ」

しかしながら、「おもしろいおもしろい」が、北村透谷のどんなに弱っていても口にする言葉だったことを、思い合わせておく必要もある。

夏子が不安でなかったとは言いがたい。のちに邦子はこう語っている。

……後々皆様がほめて下さる。それを拝見する度に恐ろしいやうに思つてゐました。たとへ今はほめられても今後のことをおもふと恐ろしいと思つたのでせう。斎藤緑雨さんがおいでになつてから、殊更恐れを持つたやうでした。も少し大胆になれば余程よかつたので御座いませうが、何分世間馴れぬし、又自分が力およばぬとて大変心配して居りました。も少し世のことがよくわかる様になつてから書いたらば、もつと楽にかけたのではないかと今おもつてもそれだけ残念です。……

——「姉のことども」(『心の花』)大正十一年十二月

実は、五月二十四日の緑雨との初面談の翌日、二十五日に夏子は飯田町に桃水を訪ねていた。三崎町の葉茶屋の方で執筆中と言われ、訪ねては行かずにそのまま帰宅する。三崎町には未亡人となった桃水の従姉妹、かつての初恋相手でもあった美貌の河村千賀子が居るのだ。うら悲しく、やるせない思いをどこへ馳せて、不安に耐えればいいのだろう。思い浮かべる孤蝶は彦根。けれど、こちらも縁談話が出ているようだし、一家で関西へ引き移る計画があるとも聞いている。

ひとりは御兄上様。ひとりは男の親友。夏子自身がそう仕向け、いつしかそのような間柄に落ち着いてしまった二人の顔を交互に思い浮かべながら、夏へ向かって旺盛な生命力に萌える町なかを、疲れた身体でよろぼい歩いて行くのは誰。よの人ハよもしらじかしよの人のしらぬ道をもたどる身なれば。詠い上げたそんな我思いに、身も心もついていこうとして無理を重ねるのは。

我恋は細谷川の丸木橋わたるにや怕《こわ》し渡らねば。

ひとりぼっちの心細さは、まさに宙に浮いた丸木橋をわたる思い。

等思三人等思五人百も千も人も草木もいづれか恋しからざらむ……身の侘びしさよ。

……………

「静かだわ、とても」

頰杖を外した机の前で今、夏子は呟《つぶや》く。

「母さんもいない。邦子もいない。お客さんもいない。今日は五月の、独り日和《びより》ね。何して遊びましょうか」

そうだ、と文箱をとりだし、蓋を開けてのぞきこむ。

友を待つ草の庵に吹いてくる風を封じ込めた玉手箱。

ひとつふたつと選《よ》り出しては、ふるごとばかり偲ばれる恋の残り香を呼吸する。

これはあのときの、これはまたかのときの……。

孤蝶の手紙を順を追って畳の上へ並べながら、歌留多をとるときのように屈みこんで封筒の表書きを眺め入る。哀れにも切ないのは、桃水にも孤蝶にも兄泉太郎の面影を、夏子がそっと重ねていることだった。

孤蝶を「たけくらべ」の正太役とすればどうだろう。

金貸しの祖母がいるという設定には、内田魯庵翻訳『罪と罰』を読み耽った影響がみとめられるとしても、その金貸しという家の稼業に心深くで悩みをもち、弱者への同情心厚く、勉強の出来る美しい少年には、樋口泉太郎の面影がにじんでいる。樋口家の父則義は小金を貯めて金貸しの副業をしていた。

夏子は畳の上から分厚い封書を手に取り、重さを計るように掌に乗せる。

九月五日に一通目が来て、日も経たず十日に届いた二通目の孤蝶手紙。

「〈左様なら、かつや〉で〈一えふおば様おんもと〉ね」

思い出せば苦笑とともについ溜息が出てしまう。辛くて、愛しい。

「このときは、返事が遅いって、焦れたんでしょ。雪浮かれの手紙の頃を思い出すわ。……でももう、あの頃とはちがう。〈たけくらべ〉の前と後で、わたしたちはこんなにも遠く、離れ離れになってしまった」

夏子は手紙から目を上げ、

「彦根と東京。いいえ、きっともっと、ずっと遠くね」

手紙が回を重ねるにつれ、親をひきとって同居することを思ったり、嫁取りの話に笑い出したくなるほど混乱したり、孤蝶の人生が等身大の巣作りへと向かおうとしているのが手に取るように夏子にはわかった……。

それればかりではない、表町組正太役を自ら任じて、作品世界にのめりこみ、架空と現実の狭間に、わざとのように入り込む向きも感じさせる。

虚構と現実とを混同する、それは作品鑑賞とも言えない大変危うい読み方であるが、「雪浮かれの手紙」の頃から孤蝶は一葉小説の登場人物モデルへ興味関心を隠さなかったから、「たけくらべ」においてはすぐさま正太が自分、そうして信如が藤村だとの目星をつけたことだろう。

最初はそれが面白くとも、筆がすすむにつれて面白からぬ気分になったり……と、孤蝶ほどの人物だから弁《わきま》えはあっても、並みの人間であれば、妄想に入ったり、感情的になったり、とかく精神上に不衛生が生じがちである。

登場人物を『文学界』同人へあてはめてみるやり方で「たけくらべ」を読めば、表町組の美登利と正太は大の仲良しではあるけれど、美登利は横町組の信如に恋心を抱いており、すなわち一葉が孤蝶よりも藤村をより意識している……というわけになる。

表町組が文壇主流の大海原に偏見を抱かない孤蝶組とすれば、横町組は北村透谷を旗印に「明治女学校」『女学雑誌』をぐるりに湾をなした『文学界』の内海を守る天知組。

物語がだんだんと信如と美登利を中心に回り始めると、彦根に都落ちの身の孤蝶としては、焦りや孤独や劣等感さえにじむ複雑な思いにかられたのではなかろうか。

書くということ、そして読むということは、たわやすき（たやすい）営みではないのだ。

後年、モデル問題で島崎藤村は文壇に物議をかもすことになり、やはりモデルの一人にされた孤蝶や秋骨からも批判的な意見がだされ、より現実についた世界の中で知己をモデルに小説を書くことの難しさに直面した。

それを思えば、「たけくらべ」の中の登場人物たちは、核となるそれぞれの性格や印象を実在する人々に負いながら、大きく現実を離れて飛躍した架空世界に羽ばたいている。似て非などというものではない、全く新しい人物たちと空間が、奇跡のようにそこへ立ち現れたのである。核となる性格に共通するものがあれば、パラレルな人間関係もそこに生ずるだろう。しかしあくまで作品世界は現実から独立している。

……容貌《きりよう》よき女太夫の笠にかくれぬ床《ゆか》しの頰を見せながら、喉自慢、腕自慢、あれ彼《あ》の声を此町には聞かせぬが憎くしと筆やの女房舌うちして言へば、店先に腰をかけて往来《ゆきき》を眺めし湯がへりの美登利、はらりと下る前髪の毛を黄楊《つげ》の鬢櫛《びんぐし》にちやつと掻きあげて、伯母さんあの太夫さん呼んで来ませうとて、はたはた駆けよつて袂にすがり、投げ入れし一品《しな》を誰《た》れにも笑つて告げざりしが好みの明烏《あけがらす》さらりと唄はせて、又御贔屓《ごひいき》をの嬌音これたやすくは買ひがたし、彼《あ》れが子供の処業《しわざ》かと寄集《よりあつま》りし人舌を巻いて太夫よりは美登利の顔を眺めぬ、伊達には通るほどの芸人を此処にせき止めて、三味《さみ》の音《ね》、笛の音、太鼓の音、うたはせて舞はせて人の為《せ》ぬ事して見たいと折ふし正太に囁《ささや》いて聞かせれば、驚いて呆れて己《おい》らは嫌やだな。

——「たけくらべ（八）」（『文学界』第二十七号）二十八年八月三十日

町内で顔の好いのは花屋のお六さんに、水菓子やの喜《き》いさん、夫《そ》れよりも、夫れよりもずんと好いはお前の隣に据《すわ》つてお出《いで》なさるのなれど、正太さんはまあ誰れにしようと極《き》めてあるえ、お六さんの眼つきか、喜いさんの清元か、まあ何《ど》れをえ、と問はれて、正太顔を赤くして、何だお六づらや、喜い公、何処が好《い》い者かと釣りらんぷの下を少し居退《いの》きて、壁際の方へと尻込《しりご》みをすれば、それでは美登利さんが好いのであらう、さう極めて御座んすの、と図《ず》星《ぼし》をさゝれて、そんな事を知る物か、何だ其様《そん》な事、とくるり後を向いて壁の腰ばりを指でたゝきながら、廻れ〳〵水車《みづぐるま》を小音に唱ひ出す、美登利は衆人《おおく》の細螺《きしやご》を集めて、さあ最《も》う一度はじめからと、これは顔をも赤らめざりき。

――「たけくらべ（十二）」（『文学界』第三十五号）二十八年十一月三十日

資質の違いからくる、一葉と孤蝶の温度差のようなものを、「たけくらべ」は要所要所で偲ばせる。現実と創作の安直な混同は避けても、猶ありありと伝わってくる、というものはあるのだ。美登利の性格の核にある、寛闊《かんかつ》と剛毅、楽々と群れをとびぬけた特異性……それは等身大の世界観を体現する正太に、ふと深甚《しんじん》な違和感を抱かせるものだった。

孤蝶が手紙の中で自ら「俗」と称すのは、あながち信如の「聖」に対するばかりではなく、美登利の特異性に「驚いて呆れて己《おい》らは嫌やだな」という正太らしさをいうのかもしれない。

「然れども余はます〳〵俗物たらむとす、都路《みやこじ》の方々とは御話も出来まじ　此暮には是非俗了の程度をば目のあたり御覧に供すべく、先づは此までにて擱筆仕候　敬具」

かつ也と署名して樋口おなつおば様と宛てた明治二十八年十一月二十三日の手紙だ。

日本橋本町『文学界』編集部、星野天知と夕影兄弟の強い要請に負けて、夏子が「たけくらべ」続稿の筆を執ったことを孤蝶はこの時点でもう知っていたろうか。秋骨や禿木ともしばしば連絡をとりあっていたろうから、知っていた可能性は高い。都路の方々という言い方が皮肉に響き、勿体《もったい》ないからおば様という呼び方は返上しますと夏子がすでに書き送ったにも拘わらず、二度目のおば様呼ばわりである。十二月三日関如来手紙が釈如来と署名して「平生になく何やらむ物思の痛く窶れたまへる御様子とくと拝見して」というのを深読みすれば、夏子が孤蝶の反応を気に病んだことさえ想像してしまう。

樋口一葉にはひそやかに強い出世願望があった。それは間違いない。

そして等身大の樋口夏子は、心に悲しい諦めを抱えた、繊細で優しい女。

「にごりえ」主人公の酌婦《しやくふ》お力が客の朝之助《とものすけ》におのが身の上を語るところから拾い読んでみる。

　……その父親《てておや》は早くに死《な》くなつてか、はあ母《かか》さんが肺結核といふを煩つて死《なく》なりましてから一週忌の来ぬほどに跡を追ひました、今居《お》りましても未《ま》だ五十、親なれば褒めるでは無けれど細工は誠に名人と言ふても宜《よ》い人で御座んした、なれども名人だとて上手《じようず》だとて私等《わたしら》が家《うち》のやうに生れついたは何《な》にもなる事は出来ないので御座んせう、我身の上にも知られまするとて物思はしき風情《ふぜい》、お前は出世を望むなと突然《だしぬけ》に朝之助に言はれて、ゑッと驚きし様子に見えしが、私等が身にて望んだ処が味噌こしが落《おち》、何の玉の輿《こし》までは思ひがけませぬといふ、嘘をいふは人に依る始めから何も見知つて居るに隠すは野暮の沙汰ではないか、思ひ切つてやれ〳〵とあるに、あれ其やうなけしかけ詞《ことば》はよして下され、何うで此様《こん》な身でござんするにと打しほれて又もの言はず。

——「にごりえ」(『文芸倶楽部』)二十八年九月二十日

半井冽を諦めたように、馬場勝弥を諦めようとしている樋口夏子がいた。そしてまた一葉の天才が描き出す世界に幻惑されて、虚構と現実の境を越えて、感情支配されそうになる孤蝶がいた。

「さても恐しきは君が筆ならずや　大音寺前を捉へ、丸山の光景を使ひ、此次は何をか写し給ふべき、追々おはちが我々の方へも廻り来べきかと恐ろしく候(二十八年十月十一日孤蝶手紙)」

ひとり孤蝶に限らない。『文学界』の人々の個性を負うて登場する子供たちが、大音寺前という廓近い特殊な地域でくりひろげる早い思春期の物語……これには、天知も藤村も禿木も秋骨も、また部外者であっても天知サロンに招かれるような関如来なども、一種独特の興味を抱いて、のめり込むように読んだことだろう。

多くこのような場合、知らず知らず作品から影響を受けるだろうが、そればかりでは留まらず、むしろ積極的に作品世界に入り込み、作品世界を現実へ取り込んで遊ぶ……虚実をわざと混同させる遊戯を始める者さえ出てくる。

ごっこ遊びの延長線上にいるつもりでも、それは或種、危険で退廃的な遊戯である。言語環境すなわち精神環境を妄《みだ》りに汚染させることの恐ろしさにまで思いが至っていないのだ。

逆に、言語の持つイメージ喚起力について知悉した者なら、そうした悪ふざけのお遊びを、さまざま悪利用すらしかねない。

……………………

「もう一通、左様ならって書いてあるのがこれ、二月三日夜、『たけくらべ』完結を読んでの感想と、『十三夜』を貶した十二角生を無礼なるかな青二才って怒ってくれた手紙。まさかこの二日後に明治女学校が燃えるなんて……」
夏子は二通の封書を膝の上において目を伏せた。
その二月三日夜の手紙の最後に、孤蝶はこんなことを書いてきた。
「中上度《た》き事もあれど少々ねむくなり候間此にて提灯をふり置き候」

美登利はかの日を始めにして生れかはりし様の身の振舞、用ある折は廓の姉のもとにこそ通へ、かけても町に遊ぶ事をせず、友達さびしがりて誘ひにと行けば今に今にと空約束はてし無く、さしもに中よし成けれど正太とさへに親しまず、いつも耻かし気に顔のみ赤めて筆やの店に手踊の活潑さは再び見るに難く成ける、人は怪しがりて病ひの故《せい》かと危ぶむも有れども母親一人ほゝ笑みては、今にお俠《きゃん》の本性は現れまする、これは中休みと子細《わけ》ありげに言はれて、知らぬ者には何の事とも思はれず、女らしう温順《おとな》しう成つたと褒めるもあれば折角《せっかく》の面白い子を種なしにしたと誹るもあり、表町は俄に火の消えしやう淋しく成りて正太が美音《びおん》も聞く事まれに、唯夜な〳〵の弓張提燈《ゆみはりぢようちん》、あれは日がけの集めとしるく土手を行く影そゞろ寒げに、折ふし供する三五郎の声のみ何時に変らず滑稽《おどけ》ては聞えぬ。

——「たけくらべ（十六）」（『文学界』第三十七号）二十九年一月三十日

「此にて提灯をふり置き候」と書いて寄越した孤蝶は、土手の夜道を弓張提灯片手に集金に行くそぞろさむげな正太の影に我が身の上を重ねながら、同時に、一葉のみならず露伴紅葉眉山を手紙の中で持ち上げた自分の筆を揶揄して「提灯」持ちに喩えたのだろうか。

一葉の筆の円熟に比べて自作の不出来を感じ、

「真ッ昼間ばけて出たる狐のわらぢを頂きたるさまの可笑しげなる」

としながら、十二角生なる論者への罵倒を筆にしようとしたが、

「編集部の腰抜共のこばむ所とならむ事の腹立たしけれぱそれもやめたり」

「退いて考ふるに小生のやうな無茶な文章を出稿して置きながら人の論を悪口するは実に相すまざる次第」

「自分の下手な文の出ぬ時にたんと悪口をたゝくべく候」

相変わらずさばさばとしてはいるが、多少自己嫌悪の気味、加えて「たけくらべ」完結号の正太としての役どころにも少々不満で、これじゃ己らはつまんないな、という正太孤蝶の独り言が聞こえてきそう……というのは深読みに過ぎるだろうか。

正太が三五郎を供に土手の夜道を行くこの場面のすぐ後へつづく霜の朝が、水仙の作り花を美登利の家の格子門の内へ誰かが置いていく、例のラストなのである。おいしい所を、横町組の信如藤村にもっていかれたという印象は免れえない。

としても別段それだけの話、友人同士の笑い草、無邪気なものだった……ろうか。

本当に、それだけですませられる問題だったろうか。

作品に感情移入した結果、孤蝶が心深くで多少なりとも傷を負ってはいなかったろうか。

禿木がまた秋骨が、そして天知が……。

男同士、しかも言葉の平熱の高い文人仲間が寄って集まれば、夏子とその作品をめぐって、微妙な牽制球が飛び交わなかっただろうか。

「言霊《ことだま》」という言葉を持ち出すまでもなく、物語の力の深甚な影響力について、あだやおろそかに考えてはなるまい。

「大人げない」という言い方を遥かに凌駕した感情が、言葉によって、物語りによって、発動することもあるのだ。

「根に持つ」という言い方は、そのとき理にかなっている。赤子は言葉を得て人になる。人は言葉によって、根源的なところを揺り動かされる。人の心は言葉の舟に乗って、価値判断の発生の現場にまで溯っていくのだ。

歴史的に見ても、たとえば差別の構造は、言葉による刷り込みで、人の心に強固な砦《とりで》をつくってきた。非人階級を指す「えた」という言い方は、穢《けが》れ多いという意味であり、「けがれ」はまた音によって気枯れ、木枯れに通じる。日本人の殊には神道系の禁忌《きんき》に触れる「不浄」のレッテルを、言葉によって人になすりつけ、貶め、差別しようとするやり口だ。

斯《か》くさほどに、言葉には力がある。

思いを深くそこまで至らせれば、後年、特に一葉日記が発刊されたのち、日記を読んで「大人げない」「根に持つ」発言をもらした何人かの人々について、一概に責めるばかりではいかなくなる。

またやはり後年になって、孤蝶と藤村がいわゆるモデル問題で対立した件も、ここで思い合わせておきたい。藤村の短篇小説「並木」をめぐっての論争で、藤村の自伝的長篇小説「春」の『朝日新聞』初出稿が起稿されたのと相前後して起こり、その際には秋骨も加わって藤村を批判している。

しかしながら「たけくらべ」のことを「根に持った」「大人げない」論争がそこで繰り広げられたわけでは無論あるまい。作家が作品を書く際、実在モデルの取り扱いはどれほど慎重であっても足りないほどの危険さを孕むものなのだと、孤蝶はかつての春を懐旧しつつ、初の新聞連載に取り組もうとする友へ、あらかじめのきつい警告、牽制球を投げたのではなかろうか。『文学界』の青春は、ひとり藤村だけの春ではない。必ずしも透谷を北極星にして集まった七つ星でもなく、一葉もいれば孤蝶も禿木も秋骨も夕影も天知もいて、それに上田敏もいて、近くには眉山もいて、それぞれの春を籠めて懸命に生きていた時代なのだから、と。

『島崎藤村全集』に付された三好行雄の解説から、その間のもようを見ておく。

……「並木」をめぐって、作中の〈相川〉のモデルと目された馬場孤蝶が「島崎氏の『並木』」(『趣味』明治四十年九月)を書き、おなじく〈原〉のモデルと目された戸川秋骨が原某の署名で「金魚」(『中央公論』明治四十年九月)を書くという、いわゆるモデル問題が起った。孤蝶の論はとりわけきびしく、藤村の小説は〈センチメンタルな壮士芝居〉にすぎず、事実と相違し、〈描かれた人物は藤村好み〉であるなどと、自己の気質や事件を他者に託して描いた韜晦を批判したのである。藤村は大きな衝撃を受け、〈人をして悶死せしむる底のもの〉(明治四十年九月十日付神津宛書簡)という感想を洩らしている。このため、「並木」は『藤村集』への収録に際して、友人の批判を受けいれた形の削除を主とする大幅な改訂がほどこされ、結果として、作品の完成度が著しくそこなわれることになった。……

——『島崎藤村全集3』(筑摩書房)解説から

解説文中にある島崎藤村手紙の前後を補足しておく。

明治四十年九月当時、島崎藤村はすでに妻子がいて浅草新片町在住、前年出版した『破戒』は発行部数も衰えず七月に五版が五百を残す状態で、朝日新聞の好条件のもと『春』の準備に取り掛かり、その次に書く長編をも睨んでいた。手紙には、東京下町の出水の様子も描かれ、幸いに難を遁《のが》れた藤村の家族には次男鶏二が生まれたことも記されている。

別封「並木」に対する馬場、戸川、二君の意見を掲載せし雑誌御送附致候。御一覧被下度候。思ふに馬場君の皮肉なる文章は、人をして悶死せしむる底のものに候。馬場君の如き友人ある間は、幸に小成に安んぜざることを得べきか、「春」を書きつゝある小生は、この文によりて非常なる刺激と勇気とを得申候。（中略）今や文壇は、革新潮流の中に立てり、此際猛進の外なく候。

一昨八日午前六時半、男児出産荊妻《けいさい》も別条なく候。御休心被下度、末筆乍御令閨《れいけい》へも宜敷御伝被下度候。

九月十日夜　　　　春樹生

猛兄

——「島崎藤村書簡／信州北佐久郡・神津猛宛」四十年九月十日

一葉日記中に禿木と並んで「気骨無き」とも書かれた川上眉山の自死が明治四十一年六月。「暗潮」断筆後の不遇の中、藤村らの主導する自然主義文学の牙城《がじょう》「竜土会」へも顔を出し、自己改革に取り組んでいたさ中の死だった。

一葉日記の含まれた馬場孤蝶編『一葉全集』前・後編が博文館より刊行されるのは明治四十五年のことである。

……………………

母はふじ姉の家へ、邦子は晴れ間を縫うようにして友達と一緒に勧工場へ買い物にでかけている。雨が降ったり止んだりの静かな五月の午後は、先程からはまた、さよならを反芻《はんすう》するのに向いた曇り空だ。それでも森羅万象は色めき立ち、鮮やかな緑の気配が閉めきった障子窓から柔らかな光に乗ってやってくる。

今日の日差しのような微笑みを浮かべ、夏子は二月二十三日の孤蝶の手紙を畳の上から取上げ表書きに眺め入る。それからまた膝の上へ乗せて、都合三通の〈左様なら〉の温もりと重さに、そうして堪えようとした。

「三通目の左様ならが、これ」

三通目の〈左様なら〉には、東京の親元から結婚せよと言われたことが面白可笑しく書かれている。野生の獣が檻の中へ入れられたような悲痛さを訴えながら、夏子から疎《うと》んじられそうな秋骨を庇い、「此四月初には是非一度帰京し度い」とも告げ、続けて「其時には少々はお土産をも持ッて行く積りだ、色男は何所でも色男である、つらきは女にたやすからず思はるゝ身の上だとつく〴〵恐れ入ッて居ると先ヅ大にのろけて置く、面白い事は都には多からむ、何か少しはお裾分を願い度い」とあった。

儚い約束は果たされず、四月に孤蝶の訪れはなかった。

夏子は溜息と一緒に、何かしら力の脱けていくような思いを味わう。この虚ろな疲れはどうにもならない。去年と今年とで、めくるめくほど大違いの五月。去年から覚悟はしていたはずなのに、孤蝶のいない五月は淋しかった。森鷗外から手放しで絶賛されても幸田露伴から褒めちぎられても……淋しかった。

文の冒頭を思い出しながら首を傾げ、帰ってこなかったその人に向けて言う。

「長々と御親切なお手紙を難有《ありがと》うって、もしや、たけくらべのことなの」

思い過ごしかもしれない。考え過ぎかもしれない。

けれど一度疑ってかかれば、何もかも言外の意味がちらついて見えてくる。

たとえば「其後はます〳〵御清栄な御事だろうと存ずる」というのは、星野天知の砂糖問屋、伊勢清にかけて『文学界』編集部のことを言ったのでは、などとさえ思うのだ。たしかに、孤蝶の二月二十三日の手紙が来たのち、二月二十九日『文学界』第三十八号には星野天知による「たけくらべ」評が載せられた。厭世観を一葉の特徴と述べた一文は、この連載作が近くまとまって世に出るだろうと一括掲載の予想を記している。

「よしましょう、よしましょう、そんな風に考えるなんて、それこそ、病、膏肓《こうこう》に入るというものかもしれませんものね」

そんな風に独り言を言いながら、ふと喉元へ手をやる。

四月に戸川達子が遊びに来て、たいそう心配してくれた咽喉《のど》の腫れが、五月の末になってもいっこうに退《ひ》かない。達子の父戸川残花が心配して縁談話をもってきてくれたのは一昨日のことだった。

「わたしにだってまだ縁談の話がきますのよ。まんざら捨てたものでもありませんわ」

三通目の〈左様なら〉を手に取ると、夏子はつんと澄まして見せる。ふざけて、戯《おど》けて、悪口を言い合って、今ここに孤蝶がいてくれたなら、どんなに楽しく話が弾むことだろう。

きっと夏子は聞かないのだ。

どうして四月に訪ねてくれなかったか。どうしてずっと手紙をくれないのか。

ひるがえって「此四月初には是非一度帰京し度いと思ふて居る」「其時には少々はお土産をも持ッて行く積りだ」が……『文芸倶楽部』への「たけくらべ」一括掲載ならびに『めさまし草』「三人冗語」での大絶賛という流れに、何かしら関連があるとしたらどうだろう。

表町組正太の、美登利の知らない何処か夜道を歩き回っての尽力が、陰ながらそこに加わっていたのかもしれない……そう思って改めて読めば、五月になって孤蝶から来た手紙は、まったく新しい息吹をもって夏子に語りかけてくる。憧れも自負も達成感も、自己嫌悪も、罪悪感も、悔恨も、文面に息づいている。よそうよそうと口に出して言いながら、美登利夏子は封書を膝に、またしても考え始めるのだった。

思えば『文芸倶楽部』の「たけくらべ」掲載頁には、提灯に描かれた文字として題名が掲げられている。著者名は樋口一葉女。それまでの一葉女史でもなつこでもない。

そして雑誌本体の表紙絵。砕ける波頭のはざまに見えるのは海底のありさまか、潮の引いた浜辺か、海草と貝が富貴寄せのようにあしらわれている。和歌の世界に今も残るいにしえの約束事を封じ込めた意匠だろう。海草にはみるめ、見る目、会うの、そうして貝には甲斐と会が、暗示されている。

「敦賀の入海のいかに楽しかりしかは君のはかり給ふ所なるべし。孤蝶、あなた手紙にそう書いてきたけど、わたしの知らない、敦賀……鶴賀の入海計画、なんてものがあったりしたのかしらん」

表町組正太孤蝶と、博文館大橋乙羽。

男同士、心と心の響き合いが生んだ、それは企《たくら》みではなかったのか。

大海原へと一葉舟を無事に送り出し、「たけくらべ」が文海の大物たちの注目するところとなり、樋口一葉が一躍脚光を浴びるという仕組みは。

あくまで仮定の話だが……夏子が本心では待ち侘びていたかもしれぬ孤蝶本人の訪れが四月になかったのも、華々しい文海祭りのさなか、提灯持ちの黒衣は、黒衣らしく引き込んでいようと洒落たものとも考えられる。

それとも……孤蝶には何か別の思いがあったのか。

孤蝶の手紙が自分の結婚話を笑話にして伝えてきたのは、眉山一葉婚約の噂が高まっていた頃である。眉山に譲ったという言い方は妥当でないかもしれないが、一途に一葉に尽くす眉山の姿に、感じる所があったのかもしれない。

いずれにしても結婚申し込みなど言い出せなかったのだろう。親を養いながら出稼ぎの身では、夏子の才能をつぶしてしまう恐れがあるし、女を超えたものへと変化しつつあるような夏子に、生理的圧迫すら覚え始めていたのではあるまいか。その筆に翻弄される自分をも含め「己らは嫌だな」と感じていた正太孤蝶だったのでは。

夏子は三通の〈左様なら〉を畳の上へ戻し、この五月にきた手紙を手に取る。

優しく眼差しを注ぎながら、その人に語りかけるように呟いた。

「すばらしい文章ね、孤蝶。あなたは大丈夫、まだまだ飛べるわ。冬が来ても、年を越えても、まだまだずっと」

黒目がちの眼を、そこでちかりと光らせて微笑む。

「……きっと死ぬまで大丈夫」

ほほほほ。

ははははは。

いつかのように二人して、弾けるように大笑いしたい。

皮肉も怨めしさも批判も怒りも、人恋しさの中に埋めてしまおう。懐かしさの中へ。

微笑む夏子の頬を、ひとすじの涙はつたたって流れる。

五月十二日夜に馬場孤蝶が一葉へ書いた手紙、全文を引用しておく。

汽車の出る度都恋しく候　此の頃の朝夕の御たづき如何に御座候哉おんいたづき此程はおこたり給ひしや何事とて取り紛る丶事はなく候らへども所謂倦怠の時代にや候べき筆執るも物憂く昨日けふとのび〳〵に相成り心にはか丶りながら御見舞も中上後れ何共恐入り候　湖畔の花に浮れて都をば忘れたるかなど例の御口のよろしき所は平に御容赦相成り度候　前山の新緑を霧に埋むる初夏の雨の降りては止み止みては降る朝夕の懐可笑しきほど沈みたる折

柄御高作われから確に拝誦　例の御哲理あり〳〵と現れ候てまるで君の声を聞くが如き思の致され候　世の所謂罪なき罪人に寄せらるゝ御仝（同）情の程近来の女性中稀に見る所にして頗ぶる我党の意を強ふするに足ると感佩《かんぱい》此事に御座候　まづ〳〵余りゑこぢな事をば仰せられずます〳〵御奮進あらむ事を希望仕候　此と同時に小生は君が御身躰の御健全ならむ事を祈り申候　君も小生も共に非常なる責任を担へる身なり死んでも死なれぬ身なり、孝心なる君が覚悟は小生常に知る所なれども猶御自愛の上にも御自愛を重ねられむ事を願候、眉山には健康問題を論じ置き候らへども彼はこんな事位は何共思はぬやうに候　彼は実に超絶意見論なるべく候　されど貴家へ罷出《まかりい》で候機会もあらば宜しく御意見なし被下度奉願上候

こゝもと、只々馬鹿〳〵しき事のみに御座候　去る四日筑紫より姉が参り候て当地に一泊いたし申候て若狭の方の妹を訪ふとて北国路に向ひ申候　まことに五年振の出会に候らへば只何となく喜ばしく候ひし、敦賀の町まで送り行き候て敦賀の松原といふを一見致し候内海深く入りて碧波畳の如く岬角蒼ゝ《こうかくあをあを》と長く延びて外洋の浪と戦ふに似たり、古松青々たるなかに一人立てば松籟物寂びて、身は他界に運ばるゝが如き思のせられ候ひき此にすみれあり其は其折のかたみなり、此をば御座右にまゐらす、敢て一首を給はらむ事を願ふ。

　帰途敦賀の停車場にては駅長と間違へられ、特別下等の汽車中にては生意気な商人躰の男に生徒と間違へられ、中卒は地方が徳なりなど説諭を食ひ申候　制服にて米原の停車場の内などに居り候らへば何時でも汽車の時間を問はれ中候それも無理ならぬ事に候　新入りの下級の生徒などは、あれは上の級の生徒だからなど中候て敬礼せぬ者も有之候大笑に御座候

最もおかしきは前条姉の参り候時分生徒間并《ならび》に職員の或部分には小生の女房が参りたりとの評判相立ち候由にて或者の如きは小生の言いなづけが来りたりとまで解釈付きにて取沙汰致し居りたる趣に候　当年三十九歳の妻をしよい込み候ては大迷惑の至なりと姉共々抱腹仕り候　都も随分の事ながら田舎と来てはたまッた者にあらず、男と女と居るのを見れば何か訳でもあるやうに取りざた致し候事に候　此辺の人間は自分共が卑劣であるから他人も皆己等と仝じ者だと臆測致し候様に御座候　只管呆るゝの外なく余りの事に馬鹿馬鹿しく候

何か書いて見やうとは思ひ候らへども筆執る勇気更に無之候　さればとて読書もせず、家の中は支へるやうにて気持悪るければいッも〳〵戸外をさまよひ申候湖上の眺面白く候　雪残りなく消ゑ失せし比良の高峯は藍色いと濃き空におかしき曲線を描き竹生多景の嶋々の泉水に遊ぶ亀のやうなるなかを、白帆の二ッ三ッ悠々と過ぎ行くなど見るだに心は身を離れ候様に思はれ候　かゝる所にありて、猶一文一句の成るなきはいよ〳〵小生には詩想なき事と諦め申候　まァ高々英語の教師ぐらいが相当なるべきをよしなき非望を抱き候事かへす〴〵も汗顔の至りに不堪候

汽車の音の西より来りて東に去り候をきゝては、さま〴〵なる事を思ひ候　あはれ此の汽車の如何なる悲ある人を乗せて行くか、如何なる喜ある人を乗せて去るか、方数間なる車室の内肩を連らね、膝をならぶる人々のなかにも、千里の差は其心にあるべし、心々ぞ世なりけり、嗚呼泣く人笑ふ人と共に隣り、しかも一枚の肉の垣一重を隔てゝ互に其心の秘密をば言はず語らずして別れ行くものまことに人の世の姿なり、汽車の車室は此の理をいと明《あきらか》に説《とき》

明《あかし》たる者にあらずやなど考へられ候、まして車燈油正に尽きむとしてほのぐらき車室に一人座して、蛙の声虫の音さびしきなかを走り行く夜半心に悲みある人のいかに悲しかるらむ、汽笛の声は悲しき響きを空に漏らして車輪の音の何とやらむうらがれて聞ゆるなど、悲からぬ身にても旅の心にはひしとこたゆるものを。……名曲クロチエロアの中の主人公ポズヌイセフが影くらき燈下に語りし光景の目に浮びて身の内寒き心地ぞせらるゝかく書きつゞくる内汽車は果して西より来り候　今夜は何処迄ぞ名古屋か浜松か、さては静岡か、一歩にても都に近き方に行くと思へば、なつかしさ堪へ難し、はかなき人の話にも耳傾けて、都近き響やあると聞けども聞けども其甲斐もなし、我死なば時鳥《ほととぎす》となりて都にや帰らむ、はた鳰《にほ》の海に浮べる水鳥となりて都恋しとや鳴かむか隔つれど同じ亜細亜の月を見ると近きほとりの少女は歌へど、友はいかに親やいかにと思ひ出でゝは、此頃の星なき闇の思ひにかきくるゝばかりに候

鳰の海の景色面白し、されど小生は彼の箱根路の海に見換へむとは思はず、真鶴が崎大島のけぶりと思ひ、続けては只翼なき身を朝な夕なうらみ続け候　恋草のしげり合ふたる夢は昔なれど、海の面の浩蕩たるけしきは何時までも我等の心に消ゑざるべし、白波は立てど辛からぬ水のなにゝかせむ、濶《ひろ》しといへど数里に限られたり、山あれども床しからず、鳥浮べども楽からず、海にあらずば我心を慰すべきなし、敦賀の入海のいかに楽しかりしかは君のはかり給ふ所なるべし　死したるが如き此の職業の遂には小生をして精神上死せしむるにはあらずやなど疑ひ申候　流るゝ水に似たる光陰いかでか我を待ツべき今年も早半ば過ぎむと

すこし方を顧れば慚汗背に満つる事のみ多し、碌々成す所なき老措大《ろうそだい》の身はいかなるべきやがて見やんせ二頭馬車でと自ら歌へど、其馬車は獄裏に通ふものにはあらずやと冷笑ふは我心の暗き側なり、明日は、明日は、かく思ひつゝ、いツしかに墓場に入るべし、目出度もあり、目出度もなかるべし、夜ふけて蛙声遠く近く聞へたり進まぬ筆を喝して此までは愚痴をこぼしたり　真面目なるもあり　いゐかげんなるもあり御笑被下るべし、末ながら御家内様御一同へよろしく御鳳声奉願候

五月十二日夜　敬具
勝弥

一えふ様

折ふしは御うるはしき水茎の跡をも
拝ましめ給へ、すねたものでも御座んすまゐ　謹言

何度もくりかえし読んだその手紙を、夏子はもう一度静かに読み終えると、孤蝶の温もりを探すように、また自分の温もりを重ねるように手の中で折りたたみ、ふたたび封筒へ戻すときには、大切な人の背中へそっと羽織を着せかけるような面持ちになった。

ひとりぼっちの歌留多取り最後は、ひとつひとつ手紙に頷き、囁きかけるようにしながら文箱

におさめる儀式にかわる。「雪浮れの手紙」を手に取ったときには、もう心は決まっていた。

「さようなら」

文字に書かない〈左様なら〉を告げる手紙を書こう。

五月十二日の手紙をもらってからも、時間は何かしら加速されつつ、まるで飛ぶように過ぎていった。顔に平静を装いながら、しずかにしずかに肩で息をするような日々。今日はもう三十日。明日は五月のつごもりで、仕事は一段落したものの、借金返済のやりくりに相変わらず頭が痛い。

（借金ばかりじゃない、家柄のことも含めて何もかも、本当のところの弱みは孤蝶に見せられなかった……だからわからないでしょう、諦めよう諦めようとするわたしの思いが）

でも、それでいいのだとも夏子は思う。

冷たくて、高慢で、無情な女と思ってください。

男心も知らぬ、興ざめな女だと思ってください。

あきれるほど鈍感だと。

けっこう俗に、女臭いとも。

目の前の男の恋心を回避する術にばかり長けました。……これも一葉女史の役柄。

最後のこの役柄を、命懸けでまっとうしようと思う。


余り久しき御不沙汰に相成り申候　けふは〳〵と存じながら日々つむりのなやましさに何するものうく本もよまねば手ならひは更なること人とものいふもいやにて暮し居り夫れ故

の怠りに候日々母と妹の右左よりせつきて馬場様への御返事かけよ〳〵とせきたてられ空しう返事のみいひ〳〵今日までにハ相成しに候所けさは雨降て物の淋しさ堪へがたく今小石川の稽古にと出づべきなれど夫れも憂くつらければとりとまらぬことしたゝめ出で申し候　私は此春御めにかゝりし頃よりの病気さらによく成り申さずたゞ気がふさぐやうにて困り入候文学界のうらわか草二十七日に世に出で申候へどこれに何かしたゝむべき御約束成しもつひ出来候ハず誠に筆など持つこといやに成りはて候　このほど人の訪ひ来て御もとは近ごろのやうに筆とる事をいや〳〵といふほどにやがて全く物かゝれぬやうに成るべしといはれ申候さなるべきにや候ハん、おもしろしと思ふ事もなし、筆とりて物いはんといふやうな力を入るゝこともなし、よし又力を入るゝやうな事ハありとも此方づれがつべこべ何の用をかなし候ハんや無用のことをしたり顔にして居るほどくだらぬものハあるまじく候　さりとて是れをすてゝ外に何のおもしろき事ありといふにもあらず移らばやと思ふ業もなし、誰れやらが歌に、しかりとて背かれなくに事しあればまづ歎かれぬあなう世の中といふが御坐候断つことのかなハねバこそほだしといふには候ハめ、私ハ日々考へて居り候、何をとの給ふな、たゞ考へて居るのに候大底の人に思ふ事をうち明けたとて笑ひごとにされて仕舞ふべきに候まゝ私は何もいはぬ方が洒落て居ると独ぎめにして居り候たゞ女に候もの、好い着物をきて芝居でも見たい位の望ミがかなハねバ彼のやうにぢれて居るのであらう、といふやうな推察をされて馬鹿にされて嘲弄されてこれで五十年をやつさもつさに送つてそして死んでしまう事かと思ふに其死ぬといふ事がをかしくてやつとほゝゑまれ申候　こんな事ハどうでも宜いのに候へどつひ御心安だてに下らぬ事を書き申候　御前様はいよ〳〵御ふるひ二頭馬車の御威勢をば御しめし下され度待渡り参らせ候　こゝの平田ぬしは男爵末松といふ仇名のもとに揚々としておはしまし候　戸川さまハとかく病ひがちのやうに承りしが此頃すこし御勢ひよきもやう御同人として御文通しば〳〵おはします事なるべく此度の試けん終り給はゞ御地へでも遊びにお出かけなされ度おぼし召らしく承り居り候　暑中の御休ミにはかならず御帰京の御事かと待たれ候　いつ頃より御休ミに相成候や筆はおもふ事のかゝれで口をしく候まゝ御めもじの折のみ待たるゝに候

此ほどハ御こゝろいれの花すみれ嬉しきことは御礼の筆たるまじくたゞ手なれの書物のうちに納めて長く余香をとかたじけながり居り候　久々にて御姉上様に御逢ひ遊ばされ候　御嬉しさのほど蔭ながらもおしはかり嘸《さぞ》かしと存じられ候　奥様とまがへられ給ひし由さて御ゆかりのお文様お広どのなど参られなばいかならん定めし蜂の巣をつゝきたるやうのさわぎ成るべしとをかしくてどうやら其やうの事あれかしと願ハるゝ心地も致し候

ありし画の事いかさまに成り候ひけんあの子は今も御身近くに参り候やにほの海近くにも風流はおはしますものをミるめなき浦との給ふこと心得ず箱根は箱根、近江は近江、二かたに分けて同じやうに御あはれびつかはさるべく候

この文したゝむるうちにをかしき事いろ〳〵湧来て猶中上度心地ニ候へど時たま文さし上ながら又口わるをいひ出しよなどの御かげごと侘しくこれまでにとゞめ申候そのうち〳〵

かしこ

三十日

なつ

馬場様

御もとに

――「樋口一葉書簡／馬場孤蝶宛」五月三十日

……ゑゝ厭や〳〵、大人に成るは厭やな事、何故《なぜ》このやうに年をば取る、最《も》う七月《なゝつき》十月《とつき》、一年も以前《もと》へ帰りたいにと老人《としより》じみた考へをして、正太の此処にあるをも思はれず、物いひかければ悉《ことごと》く蹴ちらして、帰つてお呉れ正太さん、後生だから帰つてお呉れ、お前が居ると私は死んで仕舞ふであらう、物を言はれると頭痛がする、口を利くと目がまわる、誰れも〳〵私の処へ来ては厭やなれば、お前も何卒《どうぞ》帰つてと例に似合ぬ愛想づかし、正太は何故《なに》とも得ぞ解きがたく、烟のうちにあるやうにてお前は何うしても変てこだよ、其様《そん》な事を言ふ筈は無いに、可怪《をか》しい人だね、と是れはいさゝか口惜《くちお》しき思ひに、落ついて言ひながら目には気弱の涙のうかぶを、何《なに》とて夫れに心を置くべき帰つてお呉れ、帰つてお呉れ、何時まで此処に居て呉れゝば最うお友達でも何でも無い、厭やな正太さんだと憎くらしげに言はれて、夫れならば帰るよ、お邪魔さまで御座いましたとて、風呂場に加減見る母親には挨拶もせず、ふいと立つて正太は庭先よりかけ出《いだ》しぬ。

――「たけくらべ（十五）」（『文学界』第三十七号）二十九年一月三十日

自尊心が高くて、自信に欠けて、傷つきやすく、同情心に富んだ……困りものの優しさは、顔で笑って心で泣いて、何事でもないように諦めようする。

それは二人とも同じ、からきし自信がないから、から元気を見せるのも同じ唐衣《からごろも》。

哀れさを自分に許し難いのも同じ。

天津風《あまつかぜ》身にしむばかりの恋心を、五月の空ふく風の、吹き流しにしてしまう。

孤蝶について、夏子がちょうど一年ほど前に「優美高潔かね備へてをしむ所ハ短慮小心大事のなしがたからん生れなるべけれども」と日記に書いたのは、孤蝶の正義感と同情心が、覇権などにつきものの暴力的なまでの強欲に欠ける……あざといほどの自信や自己中心的発想からは遠いと見抜いたものだが、つづく筆の呼吸では可能性として高く評価し「一《ひと》たびおどらば山をもこゆべし」、孤蝶のそうした質が、時と場所さえ得れば見事に存分な花を咲かせるだろうことも予見していた。

やがて日記を含む『一葉全集』の編集を馬場孤蝶が手掛けるに至ったのは、斎藤緑雨の眼力や邦子の信頼がそれを許したからだろうが、泉下の夏子もそれをよしとしたのではあるまいか。何の思い煩いも、束縛もない、恋草の茂り合う永遠の夢の中で、「おもふ事こゝろのまゝにいひもしつ　おもへることさながら人のしりつるなど嬉しかりし」と身を委ねたのでは。

眉山が命名してこの二十六日に出た『うらわか草』に、樋口一葉は『読売新聞』月曜付録へ昨年連載した随筆「そぞろごと」を「あきあはせ」と改題して載せた。

桃水への思い、孤蝶への思いが、ひそやかに籠められたものである。

……………………


孤蝶への手紙をしたため終えて、夏子は筆を擱く。

咽喉の腫れを気にしてまた手をやりながら、自分自身に言い聞かせるように呟いた。

「少し疲れが出てきたけれど、あともう少しね」

そう言ってからほろ苦く目顔《めがお》で微笑み、首を傾げる。

何がもう少しなのか分からなくなっていた。

この世に夏子がたまゆらの生の時間を尽くすまで、残りわずかあと半年。

「父さんの祥月命日までにわたしの最初の本が出た。だから……だから、もういいよって誰か言って欲しい」

訴える人もいない虚空へ、ささやかに泣き言を言ってみる。

書くのがものうい。

書いてのち出来る波紋がおそろしい。


……………………

もういいよ、なっちゃん、好きなようにして。

邦子は心の中で言っていた。

もう大分前から隣の部屋に戻ってきている。間仕切りの襖がほんの少し開いていて、息を殺しそっと目を近づけて垣間見た情景に心打たれていた。抜き足差し足ではないけれど、夏子の仕事を邪魔しないよう、ひっそりとなりをひそめるのが身の習いになっている。

わたしはこの先、無色透明の、なっちゃんの空気になる……。

思いを新たにそう決めて、夏子を受け止めようと思っていたのだ。

何しろ空気なのだから、孤蝶からの手紙はすべて読んでいた。孤蝶のものばかりではない、此の所ほとんどの書簡は邦子も目を通す。喪中の桃水に年賀状を出したり、仕事に没頭する夏子の中では時間の流れが錯綜してくるらしく、仕事上の渋滞を避けるためやむなくそうしていたのだった。――このとき邦子はまだ読まされていないが、実は夏子がさっき書いた手紙の中にも、時間と記憶の混乱は生じていて、「お文」という女性はすでに亡くなっていて、孤蝶は前年九月五日手紙で彼女の死を告げてきていたのだが、夏子はまるでまともに手紙を読んでいないかのように忘失して、孤蝶を冷やかしている。そして後年、孤蝶はこの「お文」について彦根での隣家の小間使いと紛らわしい書き方をし、少なくとも夏子の過ちを指摘してはいない。自作「みをつくし」のモデルとなった「お文」すなわちおくらについて孤蝶が記憶を誤つ訳がないから、彦根時代に同名のお文が身近に存在したのでなければ、これは夏子の当時の記憶の混濁を庇ったものとも思われる。とすれば、のちに慶応義塾の大学教授ともなる孤蝶の、身に付いた優しさ、さりげない紳士の振舞だろう。

夏子が筆をおいたのを見計らって、邦子は息を殺すのをやめた。

同じ空気でも、今度は生き生きと動いて音を立てる空気になる。それでも雨足が勝ってきたから、邦子の居るのに夏子はまだ気がつかない。

友達に頼んでおいた端切れを広げ、針箱を出し、さて、模様にそって刺繡をさして襟にしようか、二枚の切れを中程で縫いとめて帯揚げにしようか……世の中にはこんな楽しい悩みもあるものを、と胸を切なくさせながらその場へ座り込む。急ぎ足で帰ってきてお茶もまだ飲んでいないけれど、もう少ししたらお三時にしよう。粕漬の瓜もあれば南瓜の煮たのもある。そう思いながら涙のこみ上げてくるのを堪えようがない。

一口に言って、わたしは文士がきらい。評論家もきらい。出版社の人もきらい。

文壇の人たちはみんな嫌い。

空気らしからぬ好き嫌いを苦々しく顔に浮かべて邦子は首を振る。

空気だから口には出さぬが、孤蝶の手紙もひどいものだと思っていた。

思い出せばむらむらと腹が立ってきて、禁を破ってこう呟く。

「名曲クロチエロアの中の主人公ポズヌイセフですって。横文字つかえば、こっちが知らないと思って」

名曲クロチエロアの中の主人公ポズヌイセフが影くらき灯下に語りし光景の目に浮びて身

の内寒き心地ぞせらるゝ

――「馬場孤蝶書簡」二十九年五月十二日

トルストイ作「クロイツェルソナタ」。

三人冗語にも名曲「クレッツエロワ」と紹介されていたトルストイの小説……。

不貞の妻を殺すに至るまでを、夜汽車の中で語るのがポズヌイセフだ。

孤蝶はトルストイ小説の作中人物に自分を擬していたのだろうか。

ならばいったい誰を殺したというのか。もし夏子だと言いたいのなら、残念ながらまだ姉さんは生きている。四月に孤蝶が来なくたって、三通も「左様なら」手紙をもらったって、生きている。誰にも死なせはしない。殺させるものか。

一葉作品「われから」の女主人公も不貞の妻だ。養子の夫は外に妾を囲い子供までつくっているが、書生との不貞を理由に「今はと思ひ断ちて四月のはじめつ方、浮世は花に春の雨ふる夜《よ》、別居の旨をいひ渡しぬ」。

不貞の妻が夏子なら、相手の書生は誰。

現実に噂の書立てられている眉山か。

「たけくらべ」においては横町組の信如藤村か。

そんな…………………

昨年の十月ごろ、夏子が嬉しげに言っていたのを思い出す。

――孤蝶ったらね、まるで自分の恋人か奥さんにでも書くような手紙をくれるのよ。

そうして孤蝶が大阪の曾根崎遊廓を通り抜けながらの感慨に「小春が姿髣髴として我胸に落つ、されどこゝには車を止めざりければ御安心あれ《ナニ夫れは嘘だろうなどゝは仰せられまじく候》」と書いてきたのを、面白可笑しく、声色《こわいろ》を遣《つか》って邦子へ読んでくれたものだった。

夏子の病状の悪化しているのを、孤蝶は秋骨あたりから知らされているはずだ。

それなのに……。

夏子の健康を心配するような事を書いてきて、眉山の健康にも意見をしてやってくれなんて書き添えて、鈍感だったらありゃしない。そのあげくのポズヌイセフで、至れり尽くせりのいい男ぶり、惜しむらくは短慮小心大事のなしがたからん生れだ。女一人ひっさらって行けもすまい。

「左様なら」にもほどがあろう。


……お前様どうでも左様《さう》なさるので御座んするか、私を浮世の捨て物になさりまするお気か、私は一人もの、世には助くる人も無し、此小さき身すて給ふに仔細《わけ》はあるまじ、美事《みごと》すてゝ此家を君の物にし給ふお気か、取りて見給へ、我れをば捨てゝ御覧ぜよ、一念が御座りまするとて、はたと白睨《にら》むを、突のけてあとをも見ず、町、もう逢はぬぞ。

――「われから」(『文芸倶楽部』二十九年五月十日)

「一念が御座りまする」

半眼に呟くと、しばし表情を据えて邦子は座っていた。

先程からまた繁くなった雨足はひたひたと忍び寄る何ものか気配のようだ。

針仕事を膝に、耳をそばだてて邦子は待ち受ける。

あてどなく、あんなにも夏子が待ち侘びたものの気配が、ようやくその輪郭を露にし始めている。襖の隙から窺えば、夏子は机の前に座ったままうつ伏していた。

待ちくたびれて夏子が眠るなら、わたしが起きて待っていよう、何ものか見届けるまで、目を覚ましていようと邦子は思う。

――わたしは八字に生まれたのよね。

いつだったか、そんな風に夏子の言ったのを思い出す。

樋口家の父則義が丁寧に保管していた書類の中には、夏子の出生届もあり、西洋式時刻をそう表記していた。明治五年は、月暦から太陽暦へと、日本人のそれまでの暮らし振りが根底からくつがえされる大転換の年だった。

――偶々《たまさか》のこじつけなのだけれど、朝鮮語では運命を八字と呼ぶのですって。

話のはずみで半井桃水から教えられたのか、久佐賀義孝からでも聞いたものか。

干支《えと》八字で吉凶生死をみる古代中国のものさしが、朝鮮から日本へと広まり伝わったことにロマネスクを感じている口振りだった。『源氏物語』を愛した夏子には、源氏に予言をする高麗《こうらい》わたりの相人《そうにん》の詞が思い浮かんだのかも知れない。

夏子はそのとき、こうも言っていた。不思議なほど澄みきった表情だった。

——北村透谷は、運命を「かみ」と訓《よ》んでいるわ。

舞ふてゆくへを問ひたまふ、
　心のほどぞうれしけれ、
秋の野面をそこはかと、
　尋ねて迷ふ蝶が身を。

行くもかへるも同じ関、
　越え来し方に越えて行く。
花の野山に舞ひし身は、
　花なき野辺も元の宿。

前もなければ後もまた、
「運命《かみ》」の外には「我」もなし。
ひら〳〵〳〵と舞ひ行くは、
　夢とまことの中間《なかば》なり。

——北村透谷「蝶のゆくへ」二十六年九月

……………………

『文学界』連中は、どうあれ北村透谷の才能を高く評価していた。

それぞれに強くその影響を受けてもいた。

海の好きな馬場孤蝶も、透谷「一夕観《いっせきかん》」の描写には感じるものがあっただろう。五月の手紙にあった箱根路の海は、透谷の生地小田原からの眺めでもあった。透谷はまたよく蝶の詩を書いており、二十五年八月には「孤飛蝶」もある。

西村家の縁すじにあたる穴沢清次郎が、夏子当時の『文学界』振りを聞かされている。

「北村透谷をたいへん尊敬していました」

「尾崎紅葉は通俗作家の雄にすぎないとも言っていました」

昭和に入って、すでに老境に入っていた清次郎はこう語った。

網膜炎を患って入院したり父が刺客に襲われて急死したりで慶応義塾の予科を中退した清次郎青年を、夏子は弟のように気にかけ、心許していた。古典の分からない所を夏子から教わりながら、清次郎は昨二十八年神田錦町にある錦城《きんじょう》中学に編入学している。

夏子に客があれば遠慮して邦子たちの部屋へ引き込むから、直接顔見知りになることはなかったが、関如来や川上眉山とも訪問がかちあったりした。

その清次郎が孤蝶についてこう語っている。

「孤蝶のことは弟のように愛していたようです」

……………………

こないだ清ちゃんが久しぶりでやってきた。仙台の二高めざして勉強中の身だけれど、なっちゃんの『通俗書簡文』を買って拾い読んでいるとのこと。一家に一冊、手紙を書く時の参考書にと思って買ったのだけれど、あれはおもしろいね、気分転換にとてもいいと言って褒めていた。聞いたなっちゃんの、それはまあ嬉しそうだったことと言ったら……。仕事部屋の方で二人してしばらく話し込んでいたようだけれど、帰り際、清ちゃんは少し離れた茶の間へ挨拶に来て、どうしてよいやら分からないような、少し驚いた顔でわたしに告げた。くうちゃん、ぼくは今日初めてなっちゃんの涙を見た。何だかいたたまれない思いになったよ。

そりゃ誰かさんの泣き虫が感染《うつ》ったんじゃないかしらとわたしが呟いたら、清ちゃんは実はね、その泣き虫さんのことで泣いていたんだよと言う。

眉山はにやけ男。

孤蝶は泣き虫。

清次郎の前で大の男をからかってそう呼ぶとき、それは意地悪な陰口ではなくて、自慢話なのだ。そんなとき、まるで美登利のように派手で美事、お姫さまぶりの高慢ちきがサマになる夏子だった。

清ちゃんの前でなっちゃんが涙を浮かべたのは、親孝行を語ったときらしい。

自分は親不孝だと言って、孤蝶が泣いたという。

「……つまるところ、ぼくは親不孝な人間なんだね」

溜息混じりに孤蝶が言った。

親不孝に託して孤蝶が何を言いたいのか……夏子はそっと首を傾げて見せながら、例によって心の中では身構えていた。

柔らかく、受け止めながら押し返す、その気合いについては習熟している。

習い性になっているという言い方の方が、今や正しい。

中等学校の英語教員検定試験に合格して大喜びもつかのま、地方赴任を目前にした孤蝶は、別れを前に切迫した気分で、足繁く水の上の家へ通ってきていた。新参ながら御常連になりつつある眉山に張り合う気分もあったかしれない。

ただしその日の孤蝶は、いつもと違っていた。

「親を思ったら、こんなことはしていられないはずなのに……」

辛い独り言を、自分自身に言い聞かせてでもいるように言う。

「こんなことって、こうしてわたしの所へいらっしゃることかしら」

悪戯らしく夏子がそう切り返せば、

「いや、失敬、そんなつもりで言ったわけじゃない」

孤蝶はどこかうつろな眼をして受け答える。

今日も柳町の銘酒屋街を通り抜けてやってきたが、実らぬものへ入れ揚げる、男共の気持ちが分かる気がした。

なよ竹のかぐや姫。

どれほど足を運んでも、どれほど熱を上げても、ここにあるものはしんと静まり返った月影ばかり。手を伸ばせば水に映った月は砕けて、身は水底へ沈むばかり。

竜宮の乙姫。

海松《みる》の生い茂った海底《うなぞこ》の城での、絵にも描けない美しさ楽しさに幻惑され、我身の上を忘れ、時を忘れる……。

「母は何も言わないが侘びしがっているだろうと思う。年中ぼくを心配しているよ。辰猪兄のことでは、自分の命をへずるほど案じて、悲しがったからね。それなのにぼくときたら、いつだって何かしらよそ見して、家のことなどお構いなしなんだ。母の顔を見るのだって朝晩飯を喰うとき位だろう」

いつに似合わぬ無感動にそう言うとき、孤蝶は自分の心の中に、一匹の鬼の棲んでいるのを窺い見る気がした。

「人からは若いのに親を養って感心だ、孝行息子だと言われるが……好んでそうしているのではないから、ぼくの親孝行は偽物なんだ」

真実の孤蝶は、区々たる家の事情に左右されて上の学校にも行かれず、本当にやりたいこともできず、悶え苦しんでいるのだった。

伏し目がちだった顔を上げ、孤蝶はまっすぐ夏子を見つめた。

「今日はこれで帰ります」

言いながら何かを待っていた。

家の名も、親孝行も、義理合いも越えゆくものが、この海底の城に生まれて、その片鱗でも姿を見せるのを、待った。

「彦根へはいつ」

と、夏子が聞く。

「九月二日の予定です」

待ちながら、孤蝶が答える。

「お名残《なごり》惜しゅう。何かお餞別を考えましょう」

夏子が静かな微笑を浮かべてそう言うのを一瞬凝視、それから孤蝶は皓歯を見せた。

潔い、さわやかな笑顔でこう返す。

「どうかそんな心配は御無用に」

眉目秀麗はそのとき仮面になる。


……………………

なっちゃんが孤蝶の孝心に感じ入って、自分を孝子という者にまことの孝子はいまい、親の恩をありがたく受けながら、自分の不孝を歎くような孤蝶は本物だ……と涙したというのだけれど、清ちゃんの前ではそう言っても、ただの美談で泣くかなあ、孤蝶の手紙を読んだ後だったからじゃないかな、なっちゃんが泣いたのは。

親を引き取るためもあって京都か大阪へ赴任するかもしれないって一月末に孤蝶が言って寄越したのを、なっちゃん、例によって何でもない顔して読んでいたけれど、ひどく淋しかったんじゃないかしら。二月には結婚話があったけれど逃げまくるって書いてくるし、女にもてまくってるとも書いてくるし、もう〈左様なら〉の駄目押しで……けれど、もしそうやって駆け引きしてなっちゃんを引っ張るつもりなら、手紙の文字面通りに御本人さまが「お土産をも持ッて」四月初めに会いに来るはずでしょ。それをしないんだもの。

がっかりしないかな、普通の女の人だったら。

気落ちしないかな、病が進むほどに。

お土産ってもしかしたら、結婚の申し込み……そんな風に一瞬でも考えたりしないかな。たった一瞬でも心震わせ考えてしまったその後では、不必要なほど猛然と、或は冷然と、もしくは平然と、取り澄まして茶化して、否定するだろうけれども。

はい、樋口一葉は普通の女ではございませぬ、博文館の方で「たけくらべ」再掲載がありましたり、「三人冗語」で大物たちに認められ、文壇の曲者、かの斎藤緑雨が訪ねてきたりもいたします。

でもだからって樋口夏子が二十四歳の生身の女だということに変わりはないの。

新しい訪問者は引きも切らず、見知らぬ人から手紙もいただき、なっちゃんは弱った身体で貴重な時間を割いて、丁寧に返事を書いたり、期待して面接したり……母さんもわたしもはらはらしながら見ているわ。でもやめろとは言わない。なっちゃんの淋しいのがわかるから。

桃水から迷子になって……久佐賀に会いに行ったり、浪六に会いに行ったりしたのと同じ類《たぐ》いの事が、形を変えて始まっていたのかもしれないし……。もちろん、孤蝶から迷子にされたなんて思わない、孤蝶のせいで病が進んだとも責めない。はばかりながら樋口一葉が、孤独の中で、逆手につかむものの類い稀《まれ》さを知っているから。

けれどそれはわたしの強がり、樋口一葉の妹の、姉に代わっての強がりかもしれない。払っても払っても、不安は袂に追いすがってくる。

今のなっちゃんを見ていると、泉太郎兄さんの病みついた頃を思い出す。どうも普通の疲れ方じゃあない。大きな病院で診てもらった方がいい。大丈夫の一点張りでやり過ごせるようなものじゃない気がするの。自分の身体ですもの、なっちゃんに分かることがあるはず。

そんな中で読むとき、五月の孤蝶の手紙はやっぱり泣かせる。

「小生は君が御身躰の御健全ならむ事を祈り申候
君も小生も共に非常なる責任を担へる身なり
死んでも死なれぬ身なり、
孝心なる君が覚悟は小生常に知る所なれども
猶御自愛の上にも御自愛を重ねられむ事を願候」

その後にすぐ続けて、ほら、例の……眉山のことを言うのだもの。
「眉山には健康問題を論じ置き候らへども
彼はこんな事位は何共思はぬやうに候
彼は実に超絶意見論なるべく候
されど貴家へ罷出で候機会もあらば
宜しく御意見なし被下度奉願上候」
こんな手紙を読まされたら、わたしだって泣く。
違う、違うって言いたくて言えないから、心で地団駄《じだんだ》踏みながら泣く。
それだって孤蝶の胸へは飛び込めない。ああ、前にもこんな事があった、桃水の時にもおんなじだった、「孝心なる君が覚悟」なんて、それこそ偽物、自分の気持ちを偽りつづけながら、親孝行を言訳にする、深く根強い自分の怯懦《きょうだ》を憎んで泣く。
親孝行なんて自分で言うのはろくな者じゃない。なっちゃんは清ちゃんにそう言って泣いたそうな……。
泣いていたのは、そしてなっちゃんばかりではない。
「我死なば時鳥となりて都にや帰らむ、
はた鳰の海に浮べる水鳥となりて都恋しとや鳴かむか
隔つれど同じ亜細亜の月を見ると近きほとりの少女は歌へど、
友はいかに親やいかにと思ひ出でゝは、

此頃の星なき闇の思ひにかきくるゝばかりに候」

孤蝶こそが迷子になって、夜道に膝を抱えて泣いていたのかもしれないのだ。

提灯を傍らにふりおいて。

六月になって眉山のもってきた願ってもない読売入社の話を……なっちゃんは辞退する。

……だけれど彼の子も華魁に成るのでは可憐《かわい》さうだと下を向ひて正太の答ふるに、好いじゃあ無いか華魁になれば、己れは来年から際物屋に成つてお金をこしらへるがね、夫れを持つて買ひに行くのだと頓馬を現はすに、洒落《しやら》くさい事を言つて居らあ左うすればお前はきつと振られるよ。何故〳〵、何故でも振られる理由《わけ》が有るのだもの、と顔を少し染めて笑ひながら……

――「たけくらべ（十四）」（『文学界』第三十六号）二十九年十二月三十日

「鳰の海の景色面白し、されど小生は彼の箱根路の海に見換へむとは思はず、真鶴が崎大島のけぶりと思ひ、続けては只翼なき身を朝な夕なうらみ続け候　恋草のしげり合ふたる夢は昔なれど、海の面の浩蕩たるけしきは何時までも我等の心に消ゑざるべし、白波は立てど辛からぬ水のなにゝかせむ、濶しといへど数里に限られたり、山あれども床しからず、鳥浮べども楽からず、海にあらずば我心を慰すべきなし、敦賀の入海のいかに楽しかりしかは君のはかり給ふ所なるべし」

いやでも目に留まる、心にゆさぶりをかけてくる詞があるわ。

恋草のしげり合ふたる夢は昔……。

謎めいたそんな言い方で、孤蝶は何を言いたかったんだろう。

単に故事を引いて、かしこの土地柄について言ったのか。

それとも孤蝶が我が家にしげしげと通い、禿木、秋骨、藤村、敏、眉山……みんながなっちゃんを取り巻くようにいた頃の特別な親密さを思いながら、二人の仲を「たけくらべ」の美登利と正太の間柄に重ね見ていたのか。


………………

恋草を力車に七車積みて恋ふらくわが心から
——『万葉集』694

草の繁茂する勢いを恋の思いになぞらえた「恋草」はまたシェイクスピア『真夏の夜の夢』で、いたずら妖精パックが眠っている人の瞼へ垂らす魔法の惚《ほ》れ薬でもある。

故事に託して、昔の夢といわざるを得ないような儚さと甘美と哀れ……。

孤蝶が文中ひそやかに語り籠めたものは深い。

「たけくらべ」の連載が始まって完結するまでに、物語の中の登場人物ばかりではなく、一葉と孤蝶の間柄にも進行した身の上の変化。伴うように訪れてくる恋の終わり。

雪浮れの手紙から実は既に始まっていたそのゆくたてを、孤蝶は夢とみたのではあるまいか。無明の闇にとざされんばかりの物狂おしい恋心は、翼のない身をうらみ侘び、泣きながら思い切ろうとする。お互いの真剣さを包んだ、やるせない探り合いと駆け引きののち、男の親友と女の親友に二人の仲が落ち着くまでの辛さ。それさえもきっと後から振り返れば夢のうち、夢の名残りでもあることだろう。

恋の時間は、それでもまだつづいている。

夏子が去り、孤蝶が去っても、しんしんと降り積もる歳月のどこかに、今も埋《うず》み火のようにして燃え残っている。

樋口一葉が生前発表した最後の作品は、「ほと、ぎす」。

随筆すゞろごととして『文芸倶楽部』海嘯義捐小説《かいしょうぎえん》へ七月上旬書き下ろしたものだ。

恋草のしげり合う夢を昔にして、海の永遠を思い、敦賀の入海の楽しさをいい、

「我死なば時鳥となりて都にや帰らむ」

と書いてきた孤蝶の手紙を頭に入れつつ、いつも書くお夏さまの返事のように、品良く、軽らかに、さも何事でもない風にもの包みして、運命というものを皮肉に茶化しながら……夏子は目配せをする。

世界の何処にもいない誰かへ。

あやしう一人この世に生まれた心地でいる人へ。

「あはれ此子規《ほとゝぎす》いつも初音《はつね》をなく物と成りぬ。覚めずは夢のをかしからましを」

海嘯義捐小説は七月二十五日刊行。慈善のための『文芸倶楽部』臨時増刊号である。
明治二十九年六月十五日、東北三陸地方は記録的な大津波に襲われた。
「海の面の浩蕩たるけしきは何時までも我等の心に消ゑざるべし」
孤蝶手紙がそう書いてきたほぼ一ヶ月後の出来事だった。

……………………

五月の初め、博文館とならぶ大手出版社である春陽堂が、専属契約の件を言ってきた。専属でなくてもいいから、もし寄稿してくれるなら、言い値通りの前金を持参するという好条件だった。ここにもやはり眉山の口添えがあったらしい。春陽堂は眉山の弟子格の前田曙山を編集員として加え、文芸雑誌『新小説』の第二期発刊準備に向け動いていて、七月までには幸田露伴が創刊から関与することが内定する。

まことの詩人だの、当代の女流随一だのと、あんなに大騒ぎされたって、伊勢屋質店参りは未だ樋口家に欠かせない。冬の着物はみんなここへ質入れしてしまった。

すわというときの金を、葉書一本出せば届けに来るというのは、正直なところ魅力的な話だった。痩せ我慢もほどほどにしないと、老いた母も年頃の妹も、飢え死にさせてしまうわ。そんな甘い囁き声が、夏子の耳元でする。

もっと正直に言えば、金より何より、露伴、という魅力にときめくのだ。

尾崎紅葉硯友社の根城の如き『文芸倶楽部』から、幸田露伴を中心に据えた『新小説』へ……それはひとつの階梯を上る機会なのではなかろうか。露伴が主筆ともなれば、会って親しく話すこともできる。

『文芸倶楽部』四月の「たけくらべ」一括掲載号が、一葉眉山の噂話を面白可笑しく取上げたことにも、夏子は傷ついていた。一時は物分かりよく我慢しても、これからもあんな事が続くのだとしたら、女の身にとても哀しい。大橋乙羽はどうして敢然と夏子を庇ってくれなかったのだろう。何もかも男社会のあらっぽい通過儀礼。ここを通過して大海原へ出るのだ。乙羽があまり庇っては逆効果になる。頭でそう分かってやり過ごせても、若い女心には憂く、辛く、裏切られたようで哀しかった。

『武蔵野』から『文学界』へ、『文学界』から『文芸倶楽部』へ、そして今また『文芸倶楽部』から『新小説』へと、夏子を突き動かそうとするものとは、金のようでいて金以上の、目に見えない深い動機なのだった。

しかし、今までの義理合いから見ても、これは背信行為と思われはしまいか。食べるために書く。心が向く、より良い条件のところへ書く。そうすんなりとは行かないのが、文海とはいえ、世の常なのではなかったか。

星野天知も露伴をかなり意識していたから、露伴担ぎ出しに『新小説』が成功するなら、『文学界』の意向への心配はひとまず措くとしても……やはり問題は博文館なのだった。

三月に久しぶりで手紙をくれた坂本三郎が忠告してくれたように、「水の出花を砕く」ような真似をしてはなるまい。それにつけても博文館との縁を感じる。なんと博文館の大番頭坪谷善四郎と三郎とは学友なのだそうだ。旅先で偶然出会って話が弾んだという。

金で縛られ、心のままでないような拙作を世に出すのは厭。

かといって、今のままでは……。

あれこれ悩んだ末に、甘い囁き声は耳元でこんな知恵をつける。

『新文壇』の時とは違うのだ。すでに森鷗外からはあれほどのお墨付きももらっているし、斎藤緑雨も来れば、幸田露伴も味方につけて、からめ手から坂本三郎に口添えしてもらえば、博文館も納得してくれるだろう。春陽堂とは専属契約をするわけではないし、作家たちは皆あちこちへ書分けをしているではないか。

第十二章　三人冗語——我れ等の期する処は君が大成の折をなり

七月二十五日『文芸倶楽部』海嘯義捐小説号「すゞろごと《ほとゝぎす》」

明治二十九年(1896)六月七月

明治二十九年六月七月

かれこれしながら迎えた六月二日も、思えば大変な一日だった。

早朝、春陽堂の使いで前田曙山がやってくる。

『新小説』へむけた作品の、粗筋ができたら挿絵の注文を、という早手回しの使いである。『文芸倶楽部』の「蝗売り」で夏子も意識するこの作家は眉山を通じて高瀬文淵からも影響も受けたのだろう、批判精神の強い、正統的な社会派の匂いがする。……が、何にしても、作の趣向ができるまでは踏み出せない。母や邦子の意見もあり、もう少し時間をくださいと返事をしておく。

午後は、森鷗外の弟三木竹二来訪。

『めさまし草』代表として樋口一葉に入会をすすめに来たという。鷗外露伴緑雨一葉の四人でする「四つ手あみ」なる合評記事を企画したとのこと、ついで緑雨について陰口を聞かされる。

「かれには仮初にも心ゆるし給ふな　われ〳〵兄弟、幸田露伴などもうわべにはいとよき友のやうに交ハり候へど猶隔ておきつゝものをもまふすなれ　いかなること申こんともいひがたきにかまへて〳〵たばかられ給ふな」

あの鷗外の弟でも、三木竹二は劇界に詳しく芝居の評論を書くような捌けた男だった。内科の開業医でもあって人を扱うのにも手慣れていたから、「いと口がるにものいひつゞけて重りかならぬ人にてもあるかな」「たゞ一人のみこみつゝかへる」という第一印象が夏子の側には残ってしまった。軍医で詩人で学者で、今世の文壇の神とも言われる兄に代わって『めさまし草』実務をこなす役回りの竹二だった。勤め気が過ぎて演劇的になったものか、午前中に会った社会派曙山とは口調も見かけも対照的、住む世界が違って見えたことだろう。孤蝶のいない心の隙間を埋めてくれる、千年の知己のような緑雨正直正太夫の悪口を言われたことも、夏子の反感を買った原因だった。

斎藤緑雨の、まずは手紙をくれて踏み込んでくる接近の仕方は、孤蝶の「雪浮れの手紙」のやり口に似ている。正直正太夫の異名をもち、かつて江東みどりとも称した斎藤緑雨は、正太と美登利の表町組からきた、書かれることのない「たけくらべ」作中人物だったかもしれない。

夜ともなれば、その斎藤緑雨が、三木来訪を嗅ぎつけさっそくやって来る。

内輪揉めは『文学界』だけでうんざりしているのに、事情を聞けば、天上界のような『めさまし草』にも内紛はあるのだった。しかしそのときの緑雨の詞は夏子の身にしみた。

「我れ等の期する処は君が大成の折をなり　ミづからいだかるゝ宝珠をすてゝいたづらの世論に心を迷ハし　はかなき理論沙汰などにかたぶき給ハゞあたらしき人を種なしにもなすべきわざなれバそのさかひを脱しさせ参らせたしといふこそ我れ〳〵の志しにてハあれ」

とまあ夏子を心配して来てくれた割には、そののち緑雨自身の身の上話など延々と聞かされて……夜は十時にもなっていた。筆でつづればすらすら流れる、こんな一日がどれほど身に応えるか。静かに微笑み、受けて応じながら、気は昂ぶるまま、身体は芯の所で疲れ果てている。

緑雨についても半井桃水も心配して夜俥をとばして忠告にやって来た。

それが六月二十日夜。

「いと気味わろき男なればかまへて心ゆるし給ふな、我がもとに来たりて君が身の上さま〴〵に問ひき」

「万《よろず》朝報にて君の事近々か、ばやと有しかば同じくハとひき、参らせてあやまりなき処をかけかしと我れハいひおきぬ、かしこの社にて不似合のこと君が事よく書くのなるよし」

自分は生活のための著作にあけくれ文壇のことなどつゆ知らず……嘘か真か……夏子の文名が上がったことも緑雨から聞いて初めて知ったと桃水は言い、語るべき多くのことの、何もかもに含みを持たせたまま、「又もこそ」と帰っていった。

同じ頃、川上眉山が高田早苗の依頼を受けて読売入社の勧誘に来てくれたが、「おもふ事あれば」と夏子は辞退する。眉山はひどく憤慨した様子だったが、誰に何と思われようがいい、自分の一分さえ立てばと思う夏子だった。

しかしこの読売入社辞退は……五月十二日孤蝶手紙が先回りして「まづ〳〵余りゐこぢな事をば仰せられずます〳〵御奮進あらむ事を希望仕候」と書いてきていたが……それこそ短慮小心大事のなしがたい性分と、孤蝶から逆襲されそうな選択だったかもしれない。思い入れの強い方向音痴、とんちんかんな片意地、拗ね者というよりは「やっぱり女だナア」とでも言われそうだ。『武蔵野』当時、半井桃水が「文体から見て、読売などにも書けるように紅葉へ紹介してあげよう」と配慮したのを断ったと同じような状況が、形を変えて、再びここに巡ってきたのである。選択はかつてよりも自由で、猶一層、危機を孕んでいる。

丈高い色白の美男子として、性格はかなり異なっても第二の半井大人ともいうべく現れた眉山の、表町組メンバーとして美登利一葉を大成させ、後援し、護《まも》っていこうとする思いが、当の夏子に伝わらなかったのは誠に遺憾というべきだったろう。夏子から強引に借りていった写真を返すとき、「中味ハかはれるやしり候ハず」と立腹の気色だった。奇妙なその言い方に、写真の焼き増しを邪推するだけの夏子だった。

入念に練り込まれた次の一手としての「読売入社」は、眉山一葉の噂の火種にならぬよう、わざわざ高田早苗を担ぎ出しての作戦である。

高田早苗は、明治十五年の立憲改進党結成に参加、早稲田大学の前身である東京専門学校創設と同時に講師となり、明治二十年からは『読売新聞』主筆として文芸批評の筆もとった。政界入りのため読売を退社し、全国最年少で当選以来、当選六回。第二次大隈内閣では文部大臣をつとめるなど大隈重信の側近として活躍する。四十年には早稲田大学初代学長（総長は大隈）。東京専門学校出身者を多く『読売新聞』へ送り込んだことも指摘されている。

一葉に声を掛けた当時、高田早苗はすでに主筆の任は離れていたものの、眉山がその命令でやってきたという辺り、隠然とした影響力を読売に持っていた事がわかる。

高田早苗はまた、改進党の関係から前島密の長女不二子を妻としていたが、前島家の三姉妹はともに萩の舎で中嶋歌子に師事し、次女起久は夏子と同い年の明治五年生まれ、三女武都子も明治八年生まれで、夏子とは顔見知りである。夏子が『改進新聞』に小説を連載した実績のあることも、実は半井桃水の深慮遠謀だったろうが、高田早苗に親近感を抱かせたはずだ。

斎藤緑雨がひどく心配していた『早稲田文学』からの横波もかぶらずにすみ、かつ尾崎紅葉

「硯友社」からの庇護も得られるはずの切り札的な手立てが、高田早苗経由読売入社だったのである。……それを、夏子の「ゑこぢ」が「おもふ事あれば」「我が一分だにたゝば」と断ってしまうのだ。

文海の面の浩蕩《こうとう》たるけしきに一葉舟を浮かばせるつもりが、何とも甲斐のない次第とはなってしまったが、この作戦のそもそもの狙いについて補足説明しておこう。

表組としては、『めさまし草』の「三人冗語」から一葉舟の浴びた絶賛が、裏目に出ないようにする必要があった。もっと具体的に言ってしまえば、たとえば『早稲田文学』辺りから冷遇されないように工夫しなければならない。

緑雨が指摘する通り、『早稲田文学』と『めさまし草』の対立の根は深く、明治二十四年から二十五年にかけて坪内逍遥と森鷗外との間で交わされた「没理想論争」にまで溯る。日本近代最初にして最大の文学論争といわれたもので、『めさまし草』となる前の『しからみ草紙』を主宰していた森鷗外が、坪内逍遥の提唱した小説作法について論難したことをきっかけに起こった。当時を代表する二人の文学者たちの、形而上論と審美学の用語を駆使してくりひろげた論戦は、新思潮に向かおうとする多くの作家たちに影響を与え、日本文学史上にのこるものとなった。

如是理想本来空。

人智によって捉えきれぬ「理想」なる宇宙の真理……その茫洋とした悉皆《しっかい》大造化の無底無辺の洋中に、個々の人間の思念などはすっかりと「没了」して跡形もなくなってしまうものだと逍遥は観念した。それを以て「没理想」という。とらわれぬ自由な心で宇宙や人生に向き合う姿勢、文章作法からいえば作者の主観をあからさまに入れず、読者の裁量に委ねるよう、事象を客観的に描く「記実（写実）主義」を逍遥はかかげたのだった。対して森鷗外は理想主義をかかげ、小説作法において作者個性のもつ価値観や審美観の反映される重要性を指摘したのだった。

この純粋に文学的な大論争が、いつのまにか論じた本人たちを離れて、周辺の人間関係に対立という構図で引き写されると……どこまでも人間的な対立感情の尾っぽを、いつまでも曳きずることになるらしい。文壇政治は人間感情の坩堝《るつぼ》の中にでもあるようだ。

森鷗外のみならず、『めさまし草』で一葉礼賛の筆を惜しまなかった幸田露伴や斎藤緑雨までが『早稲田文学』から揶揄される始末だった。

鷗外が弟の三木竹二を派遣して『めさまし草』へ樋口一葉を迎え入れようとしたには、こうした背景事情があったのである。鷗外は鷗外なりに一葉の身の上を案じて後ろ盾になろうとしたのだろう。露伴も思いは同じだったはずである。

しかし斎藤緑雨はこれに反対した。

鷗外兄弟の動きを察して、緑雨が一葉への独占欲などの私心にかられて話を早速ぶちこわしにかかった……という見方をよくされるが、どうだろうか。日清戦争前後の文壇ジャーナリズムの何かしら血祭りにあげずにはおかないとでもいった、荒々しい欲求不全について知悉《ちしつ》していた緑雨だからこそ、杞憂などではすまない切実な心配を一葉のためにしたのではあるまいか。

透谷の受難思うべし。明治女学校の被災が偶然であったとしても、文壇ジャーナリズムが二十二年頃から女子教育界叩きをしてきたことは事実であり、排外感情は日清戦争以降ふたたび強まり、三国干渉ののちは、抑圧され、屈折し、行き場をもたない排他の風潮となって潜在している。新しく先駆けようとする者に対して、世俗はこれを引きずり下ろそうとしがちだ。山田美妙も文壇を放逐《ほうちく》されかけており、川上眉山がやはり同じように槍玉に挙げられ始めていた。

文壇政治の暗黒面について、緑雨は洞察していたのだろう、万朝報に文壇総めくりを書く心積もりでもいたようだが、実現しなかった。

正直正太夫斎藤緑雨は、歯に衣着せぬ論評で文壇ジャーナリズムを敵にまわして叩かれてはいたが、彼自身、初音を鳴く者ではなかった。緑雨は観察者、分析者、糾弾者であり、作家としてはむしろ美意識において自ら旧世界に属そうとする人間であり、その意味では、一葉随筆「ほとゝぎす」における「とまりがらす」の役を振られても、あながち遜色のない立場ではある。

一方、高田早苗は坪内逍遥の親しい友人でもあり、硯友社同人たちはまた逍遥を尊敬し私淑していたから、眉山のもってきた読売入社の勧誘は、その意味でも安全地帯へ一葉舟を入港させる手続きとなるはずだった……。

一葉日記は眉山が「此夜いとおもしろからぬけしきにて帰られき」と記すが、夏子の入社辞退は、眉山ばかりでなく表組に擬せられていい応援団を随分がっかりさせたことだろう。「やれやれ」というため息が聞こえてきそうである。

しかし表町組が諦めるのはまだ早い。二の手、三の手が差し伸べられる。日記にはけして書かれない動機に誘われるようにして、六月末、夏子は春陽堂から金の前払いを受ける。

「此月くらしのいと侘びしう今はやるかたなく成て春陽堂より金三十金とりよす　人ごゝろのはかなさよ」

なんの侘びしかろう、前後左右とぐるりを見回し、ひとりぼっちの心の底では、しんと覚悟を据えて狙いは定めていた。

読売入社を辞退した約一ヶ月後の七月二十日。幸田露伴が三木竹二と連れ立ってやってくる。

……………………

なっちゃんは、書くのが嫌になったらしい。孤蝶へも五月手紙にそう書いて送ったという。くうちゃんなら分かってくれるでしょ、とわたしも言われた。

いつぞやは毎日新聞の横山源之助をつかまえて、かなり真剣に愚痴を言ったものだから、すっかりと真に受けた横山から惜しまれて、まあまあもうしばらく文学者生活御忍耐をと、手紙で宥《なだ》められるという顚末もあった。

横山源之助は人間探訪を趣味のようにし、底辺を歩き回って社会記事を書いているちょっと変わった人。二葉亭四迷を才能のある面白い人物だからと、なっちゃんに会わせたがったが、これは実現しなかった。

この二葉亭という人も坪内逍遥や高瀬文淵や川上眉山とは近いらしいけれど、森鷗外や幸田露伴とはどうなんだろう、文壇という所もいろいろに棲分《すみわ》けがあるらしいから、人間関係をあんまり広げるのも大変そうだ。

緑雨が我が家を親しく訪ねてくれれば、早速面白可笑しく『国民新聞』がゴシップ記事を書立てるし、それについてはいっとき横山の情報流しを緑雨は疑っていて、すったもんだのやりとりの揚げ句、両人とも半分向っ腹を立てての直接面談とは相成ったらしい。……ところが、噂に聞いていたより緑雨は悪い人間でないらしいと横山が判定、意外にほのぼのとした決着がついたのもまた御愛嬌である。

人物を見るのを趣味にしている横山のその感想に、なっちゃんのみならず母さんもわたしも何となく嬉しくなって、横山を誘って昼ご飯など一緒に食べる。

実はその前日も前々日も緑雨は我が家を来訪していた。

七月九日は、なっちゃんが留守の間にやって来て、青白い顔をして骸骨のように痩せ衰えた姿が幽鬼のようで仰天する。姉は六月中ずっとお待ちしていたのですよ、明日なら在宅しておりますからと必死になって言えば、明日は来られないけれど又そのうちにと、風に吹かれるようにして帰っていった。あれは本当に緑雨だったのかしら、それとも病床から魂魄《こんぱく》だけが抜け出てきたのかしら。帰宅したなっちゃんに説明すると「あかず口惜し」と思ったようだった。

七月十日は諦めていたのを夜更けてやって来て、「腸の痛みはげしくしてやう〳〵絶食成しことほと〳〵二週間目」の姿で新聞記事のことなど執拗に気にかけ、話題にしていた。その点、なっちゃんの方がよっぽど男性的で、くだくだしい取沙汰を「用なき事を」とあしらい、緑雨という人には「かゝるはかな事もをかしきにやあらん」と首をすくめてもいたけれど、目前にいる病み衰えた人を突き放すような真似はできず、自分の体調も万全でないのに、身の上話など夜遅くまで聞いていた。

貧しいながら居心地良く住み成した我が家の部屋の内を、人恋しそうに、懐かしそうに見回しながら、正直正太夫は言っていたという。

「家といふものなからんハ侘しかるべしとおもひ成ぬ」

我が家にとっても、いつのまにか緑雨は身内のように懐かしい人になっているらしい。姿が長く見えないと、何だか物足りない。

毎日がぴりっとしてこない。

なっちゃんがもうずっと以前から「おまえも独身なの。妻子はいないの」と呼び掛けていたやもめ鳥、ほら今も阿部邸の庭の松の木にとまってカアカア鳴いている、あのとまり鳥のように、いつも黒い着物を着ている痩せた姿、大きくてつぶらな眼、いったいどこからあんな毒舌を吐くのかと思うような、口元の言い知れない愛嬌……。

鷗外や露伴と肩を並べるような文人なのに、緑雨は文壇という馬鹿野郎どもの集合場所にいるのは胸が悪いといい、「文字に縁なき博奕中間かかし座敷の下廻り」、いっそ市井のそんな下層に埋もれてしまおうかとさえ思うらしい。それでも気を取り直し、筆を執り直すのは、文人本能のなせる業だろう。

「猶われに自然ののがれ難きものありてこの文学という事いかにしてもなすべきものぞといふたしかなる事定まらば何かは卑怯のにげ足を構ふべき　我れ生まれて二十九年競争ハこの後にある

べし」

なっちゃんもきっと同じ。なんのかの言っても、樋口一葉をもうやめられない……。

だってなっちゃんは日記をつけてる。


なっちゃんの中で樋口一葉が目を覚まし続けている。

なっちゃんの嫌だ嫌だについては、わたしも早くから聞いていたし、その度にああまた始まったと受け流すようにしてきた。実際、「われから」を書きあげて博文館へ渡したのち、なっちゃんは創作の筆を執るのをやめていたけれど、身体が思うようでないのは側にいて分かるから、中休み、骨休み、いのちあっての物種よと言いもしてきた。

それでもものに憑かれたように机に向かっているなっちゃんには、近寄りがたいものを感じる。そこにいるのは樋口一葉なのよね。事実は小説よりも奇なりを地で行く毎日ですもの、あの樋口一葉が日記をつけずにいられましょうか。熱を出しては床に伏す、ひどく弱った身体を目の当たりにすればそれさえ痛ましいけれど……ここまで来たら、わたしは見守るばかり、やめさせることはわたしにも誰にもできないの。

六月末になっちゃんが一大決心をして春陽堂から前借りした御金で、わたしと二人、夏の着物を新調する。ああ、なんて嬉しい。新調なんて久しぶり。素直に大喜びいたしましょう。だって、これはなっちゃんの生涯初めての本『通俗書簡文』が世に出た記念、父さんの墓前に二人して報告するための、いわば晴れ着なのだった。母さんの自慢そうな顔といったら……。

七月十二日、樋口則義祥月命日。

六月になって俄然多くなった読者からの手紙に、なっちゃんはそれぞれ丁寧に受け答えていた。博文館という大手から『通俗書簡文』を世に送り出した人間として、それでなくとも責務があると思っていたし、父さんの祥月命日までにと念じた本の重さが、何より最後までなっちゃんを動かしていた。

大海原にただよう孤舟の上で、未知の人からの手紙をもらう嬉しさも無論あったろうし、あのはるかな海近い佐久間町に、桃水を初めて訪ねた頃の自分を思い出していたのかもしれない。

中には随分あつかましく無礼なものもあって、ひどく神経を逆なでされたりしながら、何もそこまでせずとも良かろうにと思うほど、律義に、誠実に、優しく対処した。

読者の一人で、同じ樋口の姓をもつ樋口勘次郎が再度来訪したのも父さんの命日の日だった。教科書改良を考える教師として助力を仰ぎたいとのことで、受け持ちの小さな子供たちの写真を見せられたりしたなっちゃんは、ここでも一肌脱ぐつもりらしい。勘次郎の考えている教材として、お伽話昔話は、硯友社の巌谷小波が独壇場だけれど、子供たちの教科書にもし樋口一葉の筆が入ったら、素晴らしいいな。乙羽の企画してくれた『通俗書簡文』は、こういった方面へもなっちゃんの道を開いてくれたのだ。——その樋口勘次郎だが……なっちゃんにすっかりと心奪われてしまい、七月十八日には長文の熱烈な恋文を寄越して仰天させる。「我れ勿体《もったい》なくも君をこひまつれる事幾十日たちがたきおもひ日ましに増《まさ》りていとやるかたなきをいかにしても成るべき願ひならずと我れと我れをいましめつゝ坐ぜんの床にやう〳〵少し人心地の身になり候ひぬ」。なっちゃんはびっくりしひどく迷惑にも思ったろうけれど、真面目な人の真心の文章には衒《てら》いがない。戸川残花がもってきてくれた縁談話も含めて、なっちゃんの人生の終わり近く、世界から届けられた花束のひとつに数えておきたく思う。

女学校教師として立つことは実現しなかったにせよ、良き教育者としての一面はなっちゃんのものであり、弟子たちをとても大事にしたし、龍泉寺町でも丸山町でも子供らからすぐになつかれた。お弟子の一人、安井哲子は英語の勉強が忙しくなり此頃は姿を見せないが、これもめでたいこと、文部省留学生となっていよいよ渡英するという。地味ながら心柄の可愛い人で、いつだったかいそいそと嬉しげに持ってきてくれた林檎の色が目に浮かんでくる。かつての任地東北の生徒からでも送られてきたものだろう。「海外」「出発」その二つの言葉を、万感を以て噛みしめるようにしながら、幸あれかしと祈るわたしたちだった。

七月十二日へ話を戻せば、勘次郎の帰ったあとには、先月も来訪のあった野尻理作に、今日はまた思いがけぬ坂本三郎の訪れがかちあい、「こハめづらしき人々の会合よ」と大喜びでもてなす。二人ともに出世は順調、顔色も良く、身なりも立派だ。

三郎となっちゃんが結婚していたら、理作とわたしが結婚していたら……。

忙しく立ち働く頭の隅にそんな思いをよぎらせながら、不思議と心は穏やかに澄みわたっている。なっちゃんも、母さんも、きっと同じ気分でいたと思う。

静かに落ち着き払ったその晴れがましさは、「たけくらべ」一括掲載、「三人冗語」による絶賛、そうして何より樋口一葉に国民作家としての道を開いた一冊の本、『通俗書簡文』がもたらしてくれたものだ。「樋口一葉」を囲み、さまざまな恩讐を越えて一同集い合える懐かしさに、亡父の意図をおもわずにはいられない。

そうしてちょうどこの頃なっちゃんが博文館向けに書き上げたのが、随筆「すゞろごと《ほと、ぎす》」なのだった。担当編集員は、斎藤緑雨からこてんぱんにやっつけられた泉鏡花ではなくて、徳田末男という優しげな顔立ちの人だった。

春陽堂から三十金を受けたのちも、大橋乙羽はなっちゃんに声を掛けてくれ、『文芸倶楽部』海嘯義捐小説号へ寄稿するよう促してきたのだ。

桃水に対しても乙羽に対しても内心では後ろめたく、肩身の狭い思いでいたわたしたちはほっとする。先見と目配りの人乙羽の変わらぬ厚情に、素直に筆を執ったなっちゃんは、「いとあわたゞしうてミぐるしかりしか」と言いながら、きっとあの口癖に言う「ほんとに、ほんとに」嬉しかったに違いない。

翌七月十三日は、姉妹して新調したての単物《ひとえ》を着ての築地本願寺墓参。

玄関口に胸を張る母さんの顔は隠しきれずに笑み溢れて、「うちの娘たちの、何てきれいなこと」と例の大きな朗らかな声で言っている。何ともくすぐったいけれど、これも親孝行と目配せし合ってくすくす笑い、澄まし顔で人力車に乗り込んだ。

なっちゃんが清水の舞台から飛び降りるつもりで前借りした三十金はこんな風に姿を変えて、わたしたち姉妹のこの夏を、優しく飾ったのだった。伊勢崎銘仙一疋価八円六十銭也は、我が腕によりをかけて縫い上げ、父さんの墓前で誇らかに娘気分を取り戻す。寺へもそれなりの中元ができたし、われら樋口姉妹としては儀式の大役をこなした気分。

父さん、ねえ褒めてやって、なっちゃんよく頑張ったでしょう。いろんな事があったのよ。いろんな事が……それにまだまだ続いているらしいの。

本願寺から帰るとさすがに二人ともお腹が空いていた。

家では茶飯を炊くなどして久保木の姉さんを呼び、身内に近い者らも集まっていた。ささやかな膳を仲良く囲もうとした丁度そのとき、久方ぶりに来訪したのが星野天知だった。

星野君いとあら〻かに物うちいひてうちとけぬほどの素振いとあやし　量いとせばき人ならずや

——「ミつの上日記」二十九年七月十三日（七月二十日記述）

なっちゃんの具合の悪いのは、禿木も秋骨も孤蝶も、五月半ばには知っている。

天知が知らなかったとは思いづらい。

今日は気も張っているから、なっちゃん、潑剌と元気に見えたことだろう。

仕立て下ろしの着物で身内と打ち解けているさまを、天知がどんな風に見たことか。

……ああ、もう、よそうよそう。

人の気持ちを忖度《そんたく》して、あれこれ悩んでも始まらない。

わたしが確かに分かっているのは、その日々なっちゃんが精一杯だったこと。
弱った身体に鞭打つように、あれもこれもと頑張りつづけていたこと。
人にはとても優しくしたこと。
母さんだって、わたしだって、頑張っていた。
涙色したささやかな幸せで日々を飾り付け、見守ることしかできなかったけれど。
だからわたしはもう、誰にも、なんにも、言いたくないのだ。
それとも、も一度だけ言ってやろうか。……いいや、何度だって言ってやる。
わたしは文士がきらい。評論家もきらい。出版社の人もきらい。
文壇の人たちはみんな嫌い。

邦子の記憶によれば、四月から夏子は咽喉に痛みがあり、腫れが人目にも分かるほどであって、一時は病床に横臥したまま『通俗書簡文』原稿を書き進めている。六月にはかなり進んだ肺結核と喉頭結核の症状を併発させ、七月初旬にはもう九度くらいの熱が出ており、この月の内に病勢は進んだとみられる。臨時増刊『文芸倶楽部』海嘯義捐小説号に載せた随筆「すゞろごと《ほと、ぎす》」が最後の作品執筆となり、「ミつの上日記」も七月二十二日分の中途で擱筆された。

…………

明治二十九年六月十五日、東北三陸地方は記録的な大津波に襲われていた。
樋口家の両親、則義と多喜、かつての大吉とあやめが、手に手をとって江戸へ出てきた安政時代の直前から、長期間にわたって日本列島をゆるがすことになる、地球の大規模地殻活動の変奏曲である。

昭和生まれの作家吉村昭が綿密な取材のもとに書き上げた名著『三陸海岸大津波』から抜きだし、その折の模様を説明すれば、まず、津波の前兆は所々にさまざまな形であらわれたという。岩手のある漁村では数ヶ月前から川菜とよばれる海草が濃く茂って磯をふちどり、安政三年の津波の時と同じ現象だと、その頃から古老たちは警戒していたが、三月に入るとやはり安政時と同じく三陸沿岸一帯に鰻の群れが押し寄せ、一日磯にでれば一人で軽く二百尾ほど収穫できた。六月に入ると、三陸沿岸一帯は著しい豊漁に見舞われ、定置網の中がマグロの魚体で泡立ったという。マグロ以外にもイワシやカツオが、処置に困るほど獲れたのである。異常な大量漁獲は、海底深く起こりつつあった大変動が原因である。事実、潮流の乱れで舟が岸辺に戻るのが困難になったり、水温の急激な変化があったとも伝えられている。夜な夜な沖合に青白い怪火《かいか》が見えたり、地底六十メートルまで掘り下げた井戸の水が、ひとつ残らず濁りはじめる。

六月十五日当日は、旧暦の端午節句だった。午前と午後に微弱な地震があったが、ほとんどの人はこれに気付かず、豊漁景気で賑わう家々は、軒先に菖蒲を飾り、餅をつき、御馳走を調えてささやかな祝宴をひらいていた。日清戦争の凱旋兵を迎えての祝賀会もあちこちで催され、岩手のある町では朝からの雨をおして海上で狼煙《のろし》をあげ、夜には花火も揚げる予定だったという。

夕方になると、三陸海岸一帯は雨となった。そして日が没した頃には、雨勢も強まっていた。家々に灯がともり、その灯をかこんで端午の祝いや凱旋兵を歓迎する酒宴は一層にぎわいを増していた。

宮古測候所では、午後七時三十二分三十秒に弱震を記録、それは五分間の長さにわたり、ついで同五十三分三十秒にも弱震をとらえた。

人々は、震動のやむのを待って再び杯をとり上げたが、八時二分三十五秒にはまた大地がゆったりと揺れた。

この弱震があってから二十秒ほど経過した頃、いつの間にか闇の海上では戦慄すべき大異変が起りはじめていた。

海水は壮大な規模で乱れはじめ、海岸線から徐々に干きはじめ、やがてその速度は急激に増していた。それは、巨大な怪物が、黒々とした衣の裾をたぐり寄せるのに似た光景だった。湾内の岩はたちまち海水の中からぞくぞくと頭をもたげ、海底は白々と露出した。或る湾では、1、000メートル以上もある港口まで海水がひいて干潟と化した。

干いた海水は、闇の沖合で異常にふくれ上がると、満を持したように壮大な水の壁となって海岸方向に動き出した。

其の頃、人々は、海の恐るべき姿にも気づかず酒食に興じていたが、突然沖合から、

「ドーン」

「ドーン」

という音響を耳にして、不審そうに顔を見合わせた。

或る者は、それを雷鳴かと思った。また或る者は、大砲の砲弾を発射する音のようにきいた。日本の軍艦が、砲撃演習をしているのだろうと口にする者もいたが、中には　日本を敵視する軍艦の砲撃と推測する者もいた。（略）

また、その音響と前後して、海上に怪しげな火閃を目撃した者も多かった。（略）音響と怪火は、巨大な波の壁から生じたものであった。波はその頂きで仄白い水しぶきを吹き散らし、海上一帯を濃霧のような水の飛沫でおおった。

すさまじい轟音が三陸海岸一帯を圧し、黒々とした波の壁は、さらにせり上がって屹立した峰と化した。そして、海岸線に近づくと峰の上部の波が割れ、白い泡立ちがたちまちにして下部へとひろがっていった。

海上の不気味な大轟音に驚愕した人々は、家をとび出し海面に眼をすえた。そこには、飛沫をあげながら突き進んでくる水の峰があった。

波は、すさまじい轟きとともに一斉にくずれて村落におそいかかった。家屋は、たたきつけられて圧壊し、海岸一帯には白く泡立つ海水が渦巻いた。

人々の悲鳴も、津波の轟音にかき消され、やがて海水は急速に沖にむかって干きはじめた。家屋も人の体も、その水に乗って激しい動きでさらわれていった。

干いた波は、再び沖合でふくれ上ると、海岸にむかって白い飛沫をまき散らしながら突き進んできた。そして、圧壊した家屋や辛うじて波からのがれた人々の体を容赦なく沖合へと運び去った。

ジャバ島付近のクラカトウ島火山爆発による大津波につぐ世界史上第二位、日本最大の津波が三陸海岸を襲ったのだ。

津波は、約六分間の間隔をおいて襲来、第一、二、三波を頂点として波高は徐々に低くなったが、津波の回数は翌十六日正午まで大小合計数十回にも及んだ。

津波の高さは平均10メートルとも15メートルともいわれている。

——吉村昭『三陸海岸大津波』（『海の壁』改題）

大津波生残りの古老による驚異的証言では、湾深く楔を打ち込んだような地形の関係で津波が50メートルの高さまで一気に駆け上がってきたとさえいう。宮城県下の被害は、死者３４５２、流失家屋３１２１、青森県下では死者３４３、岩手県下の被害はもっとも著しく、死者２万２５６５、負傷者６７７９、流失家屋６１５６に及ぶ。海岸部の住民のほとんどが死亡または負傷、海岸線にあって完全壊滅した村落もあった。

大小無数の岩石がころがる荒れ地と化した村落の前海には、倒壊家屋や船の破片や根こぎにされた樹木などが波打ち際までぎっしりと浮かんでいる。地引き網で五十余人の骸を浜へ引揚げたという話もあり、至る所に散乱する遺体は死んだ魚の群れとも家畜の死骸とも見分けがつかず、梅雨時の気候に腐乱の度をすすめて蛆をわかせ、死臭おびただしい三陸海岸の潮風の中を大量発生した蠅が飛び交っていた。

……………………

東京の内務省へ災害発生の第一報がようやく入電したのは津波の翌日、六月十六日午後三時、内務大臣が天皇へ上奏し、各省へ緊急連絡して救援活動に入った。

ここで博文館と硯友社の動きについて見てみよう。

大橋乙羽は青森直行の夜行列車に乗るため上野駅へ急行、十八日午後二時三十分に上野を発って十九日早朝の四時五十四分に石越に到着、特派員待遇で志津川へ向かい、惨憺たる被害状況を写真にとるや東京へ飛び戻る。

七月五日、総合雑誌『太陽』は六頁にわたって乙羽のとった現場写真を掲載。

七月二十五日発行予定『文芸倶楽部』は急遽津波特集を組むため、陣頭指揮にあたった乙羽の下、宮崎春文や徳田末男ら編集員が奔走して、七月五日にはすでに七十四篇を集めていた。

入社まもない徳田末男は樋口一葉を担当、原稿依頼に水の上の家を訪問し、そのときの印象をのちに作品「過去帳」へ書いた。

其の色白き、締りのある皮膚、其の清しき鳩の如き目、体は中背中肉にして、必ずしも美人ならずと雖も、亦清楚の姿体なきにあらず

――「過去帳」（『活動之日本』）三十七年八月一日

徳田末男、このとき二十六歳、のちの徳田秋声である。自身も掌編「厄払い」で『文芸倶楽部』へ小説デビューを果たした。鷗外、露伴、藤村なども執筆に協力、売り上げは全て被災地への寄付に充てられた。

当時、硯友社連の遊び仲間数人が、湘南江ノ島近い片瀬にある江見水蔭の住居に集って文士劇の真似事などしていたが、博文館からの電報で東京へ呼び戻された巌谷小波が事情を急報すると、面々さっそく徹夜の書き競べに姿勢をかえて、鞄やら米びつやらを机代わりに筆を執った。石橋思案が二十四枚を上げたのが夜明け近く、江見水蔭三十四枚、広津柳浪《りゅうろう》三十枚、小栗風葉《ふうよう》十三枚、柳川春葉《しゅんよう》八枚、泉鏡花は朝までに脱稿できず……と、学生の合宿風景のような挿話だが、体育会系という現代語があてはまりそうでもある。以上は「人生の時間割」ブログおよび『徳田秋声全集』より抜き出して紹介した。

……………………

ところで、片瀬のこの集いに川上眉山は参加していただろうか。

仲間たちから「希有なる男」と呼ばれた眉山には、合宿やら書き競べやらは、何となく不似合いの感じもする。友情とは別に、眉山には譲れない自分なりの創作姿勢があって、「我を張る」

と冷評されても、次第次第に硯友社連のこうした雰囲気に馴染めなくなっていったのではあるまいか。平田禿木を通じて眉山が『文学界』へ近づいていくのも、作家的体質がそうさせたのかもしれないのだ。

それでも馬場孤蝶と親しく付き合ったのは、『文学界』連中には珍しく、尾崎紅葉への偏見がなかったためかもしれない。

明治二十四年、孤蝶は二十三歳の夏、初めその人と知らずに紅葉と出会っている。親類の看病のために神奈川県酒匂《さかわ》の松濤園《しょうとう》へ入った孤蝶が、庭の松の根に腰掛けて読書しているところへ「ゾラをお読みですか」と話しかけてきたのが二歳年長の紅葉で、孤蝶が友人四人ともゾラの『ナナ』を買って読んでいると話すと、それぞれが別の本を買って廻し読めばいいと知恵をつけ、作品紹介をしてくれたのだった。眼の光の強さ、引き締まった顔つきに、この男ただ者でないと思った孤蝶の直感は正しかった。明治十八年、近代日本最初の文学同人組織である「硯友社」をつくり、同じくまた近代日本最初の文学同人誌『我楽多《がらくた》文庫』をつくって、多くの青年たちを結集させた尾崎紅葉その人だったのである。

『我楽多文庫』は『文庫』と名前を変えて明治二十二年十月の二十七号を以て終刊するが、その四年余に「硯友社」は百名以上の人員を集め、社則に謳う「但し建白書の草案、起稿、其他政事向きの文書は命に替ても御断り申上候」という、若々しく生気みなぎるノンポリの気風で一世を風靡した。

当時の激烈な自由民権運動の真っ只中で、「硯友社」ノンポリ宣言は「命に替ても」と文面にいう通り反面命懸けのものでもあり、社中の作家たちは内田魯庵曰く「何者にも掣肘《せいちゅう》されない駄々っ子気分」の遊戯性に身をやつしながら、近代化と欧化の波をくぐり抜けた日本語に新しい可能性を信じつつ、坪内逍遥の切り開いた近代文学の荒野をそれぞれに開拓しようとしてきた。

しかし、中でも突出した山田美妙や川上眉山が「硯友社」から離れていくのは皮肉な事だった。きわやかに自己改良をつづけることで、「硯友社」の異端となり、文壇的には不遇となっていくのである。……独立した美妙はやがて私生活に及ぶまで筆誅《ひっちゅう》されて葬り去られ、異端者眉山が自然主義文学台頭の中で苦闘の果てに自刎《じふん》するのも、自由と青春の「硯友社」の、影の姿が長々と尾を曳いているかに見える。

明治二十六、七年から三十二、三年にかけて、尾崎紅葉は『読売新聞』を中心舞台にして大手出版社、博文館、春陽堂に一大勢力を広げ、「恰《あたか》も政友会が政界に跋扈《ばっこ》したように文壇を壟断《ろうだん》して」「硯友社に拠らざれば文壇の仕事は何一つ出来ないやうな形勢となつた」と内田魯庵がその卓抜な政治力を回想するところとなる。「当時の硯友社は実に政友会であつて紅葉の手腕は原敬以上であつた」。

明治二十九年九月十日、山田美妙との短い結婚生活を解消した田澤稲舟が亡くなる。

同年十一月二十三日、川上眉山と婚約の噂の流された樋口一葉が亡くなる。

噂話の渦中に投げこまれ、世間という組織されたのっぺらぼうの群衆の、好奇と嫉妬羨望の眼差しにさらされつづけた女流作家の、癒すべくもない孤独と生理的疲労の程を思いやらずにはいられない。

ほととぎす。

不如帰。

初音を鳴くもの。

閉塞の空にかかった大きな蜘蛛の網へ、あえかに震え輝く露の命は宙づりにされている。栄光と悲惨の交わる運命の十字架へ、はりつけられてさらされて。

ただ初音を鳴くものとしての宿命は、北村透谷から樋口一葉へと、早すぎる非業《ひごう》の死のバトンを手渡したかのようだ。

やがて眉山が真紅の血しぶきに身を雪《そそ》ぎ、自らすすんで血溜まりの中にそのバトンを拾い上げ、二度と覚めない夢の真中へと足を踏み入れる。眉山の死を江見水蔭は「夢幻の死」と呼んだ。

島崎藤村は後年、一葉が男であったらまず眉山のように自殺をするような性格だったのではないかと語る。藤村らしい韜晦のその詞の水底には透谷の名がひそみ、水面にさざ波が立って光がさすとき、はからずも見え隠れする。

一葉随筆「ほとゝぎす」へ実についた話を戻せば、初めほととぎすと思っていたものがカラスだったという軽妙な落ちには、孤蝶の「我死なば時鳥となりて都にや帰らむ」という五月十二日夜の手紙や、そのほぼ一ヶ月後に文壇雀が書きたてた「正太夫おもへらく一葉が面の皮をひんむきぬと、一葉おもへらく正太夫ハからすの如き男なりと」（六月十七日『国民新聞』警聴蛮語）という記事が思い起こされてくるけれども、夏子は実に軽々としゃれた不如帰を枯淡《こたん》ともいうべき筆致に描き、やがて亡兄泉太郎の如く血を吐いて死ぬべき自らの運命を……意識の表面へはけして上せない。

一葉日記が、悪化するおのが体調について触れていないのは驚くべき事だ。

一葉日記の、夏子の心の秘密の、すべては同じ場所に隠されているのではないか。

そう思えてさえくるほどだ。不思議で、胸迫るほど痛ましく、かつは何もかもを凌駕する、いのちの力わざの働いているのを見る思いがする。

生きてこの世にある、ということの愛しさ。

生きてこの世にあるもの、としての愛らしさ。

馬場孤蝶への五月末の手紙へも、夏子は一月からの体調不振をそれとなく訴えながら、人生五十年の齢の全うを言っていた。

「たかゞ女に候もの、好い着物をきて芝居でも見たい位の望ミがかなハねバ彼のやうにだれて居るのであらう、といふやうな推察をされて馬鹿にされて嘲弄されてこれで五十年をやつさもつさに送つてそして死んでしまう事かと思ふに其死ぬといふ事がをかしくてやつとほゝゑまれ申候」

しかし他者の目に映った夏子は、この頃すでにかなり病魔に侵され、目に見えて異変をきたしていたのである。戸川達子も夏子の咽喉の腫れを目にして心配しているし、平田禿木も手紙にこう書いてくる。

「……ひとへ（一重）をも出すべき時なるに袷も寒さを覚ゆる時あり　この不順のせいにや高等学校にて久しく知りし親しき一人の友を亡くし候　夢のやうにてまことゝも思へねど身体といふもの、大切なる事今更の如くに覚え候」

「顔はもえほてりて眼は光り凄く身のみは疲れゆき給ふやうなるを見て案じられ候　こゝに筆をとゞめ申候」

五月十七日と末尾に記された禿木親書の切手封印のない封書は、孤蝶の十二日夜の手紙と同日か、さほどの時間差もなく夏子の許へ届けられたはずである。

二通の手紙はともに夏子の健康を心配しながら、無意識に「死」の匂いを嗅いでいることを、文面に窺わせる。

夏子がこれをどう読んだか。

五月末に夏子が手紙に「馬鹿にされて嘲弄されてこれで五十年をやゝつさもつさに送つてそして死んでしまう事か」と書いたのは、夏子の例の負けじ魂の、渾身からなる所産、「ここで死んでなるものか」という、人生五十年宣言だったのかもしれない。かつて久佐賀義孝から運命判断をされたときに、それが卑小で気にくわぬとばかり、投函せぬまま猛烈な逆襲の手紙を書きおいたのと同じく。

それにしてもの軽らかさ、さり気ない筆致は、随筆「ほとゝぎす」にも通じるもので、対抗するよりは、いなしている風情がある。

ただし反応していることは明白だろう。

死ぬのをまるで期待しているような、とまでは言わぬにせよ、ふと匂ってくる青年たちの自己中心的感傷……どんな理屈をつけようが、お土産を持って訪ねると言いながら孤蝶が四月に来なかったり、『うらわか草』発刊で大騒ぎした揚げ句『文学界』に舞い戻った禿木が、やがて「うつせみ」再掲載を言ってくるのを、手紙の中の無神経な文章を含め、夏子がひとつひとつ、どんな思いでやり過ごしていったか。

そんなとき、自分の死亡広告を新聞紙上へ出すような斎藤緑雨が、夏子にはいっそ身近に感じられたのではあるまいか。幸か不幸か、かつてはそれも空振りになって未だに生きている男だが、今度死ぬるときにはニンマリ笑って、さぞや皮肉な黒枠を出すつもりでいるのだろう。島崎藤村はのちの内輪話に、『文学界』同人では食い足りなくなって斎藤緑雨にまでいったところが面白いと夏子を語ったが、穿ちの過ぎた論評とは言えないものがある。

そしてもう一人、友待つ夏子の水の上の草堂へ、最後にやっと間に合って来てくれた友がいる。幸田露伴だ。

…………………

「あえて小説でなくてもよろしかろう。『めさまし草』へ何か書き物を寄せられたく、これをば頼みに伺った」

七月二十日、午後二時頃。

折からの風雨をついて、三木竹二に同伴された幸田露伴がやって来る。

はじめて逢ひ参らす　我れは幸田露伴と名のらるゝに　有さまつくぐうち守れば色白く

胸のあたり赤く丈はひくゝしてよくこえたり　物いふ声に重みあり　ひくゝしづみていと静にかたらる

——「ミつの上日記」二十九年七月二十日

『めさまし草』六月十三日合評会を、夏子は鷗外宛に手紙を書いて欠席していた。

「たゞ憶病ものなれバ御はれがましき席の耻かしうて」

同じ六月中に『読売新聞』入社を辞退したこと。

そうしてその月末には、春陽堂から原稿料前金を受け取ったこと。

それら何もかも露伴は聞き及んでいたのだろう、春陽堂『新小説』へ夏子がゆるやかに狙いを定めたこと、静かなその覚悟をも察しているようだった。

（だからこその今日の訪問……）

申し分のない理解者の出現を、夏子は眼前にしていた。

気が遠くなるほど嬉しいのに、心ははしゃぐことなく静まり返る。

たくさんの代償を人生に払って、ようやく、待ちに待った友との邂逅は叶った。

ことばでの探り合いなど必要なかった。目と目を、さりげなく、深く、見交わせば足りる。

目配せなどの下世話《げせわ》も要らない。相見るだけで、以心伝心、覚悟と覚悟が響き合う。

春陽堂『新小説』は、創刊号から露伴主導で滑り出すことになるだろう。

「世俗というものは実に煩わしい。とるにも足らぬことで騒ぎ立てて日を暮らす、からっぽの人種の寄せ集まりのようだ。まず、気に掛けぬことです」

眉山についで緑雨と、面白可笑しくさんざんに書立てられた一葉に同情しながら、

「しかし気に掛けるなといっても、お若くていらっしゃるから……」

言いさして露伴はしばし、一葉女史なる二十四歳の夏子を眺める。

思わず知らず、夏子は浴衣の襟元をおさえた。

(幸田露伴の眼に、自分は今、どんな風に映っているのだろうか)

突然の来訪に驚きあわてて、身なりはいつもの普段着のまま、別室で邦子が化粧直しの紅など差してくれたものの、(一昨日はとうとう寝そびれてしまい、昨日は一日中、頭が痛くて……今朝からはまた夢中で日記をつけていたから、血走った目の下には隈《くま》、きっとひどい顔色なんでしょうね)。女心はおずおずとして、頬の火照《ほて》る思いに目を伏せる。

露伴は夏子から目をそらさなかった。

薄皮だちの透きとおるように白い顔にさっと血の色がさすのを意外に眺めながら、軀のか弱さと気の張りの強さを、そこへ同時に見て取っていた。顔に血のさしひきが早かった、見た目に汚いところのない人だったと、のちに娘の幸田文に語っている。

「そうだ、いっそ早く年をとってしまわれればいい」

いきなり突拍子もないことを言われ、夏子が目を丸くして顔を上げると、

「女性にもっと老けろは酷ですか。老け役では、やはり侘びしくお思いだろうな」

露伴は笑い笑いそう言うと、おもむろに小説の話を切り出した。

合作小説早くよりかゝばやの計画ありしがえまとまらで年月過ぬ　いかで君一連に入り給ひて役者たる事をゆるし給ハらずや

思いがけない話のなりゆきは、露伴のふるう奇想の筆運びのようで、夏子は読み耽るように聞き入るばかり。露伴はさりげなくそんな夏子を眺めやりながら、少しの緩みも間断もなく続ける。

「同意していただけるなら、おのおの受け持ちの役の性格だけでも、今ここで決めてしまおう。あら〳〵の大筋を立てたい」

傍で三木竹二は、誇らしげな顔付きをして黙ったままだ。幸田露伴の老練とも言える語り口、樋口一葉の目の輝きを、舞台の一幕のように見つめている。夏のどしゃぶりに役者を揃え、希有な舞台を演出した己が手腕を、内心にこにこ顔で己が褒めしているらしい。

雨音がまた一段と高くなり、小嵐のような突風が窓を鳴らした。それでいて夏の日盛りのような、奇妙な明るさが部屋内を照らし出している。

夏子は瞬間、遠くを眺める眼差しになり、それを覆い隠すように瞼《まぶた》をとじた。

庭の芭蕉の葉を叩き、池の水面を沸き返らせる雨足が見える……。

「細かな所は各自の筆に任せて、いささかの制約もつけないでおきましょう。おのおのの文体、心々の書きざまが面白いんだが、地の文が統一していないと見苦しいかな」

言いながら露伴は、覗き込むように夏子を見た。

「ならばいっそ、書簡体にしたらどうだろう」

夏子の顔が、花咲くように明るんだ。

人も知る西鶴読みの露伴である。樋口一葉がものした博文館日用百科全書『通俗書簡文』がこの友は知っていてくれる。……井原西鶴『万の文反古』を頭に入れて書かれた書簡体文学なのだと、この確信は、静かに夏子の胸に落ちてきた。仕掛け人である乙羽は無論のこと、緑雨も気づいて早くから指摘していた。鷗外また然りだろう。ひそやかにしかと打てば、ひそやかにしかと響く、何とも張り合いのある、頼もしい友どちの出現だった。

露伴は心ゆるす風に、「どうかな」と、夏子へ小首を傾げて見せる。

「手紙に書けない心の内は、日記体にでもしてしまえばいいしね」

夏子は詞を呑み込んで、こくりとひとつ、ただ頷いた。

先行きのつまずきを見越して手立てを用意し、敢然踏破していこうとする進め方に、またしても露伴の筆運び、職業作家としての熟練を見る思いでいた。文壇の高地から吹いてきたこの夏嵐に蘇生の息吹を吹きかけられ、誘われて脳中に湧き出る思いは……一葉女史の科白となって淀みなく流れるはずが……もごもごと口中に籠って、夏子の唇をわずかに動かす。

手強いと認める女流作家の、誠にうぶらしいその姿に、露伴がふと微笑みをもらした。

このときまだ彼は知らない。

含羞《はにか》みの強さや自制心ばかりが夏子を口籠らせていたのではなく、七月に入ってからの高熱と熱冷ましの薬、ここ数日重なった気苦労で、夏子は本当の処、露伴に会うまで心身ともに疲れ果てていたのだった。

精神集中して気持ちを立て直し、脳の働きに切れ味を取り戻すいつものやりかたで、日記をつけ始めたのがこの日の午前十一時。

午後二時に至らぬまでに、六月十七日から七月十五日の途中まで、帳面一冊を一気に書き終え、さらに「正太夫との物がたり猶か丶ばや」と思っていた処へ、露伴の訪れを受けたのだった。

初対面の文豪を前に過不足なく語るには、手慣れた筆を走らせるのと、また別の神経を必要とする。今はただ、全身を耳と目にして、全霊でこの場を味わい、記憶しなければならなかった。

「さて配役を決めるとしよう。ちょっとお貸りしてよろしいか」

露伴が言って夏子の机の上を指させば、竹二が心得顔にひょいと立って硯箱《すずりばこ》を取ってくると、露伴の前へ据えながら言う。

「樋口君はやっぱり、『にごりえ』のお力役だな」

「お力は長文を書くような人体《にんてい》ではなかろうて。却下」

筆をとりあげた露伴がひと言で退ければ、

「あいたた。これは残念。ならば紙治《かみじ》（紙屋治兵衛）の小春はいかが」

劇評を書く竹二らしく、今度は近松『心中天網島』から人物を抜き出してきた。

「まあ、待ち給え。自分の役だ、樋口君に選んでもらおう。まずは身分だ、中等か上等か、商家か士族か官員か」

露伴の問いに、夏子は素直に答えていた。

「二頭馬車に乗るような境遇は見知らぬ世界で書きようもなく、ただ中くらいの士族ならばと存じます」

「よし、士族の娘方に決り。さてその次には」

「意見有り」

はじめ黙りがちだった竹二がだんだん調子を上げてきた。ぱちりぱちりと扇を鳴らしながら語り出す。

「女も内気なのでは面白味がない。女で悪漢で、ひとたび男に取り付いたら終生つきまとう、山犬のようにあくどいのを出そう」

「何と、それを樋口君にか」

「いや、菊五郎と見立てて正太夫に振る」

露伴と夏子は、目を見交わすでもなく聞いている。鷗外兄弟と緑雨の間がしっくりいっていないのを、それでも暗黙の内に了解しあっていた。

輿に乗った竹二が言いつのる。

「おもしろい筋書きを思いついたぞ。学者にして世間知らずの官員に我が兄鷗外を受け持たせ、樋口ぬしはその妹、恋人役は露伴子、君以外にはいないんだが、これがあいにく大酒飲みで乱暴者の放蕩家で、悪ずれ女の正太夫に引っ掛かって、ゆすりこまれるというのはどうだ」

「わたしが恋人役か。不似合いなことよ。わたしには、気短かの疳《かん》もちの、騒動の源になるような乱暴者がいい」

露伴は自分の頭を叩いて笑ってみせてから、

「さて役者が少ないからおのおの二役をこなさねばなるまい」

じっと夏子をみつめて言う。

「樋口君には、子を諭す老女役というのもお願いしよう。これは正太夫の母親役だ」

緑雨がしばしば夏子を訪ねるのを踏まえて言うのだろう、竹二とは一色違って、緑雨に対する思いやり深い友情を感じさせた。

竹二がまた口を入れる。

「端役はどうでもいいんだ。君と樋口君が東西の関にいてもらわねば、今狂言は納まりがたい。どうあっても君は樋口ぬしの恋人だ。二役掛け持つなら子役で、樋口君の弟になり給え、又おもしろかろう」

露伴はこれに反対もせず頷きもせず、話を進めた。

「舞台がそれでもまだ淋しい。友達というような第三者が必要だな」

「へんくつ官員の友ならば、鷗外に受け持たせ給え。事件に花を添えるべき横恋慕《よこれんぼ》の人、それこそ拙者がうってつけだ」

だんだん脱線し始めた竹二の話は「たけくらべ」に及び……信如は露伴、正太は鷗外、長吉は緑雨のはまり役、三五郎は自分、美登利はもちろん一葉だと、心の中でなぞらえたと語る。役者なら鷗外は団十郎、一葉役には「よっ新駒《しんこま》」と大向こうから声が掛り、緑雨は菊五郎、露伴には故宗十郎がはまり役だろうし、

「まったくもって、芝居にしたいくらいだと思うよ」

と、うち興じる。

露伴がしばしなりを静めて、おもむろに話を元へ戻す。

「場所なども、外国なら鷗外、田舎ならそれがし、と書分けよう。実景実情がまのあたり浮かぶようにね。意見があったら、どんなことでもおっしゃればいい」

夏子はそっと微笑んで頷いた。

率直で、きちんと訳が分かっていて、しみじみと心に沁みる詞……肝の据わった詞……夏子が聞きたいと思っていた詞が、それからずっと露伴の帰るまで、夏子へ語り聞かされた。

もとこれ仮の遊戯なれば書きはじめて後おもしろからずば筆をなげうつ誰れかは妨げん、しかも御互ひつひえのたつべき事にもあらねばといふ、我れ等一同君ニ迫りて我がめざましに無理やりの筆をとらし参らするやうおぼし給ハんかしり候はねど、こと更にさる心得あるにもあらず、同じき業に遊ぶ身の文のたのしミを相たがひに別ちもし、知らざるハとひきゝしれるハ教へてともに進まばとおもふのみなり
（略）
今君と我れ等と相ともに提携して世に出んか　文士の交りハかゝる物と世人迷夢やゝはれつ、志しあるものハ胸壁をつくらずしておのづから悠々の交りなるべしと思ふ

「一葉君には、憚られることもさまざま多くお有りだろう。しかし端的に言って、我れ等の思いはこういうことなのでね」

「憚りなんてそんな……。余りにわたくしの筆が幼すぎて、皆様と一つ舞台に乗るのが心苦しい、思うのはただそればかりで」

「ならば、それこそ無用の遠慮というものだ」


我れも鷗外ぬしもいかでか卒業の身なるべき、ともに修業の道にあるもの、出来不出来そハ時によるべし、今のわかさにさる弱き事にて成るべきか、うき世ハ長し、まだ百篇二百篇の出来そこねこしらへ出るとも取かへしのつく時ハ多かるを、一生に一つよき物出来なばそれにて事ハ終るべし、弱き事おほせられな

夏子は目を伏せ聞いていた。いつまでもいつまでも聞いていたい思いで、黙っていた。

三百六十度、ここは見渡すばかり凪《なぎ》の大海原の上……。

露伴は年下の女流作家へ諄々《じゅんじゅん》と説いたのち、手も着けられていないこの合作の取りさばきを、いかにも男性的に提案する。

「この合作が出来上がるまでは、世間にもらし給うなよ」


うるさき取さた聞くもあきたり、こしらへあげたる後めざましの別冊として出すもよく、

書てんにおくるも時の都合なり、さらずハ各自の間におきて世に出さぬもまた自由ぞ、すべ
て打くつろぎたる事こそよけれ

合作小説。それは親睦のための企画なのだった。

以前に三木竹二が企画した「四つ手あみ」は文芸評論であるから、場合によっては怨みや反感を買いやすい。特に戦闘的な斎藤緑雨の辛口評論などへの反感が、とばっちりとして樋口一葉の身に降りかかってこないとも限らない。

合作小説を書くのであれば、そねみを抱く者はいても、怨みを抱くものはいないはず。

（そうだ、世間のそねみなど気にしていたら、一歩も先へ進めまい）

煩き取沙汰聞くも飽きたり。

露伴の口から出たその詞を、耳はいとも痛快に聞く。

胸は自然と張って、丈高く丈高く、うつせみの我が身の背筋までが伸びていた。

久々の爽快な気分が、夏子の脳髄を突きあげて、突き抜けて、天へと上っていく。

まとわりつく取るに足らぬものを払いのける、御咒《まじな》いのような詞の響き。

うるさき取さた聞くもあきたり

それは、夏子の耳朶にいつまでも残って、心へ刻まれる。

語ること三時間、これから鷗外を訪ねると言って露伴は立ち上がった。

「あら筋が立ったら、またお伺いいたすとしよう」

それを聞いた竹二が、満足そうに目顔で夏子へ笑いかけた。

二人が玄関を出て未だ十間を行かぬ内に、車軸を流すような大雨が、音立てて降りくる。

夏の夕暮れ、白い緞帳《どんちょう》は天より降りてきた。

雨音は割れんばかりの喝采。

たくさんの波乱を含みながら……めでたく満来。

夏子の「ミつの上日記」は、七月二十日露伴初訪問を記した後、七月二十二日緑雨訪問を記し、次の詞をもって擱筆される。

何かは今更の世評沙汰

第十三章　幻影のほととぎす——愛されること斯のごとし

明治二十九年（1896）日記擱筆前後の七月から十一月逝去のちまで
明治三十年（1897）から昭和二十七年（1952）まで

明治二十九年（1896）日記擱筆前後七月から十一月逝去まで

書けなくなったら死ねばいいのか。

書けなくなったら樋口一葉ではなくなるのか。

短い一生に珠玉のような作品を残して、あっという間に此の世を去れて……。幸せな作家だったという言われ方になるのだろうか。いでそれもよしや。

書けなくなっても、日記さえつづれなくなっても、樋口夏子はまだ生きている。そうして何かを待っているのは相変わらずだ。

未来の或る日から、自分がずっと死んでいるということ。

それはきっと、今こうして生きているのと同じくらい、当たり前なことなのだろう。

そうして、死ぬまではどんなにしても生きているほかないのだ。

病人でも夏は暑い。


日記擱筆の日付から臨終までは百二十四日間。

医者から病状絶望を告げられたのが八月初めで、九月になって少し持ち直したものの、十月には別の医者からも絶望を言い渡される。医師の診断は邦子が聞き、夏子には最後まで伏せられた。

…………………………

島崎藤村はこの年の九月、仙台の東北学院へ教職を求めて旅立っていった。樋口一葉の病状については読売や毎日新聞で取沙汰されていたし、秋骨などからも事情は聞いて知っていたはずだ。赴任して早々の十月には、東京へ残した実母がコレラで亡くなっている。

樋口一葉の逝去が十一月二十三日。

前述した藤村詩「ゐにし」は十一月三十日刊の『文学界』第四十七号に初出。

藤村は、自らの編集した追悼『透谷集』が夏子の窓辺へ届けられ、一粒の種となってその心へ撒かれて、やがて見事な永遠の華を咲かせたことを信じたのかもしれない。

　わが手に植えし白菊の　おのづからなる時くれば　一もと花の暮陰《ゆふかげ》に　秋に隠れて窓にさくなり

――「ゐにし」

或る霜の朝、美登利の住む大黒屋寮の格子門に咲いていた水仙の作り花。

その「淋しく清き姿」を花瓶にさし「何ゆゑとなく懐しき思ひ」で愛でている美登利には、島崎藤村のこころを汲み取った樋口一葉その人の写し絵を見る思いがする。

『透谷集』『西鶴全集』の窓辺に届けられてより、机の前に座って疾走しつづけた樋口一葉の奇跡の時間は、作品として見事に結晶化したのだった。

平田禿木が三冊の本を届けた頃の夏子の歌が、詠草40に残されている。

帳面の十三丁表から十四丁裏は、習字と落書で埋められており、その中に朱筆で書かれた「透谷集」という落書が見られる。


よの中の秌《あき》にあはし《じ》とおくれけん一もと野きく《ぎ》おもひあか《が》りて

——詠草40「残菊」より

また、後期の作とおぼしきこんな歌も、短冊になって樋口家に残されている。

菊のはなしろきかいとゝミにしみてあきかせさむくふけし月かな

夏子存命中の八月『文学界』四十四号へ、島崎藤村は「香川景樹の日記・多田のやまぶみ」を六窓居士の号で発表していた。香川景樹は、歌塾「萩の舎」社中の夏子がその流れを汲む景樹流和歌の元祖である。友人ふたりと初夏の山里へほとゝぎすの声を聞く旅にでたことが、三人の和歌を挿みつつ綴られるこの一文は、樋口一葉が『文芸倶楽部』海嘯義捐特集号へ寄せた随筆「ほとゝぎす」に呼応したものと思われなくもない。

病床にある樋口夏子へ宛てた、島崎春樹からの手紙といってもいいのではなかろうか。

ほとゝぎす聞むかきりは白雲の上野までもとおもひ立かな　景樹
ゐな山の初ほとゝきすきかんとて初さみたれに吾ぬれにけり　景樹

夏子没後の月末に刊行された十一月『文学界』四十七号へ発表した詩「秋の夢」へも、島崎藤村は香川景樹の歌を挿入歌として用いている。

さびしさはいつともわかぬ山里に尾花みだれて秋かぜぞふく　――「秋」
うき雲はありともわかぬ大空の月のかげよりふる志ぐれかな　――「哀傷」
くれわたるやましたみづのさゞなみにかげうちなびく志らぎくのはな　――「雑」
色もなきこゝろを人にそめしよりうつろはんとはおもほへなくに　――「恋」

ことに「ゐにし」を含む五つの詩から成る「恋」に添えられた四首目の歌の「色もなきこゝろ」には、古今集にある紀友則の和歌「吹きくれば身にもしみける秋風を色なきものと思ひけるかな」や、『源氏物語』「朝顔」の巻にある文章「冬の夜の澄める月に雪の光りあひたる空こそ、あやしう色なきものの身にしみて、この世の外《ほか》のことまで思ひ流され、おもしろさもあはれさも残らぬをりなれ」が思い起こされ、「白」にまつわる追想にひたる、若き藤村の姿までもが思い浮かべられてくる。畏友透谷の死、あれほど恋した輔子の死、母の死、そして一葉樋口夏子の死……うちつづく死に魂を洗われた詩人の足取りは、ときを経て、やがて新生へと向かい始める。時代は下って昭和十一年四月、島崎藤村六十五歳のときに刊行された『早春』は、詩文の間に回想を書き下ろし「千曲川のスケッチ」も併せて編集したものである。

藤村島崎春樹は『早春』の紙尾をこのように結んだ。

わたしの馬場裏に借りた家は古い士族屋敷の跡、二棟続いた草葺屋根の平家で、壁一重へだて丶近在の小学校へ通ふ校長の家族が住んでゐた。附近には質屋、仕立屋なぞがあり、家の裏側の細い水の流れを隔て丶水車小屋の見えるやうなところだつたが、小諸本町には近く、しかも割合に閑静な位置ではあつた。北の障子の側に机を置いて、この雲の記や千曲川のスケッチなぞを作つた。新しい歌人の久保猪之吉君、それから徳富（冨？）蘆花君を家に迎へたのもその頃であつた。蘆花君からは東京へ帰ると間もなく新著『不如帰』を贈つてよこして呉れたやうに覚えてゐる。

「早春」——終

——『早春』（新潮社）昭和十一年四月二十八日

……………………

水の上の家で迎えた三度目の夏の日……。

日記擱筆の前後から臨終まで、夏子に流れた時間を追ってみる。

明治二十九年七月から十一月

七月十七日　戸川残花のもとへ午前中、無沙汰見舞かたがた見舞物の礼におもむく。

七月十八日　訪問者四人。来信四通。坂本三郎が写真を送って寄越す。横山源之助からの葉書にあった、緑雨の神経質に笑いをもらす。家人が床に入った頃に届いた二通の手紙は、夏子をいたく煩わせ、眠れなくさせる。読者小原与三郎は、無礼な手紙と自作小説を送り付けて寄越し、翌十九日に夏子は長文の厳しい返事を送るが、小原の友人で社会主義思想をもつ金子喜一がとりなす。昼間も訪ねてきた樋口勘次郎からは、長文手紙で愛の告白をされる。不眠のため、翌朝は頭痛に悩まされる。

七月二十日　日記をまとめ書きしているとき、雨風の中、三木竹二が初対面の幸田露伴を連れてくる。三時間語り合い、帰るや、車軸を流す雨。

七月二十二日　夜更けに斎藤緑雨来訪。森鷗外との間に没理想論争のあった坪内逍遥や早稲田文学を意識しながら『めさまし草』への一葉参加を懸念する。この日の記事の書かれる途中で、「ミつの上日記」は途絶。「此男が心中いさゝ解さぬ我れにもあらず、何かは今更の世評沙汰」。

七月二十五日　『文芸倶楽部』増刊号「海嘯義捐小説」発刊。樋口一葉にとって最後の新作発表となる随筆「すゞろごと《ほとゝぎす》」が載る。「あはれ此子規いつも初音をなく物に成りぬ。覚めずは夢のをかしからましを」。

七月下旬『智徳会雑誌』へ発表予定の小説「ひるがほ」は成らず、泉谷氏一編集者の催促に答えて、多く二十八年中に詠んだ和歌より抜粋した八首を、手紙を添えて送る。

文壇ではこんな出来事もあった。

七月二十七日『新小説』春陽堂創刊。三十年十二月まで露伴が編集者。新人やそれまで陽の当たらなかった作家を発掘する意義をのべる春陽堂主人の緒言が載った。

七月をもって「三人冗語」は終了。九月から「雲中語」依田学海、石橋思案、饗庭《あえば》篁村《こうそん》、尾崎紅葉を加えて発足（一葉没後の三十年二月三月四月と『めさまし草十四・十五・十六』「雲中語」は一葉の「うつせみ」「にごりえ・經つくえ」「うもれ木」を取上げる）。

発病当時から夏子は小石川区竹早の三浦省軒（内科小児科）にかかっていたが、八月初め、駿河台近い神田区小川町の山龍堂で外来診療を受ける。樫村清徳院長は病状絶望を宣告。付添っていた邦子のみが診断結果を告げられ驚愕するが、夏子には秘しておく。

見舞に来た戸川達子は、戻ってから中嶋歌子に夏子の様子を報告すると、あっさり「それはしやうがないねえ」と言われてしまい、何とも言えない思いがしたと後に記す。夏の休暇で帰京した馬場孤蝶が訪問すると、夏子は目立って弱くなっていたが応対に出てきて、薬を呑んでいるのかと問われると、きっぱりとした調子で呑んでいると返事した。薬の他には牛乳などを飲んでいた。行水をつかって帯を締めた姿で伊東夏子にも応対しているが、目がどんよりして顔が骨張って見えたという。この月には、熱が九度にも上がったまま一時昏睡状態がつづき、医者が一日三度四度と手当てにやってきた。ペニシリンなどのまだ無い時代である。

八月一日　半井桃水より手紙が来る。客に煩わされず仕事をするため、隠れ家として桃水自宅を利用したらよいと提案。桃水が夏子の病状を知っていたかどうかは不明。

八月十五日『智徳会雑誌』に八首の和歌が載る。ここへは小金井喜美子や三宅花圃も寄稿し、田澤稲舟は浄瑠璃を発表している。「智徳を啓養し専ら教育勅語の精神を貫徹せんことを期す」と会則に謳った智徳会は会員百十二名を数える公益事業団体で夏子も特別会員に加えられていた。

八月十九日　『読売新聞』「一葉女史病に臥す」の報道。

　着想の奇警にして文章の巧妙なる近時の文壇優に一頭角を現はしをさ〳〵先進の男作家を凌がんとすとの世評高き閨秀小説家樋口一葉女史ハ近頃病褥にありて殆んど操觚《そうこ》の業《ぎよう》を抛《なげう》てりとあはれ蕙蘭《けいらん》茂らんと欲すれバ秋風《しゆうふう》之を破るとかや女史乞ふ我文壇の為に慈愛せよ。

九月三日　『毎日新聞』「樋口一葉稍《やや》々持直す」の報道。

　樋口一葉稍々持直す。女史の病は肺焮衝《きんしよう》にて一時は医者も頗る痛心し、一日に三四回も見舞ひ、氷塊を以て胸部を冷やし唯だ吐血せざる様注意し、女史は熱の為めに昏睡に入り、家族は手に汗握る程なりしが、階前に一葉の秋信音づる頃より少しく快気に赴き、今日此の頃は薄粥を食する程に至りしとぞ。女史は都の花の昔より筆を執り初め、漸く去年に至りて文壇に名声を轟かせしに、今この大患に罹りしは口惜しとも云はん方なし。一日も疾く病の床を清め、筆の紅葉を初冬には文の林に染められんことを望む。

九月六日か八日　伊東夏子、基督教青年会の副島八十六を紹介する。一時間ほど面談。副島は明治三十年春に南洋へ出発し、帰朝後は南洋及び印度との親善に寄与した。

九月九日　三宅花圃によれば萩の舎例会に出席する。

九月十日　田澤稲舟没（二十三歳）。自刃、投身など、さまざまな誤報が伝わった。

九月二十五日　馬場孤蝶より葉書が来る。

この月、穴沢清次郎が二高へ合格し、就学のための別れの挨拶を兼ねて夏子を訪ねる。夏子は病床から起き上がり、頰の火照った真っ青な顔で苦しい息をしながらも会話。

十月四日　斎藤緑雨から手紙。露伴以外には誰も知らせていないことだが、東都へは再び戻らない決心だと、伊勢帰国の意志を告げる。自分が東都を離れる前に夏子に回復してほしいと願う。この手紙ののち、緑雨は高名な医師青山胤通《たねみち》の往診を森鷗外に頼む。青山の診断結果も病状絶望で、結果を知らされた緑雨は、戸川秋骨を訪ねて一葉の重篤を伝え、秋骨が孤蝶にそれを告げたと考えられる。

十月二十五日か二十六日頃、孤蝶一週間ほど帰京。秋骨らから夏子の病状をきく。

十月二十六日　副島八十六、二度目の来訪。夏子には会えず邦子と面談。

十月中かどうかは不明だが、邦子が桃水へ手紙を書いたらしい下書きがある。夏子の病状が今日はいいこと、御心配被下間敷由、当人母よりもくれぐれ其こと申出候、かしこというような文面である。十月中かこれも不明だが、夏子は活気こそなかったが美しい言葉遣いで秋骨にこう話し、淋しく笑ったという。「皆さまが野辺をそぞろ歩いておいでの時には、蝶にでもなって、お袖のあたりに戯れまつりましょう」。

十一月三日か四日頃　馬場孤蝶来訪。夏子は奥の六畳に伏したきり、邦子から「会ってくれとは言いかねる。見てやってくれ」と言われた孤蝶は書斎だった部屋に通された。夏子は髪が乱れ、頰が熱で火照り、呼吸が苦しそうだった。解熱剤で耳が遠くなっているので、会話は邦子が取り次いだが、とぎれとぎれに返事はできた。

「この歳暮にはまた帰って来ますから、その時またお目にかかりましょう」

「その時分には私は何になって居ましょう、石にでもなって居ましょうか」

十一月二十三日　夏子、午前十時没。永眠前の四五時間は苦しい顔を見せず、絶えず微声をもらして笑いながら瞑目したという。

「折角御養生なさい、直《じき》に治りますよ」

十一月二十四日　通夜。秋骨と緑雨が奔走して遺族を助け、通夜には川上眉山も来る。

霰《あられ》降る田町に太鼓聞く夜かな　　斎藤緑雨

一葉通夜に際しての手向けの句である。福山町へ入る角の田町には瘋癲《ふうてん》病院があり、夜警の太鼓を打ち鳴らすのが通夜の席まで聞こえてきたものだろう。

十一月二十五日　降りみ降らずみの寒い日。会葬者十余名の葬儀。日暮里《にっぽり》で荼毘《だび》に付し築地本願寺へ。法名、智相院釈妙葉信女。

森鷗外からは自ら騎馬で棺に付添うとの申し出があったが、樋口家が遠慮する。

病状悪化から毎日見舞いに訪れていた伊東夏子は、「お葬式は淋しうございました。私などは残念でございましたけれども、お返しが出来ないからといふので、家の方が御会葬をみんなお断りしてしまひました」と語っている。

しかし新聞各紙ならびに雑誌はこぞって追悼文を掲げてこの薄命の女流を悼んだ。

わずかばかり例を挙げてみても、その錚々《そうそう》たる有様が分かるだろう。


女流小説家の巨擘《きよはく》として名を当代に擅《ほしい》ままにし、鬌眉《ぜんび》の丈夫《じようぶ》と並び立ちて遜色なかりし一葉女史樋口夏子は、今年秋の初めつ方より肺を患へて文筆を廃し、静かに医療を加へ居りしが、去二十三日終に隔世の人となれり。——『読売新聞』二十九年十一月二十六日付

女流の小説家として遒勁《いけい》の筆重厚の想《おもひ》を以て名声文壇に嘖々《さくさく》たりし一葉女史樋口夏子ハ予て《かね》肺患に罹りをりしが遂にこれが為め去る二十三日午前十一時を以て簀《さく》を易《か》へたり享年僅かに二十有五　——『東京朝日新聞』二十九年十一月二十六日付

一葉女史逝く　一葉女史は逝けり、明治文界に異彩を放てる一葉女史は逝けり、嗚呼一葉女史は遂に逝けり、幽明境を隔て夢魂永く尋ぬるに由なからしむ、悲哉、女史を識れる者は皆

曰く、女史は女徳に於て欠くるところなしと、女史の小説を読める者は皆曰く、女史は有数の天才なりと、才徳兼備の良媛一葉女史は遂に逝けり、行年僅かに二十有六、天情あらば茲《ここ》に泣け、地情あらば茲に泣け、明治の異才一葉女史は僅かに二十六を以て卒《にわ》かに逝けり、吁、悲哉

——『太陽』二十九年十二月

一葉女史、雅《が》号《ごう》識《しるし》をやなしけむ、久しく病褥にありと聞えし樋口一葉女史遂にたゝず、去《い》ぬる頃秋風に誘はれてかはかなく幽冥に帰せしと聞く。美文界の為めに痛惜すべき至なり。毀《き》誉《よ》褒貶《ほうへん》軽々しくて一個独立の定見なき批評界の言は一々取るべくもあらねど、いづれにもせよ、女史が優に群小説家中一頭地を出したるは否むべからざる事実にしてめさまし草の雲中語の評家の如きは、「此人には真に詩人の称を与ふるを惜まず」といひしと覚ゆ。天もし此に歳をかさば或は今日文界の渇望する雄篇大作をも望むべかりしに、文想漸く熟し来る今日に当りて溘然《こうぜん》逝去せしこそかへすぐ〵も痛ましけれ。女史は文学界社中の人なりときく。先には俊逸清高の透谷氏を失ひ今また錦心繡口《きんしんしゆうこう》の一葉女史を失ふ。同社の不幸悼むべし。

——土井晩翠《ばんすい》『帝国文学』二十九年十二月

樋口夏子氏

今春若松賤子女史を悲しみし文壇は、今秋また夏子樋口氏を悼むの不幸に逢ふ。天何ぞ閨秀作家に禍することの多き。吾人は江湖の諸文士とこゝに新たなる故人をいたむの情切なる

と丶もに、別に畏愛する一社友を失ひしことを悲しまざるを得ず。『文学界』の出づるや、君恰も『都の花』に『埋れ木』『暁月夜』等の諸篇をいだし給ふの時なりき。すなはち龍子三宅氏に依りて『雪の日』一篇を求むることを得たり。廿六年三月刊行の草紙第三号にかゝげしものこれなり。爾来草紙の号を重ぬること四十有余、君つねにこれがために清新の文字、秀麗の佳作を寄せ、微々たるこの一小詩社をして重からしめしこと少小にあらず。仝年秋『琴の音』の一篇を草し、廿七年『花ごもり』（断篇）。『やみ夜』、『大つごもり』等の諸篇を寄せ給ひ、廿八年一月『たけくらべ』の稿を起し、断続一歳、今廿九年一月にしてこれを終ふ。四月社友の『うらわか草』を起すや、君また『雨の夜』以下四章の随筆を寄せ給ひぬ。今夏病の襲ふところとなり、筆を捨てゝ静養これつとめ給ひしも、その甲斐なく、今やかへりて隔世の人となる、惜しむべき哉。生前の諸作の如き、大橋新太郎、大橋又太郎の二氏、森鷗外、幸田露伴等の諸氏とはかりてその全集を編み明年若松女史が遺稿『小公子』と丶もに発市せらるべしといふ。我社すなはち以上の諸作を集中に寄せて、これが完成に微意を致せり。諸氏の志それ故人の霊を慰むるに足るべきか。

——『文学界』第四十八号、二十九年十二月

これら弔文の後ろ側から、この世のありさまを見つめ返す眼差しがこんな声になって響いてくるのを、ひそやかに聞きとる耳は有っただろうか。

「何かは今更の世評沙汰」。

明治三十年（1897）から昭和二十七年（1952）

大橋乙羽の手によって樋口一葉没の翌三十年一月早々、博文館より全集が刊行された。
さらに同年五ヶ月後には同じ博文館から斎藤緑雨の校訂が入った形で再刊行されている。

明治三十一年二月には母親の多喜が永眠。

斎藤緑雨は一葉没後も遺族を助け、東都を離れることがなかった。『文学界』同人たち、戸川秋骨、馬場孤蝶、島崎藤村、上田敏らとも親しく交わるようになる。一葉研究をすると資料を集めたりしていたが実現しなかった。

一葉和歌を含むさらに完全な『一葉全集』を睨んで準備を続けた緑雨は、樋口家所蔵資料以外に萩の舎社中の人々から提供された和歌の写稿を作成していた。明治三十七年、緑雨が自らの逝去前に自筆書類を全て処分した際、その写稿だけは残したことを孤蝶は多として記している。

しかし緑雨写稿は編集者の手許に眠っていて長く忘れ去られ、昭和も六十二年になってから緑雨研究者の青木正美によって発見される。赤枠の博文館特製原稿用紙に緑雨独特の筆跡で清書された写稿は、発見されたものだけでも三百四十九首。本はもっと多かったと見られている。内、未発表のものが百二十四首とされ、樋口家資料は一首も含まれていない。

興味深いのはその編集の仕方だ。

緑雨は、夏子が明治二十二年十七歳の夏に詠んだこのような三首の歌を冒頭に置いたのである。

夜ほととぎす
大方の人ハねたるをさよふけてあたらしきまでなくほとゝぎす
思ひ寝のゆめかとぞおもふほとゝぎす
まちつかれたる夜半の一こゑ
ほとゝぎす思はぬ夜半の一声ハ待ちて
きくより嬉しかりけり

馬場孤蝶は三十年一月に浦和中学へ赴任、斎藤緑雨とはその年の夏、樋口家へ出向いた折に顔を合わせて挨拶だけは済ませていたが、年の暮れになって本郷森下町の島崎藤村の下宿で初めて面談、親交を重ねた。

長い紆余曲折の後、日記を含む『一葉全集』が馬場孤蝶の編集によって新たに刊行されるのは明治も終わる年のことだった。乙羽も緑雨も眉山も、もはや此の世の人ではない。

明治二十九年十一月二十三日　一葉樋口奈津没。

明治三十年一月七日　『一葉全集』博文館刊行。大橋乙羽編集。

明治三十年六月　『校訂一葉全集』博文館刊行。斎藤緑雨編集。
明治三十一年二月　母・樋口多喜没。
明治三十一年九月　姉・久保木富士没。
明治三十二年十月　甥・久保木秀太郎没。
明治三十四年六月　大橋乙羽没。
明治三十七年四月　斎藤緑雨没。
明治四十一年六月　川上眉山没。
明治四十五年五月十一日　『一葉全集』前編博文館刊行。馬場孤蝶編集。
明治四十五年六月十日　『一葉全集』後編博文館刊行。馬場孤蝶編集。

明治三十七年には、水の上の家にそののち偶然移り住んだ森田草平の肝煎《きもいり》で、邦子とその長男悦（幼児）も招かれて、第一回「一葉会」が開かれた。馬場孤蝶、上田敏、与謝野寛《ひろし》、与謝野晶子、小山内薫《おさないかおる》、小山内（岡田）八千代、蒲原有明《かんばらありあけ》、生田長江《いくたちょうこう》らが出席している。

大正七年六月には、歌舞伎座において作品「にごりえ」が初めて新派狂言として上演された。お力は河合武雄、源七は喜多村緑郎。真山青果の脚本。

樋口一葉の業績を顕彰する記念碑も各所に建立される。

父母の生まれた村へ一葉女史碑の立つのを見届け、夏子の二十三回忌法要を済ませた邦子は、それから三年半後に永眠する。享年五十二。大正の終わる年だった。

大正十一年十月　樋口家の故郷山梨県甲州市慈雲寺境内へ「一葉女史碑」建碑。
大正十二年九月　関東大震災。
大正十四年三月　兄・樋口虎之助没。
大正十五年七月　妹・樋口國（邦子）没。
昭和十一年七月　下谷龍泉寺町旧居に近い台東区一葉記念公園内へ「一葉記念碑」建立。
昭和二十六年十一月　台東区一葉記念公園内へ「一葉女史たけくらべ記念碑」建立。
昭和二十七年九月　本郷丸山福山町旧居のあった文京区西片へ「一葉・樋口夏子碑」竣工。

昭和二十四年三月、下谷龍泉寺町の旧居近く、再び一葉記念碑が建立される。馬場孤蝶らの賛助を得て昭和十一年七月に地元有志らを中心に立てられたものは、第二次世界大戦中に損壊していた。多くの人命を犠牲にした長い闇の時間をくぐり抜け、日本がようやく平和を取り戻して四年もたたぬ内に、たけくらべの舞台へ顕彰碑は再建された。

しかし思い出されるのはあの、一葉と孤蝶の最後の会話だ。
「この歳暮にはまた帰って来ますから、その時またお目にかかりましょう」
「その時分には私は何になって居ましょう、石にでもなって居ましょうか」

ただ一回の、限りある生の愛しさ、貴さ……。
冷たく固い石の表面に刻まれた「愛せらるゝ事かくの如き」の一文が、この国の歴史を知り、夏子一生を知って読む者の心を打たずにはおかない。

こゝは明治文壇の天才樋口一葉旧居の跡なり。一葉この地に住みて「たけくらべ」を書く。明治時代の龍泉寺町の面影永く偲ぶべし。今町民一葉を慕ひて碑を建つ。一葉の霊欣びて必ずや来り留まらん。

菊池寛右の如く文を撰してこゝに碑を建てたるは、昭和十一年七月のことなりき。その後軍人国を誤りて太平洋戦争を起し、我国土を空襲の惨に晒す。昭和二十年三月、この辺一帯焼ヶ原となり、碑も共に溶く。

有志一葉のために悲しみ再び碑を建つ。愛せらるゝ事かくの如き、作家としての面目これに過ぎたるはなからむ。唯悲しいかな、菊池寛今は亡く、文章を次ぐに由なし。僕代って蕪辞を列ね、その後の事を記す。嗚呼。

菊池寛　撰

昭和二十四年三月　小島政二郎補並書

森田春鶴　刻

了

あとがきにかえて

再校ゲラの提出間際まで、図書館通いと文学館通いがつづいた。

勉強しましょうと、誰かの声が耳元でするようで。

そうして終いまで、発見に次ぐ、発見。ささやかであっても。

あきれるほど豊かな。

発見の息吹を吹き込まれた途端、
人物たちに、みるみる血が通い出す。

傍から眺めれば、セピア色の古い写真に彩色をほどこすような作業だったかもしれないが。


十二角生、ＷＨＯ?

などなど……実は未だに考えつづけている。

六角＋六角で、雪の結晶二つ。

それとも春日野鹿子の鹿の角。

昨年夏には書き終えているはずの作品だった。それがちっとも終わらずに、七夕の頃だったろうか、こんなものを書き散らしたりしていた。夏子に歌って聞かせたくて。

あなたはいつも何も知らない
自分のことさえ知ろうとしない
どんなに愛されていたか
どんなに愛していたか
ただ緑陰から夏の空へ
心を逃して
この世を遁れて

彦星のまれに逢う夜は
夢飾りこしらえましょう
花吹雪　紙風船
あてどなく待ち詫びた日は
白露の玉にかえても

絶崖《きりぎし》の巌《いわお》に滲みる
「わが岩清水
清くもあるかな」
人の世の流れに融けて
極ミなき大海原へ
永遠の凪のはるかへ

この歌のメロディーはわたしの頭の中にだけある。
風の音だったりするかもしれない。波の音だったりするかもしれない。
雨音でもいいなあと思う。

…………

改稿作業がはてしなく続く気がいたしました。
出版まで漕ぎ着けたのは担当各位の御尽力の賜物です。
多くの方々の思いに支えられているのを確かに感じながら今日に至りました。
感謝この上もありません。
樋口一葉に敬意を捧げます。

平成二十五年（２０１３）三月四日

領家高子

わたしたちが現在よく見知っている一葉写真は左の写真を地味に地味にと修正したものです。襟のぼたん柄の刺繡が除かれていることでも修正の目的が分かり、清貧と勤勉と親孝行の神話で、姉一葉の人と作品を護ろうとした妹邦子の思いが偲ばれます。

『文芸倶楽部』臨時増刊　閨秀小説号（明治28年12月）口絵写真
小金井喜美子（右上）と若松賤子（左上）と樋口一葉

主な参考文献

樋口一葉全集　筑摩書房（１９７６年初版）
全集　樋口一葉――一葉伝説　小学館
樋口一葉研究　塩田良平　中央公論社
資料と研究　野口碩（掲載論文）山梨県立文学館　※本作品執筆資料以外も含む
　11・樋口一葉「にごりえ」未定稿（写真と翻刻）
　12・樋口一葉／伊庭隆次宛書簡二通（写真と翻刻）
　　「たけくらべ」ほか未定稿資料など（写真と翻刻）
　13・『則義記録』に含まれる樋口一葉の記録とその周辺　付〈資料写真〉
　　最も早い樋口則義の記録――二つの日記　付〈資料写真〉
　14・田中家寄託資料より甲州宛樋口則義書簡（幕末から明治――激動の時代を伝える江戸通信）
　16・樋口則義の『気侭日記』（勘定組頭に仕える八代吉の記録及び翻刻）
　17・田中家寄託資料より元治元年樋口八左衛門出府日記（翻刻付）
　　樋口家『仕入帳』第一冊（解説と翻刻）
樋口一葉日記（上・下）真筆版　岩波書店
樋口一葉日記を読む　鈴木淳　岩波書店
樋口一葉と甲州　荻原留則　甲陽書房
幕末の世直し万人の戦争状態　須田努　吉川弘文館
一葉の憶ひ出　田辺夏子　潮鳴会

一葉の日記　和田芳恵　講談社（現在、同文芸文庫）
一葉誕生　和田芳恵　日本図書センター
幻の「一葉歌集」追跡　青木正美　日本図書センター
資料目録　台東区立一葉記念館
樋口一葉その生涯　文京ふるさと歴史館
樋口一葉事典　おうふう
日本の歴史18・19・20・21・22　中公文庫
北村透谷　色川大吉　東京大学出版会
徳田秋声全集　八木書店
黙歩七十年　星野天知　聖文閣
文学者の日記4・星野天知　日本近代文学館
明治文壇の人々　馬場孤蝶　ウェッジ文庫
田澤稲舟全集　細矢昌武校訂　東北出版企画
鷗外全集23　岩波書店
藤村全集1・17　筑摩書房
島崎藤村全集3　筑摩書房
明治文学全集　筑摩書房（20　川上眉山）（23　高瀬文淵）（89　村上浪六）
現代日本文學大系　筑摩書房（3　斎藤緑雨）（4　幸田露伴）（6　北村透谷）
『文学界』　文学界雑誌社　複製版　日本近代文学研究所
『文芸倶楽部』　博文館　国会図書館所蔵マイクロフィルム
『新文壇』1・2　文学館　日本近代文学館所蔵マイクロフィルム
クロイツェル・ソナタ　トルストイ　岩波文庫

三陸海岸大津波　吉村昭　文春文庫
関東大震災　吉村昭　文春文庫
大地動乱の時代　石橋克彦　岩波新書
安政江戸地震——災害と政治権力　野口武彦　ちくま新書（現在、同学芸文庫）
ある明治人の朝鮮観——半井桃水と日朝関係　上垣外憲一　筑摩書房
半井桃水研究　全　塚田満江　中央公論事業出版
坪内逍遥の妻——大八幡楼の恋　矢田山聖子　作品社
龍の如く——出版王大橋佐平の生涯　稲川明雄　博文館新社
古典セレクション　源氏物語　小学館
紫式部日記　岩波文庫
源氏物語　秋山虔　岩波新書
源氏物語を読むために　西郷信綱　平凡社
源氏物語と白楽天　中西進　岩波書店
源氏物語論　高崎正秀　高崎正秀著作集6　桜楓社
詩人と閲歴論争——小説における主体性の問題　小川武敏『日本近代文学』26
『女学雑誌』を視座とした明治二十二年の文学論争——女子教育界のモラル腐敗をめぐる同時代言説との交錯
　屋木瑞穂　インターネット上に公開
John Keats の1817年詩集の意義——negative capability の萌芽　三浦勲夫　インターネット上に公開
北村透谷と『平和』　高橋正幸　インターネット上に公開
没理想論争注釈稿（十三）　坂井健　インターネット上に公開
人生の時間割 anndos.jugem ブログ　インターネット上に公開

【著者紹介】
領家高子（りょうけ たかこ）
1956年東京向島生まれ。作家。東京外国語大学ドイツ語学科中退。1995年『夜光盃』でデビュー。著書に『ひたくれない』『八年後のたけくらべ』『九郎判官』『向島』『墨堤』『サン・メルシ つれなき美女』『言問』『一葉舟』『夏のピューマ』『美容院ベビーフェイス物語』『なんじゃもんじゃの木――現代花街小説集』『鶴屋南北の恋』『桜姫雪文章』『怪談お露牡丹』『清遊』がある。

なつ――樋口一葉 奇跡の日々

2013年4月12日　初版第1刷発行

著者　領家高子
装幀　菊地信義
発行者　石川順一
発行所　株式会社平凡社
〒101-0051　東京都千代田区神田神保町3-29
電話03-3230-6583〔編集〕
03-3230-6572〔営業〕
振替00180-0-29639
印刷・製本　図書印刷株式会社

© Takako Ryōke 2013 Printed in Japan
ISBN978-4-582-83618-9
NDC 分類番号910.26　四六判（19.4cm）　総ページ 448
平凡社ホームページ　http://www.heibonsha.co.jp/
乱丁・落丁本のお取替は直接小社読者サービス係までお送りください（送料は小社で負担いたします）。

＊本書は書き下ろし作品です